五大贼王 2

火门三关

图书在版编目（CIP）数据

五大贼王．2，火门三关 / 张海帆 著．—北京：东方出版社，2019.8
ISBN 978-7-5207-0965-1

Ⅰ．①五…　Ⅱ．①张…　Ⅲ．①长篇小说—中国—当代　Ⅳ．① I247.5

中国版本图书馆 CIP 数据核字（2019）第 068065 号

五大贼王：2 火门三关
（WUDA ZEIWANG: 2 HUOMEN SANGUAN）

作　　者：张海帆
责任编辑：朱　然
出　　版：东方出版社
发　　行：人民东方出版传媒有限公司
地　　址：北京市朝阳区西坝河北里 51 号
邮　　编：100028
印　　刷：北京市大兴县新魏印刷厂
版　　次：2019 年 8 月第 1 版
印　　次：2019 年 8 月第 1 次印刷
开　　本：710 毫米 ×960 毫米　1/16
印　　张：19
字　　数：310 千字
书　　号：ISBN 978-7-5207-0965-1
定　　价：39.80 元
发行电话：（010）85924663　85924644　85924641

火门三关

目录

一、火形不动

火小邪在高台上刚刚与阿提木和郑则道乱吵乱骂一番，声音颇大，站在下方缠斗的卓旺怒江和病罐子自然都听在耳中。此时这两人已经静静单足站立了近一个时辰，似乎都已经人困马乏，只是在尽力支撑。卓旺怒江紧咬着牙，满头大汗，不再是一动不动，而是前后左右轻轻颤动。病罐子的身体摇晃得更加厉害，双手大幅度地摇晃着，努力保持平衡。

两人听到郑则道他们吵闹，病罐子眼神慢慢转向一边，想打量一下他们的动静。卓旺怒江见病罐子注意力有所转移，心中暗哼："你输了！"

卓旺怒江心念一动，身子猛然拔起，向前一探，双掌齐出，猛推病罐子的肩头，眼看着病罐子受到这一击，"啊"的一声向后翻倒。卓旺怒江大叫一声，又跟上一掌，想一举把病罐子推落石下。

病罐子的身体受卓旺怒江双掌齐推，向后翻倒，可突然膝盖处弯曲了一下，随即腰间也如同被人斩断一样，保持上身不动，"咔"的一下，向后猛折了近九十度，整个身体竟变成了有违常理的三截阶梯状。卓旺怒江大惊，万万没想到病罐子骨骼如此奇特，随后击出的一掌已经来不及收回，砸了一个空。病罐子喉咙"咕隆"一声响，脚尖使劲，整个人扭了半圈，转了侧面，一把抓住卓旺怒江的手腕，轻轻一拉。

卓旺怒江重心已失，只是这么轻轻一拉，再也站不住，“啊”的一声大叫，向前扑倒。卓旺怒江滚落石下，已然败了。病罐子身子一抖，重新站直，还是单脚站立着，手中则拿着卓旺怒江的号牌，不住咳嗽着说道：“我赢了！咳咳，咳咳！”他拼命咳嗽，一只手掏出手绢掩住嘴巴，但血丝还是从嘴侧乱冒，看来咯血极为严重。

卓旺怒江慢慢爬起，神色黯然，向病罐子做了一鞠，说道：“王先生，我输得心服口服！”

病罐子抱了抱拳：“承让了！若不是大喇嘛心急，还没准谁胜谁负呢！”

苦灯和尚在一旁叹道：“阿弥陀佛，王施主终日咳嗽，竟是折损了胸椎所致，难为啦！小僧作证，王施主你赢了。”

病罐子把嘴边的血迹擦净，慢慢说道：“苦灯和尚，你说对了五成，咳咳！咳咳！”

卓旺怒江又向病罐子鞠了一躬，黯然退下。病罐子叫道：“大喇嘛去哪里？”

卓旺怒江轻轻说道：“我败了，现在心如死灰，这就退出此洞，不再与各位相争。”

苦灯叹道：“善哉！善哉！”

病罐子淡淡说道：“大喇嘛好走！”

卓旺怒江微微点头，快步离开了此地。

病罐子见卓旺怒江走了，慢慢走到苦灯和尚身边，说道：“苦灯和尚，你手上应该有三块号牌，已经过关，怎么还要留在洞中吗？”

苦灯说道：“甲丁乙不走，我也不走。”

病罐子点了点头，说道：“那告辞了！洞外再见！”病罐子说完，头也不回地慢慢走开，不见踪影。

火小邪坐在高台之上，目睹下方的卓旺怒江、病罐子分出胜负，更是感叹世间贼术，竟能精奥至此。想那病罐子上身能够弯折，定是经常在无法想象之处藏身隐匿，所受苦痛恐怕难以用言语表述。究竟为何，能让人自我锤炼到这种程度？这个问题，火小邪一时想不明白。

火小邪见卓旺怒江、病罐子消失在视线之中，还在唏嘘短叹时，身边怪腔怪调的话语响起：“哦啊啊，你叫什么？火小邪？”

火小邪知道是阿提木回来了，扭头看去。阿提木捏着胡须，一脸怒气地走上高台，站到火小邪身边，嘀咕道：“哦啊啊，你是叫火小邪？”

火小邪看他这人就不太顺眼，没好气地说道：“我就是火小邪，怎么？想和我比试？”

阿提木说道：“哦啊啊，你没有牌子，我也没有牌子，不会与你比试！啊哦哦，火小邪，郑则道骗我，说你是高手，可我看你一点都不像。”

火小邪哼道：“我是不是高手，关你什么事！你输给郑则道，还想对我撒气？我是和郑则道关系好，你怎么的？不服气？”

阿提木说道：“啊啦，小崽子，郑则道是个狡猾的兔子！但他一定要回来找你。我就在这里等着他！他要是不还我牌子，我就抓住你，收拾你！哦啊啊。”

阿提木嚷嚷着，一屁股坐在火小邪身边，恶狠狠地盯着火小邪。

火小邪暗骂道：“你脑子里都是大粪吗？行行，你坐着，你坐着！”

这两人互不说话，干坐了片刻，就听洞中传来三声锣响，有人大声叫喊：“第十六位，南京章建，绰号窑子钩，自愿退出比试！他的十六号牌，已经藏入洞中，各位客官，赶快找啊！找到是运气啊！”再有三声锣响，话语重复了一遍，又响三声锣，再说一遍之后，没了声息。

阿提木唰的站起，捏着胡子笑道：“啊啦啦！太好了！有牌子了！”

阿提木拔脚要走，临走时瞪了火小邪一眼，狠道：“小崽子！算你运气！你有本事就不要跑，我不会放过你的。啊啦啦。”

阿提木骂完，匆匆忙忙跳下高台，四处寻找去了。

火小邪看着阿提木的背影，学着阿提木的腔调骂道：“啊啦啦，哦啊啊，你是个傻里吧唧的笨蛋，哦哦哦，脑子有毛病的大野猪！”

火小邪骂完，心中一惊，想道：“奶奶的，这个阿提木不会真的再回来吧，到时候对我发狠，我要不是他对手，被他拿住，岂不是连累了郑则道郑大哥？

不行，不行，看来我不能在这里待着，再待着真的没机会啦！”

火小邪打定主意，四下看了看，站起身来，慢慢退下高台。

青云客栈石室内，一条路口中快步走出一人，一出来就十分恭敬对店掌柜抱拳，说道：“店掌柜，各位店小二，郑则道已经拿到两块号牌，过关回来了。”

店掌柜和店小二们满面喜悦地看去，郑则道笑吟吟地向他们走来。

店掌柜赶忙回礼，笑道：“恭喜恭喜！郑客官请出示号牌。”

郑则道微微一笑，从怀中摸出两块号牌，递给店掌柜。店掌柜接过，一看号牌，乃是第一位阿提木的号牌和第三位郑则道自己的号牌。店掌柜十分满意地看着郑则道，说道：“郑客官，你只有两块牌子吗？若是还有多的，请交还我们。”

郑则道笑道：“洞中的高手很多，能拿到一块号牌已经实属艰难，有二块号牌过关就好了，何必贪多？”

店掌柜欣慰地看了看郑则道，说道：“这乱世中，如果人人都如郑客官这样谦虚务实，哪会有如此多纷争。郑客官，你是第一个过关的，再次恭喜啦！”

郑则道惊道：“啊！我竟然是第一个过关的！真是没想到，没想到，实属侥幸，实属侥幸！”

店掌柜说道：“郑客官，请随我们回客房休息，这第三位的号牌，还给你，好好保管。”

郑则道伸手接过，说了声：“谢了！”

店掌柜问道：“郑客官，问你一事。”

郑则道说道：“请讲。”

店掌柜说道：“洞中第六位的甲丁乙，杀了数人，你知道吗？”

郑则道一脸沉重，说道：“知道，他下手十分狠毒，而且没有道理可讲，我对他的所作所为，十分不解。”

店掌柜哦了两声，说道：“好，好，我就不多问了，请郑客官回房好好休息吧。”

店小二他们兴高采烈，客客气气地把郑则道请出石室，回房休息，暂且不表。

店掌柜见郑则道走了，坐回藤椅，捋了捋胡须，自言自语地笑道：“郑则道，人才啊！能成火家弟子，定有一番大作为。呵呵！呵呵！”

店掌柜自言自语一番，把藤椅边的小茶壶拿起，眯着眼睛喝了一口，余光却见到黑芒一闪！店掌柜啪的一下跳起，叫道：“甲丁乙，又是你？”

“嘿嘿！嘿嘿！店掌柜，就是我，我也过关了！”甲丁乙阴沉沉的话音响起，二块号牌被一道黑芒卷着，丢到藤椅上。

店掌柜上前拾起，这两块号牌一块是甲丁乙自己的第六位号牌和火小邪的第十一位号牌。店掌柜说道：“甲丁乙，你杀了数人，怎么只有两块号牌？多的还请还来。”

“嘿嘿！多的号牌，我都送人了！嘿嘿！店掌柜的，我过关了！”

店掌柜把第六位的号牌拾起，说道：“是，你过关了。请把你的第六位号牌收好，回房休息。”

“嘿嘿！嘿嘿！”一道黑芒闪过，把第六位号牌卷走，随即一片黑烟似的人影，快速涌出了这间石室。

店掌柜把火小邪的第十一位号牌拿在手中，喃喃道：“第十一位，奉天火小邪，恐怕凶多吉少啊。”

没有人回来，就一直没人回来，郑则道、甲丁乙一回来，一个时辰之中，病罐子、亮八二人陆续上来，每人各持两块号牌，回到石室。病罐子手持自己和卓旺怒江的号牌，亮八手持自己和鬼龙的号牌。这二人交还号牌，算是过关，各自被店小二他们请回房间休息。卓旺怒江随后一脸死寂地回到石室，只说了声“我输了”，就大踏步离开石室，店小二他们赶忙跟上，送他出青云客栈。

火小邪正在洞中艰难摸索着前进，捡着缝隙阴暗之处，步步小心，尽量远离自己原来所在的高台。火小邪躲躲藏藏了半天，终于看到前方不远处有一个硕大的石洞，里面透出光亮。火小邪略略犹豫了一下，还是向这个石洞爬去，刚爬到洞口，闻到一股子浓烈的血腥味从里面传来。

火小邪心中一个念头：“千万不要是郑大哥出事了！”就顾不得太多，探头向里面看了看，钻进石洞之中。石洞中摆着数个大小不一的火盆，有一个放在墙角的火盆已经点着，另一边的角落，赫然躺着一个衣衫不整、赤条条的尸体，身下鲜血流了一地。

火小邪吓得一怔，咽了咽口水，仔细打量那死人。这死人身材矮小，尽管衣衫被撕成一条一条的，但仍然能看出他穿着大红大绿，留着满是刺青的光头，不是那个割开火小邪裤裆的红小丑，又能是何人？

火小邪心中大惊，怎么这个红小丑这般模样死在这里？火小邪抬眼打量了一下这个石洞，在石洞一侧有一个通向上方的路口，看着与自己下到溶洞中的入口无异。火小邪暗想：“难道是这个红小丑躲在回去的路口，打算伏击拿到号牌的人，结果偷鸡不成反蚀一把米，丢了性命？或者是甲丁乙看他不顺眼，杀了他？”

火小邪小心翼翼走到红小丑的尸体前，见他满脸漆黑，如同被烟熏火燎一般，十分古怪，他睁大着眼睛，死不瞑目。而红小丑脖子上，有一个拇指粗细的洞口，还在不断向外渗出鲜血，看样子并没有死去多久。红小丑脖子上的伤口极深，切口处齐整，好像一股子肉被利刃瞬间挖去，他应该就是死于此伤。

火小邪叹道：“报应，报应！割开了我的裤裆，却让人这样杀了，这报应似乎太过头了。”

火小邪没想去搜索红小丑身上有没有号牌，料定肯定没有，此地不便久留，打算尽快离开。火小邪刚跑到洞口，一声佛号响起，把火小邪惊得跳开一边：“阿弥陀佛，小施主慌慌张张，要到哪里去？”

苦灯和尚面色严肃地稳步走入石洞，一眼便看到了躺在一边的红小丑尸体，不禁紧锁眉头，说道：“小施主，是你杀了他吗？”

火小邪慌道：“不是我！我没杀他！”

苦灯说道：“那小施主为何在此？又为何如此慌张？”

火小邪叫道："我来到这里的时候，他早就死了！你能来这里，我就不能在这里？你看到死人，你能不慌？不赶快走，难道还要陪着死人过夜？和尚，你不要冤枉好人！"

苦灯说道："小施主，口说无凭。"

火小邪愁道："那你说怎么办？我没杀他就是没杀他！"

苦灯说道："那好，小施主你先别走，随我一起看看尸体。"

火小邪见苦灯和尚一幅绝不会善罢甘休的样子，急得连连跺脚，叫道："看就看，你冤枉人可不行！"

苦灯并不答话，走到红小丑的尸体前，蹲下身子打量一番，久久不愿站起。火小邪站在一边，也不敢走，站在一边心急如焚，暗想这和尚不会真的认为自己杀了红小丑吧，看他对甲丁乙的态度，万一被他误会了，只怕自己讨不到好。苦灯和尚念了声阿弥陀佛，站起身来，说道："手法精湛，一击即中，是个杀人的高手！"

火小邪赶忙说道："我这辈子连鸡都一刀杀不死，别说杀人啦！和尚你看清楚了啊，我能杀了他，我还至于让他把裤裆都割烂吗？"

苦灯和尚上上下下看了一番火小邪，说道："小施主，你的确没有这个身手。只是小僧问问你，你知道红小丑是谁杀的吗？"

火小邪苦道："我要是知道，早就告诉你了！我猜是甲丁乙杀的。"

苦灯和尚默不作声，沉吟片刻，说道："小施主，此地诸多是非，人心险恶，你多保重！小僧告辞了。"

火小邪忙道："和尚，你要回去了？"

苦灯和尚说道："我有三块号牌，已经过关，甲丁乙此时也不在洞中，我就不便久留了。"

苦灯和尚说完，就向路口走去。

火小邪愣愣看着苦灯和尚的背影，思绪翻滚，突然张口叫道："和尚，等一等！"

苦灯和尚回头说道："小施主还有什么事？"

火小邪上前一步，说道："和尚，你有三块牌子，多了一块，尽管我没有，但想和你比试一下！赢你一块牌子！”

苦灯和尚淡淡一笑：“小施主，你要是输了呢？你拿什么还我？”

火小邪啧了啧嘴，说道：“和尚，你是怕赢不了我。不敢比试？”

苦灯和尚呵呵一笑，说道：“小施主，不是和尚不敢比，也不是和尚小气，你想要牌子，我大可送你一块，但是你要知道，你有一块牌子在手，会惹来杀身之祸！”

火小邪突然怒道：“和尚，你不要瞧不起人，谁说我会被人宰掉！你要比就比，少说这些唬人的话。”

苦灯和尚说道：“阿弥陀佛，小施主，既然你不怕，那我们就比试一下，你说比什么吧。”

火小邪说道：“好，那我们比盗火！”

苦灯和尚微微一愣，问道：“盗火？何为盗火？”

火小邪说道：“盗火，是我瞎编的。你等着啊！”火小邪四下张望，跑到洞中一角，把一个没点燃的大火盆连拖带拽弄到洞中间，又跑到另一侧，把点燃的那个火盆也拖到中间。两个火盆相隔四五尺远近，与苦灯和尚所在位置连成一线，着火的火盆在前，没火的火盆在后。

火小邪比画了一下距离，跑回苦灯和尚身边说道：“和尚，我们比盗火！你看到了吗，这里有两个火盆，相隔不远，我们站在这里，不准上前，但要把点着的火盆中的火盗走，去点燃另一个火盆。先说好了，不准用自己身上的器物，什么火种、衣服、鞋帽等等，都不准用，就这样站在原地，盗走一个火盆的火，点燃另一个火盆！”

苦灯和尚打量了半天，奇道：“小施主，站在这里不准动，也不能用身上的东西，这怎么可能做到？”

火小邪哼道：“怎么？做不到？做不到就认输，给我一块牌子！”

苦灯和尚笑道：“呵呵，小施主好狡猾，想用这种你也做不到的把戏，让我认输？”

火小邪叫道：“谁说我做不到！我就能把火盗走，点燃另一个火盆！”

苦灯和尚说道：“有趣！你等等，我先试试！”

苦灯和尚苦苦端详了半天，仍不得其解，不禁把自己胸前的佛珠取下。火小邪在一旁叫道：“说了不准用身上的东西的！”

苦灯和尚脸上一红，赶忙把佛珠放下，身子顿了一顿，猛然向火盆凌空推了几掌，大袖生风，带的火盆中的火苗倾斜一片。苦灯和尚喝了声，身子如螺旋桨一样飞转，大袖飞舞，风声猎猎，接连不断，眼看着火苗被吹得向另一个没有点火的火盆压过去。

火小邪心中暗叫：“这和尚真厉害！”

可惜两个火盆之间相隔四尺之多，火苗锋头确实有吹拂到火盆之上，但要想点燃火盆里的松油，除非火焰能在空中打弯，才能做到。

苦灯和尚挥舞大袖半天，仍然点不着火盆，慢慢停了下来，长叹一声：“阿弥陀佛，小僧做不到。”

火小邪笑道：“和尚，你可说好了，你做不到是不是？别一会儿反悔！”

苦灯和尚说道：“确实做不到，小施主，请你一试！你若能点着火盆，小僧输给你一块号牌！绝不食言！”

火小邪说道：“那就信你啦！”

火小邪走到洞边，从存放食物净水的石头房上取下一块扁石，拿手掂了掂，又换了一块，这样连续换了七八块，才终于挑到一块趁手的，拿在手上，走了回来。苦灯和尚牢牢盯着，一言不发。

火小邪看了眼苦灯和尚，说道：“这可不是我身上的东西。”

苦灯微微点头，聚精会神看着火小邪的动静。

火小邪深深吸了一口气，手中握了握这块扁石，伸展了一下肩头，凝视着火盆，手臂一展，轻轻喝了声：“去！”只见火小邪手中的扁石平平飞出，刚好砸进火盆之中，噗的一声轻响，这块扁石竟带着一团火焰，从火盆中再度跃出，直飞向另一个火盆。这块扁石，带着火焰，在空中划了道闪烁的火线，“咔唧”一声，击中火盆内沿，火花四溅，落进火盆中。

火小邪大叫一声：“中了！”

嘭的一下，火盆点燃。

苦灯和尚念道：“阿弥陀佛！”

火小邪用的这招，乃是最常见的乡间少年玩耍的游戏“打水漂”，可别小看了打水漂，这里面其实讲究颇多。寻常打水漂也就是比一比石头能在水面上打出多少个连续，一旦玩的水平高了，还有“跃龙门”“打远”等玩法。“跃龙门”乃是石子击中水面后弹起，越过某个障碍；“打远”则是比试石头在水面上一击之后，第二次落入水面的远近。奉天的小贼们没有什么可以玩耍的，没事就跑到水塘沟渠处打水漂，火小邪会拿盘儿，手势力道准头都十分优秀，是常胜将军，可算得上是他的一项“拿手绝活”。打水漂这个游戏纯粹是民间少年玩耍的，纯属打发时间，对偷东西没有什么用，江湖大盗谁会去练打水漂?

火小邪就凭这种“民间杂耍”赢了苦灯!

火小邪见火盆燃起，脸上兴奋得通红，对着苦灯和尚叫道:“我盗火成了!点燃了火盆！和尚，你输了！”

苦灯和尚点了点头，默然道：“小施主！你火性纯粹，真是不简单。和尚输了，心服口服。”说罢从怀中摸出一块号牌，向火小邪递过来。

火小邪也不客气，伸手接过，可低头一看，乃是苦灯和尚自己的第二位号牌。火小邪不禁问道：“和尚，这是你的号牌……”

苦灯和尚说道:“我输给了你，自然是输掉我的号牌。小施主，前路凶险，请保重！”

苦灯和尚念了声佛号，转身走入路口。火小邪看着苦灯和尚，若有所思，连忙大叫一声：“大和尚，请等一下！”

火小邪追上苦灯和尚，拿着号牌，脸上浮现出古怪的笑容，说道：“大和尚，你好人做到家，帮我一件事。”

苦灯和尚说道：“小施主请讲！”

火小邪凑近苦灯和尚，在他耳边轻轻说了起来。

苦灯和尚念了声佛号，走入石室。店掌柜赶忙站起相迎，笑道：“苦灯和尚，你定是过关了吧！”

苦灯和尚走上两步，从怀中摸出两块号牌，交到店掌柜手中，说道：“小僧手中有两块号牌，应是过关了。”

店掌柜拿起号牌一看，惊道：“这是第八位三奇峰和第十七位赵顺财的号牌，苦灯和尚，你的号牌呢？”

苦灯和尚说道：“阿弥陀佛，小僧的号牌在与人比试的时候输掉了。”

店掌柜不解道：“你输掉了？”

苦灯和尚说道：“没错，小僧输给了第十一位的火小邪。”

店掌柜“啊啊啊”了半天，一下子琢磨不明白这到底怎么回事，接不上话，只好说道：“苦灯和尚，你过关了。但你的号牌没有了，请你从这两块号牌中挑一块，好好保管。”

苦灯点了点头，从店掌柜手中拿过第十七位号牌，放入怀中。

店掌柜叫道：“店小五，送苦灯和尚回房休息。”

店小五跑过来，恭恭敬敬地请苦灯和尚走出石室。

店掌柜坐在藤椅上，百思不得其解，不禁叹了口气：“这回可是奇了，甲丁乙拿着火小邪的号牌回来，而苦灯和尚又把自己的号牌输给了火小邪，苦灯和尚在十八人中当是实力数一数二，怎么会输？难道这个火小邪天赋异能？不对啊！”

店掌柜琢磨了半天，干脆一拍藤椅扶手，吩咐道：“店小二，时间差不多了，你去鸣锣，告诉洞中人现在过关的情况。”

店小二刚要离去，路口中飞也似的冲出来一个胖子，冲到石室之中才站住，气喘吁吁地说道：“我，我回来了！我有两块号牌，我过关了！”此人正是那个起初在青云客栈大堂中和胖厨子对打的第十三位胖好味。

胖好味十分紧张地咽了咽口水，撑着膝盖，还不断回头看路口中是否有人追出来，总算把气息调稳，才从怀中摸出两块号牌，递给店掌柜，乃是他自己的第十三位和第十位荆州尖耳朵的号牌。

胖好味惊魂未定地喘道：“万幸，万幸，差点就完蛋了！那女人太厉害了，幸好抽烟的男人赶过来，呼呼……”

店掌柜笑道：“胖好味，你过关了！”

几人各自安排，略过不表。

—

火小邪和苦灯和尚分开后，静静躲在一个角落处观察外面的动静，就看到阿提木和一个小个子男人从一侧钻出来，在下面上蹿下跳，互相追逐。那小个子男人火小邪倒是一眼认得出，乃是第十五位闹小宝，穿的衣服与自己一模一样，都是青云客栈放在房间里的。这两人彼此追逐十分奇怪，一会儿闹小宝追阿提木，一会儿阿提木追闹小宝，不知道是什么规矩。

阿提木和闹小宝互相追得正欢，就听“咣咣咣”三声锣响，把他们两人吓得略略一顿，但仍然脚步不停，沿着小广场不住奔跑，并不远去。

洞中有人大喊道：“各位客官，时间不多了！抓紧啦！向各位通报现在过关的情况，过关第一位，小不为郑则道，持两块号牌过关！过关第二位，甲丁乙，持两块号牌过关！过关第三位，病罐子王孝先，持两块号牌过关！过关第四位，亮八，持两块号牌过关！过关第五位，苦灯和尚，持两块号牌过关！过关第六位，四川胖好味，持两块号牌过关！弃权二位，卓旺怒江，无号牌；窑子钩章建，一块号牌已丢回洞中。请各位客官抓紧啦！”如此又说了两遍。

阿提木听完宣告，猛地站住，转身对闹小宝叫道：“不和你比了！啊啦哦！”

闹小宝不敢上前，停下脚步，恨道：“你不能耍赖！你偷了我的号牌，还给我！”

阿提木捏着胡子，说道：“啊哦哦，小娃娃，你自己没藏好自己的牌子，让我找到了，你能怪谁？啊啦哦，小娃娃，和你追来追去，累死了！不和你玩啦，我就是耍赖，就是耍赖，你能怎么样？啊哦哦！”

闹小宝气呼呼地说道：“臭胡子，你要是不比试，我们就打架！”

阿提木骂道：“哦啦啦，小娃娃，我最喜欢打架！我看你这个小鸡崽子，会怎么打架！”

闹小宝哼了声，说道：“你别后悔！”说着跳开几步，来到一个火盆旁边，将袖子一捋，把两只手一下子插入火盆，在里面搅了搅，拿了出来。闹小宝双手火光熊熊，大声笑道：“臭胡子！看我不烧死你！”

阿提木看着闹小宝竟然手不怕火，也是愣了，叫道：“小娃娃，玩的什么妖术！”

闹小宝笑道：“不告诉你！臭胡子，我先把你的一张马脸烧烂再说！看你还不还我！”

阿提木骂道：“小娃娃，小小年纪，不要说大话！让你见识一下阿提木老爷的厉害！啊哈！”

阿提木手一翻，从腰间拔出两件东西，套在手上，居然是两把奇离古怪带着弯钩的剪刀。阿提木嚓嚓嚓手指开合一番，用剪刀尖指着闹小宝说道：“小娃娃，要后悔还来得及！啊哦！”

闹小宝笑道：“臭胡子原来是个烂裁缝！哈哈！哪个怕你，你来！”

阿提木哦哦大叫，提着剪刀向闹小宝冲过来，闹小宝躲也不躲，手上一扬，一个拇指大小的火球急急向阿提木的脸上飞去。阿提木迎着火球冲来，连忙用剪刀去挡，可剪刀一碰到这个火球，嘭的一声炸了个火花四溅。阿提木被炸得脸上漆黑，胡子都烧着了，大吼着跳开一步，慌忙扑掉身上的火焰。

火小邪看闹小宝玩出这个手段，不禁回想起死在石洞中的红小丑，他脸上也是如同烟熏火燎一般，难道说是闹小宝拿走了红小丑的号牌，并杀了红小丑？可这个闹小宝看着年纪比自己还小一两岁，怎么会对红小丑如此狠毒地痛下杀手？

闹小宝看着阿提木手舞足蹈的样子，哈哈大笑：“臭胡子，我的火弹子滋味如何！看我不烧烂你的脸！”双手齐扬，不知手中怎么又变出了数个火球，都向阿提木掷去。

阿提木左躲右闪，架不住有的火球还没有飞至面前，就在空中爆炸，顿时狼狈不堪，衣服上到处都被点着，阿提木大叫：“妖术！妖术！”带着满身的火苗，拔腿就跑。

闹小宝笑道：“我这里多的是！你跑不掉的！”紧紧追去，边追边把头一侧，似乎嘴里含住了什么东西，吐向手中，手再一挥，就是三四个火球飞出。

阿提木不顾一切奔逃，火球在他身边嘭嘭不断爆炸，看样子难逃闹小宝的火攻。

闹小宝乐得大叫："臭胡子看你怎么逃！"

闹小宝正乐得叫，突听"咯咯"一声娇笑，闹小宝抬头一看，头顶白花花的一片，竟是女人的大腿掠过头顶，裙下春光，一览无余。闹小宝不知为何，看得眼睛都痴了，脚步一停，目光随着女人的大腿而去。

花娘子落在闹小宝身边，娇笑道："小宝贝，好看吗？"

闹小宝愣在原地，脸上五官不住抽动扭曲，动弹不得，呆呆看着花娘子，显得十分难受，可就是说不出话，手上的火焰也慢慢熄灭。

花娘子走上一步，从闹小宝怀中把一块号牌抽出来，娇声道："小宝贝，都让你看到不该看到的了，这块号牌算你补偿我的。小宝贝，我早就看上你的，可惜一直找不到你。呵呵，没想到你这么会玩火，呵呵呵呵，姐姐好喜欢你啊。"花娘子摸了摸闹小宝的脸，贴过脸轻轻向闹小宝吹气，闹小宝身子一软，跪倒在地。

"骚娘们，一会儿盯不住你！你就出来害人！让这么个小鬼看你的骚屁股，你还要不要脸？""踏踏"的皮鞋声作响，一个人跳上花娘子身后的石头上，蹲在石头上，嬉皮笑脸地看着花娘子，狠狠抽烟。此人便是烟虫。

花娘子连忙跳离闹小宝，冲着烟虫冷笑道："臭男人，你追了我三天三夜，有完没完！要不是你坏了我无数好事！我早就过关出去了！我已经有两块号牌，你拦不住我了！呵呵呵！烟虫，你还是担心担心你自己吧！"

烟虫无所谓地说道："哪怕我不过关，我也不能让你过关。骚娘们，有我在，你绝对过不了关的！"

花娘子尖声笑道："烟虫，我一直被你纠缠，才拿不到号牌，现在我有两块了，我看你有什么本事能挡住我出去！"

烟虫笑道："骚娘们，路口就在那边，我看你这次怎么甩掉我出去。你跑啊！"

花娘子冷笑连连，慢慢退后，闪到一块石头之后，不见了踪影。

烟虫不慌不忙续上一根烟，站起身伸了个懒腰，鼻子闻了闻，双手插在裤兜里，跳下石头，不紧不慢，摇摇晃晃地向另一个方向走去。

火小邪见阿提木不知跑到哪里去了，下面只剩下闹小宝团着身子，难受地在地上前后翻滚，心中万分不忍，他知道中了花娘子春毒的滋味，那可绝对不是享受。火小邪叹了口气，他一看到这个闹小宝，就立即想起了浪得奔、老关枪、瘪猴三个兄弟，想道："我要是不出去救他，恐怕这个闹小宝要丢了性命！被阿提木盯上就盯上吧！我不能见死不救！"

火小邪想到这里，赶忙起身，钻到邻近的一个火盆处，提了个羊皮水袋，再也管不了这么多，匆匆来到闹小宝身边。

闹小宝躺在地上，紧紧缩成一团，面如死灰，双目紧闭，咬紧牙关，已经连翻滚的力气都没有了，只是不住颤抖。火小邪蹲在闹小宝身边，把水袋解开，将水一点一点地倒在闹小宝的脸上，闹小宝身子狠狠抖了抖，猛的睁开眼睛，眼神一片迷茫，喃喃说道："别管……管我……走……你走吧……我没……没救了。"

火小邪听着闹小宝的话，更加心酸，把闹小宝的脸扶住，使劲地抽打，骂道："我也中过花娘子的春毒，只要能忍住，就会没事的！"

闹小宝短促地喘息，低声乱说："我……我不是……不是你。我……我不行……不行。"

火小邪使劲掐着闹小宝的脸，低声吼道："你清醒点！你心里的火呢？你点着你心里的火啊，有一片火海可以点着的！"

闹小宝又急促地喘息一番，忽然眼珠子一翻，脸上猛的平静了一下，便摆出了一副痴傻的笑容，看样子已经和傻子无疑，舌头乱伸，嚷道："呀，姐姐，姐姐。"说着拉扯着火小邪衣袖，竟要往火小邪怀里钻。火小邪一把捏住闹小宝的脸，骂道："姐姐你个大头鬼哦！"

火小邪知道闹小宝肯定春毒药力发作，心如刀绞，问了自己一万遍现在该怎么办，恨不得咬碎自己的牙齿，可就在这时，火小邪心中一片空明，抬手看了看自己的手指，再也不愿细想，一口咬破了指尖，捏住闹小宝的面颊，把手指塞入闹小宝的口中。闹小宝现在根本就是一个傻子，哪管塞进嘴里的是什么，顿时一阵猛吸，把火小邪的指血尽数吞入腹中。

闹小宝吸了一阵，脸上又狠狠一阵抽动，痴傻神态渐渐消失，再次紧闭双目，表情痛苦起来。

火小邪暗叫一声："有效了！"

闹小宝全身松软，嘴里也不再使劲吸吮，头一歪，似乎昏了过去。

火小邪抬手擦了擦汗，知道闹小宝尽管昏了过去，但已经捡回一命。火小邪和闹小宝这一番折腾，自己也筋疲力尽。

"啊哈，火小邪，你不仅是郑则道的兄弟，还是这个小娃娃的兄弟！郑则道一定把我的牌子送给你了！啊哦哦，你还我牌子。"怪腔怪调的阿提木的说话声从一边传来。

火小邪料到阿提木这个混账迟早要出来找自己麻烦，并不吃惊，脸色平静地向说话声音处看去。阿提木全身上下的衣服，烧得全是破洞，脸上一片焦黑，胡子烧掉了一半，万分狼狈，但这时，他还是恶狠狠地走到火小邪面前。

火小邪连连皱眉，暗暗骂道："阿提木你这个欠打的大西瓜！我看你不止满脑袋都是屎！还满口喷粪！"

火小邪转念一想，心生一计，想尽管此法危险，但事到如今，不得不一试。

火小邪唰的站起身，指着阿提木大骂道："阿提木，你嚷个屁！我没有号牌！见你的大头鬼，你想要牌子都想疯了！"

阿提木哼道："小崽子！你骗不到我的！"

火小邪丝毫不惧，继续骂道："郑则道没有把号牌给我！你这个疯子！脑子有病啊！"火小邪边说边抖搂自己的破衣烂衫，证明自己身上的确没有。

阿提木摇了摇他那个黑乎乎的脑袋，哼道："你一定藏起来了！我这就打死你！看你说不说！"

火小邪义正词严地骂道："阿提木，你当我怕死吗？郑则道已经不在了，你打死我有什么用？另外告诉你，我能来这里，有一项本事你们绝对没有，就是随时自杀的本事！我只要大喊一声，猛一跺脚，就会立即死掉，还能一口毒血喷你满脸！保管让你烂成一摊肉泥！信不信由你！"火小邪又玩吹牛不眨眼的本事，这话以前就对严景天和水妖儿他们说过，当然骗不过他们，但阿提木的脑筋和中土人不太一样，刚才被闹小宝的火攻吓了个半死，还真吃了火小邪这一套瞎话。

阿提木停住脚步，疑神疑鬼地看着火小邪，叫道：“啊拉！你这小崽子，你还想骗我。”

火小邪冷笑道：“我敢站出来不躲着你，就是不怕你，既然不怕你，何必骗你？骗你我能得到什么好处？阿提木，你还是不要在我身上浪费时间，赶快去找丢回洞中的号牌吧！这样你还有一点过关的希望。”

阿提木双手齐上，想捻自己的胡子，但是胡子已经烧掉了，阿提木只好抓着胡茬，眼珠子乱滚，费了吃奶的劲头思考。按阿提木的逻辑，火小邪说得合情合理，在火小邪身上浪费时间有点划不来，还不如另做打算。

阿提木斜着眼睛，看着火小邪说道：“啊哦啊啦，小崽子，我现在可以饶了你，但你必须和我一起去找丢回洞中的牌子。如果时间到了，我们找不到牌子，那我就过不了关，我照样会宰了你。”

火小邪心想：“这个一脑子大粪的阿提木还真会打算盘！”

火小邪哼了哼，说道：“一起找就一起找！找到了就给你！没找到大不了我们同归于尽！反正我现在过不了关。”

阿提木和火小邪两人在洞中胡乱搜索，起初两人还都彼此怀有戒心，可找了一阵子，火小邪也认真起来，尽管找到号牌，会被阿提木拿走，但总比找不到要好。此时洞中似乎只剩下阿提木和火小邪两个能活动的人，四处都是一片寂静，没有什么好提防的。阿提木在前，火小邪在后，一个一个路口搜索，可找了七八个路口，仍然一无所获，却闻到每个路口里均透出一股子强烈的酸味，顺着酸味寻找，在路口的地上找到一个燃尽的烟头。

洞中的四面钟“当当当”响了起来，每到整点，这四面钟都会敲响。阿提木听见钟声，显得分外焦躁，他和火小邪都明白，离乱盗之关结束只剩下半个时辰了。

火小邪尽管不动声色，其实心中也十分着急，阿提木有一块号牌在手，可自己不是阿提木的对手，就算有办法能赢过来，以阿提木的人品，定会耍赖不给，甚至动手杀人。眼下唯一胜出的办法，恐怕只有偷袭阿提木，拿了号牌迅速出去，还不能让阿提木追上。

阿提木双眼通红，一路野兽一样低吼着，拿着剪刀在墙上乱刺乱挖，如同惊弓之鸟，看他的架势，随时都有可能反手一剪刀，杀了火小邪。

这两人摸索一番，再次回到四面钟所在的小广场上，阿提木看了看时间，面色狰狞地指着火小邪骂道："小崽子！你是不是发现了牌子，却不告诉我！"

火小邪惊道："你不要血口喷人！时间快到了，号牌找不到，你和我都过不了关！"

阿提木眼中凶光四射，野兽一样叫嚷起来："小崽子，我过不了关，你也别想过关！"说罢"嗷"的一声大叫，举着剪刀就向火小邪扑过来，显然把所有怒气都发泄到火小邪身上，想宰掉火小邪泄愤！

火小邪大惊，知道阿提木已经疯了，要动手杀人，连连回退。阿提木的两把剪刀，亮光闪闪张着大嘴，只要一碰上火小邪的身体，就会合拢，断筋切肉。火小邪躲过三招，身上衣服已经被剪刀剪住两次，扯掉了一大块，袒胸露背。火小邪满头冷汗，极力想逃开，但阿提木腿脚比火小邪更快，眼看着退无可退，剪刀向着火小邪咽喉剪来，火小邪大吼一声，头微微一偏，剪刀擦着脸颊掠过，"铛"的一声插入钟乳石中，一下子拔不出来。阿提木松开这只持剪刀的右手，一把抓住火小邪的胳膊，左手上的剪刀冲着火小邪的面门就刺过来。

火小邪双手齐上，牢牢抓住阿提木的手腕，阻住来势，剪刀尖只离面门半指距离，寒光直冒。阿提木狰狞道："杀死你！杀死你！我是第一位！我应该能过关！都是你这个小崽子害的！啊啊啊哦哦哦！"

火小邪全力抵挡，还是架不住阿提木的蛮力，眼看着剪刀就要扎进眼眶。

火小邪心中狂叫："我命休矣！"最后拼尽所有力气，抓住阿提木的手腕想拉开一边。

阿提木呼哧呼哧张着嘴，喉中低吼，势必要把火小邪宰了！

火小邪干脆闭上了眼睛。

而就在能感觉到剪刀尖已经点在眼皮上的时候，忽觉阿提木的手劲一松，火小邪使出全力，自然把阿提木的手拉到一边，"铛"的一声响，这一剪刀又是贴面而过，扎在了石头上。

火小邪睁眼一看，双目圆睁。一根亮闪闪的银针从阿提木口中露出半截，还在滴血，火小邪还没回过神，那根银针唰的一下抽回。阿提木眼睛发直，身子一矮，一头栽在火小邪胸口，“咕隆咕隆”喉咙里响了几声，从火小邪身上滑下，瘫软在地上，身子胡乱抖了抖，一命呜呼。

火小邪抬头一看，只见眼前正站着花娘子。花娘子满头头发不再盘得工整，而是披散着如同一个女鬼，瞪着眼睛，脸上惨白一片，看着十分吓人。奇怪的是，花娘子身上的衣服也都凌乱不堪，领口被人撕开，露出白花花的一片胸脯。这个花娘子，再没有刚才那副风骚媚骨的风情，看着更像一个疯婆娘。

花娘子手上握着滴血银针，根本不搭理火小邪，蹲下身子在阿提木身上摸索，从腰间摸出了一块号牌，不禁尖声笑道：“还有一块！我还是过关了！烟虫，你好狠，我一定不会放过你的！”

火小邪看着花娘子说不出话，花娘子瞅了一眼火小邪，如同疯癫一般的尖声说道：“火小邪，算你走运！下次你再遇见我，就没这么好运了！”

花娘子把号牌拿在手中，转身就走。

“骚娘们，我说过了，有我在，你就别想过关！”有人在一旁大石上说道。

花娘子一转头，看着烟虫蹲在大石上抽烟，几乎如女鬼一样狰狞道：“臭男人，你拿走了我一块牌子，你已经过关了！你还要纠缠我吗？我到底什么时候得罪你了！你到底想要我怎么样？”

烟虫抽着烟说道：“不要你怎么样，你只要废掉自己身上的春毒，我就不纠缠你了。”

花娘子歇斯底里地尖叫道：“不可能！废掉我的春毒就是杀了我！”

烟虫说道：“那没办法了，我不会让你过关出去。”

花娘子举起银针，咬着嘴唇，披头散发地厉声道：“烟虫，我杀了你！”

烟虫懒洋洋地说道：“你来啊，你能杀了我，随便你杀，我最讨厌重复说话。”

花娘子眼神一松，身子发软，瘫坐在地，一只手撑着地，一只手捂着脸，失声痛哭："你已经有两块号牌了，你为什么还要为难我，我只是想过关而已。我到底什么时候得罪了你，你至少给我个明白话吧。"

烟虫不理不睬地从石头上跳下，手插在裤兜中，向花娘子走过来，蹲在花娘子跟前，用手指点了点花娘子的头。

花娘子骂道："你别碰我！"

烟虫说道："你想知道我为什么纠缠你，很容易，你把你的两块号牌都给我，我就告诉你。"

花娘子不住呜咽，哭道："给你，给你，都给你，只要你告诉我。"说着，花娘子把手中的号牌向烟虫递去。

烟虫伸出手想接过，花娘子突然厉声叫道："你做梦！"唰的一下，手中的银针向烟虫的咽喉刺去。

烟虫身子一仰，银针从面前划过，烟虫"嘿"了一声，一个翻滚向后退去。花娘子从地上跳起，唰唰唰如电光一样迅捷用银针刺向烟虫的面门。

烟虫边躲边骂："知道你没这么容易放弃！"

花娘子紧咬双唇，厉声道："少废话！不是你死，就是我亡！"

烟虫骂道："骚娘们！让你输得痛快！"

"哧"的一声轻响，烟虫跪在地上，花娘子站着刺向烟虫，两人就这样都静止住了，花娘子脸上万分惊讶。

烟虫手中拿着一根褐色的粗大卷烟，花娘子的银针正从头部插入这根烟中，烟虫这准头可不是一般人能够做到，竟能用一根烟，稳稳接住花娘子的银针。

烟虫嘿嘿一笑，站起身来，手上一晃，把这根褐色卷烟收了，递到嘴边点燃，"咔"一下叼在嘴中，猛吸一口，说道："把你的号牌都给我！"

花娘子尖叫道："不可能！"转身便跑。烟虫脚步一晃，快过花娘子一步，一把拉住了花娘子的胳膊，把花娘子带的一滞，摔向一边。

烟虫不管不顾，狠狠抽烟，那根褐色的卷烟随着烟虫的抽吸，燃烧极快，随即滚滚浓烟从烟虫的嘴中喷出，断然不是普通的卷烟。片刻工夫，四周都弥漫着一股子灰色烟雾，烟虫和花娘子都笼罩在烟雾中，看不清楚身影。

这股烟雾闻起来乃是和火小邪他们在各个路口闻到的一样，酸味十足，但更为浓烈。花娘子在烟雾中惨叫道：“你不要这样对我！放过我吧！”

无人回答花娘子，花娘子喊了两声，再无动静。

片刻之后，这股子烟如同水雾一样，来得快，退去得也快，一眨眼的工夫，就已经退散掉。花娘子瘫倒在地，抱成一团，如同闹小宝一样不住颤抖，烟虫则站在一边，嘴上已经换了一根普通的卷烟，手中拿着两块号牌，冷冷地看着躺在地上的花娘子。

火小邪靠在石头上，动都不敢动弹，默默看完了眼前惊心动魄的一幕。

烟虫抽了口烟，突然叹了口气，一转身向火小邪走过来，火小邪十分紧张，但也不敢逃走。

烟虫走到火小邪面前，咧嘴嘿嘿一笑，说道：“火小邪，那个闹小宝是你救的吧。”

火小邪紧紧盯着烟虫，慢慢点头。

烟虫笑道：“够义气啊，我就喜欢你这样够义气的，你是不是没有号牌？来，这两块号牌，我送给你了！”

火小邪一愣，还不知怎么回答，烟虫已经拉起火小邪的手，“啪”的一下把两块号牌塞到火小邪手中，歪着嘴笑道：“你应该过关！小兄弟！”

烟虫哼了哼，转头就走，火小邪愣愣拿着两块号牌，突然喊道：“那个花娘子中了自己的毒？”

烟虫头也不回地说道：“没错！但她死不了！”

火小邪又大声问道：“大哥，你和花娘子到底有什么冤仇？”

烟虫仍然头也不回，就是脚步慢了慢，说道：“火小邪，我曾经有个弟弟，可惜他十年前死了，死的时候和你差不多年纪。小兄弟，好奇会害死你的！切记！”

烟虫叼着卷烟，还是一副玩世不恭的样子，晃晃悠悠地走入石林中，消失不见。

火小邪看了看手中的两块号牌，乃是第十五位闹小宝和第七位红小丑的号牌。

火小邪来不及细想，赶忙把号牌别在腰带上，就要动身返回。这时“当当当当当”，四面钟又敲响起来，这次乃是最后一次敲响，若再不赶快回去，就迟了。火小邪一看四面钟，灵光一闪，三步两步跑到四面钟跟前，一脚上去，把四面钟踹翻，低头一看，地面上有一个小盖子。火小邪连忙把盖子拉开，果然重新丢回洞中的第十六位号牌正安静地躺在下面。

店掌柜和五位店小二站在石室中，都全神贯注地打量着上来的路口。店掌柜手中拿着怀表，面色严肃。

路口中烟头的火光一闪，一个人晃晃悠悠地走了出来，正是烟虫。

烟虫叼着烟，摇头晃脑地走到店掌柜面前，赖兮兮地说道：“没迟吧？”

店掌柜笑道：“没有，没有，再晚一会儿，就来不及了。”

烟虫哦了一声，从裤兜里摸出两块号牌，丢给店掌柜，说道：“两块号牌，我过关了。”

店掌柜低头一看，一块是烟虫自己的，一块是第十八位花娘子的号牌，不禁笑了笑，说道：“你过关了！请把你自己的第十四位号牌收好，回房休息。”

烟虫接过号牌，懒洋洋地说道：“先不着急，下面有个叫火小邪的小兄弟，也拿到了两块号牌，应该马上就能上来，他是我半个老乡，我等他一会儿。店掌柜的，那小子腿脚不好，你多宽限他一点时间。”

店掌柜笑道：“客官，这个我们自有分寸，请你先回去休息吧。时间是可以宽限片刻的，但也不能坏了规矩啊，客官还是请回吧。”

烟虫抽了口烟，无所谓地说道：“那好吧。”

烟虫由店小二、店小三他们请走，暂且不表。

店掌柜拿着怀表看着，连连皱眉，路口仍然没有人回来的迹象。送烟虫回房休息的店小二、店小三都已经回到了石室，看石室中还是没有人上来，店小二不禁轻轻咦了一声，凑到店掌柜的耳边说道：“店掌柜，如果拿到号牌了，不该这么长时间上不来啊，难道还能迷路了？”

店掌柜看了眼怀表，说道：“最后等一分钟，再不上来，就算他手上有两块号牌，仍算淘汰。”

时间滴答滴答地过去，路口仍然没有火小邪的身影。

店掌柜啪地一下合上怀表，对店小二们说道：“时间到，鸣锣！”

“等！等一下！我来了！我来了！别鸣锣！”一个路口中有人吃力地大声喊叫着。

店小二们正拿着锣要敲，听到叫喊声，不禁愣了愣，都转头向店掌柜看去。

店掌柜手一抬，对店小二他们说道：“慢。”

“我来了！来了！”路口中脚步蹒跚，缓缓走出一人。

众人向火小邪看去，火小邪灰头土脸，满头大汗，不是自己一人，身上还背了一个人。火小邪走进石室，累得一屁股坐倒在地，把背着的人放在一边，正是闹小宝。

火小邪气喘吁吁地说道：“别鸣锣，别鸣，我背他上来，花了不少时间。呼呼，他是闹小宝，中了花娘子的春毒，花……花娘子还在下面，我怕我一走，花娘子对他不利，所以就背……就背上来了。”

店掌柜不知是喜是愁，上前一步问道：“客官，你可有两块号牌？”

火小邪坐在地上喘道：“有！有！”说着从裤腰上一摸，竟摸出了三块号牌。众人都是轻轻低呼，觉得不可思议。

店掌柜把三块号牌接过，乃是第十五位闹小宝、第七位红小丑和重新丢回洞中的第十六位窑子钩的号牌。

店掌柜惊道：“你怎么……”

火小邪抢先说道：“我还有一块，还有一块。”火小邪翻身爬起，走回路口，四处摸索了一下，不知从哪里抠出一块号牌，拿在手上，走回店掌柜面前，递给店掌柜。

店掌柜早就目瞪口呆，一看火小邪递给自己的，乃是第二位苦灯和尚的号牌，张着嘴说不出话，满是疑惑。

火小邪笑着喘道：“是……是苦灯和尚，他输给我，我以防万一，让他按约定，放在他出来的路口的，没……没想到，最后还是没用上。店掌柜，我过关了吗？”

店掌柜长吸一口气，说道："是，你过关了。"

火小邪憨笑一声，说道："店掌柜，我问问你，我拿了四块号牌，和闹小宝一起上来的，有两块本来是闹小宝的，我两块，他两块，我们两个一起过关了，算不算？"

店掌柜一愣，他从来没有碰到这种情况，沉吟一番说道："好像没这个规矩。"

火小邪说道："你们开始又没有说不能两个人拿四块号牌一起上来，只不过闹小宝现在昏了，不能说话而已。既然你们没说不准这样，那就算我们两个都过关了！"

店掌柜左右为难，火小邪说的也有道理，只好说道："客官，你过关了，请先回房休息，我们要商量一下，再做决定。"

火小邪说道："那好，那好，你们自己不能事后反悔啊，要不然我可瞧不起你们啦。"

店掌柜叹了口气，无言以对，暂时避开火小邪的话题，对店小二们喊道："鸣锣！火门三关其一乱盗之关，闭关！"

《乱盗之关中十八大盗备忘录和补记》

为什么我要写这么这么多盗贼？且看盗亦有道的历史定义。

盗亦有道　　——庄子

出自《庄子·胠箧》。跖之徒问于跖曰："盗亦有道乎？"跖曰："何适而无有道邪？夫妄意室中之藏，圣也；入先，勇也；出后，义也；知可否，知也；分均，仁也。五者不备，而能成大盗者，天下未之有也。"

盗跖后来成为古书中强盗土匪的代名词，平常讲的"盗亦有道"就来自这里。这段话的大意是，强盗问他的头领，盗贼这个行业也有它的道理吗？头领说，怎么会没有呢？天下的事情，哪里会没有道的呢？强盗这一行不仅有自己的道理，而且其中还有学问呢！首先要"妄意"，就是估计某处有多少财宝，只有估计得正确才算高明——圣也。其次，在偷窃时，自己要第一个进去，冒第一个险，这算大勇气——勇也。再次，偷窃结束后，要最后一个撤退出来，承担最后一分危险，这是义气——义也。再次，确定哪里该去不该去，什么时候去最有把握，知道什么可以战胜什么不可以战胜，判断正确了才不会有危险，这是盗窃中的智慧——智也。最后，窃的财物，应分配平均，这是盗行中的仁义——仁也。不具备这五种素质而成为大盗是不可能的。

看来"圣人之道"如果用来教育君子，君子就能被培养成圣人；如果被坏人利用，坏人就能成为大盗。可是天下圣人少而大盗多，可见"圣人之道"给天下带来的利益少，带来的祸患多。所以庄子说："圣人不死，大盗不止。"只有打击虚伪的"圣人之道"，让人民一切顺乎自然，天下才能太平。

值得指出的是，跖是奴隶起义的领袖，由于代表了被压迫者的利益，所以被历代统治者诬蔑为"盗跖"。庄子对盗跖是有同情心的，曾多次指出这个社会是"窃钩者诛，窃国者为诸侯"，并且说，"圣人之道"教大家追名逐利，圣人的危害其实超过大盗。与其把跖叫作盗跖，不如把孔子（孔丘）叫作盗丘。认为虚伪的"圣人之道"才是造成天下混乱的原因。

传统文化中对侠义的大盗历来都是推崇的。《史记·游侠列传》里讲了很多侠客的故事，这些侠客大多数是大盗，但由于他们虽然是大盗但很讲道义，所以司马迁为他们立传，使他们的英名千古流传。

闯火门三关的十八大盗，大家又能够记住谁呢？

第一位，吐鲁番来的阿提木——阿提木身上本来有两块号牌，一块是自己的，一块是偷了荆州尖耳朵的，结果阿提木贪多嚼不烂，败给郑则道，被郑则道赢了一块，偷了一块。阿提木后来从闹小宝那里又偷到一块红小丑的号牌，但被闹小宝的火攻逼走。阿提木返回见过关无望，凶性大发，想杀了火小邪泄愤，反被花娘子所杀，花娘子拿走了阿提木的红小丑号牌。阿提木持两把弯头剪刀，应当有攻击和偷窃的作用。

第二位，四海为家，苦灯和尚——持赵顺财和三奇峰的号牌过关，自己的号牌让火小邪赢走。苦灯听火小邪所说，把自己的号牌放在进入石室的路口。苦灯和尚被甲丁乙揭穿，他是个专门盗佛经的和尚。暂时空手，没有武器。

第三位，苏北郑则道，绰号小不为——过关，持自己和阿提木的号牌过关，尖耳朵的号牌本来也在他身上，他把尖耳朵的号牌送给了胖好味，让胖好味死心塌地听自己的号令。暂时空手，没有武器。

第四位，拉萨来的卓旺怒江大喇嘛。——败给病罐子后，心如死灰，退出了比赛。空手，没有武器。

第五位，上海来的王孝先，绰号病罐子——过关，和卓旺怒江公平相斗胜出，持自己和卓旺怒江的号牌过关。空手，没有武器。

甲丁乙就是第六位——过关，持自己和火小邪的号牌过关，甲丁乙把三奇峰和赵顺财的号牌送给了苦灯和尚。甲丁乙能甩出黑芒，应该是一种鞭子，他身上还有细刀。

第七位，川贵滇交界红小丑——惨死在洞中，身上没有号牌。红小丑偷袭闹小宝未果，反被闹小宝火攻烧了脸，被闹小宝拿走了红小丑的号牌。红小丑不甘心，躲在路口，想偷袭别人，但不知被什么人杀掉，目前还是个谜，以后会慢慢揭示。红小丑使用尖锐的刀片类武器，能够近身迅速切开人的衣服，这和红小丑喜欢偷女人头发有关。

第八位，福建三奇峰——暗杀了荆州尖耳朵，但此时尖耳朵的号牌已经被阿提木偷走，三奇峰和卓旺怒江比试时，被甲丁乙杀死。死得很早，没有亮出武器。

第九位，开封亮八——过关，持自己和鬼龙的号牌过关，但躲在洞中直到郑则道和甲丁乙出洞后，才和病罐子出去。背包中有一个金属的风水盘，能杀人。

第十位，荆州尖耳朵——一进洞就被阿提木偷走了号牌，后被三奇峰杀死。死得很早，没有亮出武器。

第十一位，就是火小邪——过关，烟虫最后送了火小邪红小丑和闹小宝的号牌，火小邪从四面钟下找到了窑子钩的号牌，包括向石室拿到苦灯和尚的号牌，一共持四块号牌过关。空手，没有武器。

第十二位，山西鬼龙——和亮八比试摸背败北，但起了杀机要杀亮八，被亮八用风水盘杀死，号牌被亮八拿走。空手，没有武器。

第十三位，四川胖好味——过关，持自己和尖耳朵的号牌过关。持一个亮黄锅铲和一口黑色铁锅，说是武器还不如说是随时炒菜的炊具。

第十四位，哈尔滨李彦卓，绰号烟虫——过关，在洞中一直追了花娘子三天三夜，破坏了花娘子的很多好事，花娘子拿走了闹小宝的号牌后，烟虫用酸味封住各个路口，夺走了花娘子所持的闹小宝的号牌。花娘子最后时刻败在烟虫手中。烟虫赠送了火小邪两块，持自己和花娘子的号牌过关。空手，没有武器，但嘴不离烟，烟有讲究。

第十五位，湖南郭宝宝，绰号闹小宝——闹小宝本赢了红小丑，但被阿提木偷了红小丑的号牌，追赶阿提木的时候，中了花娘子的春毒，自己的号牌被花娘子拿走。空手，但手能引火，丢出火球。

第十六位，南京章建，绰号窑子钩——中途退出，号牌丢回洞中，最后被火小邪取到。中途逃跑，没有武器。

第十七位，北平赵顺财——号牌早就被甲丁乙偷走，被甲丁乙杀死。死得早，没有武器。

第十八位，杭州余娟儿，绰号花娘子——花娘子苦于被烟虫追赶，一直无法施展手段，本拿到了闹小宝的号牌，但烟虫堵住了出去的路口，花娘子身上的春毒不能碰上烟虫的烟酸，所以出不去的时候，被烟虫拿走了一块。花娘子不甘心，最后时刻杀了阿提木，拿走了阿提木的号牌，算是救了火小邪一命，本来花娘子又有了两块，被烟虫追来，用烟雾技法让春毒反噬花娘子，号牌全部被烟虫拿走。花娘子头发上插着银针，银针一段带有小爪，用于贴身偷窃细微的东西所用，银针另一端尖锐，也能杀人。

二、竞盗之关

火小邪拿了第二位苦灯和尚的号牌，回房休息。他略略洗漱，便一觉睡去，睡得昏天黑地，不知多久之后才被敲门声惊醒。

火小邪连忙从床上翻身坐起，叫道：“谁啊！”

门外传来熟悉的说话声：“是我，郑则道，火贤弟，你醒了吗？”

“醒了，醒了！”火小邪听是郑则道，赶忙爬下床，穿上衣服前去把房门打开。

郑则道笑盈盈地站在门口，身边还站了一人，也正笑眯眯地看着火小邪。火小邪定睛一看，郑则道身边的那人，竟是第十三位的胖好味。

火小邪微微一愣，还是赶忙把郑则道和胖好味请进房中。

郑则道和胖好味进了房间，坐在桌边，火小邪陪坐一旁。

郑则道兴高采烈地说道：“火贤弟，差点担心死了！后来听说你拿了四块号牌过关，心中才踏实下来。”

胖好味附和道：“是啊！是啊！恭喜火贤弟啦！”

火小邪尴尬地道：“全靠运气，全靠运气，有两块牌子，是烟大哥送给我的。”

郑则道哦了一声，问道：“莫非是第十四位，哈尔滨李彦卓？绰号烟虫？”

火小邪点了点头，说道："对，就是他！呵呵。"

郑则道疑道："他怎么一次就送了你两块号牌？这么大方？"

火小邪说道："咳，是这么一回事……"火小邪大概其地把闹小宝中了花娘子春毒到烟虫最后送给他牌子的事情讲了。

郑则道和胖好味聚精会神地听完，郑则道叹道："火贤弟，你是吉人自有天相！理当如此，理当如此啊！这个烟虫看着吊儿郎当的，没想到是个重义气的汉子。火贤弟，那你另外两块牌子，又是怎么拿到的呢？"

火小邪不想隐瞒，如实把自己看到红小丑的尸体，怎么赢了苦灯和尚，如何最后时刻踢翻四面钟的事情一一说了，听的郑则道连连点头，赞道："火贤弟，亏你想得出这么奇妙的法子，赢了苦灯和尚。"

火小邪摇了摇头，说道："我觉得苦灯和尚是故意让我赢的，他一定想到了用打水漂的法子取火，就是没有去做而已。毕竟是我出的题，他怎么都要想一下，不比我来得痛快。"

"火贤弟太谦虚了。"郑则道不再聊这个话题，看了一眼身边的胖好味，笑道，"对了，火贤弟，今天我是特意向你介绍一位朋友，就是这位，四川来的胖好味。"

胖好味慌忙站起，对火小邪抱拳致意。火小邪连忙站起身回了礼，客气道："不敢当，不敢当！"

两人坐下，胖好味说道："火贤弟，郑兄弟对我有恩，我能过关全靠郑兄弟照顾，要不是他送给我一块号牌，没准我不能在这里呢！从今天开始，我就和火贤弟、郑兄弟一条心啦！咱们一起再闯过二关！"

火小邪满脸诧异，张着嘴说不出话。

郑则道笑了笑，解释道："那天我在洞中，本来要把号牌送火贤弟一块，可火贤弟执意不收，我想火小邪一定是有自己的打算，也就作罢。后来遇见了胖兄弟，我觉得他人品不错，和我们是一个路子上的，所以就送了一块号牌给胖兄弟，让胖兄弟过关。"

胖好味连声称是，显得对郑则道十分敬佩，颇为尴尬地说道："差点辜负了郑兄弟的美意，我拿了郑兄弟相赠的号牌，赶忙回去取自己的，因为我那号牌一入洞就找地方藏起来了。可我刚刚取到自己的号牌，就碰到了花娘子，花娘子头发上插着几根带着小爪子的银针，十分厉害，我不愿和女人纠缠，咳，不愿和女人纠缠……于是，我就跑了，呵呵，就在我差点要被花娘子抓住时，那个抽烟的男人，对，就是烟虫突然出来，花娘子似乎十分怕他，见到他，骂了声就跑，烟虫也没理我，追着花娘子离开，我这才得以出洞。"

郑则道笑着看了眼胖好味，继续说道："火门三关，我们已过一关，下面两关我们不得而知，我妄加猜测，下面二关不会是我们彼此之间乱盗，而极可能是要考量我们偷其他东西的本事。尽管我们这些人平日里都习惯了独自行事，但难料火家会出什么刁钻的题目，所以若有我们三人合力，各驱所长，想必能省掉不少麻烦，顺利过关。"

胖好味喜笑颜开地说道："郑兄弟说得太对了！现在这个时候，我们抱团一起干，不仅对我们自己有好处，还能抵挡其他人的暗算。"胖好味这个德行，恐怕是他觉得攀上了郑则道这个高枝，喜形于色，对郑则道的安排言听计从。

火小邪哦了一声，慢慢说道："这样么……"

郑则道飞快瞟了眼火小邪，说道："火贤弟是有什么顾虑吗？"

火小邪咧嘴一笑，傻乎乎地说道："挺好的，挺好的！一切都听郑大哥的！"

郑则道笑道："既然火贤弟也没有异议，那我们击掌为盟！"

火小邪哈哈一乐，伸出手掌，三人互相击掌，算是结盟。

郑则道十分满意地说道："好！火贤弟，那我们就不打扰你休息了！"

火小邪连忙说道："没事，没事，我已经醒了，正饿得慌，要不我们一起去吃点东西？"

胖好味叫道："好好！火贤弟说得对，一顿不吃饿得慌，我也饿了！"

郑则道轻轻一笑，说道："那好，我们一起去吃东西吧。"

郑则道和胖好味在客厅等待，火小邪匆匆忙忙洗漱了一下，换了青云客栈提供的新衣服，拿好自己的号牌，和郑则道、胖好味一起出了房间，来到青云客栈大堂，三人找了张桌子坐了下来。

此时大堂中已经坐了两桌，一桌是病罐子和亮八，一桌独自坐着苦灯和尚。

苦灯和尚见火小邪来了，微微对火小邪点头示意，火小邪记得苦灯和尚的好，赶忙点头回礼。病罐子和亮八两人向火小邪看来，都上下打量了一下火小邪，并没有什么表情，低下头继续吃东西，两人都不说话。

郑则道坐下，看了四周一眼，说道："这次过关的人除了甲丁乙和烟虫，都在这里了。"

火小邪问道："怎么闹小宝不算过关吗？"

郑则道说道："闹小宝应该还是昏迷不醒，恐怕得他醒了以后，青云客栈再做判断是否让他过关。"

火小邪点了点头，又问道："我睡觉的时候，青云客栈发生了什么？"

郑则道轻轻一笑，说道："你还真问对了！我上来得比较早，店掌柜他们对我十分客气，并不隐瞒什么，所以知道了一些事情。"

"郑大哥请讲。"

"如果不算闹小宝，我们这次过关的有八人，乃是你、我、胖好味、甲丁乙、苦灯和尚、烟虫、亮八、病罐子。乱盗之关闭关后，店小二他们下去收拾了残局，三奇峰、赵顺财被甲丁乙杀死，鬼龙死在亮八手下，荆州尖耳朵身中三刀也死了，阿提木被人银针穿喉而死，如火贤弟所说，当是死在花娘子手下，花娘子被店小二他们抬出了洞，尽管有些疯癫，但还死不了，现在不知道被送去了哪里，还有一个红小丑，死在路口，据说死得十分诡异。火贤弟，听你说过闹小宝的事情，红小丑的号牌应该是闹小宝拿到了，最后都归在你的手中，只是红小丑是不是闹小宝杀的，就不得而知了。"

"红小丑脖子上的一块肉让人挖掉了，脸上还烧得漆黑，的确是我亲眼所见。闹小宝尽管会玩火，能烧黑别人的脸，却不像会使刀杀人的。郑大哥，你说红小丑是谁杀的？会是甲丁乙吗？"火小邪说道。

"这个我也不好推断，但红小丑这个人恶名在外，在川滇一带作奸犯科，绝不是什么善类，死在火家的乱盗之关，算是对得起他。"郑则道颇为不屑地说道，似乎对红小丑这个人很是不喜欢。

胖好味插嘴说道："我看到红小丑，就全身不舒服，长得妖里妖气的，我看一定是甲丁乙杀的。"

郑则道幽幽然说道："这个不好推断，也许是亮八、病罐子他们和红小丑起了争执，红小丑想抢他们的号牌，自相残杀而死，也很难说。但目前看来，最有可能的还是甲丁乙。这次乱盗之关，死了六人，还疯了个花娘子，昏了个闹小宝，可谓十足的血腥。尽管这些人都是咎由自取，但我觉得火家招弟子，恐怕除了择取良才外，还有其他目的。"

火小邪惊道："这话怎么讲？"

郑则道小声说道："呵呵，恐怕火家借招弟子之名，清除江湖上良莠不齐的贼道败类、异己，也是火家的打算。那个甲丁乙，看着神神秘秘，手下无情，但杀人仍有他的一套道理，要不他怎么不杀亮八，不杀花娘子，不杀掉你我？我倒觉得他是火家派进来的，出场时故意做了出假死的戏，让大家误以为他和火家格格不入，甲丁乙则借闯关的时候，把贼品不端的人除掉。"

火小邪听得昏头脑胀，喃喃道："这么复杂？我有点想不明白。"

胖好味在一旁听着，连连皱眉，抓着光头和火小邪一样想不清楚。

郑则道轻轻一笑："咳，这都是我的推测罢了，可能我想太多了吧，两位不要当真。我们这就叫饭菜吧。"

胖好味听到吃饭，就一下子来了精神，起身大叫道："店家，店家，饿死了！怎么都不来招呼我们啊！"

胖好味大声喊叫，转眼就有店小二从后堂跑过来，笑眯眯地对火小邪他们三人说道："呦！来晚了来晚了，见谅见谅！今儿个事情比较多，呵呵。三位过关的客官，你们要吃点什么？"

胖好味哼道："脆爆双花虾仁，潜龙衔蛋，过河鲈鱼，云豆蒸三贵，俏糖咯吱汤。你们这里有没有？"

店小二听得一愣，愁道："这位客官，你点的这些菜可都是稀罕名字啊，我要问问后厨。"

胖好味哼道："那你快去问问那个胖厨子吧，你和他说，若是他不会做可别怪我看不起他！"

店小二只好说道："那好，我去问问，三位稍等。"

店小二转身要走，郑则道说道："店小二请留步。"

店小二说道："这位客官还有什么吩咐？"

郑则道冲店小二微微一笑，转头看着胖好味，说道："胖兄弟，我看咱们随便吃点青云客栈的拿手菜即可，不必搞得这么麻烦。"

胖好味见郑则道发话了，赶忙答道："也行，也行，就听郑兄弟的。呵呵，我是一想到那个胖厨子，心里就来气，故意刁难他一下。既然郑兄弟都说了，就算了，呵呵呵呵。"

郑则道点了点头，对店小二说道："店小二兄弟，就请上几道青云客栈拿手菜吧，刚才那几道菜不要了。"

店小二连连点头谢过，退了下去。

郑则道对胖好味说道："胖兄弟，你点菜的水平真是极高啊，我就听说过潜龙衔蛋这道菜，乃是桂系军阀陆荣廷①陆大帅的私府名菜，天下能吃到的不过百十人。"

胖好味笑道："咳，我祖宗八代自康熙大帝的时候就一直是皇家御厨，结果到了我爹这一辈，犯了个小错把慈禧太后得罪了，被逐出了宫不说，还终身不准我爹当厨子。我爹是个老顽固，觉得愧对了祖宗，真的从此再不做菜，可是我打小就没啥别的喜好，就是好吃，从小就翻我爹的菜谱，自己给自己做了吃，慢慢把嘴巴吃得刁了，觉得天下菜品我没吃个遍，死了都不甘心，于是满天下打听，专门偷菜谱偷好吃的，所以好些菜名我只是知道，还没来得及尝到，实在惭愧，郑兄弟、火贤弟可别见笑。"

胖好味这一番说，倒是十分传奇，火小邪听了后说道："哎呀，怪不得你要去偷那个胖厨子的菜谱。"

---

① 注：陆荣廷，桂系军阀，和唐继尧并为西南军政府的实权人物，后来李宗仁、白崇禧、黄绍竑异军突起，被称作新桂系，和广东革命政府内外夹击，陆荣廷下台，广西从此成为新桂系的天下。桂系是民国时期少有的能和中央军对抗的地方军阀之一，实力强大。

胖好味说道："这个青云客栈会做的菜，很多都是各地绝品，连我都只闻其名，从没吃过。我光是想想那个后厨胖子手中的菜谱，就嘴馋得迈不动步子，不偷他的简直愧对我八代祖宗，呵呵。"

三人调侃了几句，店小二已经端上来开胃点心，三人边吃边聊，倒也开心。

此时王家大院中，张四爷他们刚刚用过了午餐，陆陆续续回到所住的宅院内。

张四爷和周先生走进内室，周先生仔细掩好了房门，两人坐下。

张四爷靠近周先生，低声说道："你确定青云客栈的入口就在王家大院的西门？"

周先生点头道："应当就在西门附近，这个王家大院坐西向东，青字，乃王字出头，当是指西边有问题，青字下是一窄门，门上应有两道横杠。今天上午我假借购置物品为名，派了精干的钩子兵去了西门，果然在西边找到这样一道门，门下台阶刻着浮云，旁边有一水槽，盛有清水，当是青云的'雲'字含义。看来这个'雲'字，乃是开门之法。"

张四爷说道："我们琢磨了这么多天，一直不得其解，原来青云客栈乃是以文字象形做的谜。"

周先生说道："的确如此，化繁为简，所见即所在，我们一直想得太多，不够单纯直接。可不能小看了青云客栈这道谜题，这道题出得大巧若拙啊！"

张四爷说道："依你看，青云客栈是要做什么？等什么人？"

周先生说道："在挑选贼！"

"挑选贼？"

"不错，就是挑选贼，我们在王家堡抓到山东大盗灰毛虱，这个青云客栈又如此古怪奇特，定是在挑选贼！没一定本事的贼，就找不到青云客栈！但到底找到青云客栈以后，又要做些什么，实在难以猜测。"

"嘿嘿，这个王家大院，果然不简单啊！我们是否应该借口离开，攻入青云客栈，抓他们个人赃并获？我们在此地已近十日，才得到这条线索，再不动手，恐怕就晚了！"

“我本来也有这个打算，但刚才和你一说……觉得现在仍然不是和王家大院翻脸的时候。”

“可一直等着不是个办法啊。”

“我们不用等！若是有贼人进了青云客栈，不是在地下，就是在王家大院中躲着。他们能进去，就一定有出来的时候，我们下午就去拜会王兴，说我们很快要走，为了感谢他们的盛情款待，愿为他们检视一下王家大院的防盗缺陷，让他们带我们在大院里四处逛逛。就以前几天有贼和尚潜入王家大院为由！”

张四爷略略思量，轻轻笑道：“此法甚好！我倒看看这个王兴老爷怎么拒绝我们！”

张四爷和周先生相视而笑。

周先生止住笑声，说道：“张四爷，还有一件事！”

张四爷说道：“请讲！”

周先生说道：“你是否记得南京城有一个叫章建的？绰号窑子钩。”

张四爷说道：“记得！几年前来过奉天一次，给奉天的满江春里送了几个绝色艺妓过来。满江春的老板请我去看了看她们的首演，窑子钩在前排坐着，还和我们打了个照面！”

周先生说道：“如果我没有看错的话，他现在应该就住在王家堡一带唯一的妓院，戏春院里面。我昨天看完戏以后，路过戏春院侧门，在二楼窗口瞅见的！”

张四爷惊道：“怎么？他难道也是来王家堡找青云客栈的贼？从来没有人说他是贼啊！”

周先生点了点头，说道：“没错！张四爷你不喜谈论女色，我们退出了江湖，章建又远在南京，所以我从来没有和你说起过他。这个窑子钩章建，表面上是个大皮条，专门贩卖人口，逼良为娼，实际上更拿手的应该是做贼，只是他手段相当高明，从来没有留下过行窃的把柄！所以，江湖上都以为他不是贼！”

张四爷沉声道：“此事重大，你确定他是贼吗？”

周先生说道："我有九成的把握，他不仅是贼，还是个相当厉害的贼！"

张四爷站起身，看着窗外，说道："好！今天下午，我们破例去逛一趟窑子！会一会这个窑子钩！"

火小邪等人吃过午饭，略略休息了片刻，就听青云客栈中锣声再次密密敲响。

大家知道这是何意，都走出房间，片刻工夫，所有人就聚在大堂。只有甲丁乙仍然不见踪影，但大家都明白，这个怪人定是躲在暗处。火小邪左右看了看，闹小宝还是不在，不禁有些难过。

店掌柜已经站在大堂等着，见众人来齐，说道："恭喜各位通过乱盗之关，依过关顺序依次为小不为郑则道、甲丁乙、病罐子王孝先、亮八、苦灯和尚、胖好味、烟虫李彦卓、火小邪。下面一关……"

"等等！店掌柜！等等再说，闹小宝呢？他和我一起上来的，一共四块号牌！你可不能临时改规矩！"火小邪突然站出一步，喊了起来，打断了店掌柜的话。

店掌柜略略一滞，面露难色，说道："这位客官，不是我们临时改规矩，而是闹小宝一直昏迷不醒，我们总不能等着他醒来以后才开始啊。"

火小邪还要说话，郑则道轻轻拉了一下火小邪的衣角，说道："火贤弟，不必再争，规矩毕竟是他们定的。"

火小邪皱眉道："可是……"

"你这个叫什么火小邪的小子，怎么这么啰唆！店掌柜，不用管他，我们都已在此，你尽快宣布下一关是什么！"亮八在一旁嚷嚷了起来，狠狠地瞪着火小邪。

郑则道在火小邪耳边低声道："火贤弟，现在不要树敌！听店掌柜他们的安排！"

店掌柜说道："火小邪客官，只要闹小宝醒了，告诉我们他持哪两块号牌过的关，如果和火小邪客官说的一样，那自然算他过关！绝无虚言，但他醒不过来，说不了话，我们就只能算他淘汰！"

火小邪深深吸了一口气，慢慢说道：“店掌柜，这都是你一面之词，闹小宝他在哪里？你让他出来说话！要不然我不信！”

火小邪这样一说，众人无不愣住，怎么还有如此倔强的人？

苦灯和尚念道：“阿弥陀佛！”

郑则道睁大眼睛，极为不解，按住火小邪的肩头说道：“火贤弟，你疯了吗？能过乱盗之关实属不易，怎能这样意气用事！闹小宝和你无亲无故，你犯不着这样帮他。”

火小邪说道：“乱盗之关死了这么多人，青云客栈的人说话，我很难完全相信！”

“呵呵，火小邪，你真有意思！我和你一伙，我也要见到闹小宝出来说话。呵呵！”烟虫嘴上叼着烟，双手插在裤兜中，摇摇晃晃地走了出来。

“抽烟的，关你屁事！少在这里碍事！”亮八顿时骂骂咧咧起来。

“嘴巴干净点，你当你是个玩意？”烟虫懒洋洋地回嘴道。

“你！抽烟的，你猖狂什么！”亮八站出一步，已经摆出一副随时上前动手的姿态。

“呦！想打架？来来，反正现在没有开关，我陪你玩玩。”烟虫转过身，歪着头看着亮八。

这两人只要谁再多说一句，势必要大打出手。

店掌柜脸色一冷，显出一股不同以往的威严神色，大声说道：“各位客官！请息怒！且听我说！”店掌柜这样一喊，大堂中一下了鸦雀无声。

店掌柜环视众人一样，冷冷说道：“我们火家招弟子，求精不求多，历来火门三关之中无故退出者众多，并不是闹小宝这一个先例！青云客栈向来客气，得饶人处且饶人，但若是有人胡搅蛮缠，就别怪我们翻脸逐客！火小邪、烟虫两位客官非要见闹小宝，就请你们两位退出火门三关！离开青云客栈！”

店小二也换了一副冷冰冰的表情，快步走到火小邪和烟虫跟前，说道：“两位，要退出的话，就跟我走吧，我带你们去见闹小宝！”

烟虫哼了一声，无所谓地说道：“退出就退出，多大点事。”烟虫大摇大摆地走到火小邪面前，问道，“火小邪，怎么样，你退出吗？你退出的话，我还是陪你退出！”烟虫此人好像什么事情都不会放在心上，由着自己性子做事，玩世不恭。

火小邪听店掌柜这么一说，真的有些犯难，以他平时的性子，若被人这样激将，他肯定想都不想，就退出了。但火门三关非比寻常，并非自己可以任性胡来的，可现在已经僵在此事上面，难道就要当缩头乌龟求饶服输了吗……

火小邪不禁看了眼郑则道，郑则道眉头紧皱，轻轻摇头。

火小邪心想：“也罢，也罢！谁叫我在别人地头上混呢！”

火小邪耸了耸肩，突然笑了起来，众人都向火小邪看去，想看他到底要做出什么决定。整个大厅中顿时一片寂静……

火小邪一字一顿地说道：“店掌柜！我要……”

“我来了！抱歉……”略显虚弱但十分急促的声音从一侧传来。

众人扭头一看，只见店小三扶着闹小宝，从二楼楼梯上匆匆走了下来。

火小邪心中一喜，叫道：“闹小宝，你醒了！”

闹小宝冲火小邪点了点头，走入大堂，说道：“火大哥谢谢你啦，我没事了！”

闹小宝身子挺了挺，站稳在地，对店小三说道，“请和店掌柜说，我过关了没有！”

店小三松开闹小宝，走到店掌柜身边，耳语几句，店掌柜边听边慢慢点头，神情微微一展，对大家抱了抱拳，说道：“各位客官，闹小宝醒后报自己所持的号牌和火小邪所说一致，闹小宝过关！两位请留步，不必退出了！”

火小邪和烟虫对视一眼，烟虫懒洋洋地嚷道：“既然闹小宝过关了，那我们也就不走了，你说是不是，火小邪？”

火小邪心中高兴，对店掌柜抱拳道：“谢谢店掌柜！”

原来闹小宝从洞中上来，的确一直昏迷不醒，店小三负责看护着他，等他苏醒。直到青云客栈再次敲锣之时，闹小宝才猛地睁开眼睛，一睁开眼睛就大叫道："我的号牌，我的号牌呢！"店小三上前询问是哪两块号牌，闹小宝答道："我自己的号牌和红小丑的号牌！"这刚好和火小邪所说一致！店小三明白闹小宝这样说，就算过关了。闹小宝大叫："呜锣了，快带我出去！"店小三赶忙把闹小宝扶起，向大堂赶去。

闹小宝所在的客房乃是一间密室，离楼梯处颇远，闹小宝身体疲惫，脚下不稳，跑不起来，只能由店小三扶着努力向外赶，走在路上就已经听到火小邪和店掌柜争论的话语。闹小宝心急如焚，几次都差点摔倒，终于在火小邪和烟虫要离开的时候，赶了过来。

通过这一番折腾，总算恢复了平静。

店掌柜如释重负，冲大家抱了抱拳，说道："各位客官，火门三关第二关，乃是竞盗之关！"

众人默不作声，都暗暗猜想这个竞盗之关究竟为何事。

店掌柜说道："拿锦囊来！"

店小四上前，递过了一把系着绳索的锦囊。

店掌柜提着锦囊上的细线，锦囊悬挂在下方，共计十余个。

店掌柜说道："各位客官，每个锦囊中都放置了一张纸条，上面书写着各位应该去做的事情，大家上前来抽取一个锦囊，时限一日，如约做到纸条上的事情，持着锦囊内的纸条及时赶回青云客栈，即算过关。各位抽取了锦囊之后，可以告诉其他人纸条上所说内容，也可保密不说，可以联合行事，也可独自施为。有言在先，竞盗之关不可伤人性命，若是杀人，就算做到纸条上约定的事情，也不能算为过关。各位客官，可否听得明白？"

众人点头称是。

店掌柜说道："好，请小不为郑则道先来抽取第一个锦囊！"

郑则道稳步走出，走到店掌柜面前行了一礼，慢慢伸出手，打量了一番悬挂着的十余个锦囊，一把捏住一个锦囊，握在手中，转身退下。

郑则道走回火小邪和胖好味身边，紧紧握着锦囊并不松手，没有一丝一毫现在要看的意思。

火小邪和胖好味不便过问，三人都看着店掌柜手中的锦囊。

店掌柜说道："请甲丁乙上来抽取。"

"嘿嘿！我不用抽了，店掌柜，你随便拿一个，丢出来就可以！"角落处阴冷冷的甲丁乙声音响起。

店掌柜说道："好，我就代你抽一个吧。"

店掌柜看也没看，随手取了一个锦囊下来，拿在手中，问道："丢给你？怎么丢？"

"抛到空中！嘿嘿！"甲丁乙说话。

店掌柜把锦囊向空中一抛，一道黑芒闪过，唰的卷走了锦囊，再无声息。

店掌柜视若不见，继续说道："请病罐子李孝先抽取锦囊。"

病罐子咳嗽一声，慢慢走出，摸了摸几个锦囊，挑了一个，走了回去。

店掌柜说道："请亮八抽取锦囊！"

亮八不忘向烟虫瞪了一眼，走了上来，大大咧咧地随手抽了一个，走回人群。

紧接着，苦灯和尚、胖好味、烟虫李彦卓都上前拿了锦囊。

店掌柜说道："请火小邪抽取锦囊。"

火小邪走到店掌柜面前，看了眼店掌柜手中拿着的锦囊，这些锦囊全都一模一样，并没有什么异样之处。火小邪没什么好挑选的，伸手随便拿了一个，走了回去。

店掌柜说道："请闹小宝抽取锦囊。"

闹小宝低低应了声，慢慢走到店掌柜面前，挑了一个，又放开，挑了三次，才拿了一个，走了回去。

店掌柜见众人都已抽取了锦囊，把剩下的锦囊递还给店小四，说道："各位客官，抽完锦囊之后，有半个时辰时间休息，再鸣锣时，请各位速速来大堂集聚，我们送大家出青云客栈办事！如果有客官担心锦囊和纸条放在身上不妥当，可以记下纸条上的事情，将锦囊和纸条交还给我们，我们代为保管！"

并没有人站出归还纸条，众贼能通过乱盗之关，都自诩为不会被人偷走身上的东西。

店掌柜说道："若是没人要我们保管，请各位客官下去休息半个时辰，静待鸣锣之时。"

"店掌柜的！稍等！你这锦囊中所说的事情，简直是胡闹！"

众人扭头看去，只见亮八满脸不悦，手中挥着一张半个巴掌大小的暗红纸条叫嚷着。

亮八叫道："店掌柜，你们到底在玩些什么花样，你看我这纸条上写的什么事情！"亮八低头看着纸条，大声地一字一字念道："王家大院内，有黑毛白尾猪，抓来一只，必须是活的！"

亮八念完，愤愤不平地挥着纸条，斥责道："我是开封成名的盗贼，不是抓猪宰羊的！你们这不是戏弄人吗？"

胖好味忍不住，掩着嘴偷偷狂笑。火小邪也觉得不可思议，怎么会要人做这种事情？火小邪不禁捏紧了手中的锦囊，心想："不会让我去偷婆娘的内裤吧，那我肯定输定了！"

店掌柜笑道："客官不必着急，我已经说过了，若是觉得不妥，可以随时退出，我们恭送出青云客栈。"

亮八咬着牙思量片刻，一收拳握紧了纸条，哼道："算了！既然是我自己抽的，算我倒霉！"

亮八收了纸条，转身对众贼喊道："你们一个个把锦囊捏着藏着，有什么不敢说的！有本事的就说说看要你们做的事情都是什么？"

烟虫冷言冷语地嘲讽道："亮八，不是我们不敢说，是怕你这种人从中作梗，捣乱坏事。"

亮八骂道："烟虫，你再说一句，老子就撕烂你这张破嘴！"

烟虫哼道："少逞能啦，就你这点本事，给老子我擦鞋，我都不见得乐意！"

亮八气得七窍生烟，哇哇大叫就要冲上来和烟虫互殴。

"阿弥陀佛！"苦灯念了声佛号，身子一晃，站在两人中间，说道，"两位施主，小僧觉得，还是不要逞口舌之快，谁能过关，那就是真本事，高下立判，请两位施主息怒，不必在青云客栈中让火家人看了笑话。"

亮八听了，觉得苦灯和尚说得有理，骂道："烟虫，你记住，我们在关内分输赢！谁输了，谁就给对方磕三个响头！"这种磕头的赌法，当真比要了对方的性命，还要来得厉害。

烟虫哧的冷笑一声，抽了口烟，说道："赌就赌！咱们不赌三个响头，赌九个！"烟虫这意思是说，谁输了，谁就是另一个人的八代龟孙。

亮八不怒反笑："行！九个响头就九个响头！哈哈！你就等着吧！"亮八说完，大踏步地离开大堂。病罐子咳嗽几声，慢慢跟着亮八走开。

苦灯和尚向火小邪、郑则道等人顿首示意，随后快步离开。烟虫哼了哼，冲火小邪喊了声："火小邪，一会儿见。"说罢还是吊儿郎当地走开。

郑则道一直面色沉重，对火小邪、胖好味说道："两位兄弟，咱们回房一议！去我的房间吧。"

火小邪和胖好味点头称是，就要随着郑则道离开，闹小宝在一旁叫道："火大哥，请留步，我想和你说几句话。"

火小邪看闹小宝态度十分诚恳，不禁对郑则道说道："郑大哥，我一会儿来找你们。"

郑则道飞快地上下打量了几眼闹小宝，说道："好！我们在房间等你。"

郑则道和胖好味转身离去。

闹小宝走到火小邪身边，十分惭愧地说道："火大哥，多谢你了！"

火小邪忙道："别谢我，别谢我。那两块号牌本来就该是你的，你只是中了花娘子的暗算而已！"

闹小宝指着大堂里的僻静角落，说道："火大哥，咱们去那边说几句。"

火小邪点了点头，两人走到僻静处的桌边坐下。

闹小宝说道："火大哥，我们以前并没有见过，你为何冒着不能过关的危险，非要背我上来？"

火小邪惊道："怎么，你都记得？你不是昏了吗？"

闹小宝点头道："是的，我都记得，你喂我指血，背我上来，为我说好话，我都记得。只是那个时候，我如同魂魄飘在九霄云外，什么都做不了。火大哥，你还没回答我呢。"

火小邪叹了口气，说道："不瞒你说，我在奉天做贼的时候，有三个情同手足的异性小兄弟，和你一般年纪，可是因为我争强好胜，害死了他们，死的时候连个正经的埋葬之处都没有。所以见到你，不禁就想起了他们……"

闹小宝喃喃说道："原来如此……"

火小邪说道："闹小宝，你可千万别觉得有什么过意不去的地方，要谢，还是谢那个烟虫大哥吧。"

闹小宝说道："火大哥，不管怎么说，我都欠你一个大大的恩情。现在第二关的竞盗之关，我一定要帮你过关！火大哥，我手中有一个锦囊，我还没有看过，决定送给你，这样你就有了两个过关的选择。"闹小宝说着，看了看大堂中店掌柜、店小二们已经不在，便要把手中的锦囊从桌下塞到火小邪手中。

火小邪连忙推开，脸色严肃地说道："闹小宝，你这是害我，不是帮我！"

闹小宝反倒愣了，问道："这……这怎么是害你？"

火小邪说道："刚才你也听到亮八说自己要做的事情是什么了吧，在王家大院里抓什么黑毛白尾猪！看着胡闹，但我认为非常难啊！那些御风神捕都住在王家大院，如果还没有走，绝不会眼睁睁看着亮八到处查找的！"

闹小宝说道："可这和我们有什么关系？"

火小邪说道："我觉得每个锦囊中的任务都一定极难，而只给了我们一天的时间！所以，与其拿到两个锦囊分心，还不如专心专意地去做一个！"

闹小宝琢磨了一下，脸上一乐，说道："火大哥，你说得太对了！专心！竞盗之关一定是除了考量大家的偷盗技艺外，更重要的是要专心！要心无旁骛！"

火小邪耳朵发烫，摆手道："这是我瞎想的！不知道对不对呢！"

闹小宝说道："火大哥，你不用说了！我明白了！但是……"闹小宝突然眨了眨眼，露出一股子少年的顽皮劲，说道："那么火大哥，我不给你锦囊，但你想不想知道我的任务是什么？"

火小邪抓了抓头，他毕竟比闹小宝大不了几岁，还是好奇心很强的年纪，尴尬地笑了笑，说道："挺想知道的。"

闹小宝鬼鬼祟祟的偷乐，从自己的锦囊中把纸条取出，飞快看了一眼，努着嘴猛一吸气，眼睛乱眨。火小邪好奇心顿起，低声问道："怎么了？"

闹小宝把纸条翻过来，从桌下递到火小邪眼前，说道："你自己看。"

火小邪低头一看，只见这张暗红的纸条上写着黑色的毛笔字，上面写着："盗走王家大院护院镖师腰间的五块腰牌，只能是编号壹、贰、叁、肆、伍。"

火小邪也深吸一口气，抬起头来。闹小宝把纸条收好，说道："果然不容易！一日之内，能做到，就算我本事啦！"

火小邪其实心中正想着："幸好我不是这个任务！偷镖师的号牌，一块还行，连偷五块，还必须是一二三四五编号的，这不是要命了嘛！"

闹小宝说道："火大哥，要不要把你的锦囊也打开看看？这个随便你啦。"

火小邪回过神来，说道："没事，没事！我正想看看。"

火小邪把自己的锦囊打开，从里面抽出一张纸条，打开低头一看，头皮顿时麻成一片，纸条上赫然写着："王家大院老爷王兴的三姨太，腰间系有一红绳，偷来。"

火小邪心中骂了一万遍，真是哪壶不开提哪壶，越怕什么就越来什么！这不是倒霉催的吗？

火小邪苦着脸，把纸条翻出来给闹小宝看，闹小宝看后不禁使劲暗笑，鼓着嘴，闭着眼努力不让自己笑出声来，半晌后才说道："火大哥，咱们现在可以换一下纸条。没事的，还是去做一件事，现在换还来得及。"

火小邪把纸条收好，轻叹一声，说道："不换了……我认了……"

火小邪和闹小宝分手之后，六神无主地敲了敲郑则道的房门。胖好味上来开了门，表情十分难看，看来他一定也是被锦囊中的任务难住。

郑则道正心事重重地慢慢喝茶，见火小邪来了，招呼着火小邪坐下。

火小邪坐在桌边，说道："郑大哥，胖大哥，你们已经看了锦囊中的纸条了？"

郑则道点了点头，说道："看了……"

胖好味说道："火贤弟，你的纸条上写的什么？"

火小邪从怀中取出纸条，放在桌上，说道：“让我去偷王家大院王兴老爷三姨太腰上的红绳……”

郑则道哦了一声，将纸条拿起看了看，嘴角微微一撇，轻轻笑了一下，把纸条递给了胖好味，胖好味接过看了，把纸条还给火小邪，愁道：“怎么都是这种稀奇古怪的任务。”

火小邪把纸条放回怀中，问道：“那郑大哥、胖大哥是什么任务？”

胖好味把纸条拿出来，递给火小邪，说道：“火贤弟，你自己看吧。”

火小邪接过，胖好味的纸条上写着：王家大院内有甲乙丙丁戊己庚辛壬癸十道门，任意打开，从里面偷出一盏油灯。

火小邪把胖好味的纸条还给胖好味，郑则道也把自己的纸条拿出，放在桌上，示意火小邪可以看看。

火小邪把郑则道的纸条拿起，纸条上写着：王家大院中有一阁楼，内藏拳头大小风水珠一颗，偷来。

火小邪轻轻念了一遍，把纸条还给郑则道。

胖好味苦道：“火贤弟，除了郑兄弟的任务像是那么一回事，你看我们的任务都是什么乱七八糟的！搞得我是一头雾水。”

郑则道说道：“目前看来，这些任务暂时分不出难易！只有去了王家大院之后，才能知晓。恐怕这次我们三个人无法一起行动，只能分开各做各的。但我们可以有个约定，就是如果碰面，互相把自己所见的事情告知，特别是和我们的三个任务有关的事情。”

胖好味说道：“这样好！郑兄弟，我看就这么办！”

火小邪长长嗯了一声，慢慢说道：“这样好是好，但，但会不会因此分心……”

胖好味打断火小邪道：“哪会分什么心？多一眼少一眼的！能省不少事啊！我甚至还琢磨着，如果大家方便，我们在王家大院里做事，可以彼此交换任务呢！反正青云客栈的人不知道，他们只看纸条上所写的内容和偷来的东西是否一致。”

郑则道说道：“胖兄弟所说的有道理。如果彼此方便，大可交换任务，不用取远水来解近火！”郑则道转头对火小邪说道：“火贤弟！”

火小邪正在发愣，他隐约觉得，郑则道和胖好味这么想有些不对劲，但说不出什么地方不对。郑则道叫火小邪，他才回过神来，说道：“郑大哥，什么事？”

郑则道微微笑道：“火贤弟，刚才你有点走神，你是想到了什么吗？”

火小邪说道：“没有，没有，我就是琢磨怎么去做才好。”

郑则道说道：“火贤弟，你和苦灯和尚、烟虫关系不错，如果你方便的话，待我们进了王家大院，辨明形势，找机会和他们谈谈互相交换任务一事，若有我们六个人合力，几个时辰就可以把王家大院摸个清楚，届时把任务一交换，呵呵，岂不是大家都方便。”

胖好味应和道：“很好很好，这样很好！”

两人看向火小邪，火小邪一时语塞，支支吾吾说不出话。

郑则道问道：“火贤弟，你是不是有什么不方便的地方？”

火小邪嗯了几声，才说道：“这个……唉，我是不知道怎么和他们说……”

胖好味急道：“这有什么不好说的！”

郑则道微微一皱眉，沉吟道：“火贤弟，让你去说的确是有点为难，苦灯和尚、烟虫都是自视甚高之人。嗯……火贤弟，你就不用再想这件事情了，我见机行事。”

火小邪说道：“咳，那谢谢郑大哥啦。”

郑则道说道：“对了，火贤弟，那个闹小宝和你说了什么？他有没有把他的任务告诉你呢？”

火小邪说道：“他就是一个劲地谢我，说希望帮我过关，我没答应。”

郑则道说道：“这个闹小宝，刚刚醒来，体力未复，呵呵，还不知是谁帮谁呢。火贤弟，红小丑之死你可要记得，现在还难说是不是闹小宝下的杀手，你可要多长一个心眼，防人之心不可无啊。”

火小邪听郑则道的说话，心中别扭得很，但强忍着不表现出来，只是默默点头。

王家堡戏春院，乃是此地唯一的一家妓院，尽管排场比不上奉天、南京、苏杭等地，但也占地颇大，大小房屋上百间，有百多名妓女在此卖春，招待南来北往的客商。

戏春院据说是王家大院王兴老爷旗下资产，但谁都说不准此事。戏春院公开的老板，乃是一个叫王兮兮的美艳少妇，看模样只有三十岁左右。传说这个王兮兮，曾是一个宫女，得到过大清朝光绪皇帝的临幸，后被慈禧太后逐出皇宫，流落在民间为娼，被王兴赎身后，改名叫王兮兮，便在王家堡开了这家戏春院。这都是坊间传言，到底店老板王兮兮身世如何，却是个谜。

戏春院乃风流之地，别有一番热闹景象。凡是有顾客进门，由龟公迎入前厅，大小娇娘，无不扭着娇躯，甜腻腻地一声一个“大爷您来啦”，涌到客人身边，一时间春色无边。

临近黄昏时分，戏春院站在门口的大龟公正忙着迎客，突然感觉不对，抬头一看，见到远处一行人正快步向戏春院走来。这大龟公一拍自己光亮的脑门，大叫一声：“哎呀我的亲娘，御风神捕，张四爷！”

大龟公连滚带爬，风一样滚进戏春院，疯了似的向院子里面就跑，“咕噜咕噜”栽倒在一个女人脚下，大龟公叫道：“王妈妈，御风神捕、张四爷他们来了！”

此女乃是个美艳少妇，穿着华丽的薄纱绸缎料子紧身旗袍，尽管看着面孔已经三十来岁，但身材仍然曲线动人。此女正是戏春院的女老板，王兮兮。

王兮兮说道：“知道了知道了，急急忙忙别吓到其他客人！”

大龟公喘道：“快来了，御风神捕他们快到了！平日里也没听说要来，说来突然就来了！”

王兮兮说道：“别挡路，滚一边去，我现在就去迎接。翠儿、杏儿、红儿，带着你们的姑娘跟我来！”

张四爷、周先生带着七八个钩子兵，走到了戏春院大门前，有几个龟公已经迎上。张四爷他们天天看戏，没事还在街坊间四处参观，王家堡本地人没有不认识他们的。

张四爷、周先生他们由龟公接着，走进戏春院，迎面就听一声娇呼："哎呀，御风神捕，张四爷，周先生，各位大爷！真是贵客，贵客啊！我就说今天喜鹊怎么落在窗台乱叫呢。我是这里的老板娘，我叫王兮兮。"

王兮兮领着十来个姑娘，急急忙忙地赶来，张四爷还没有来得及说话，这帮姑娘已经扭到张四爷他们跟前，团团把张四爷他们围住，钻在男人的怀中，像是捧着金元宝一样，将他们请进前厅。

张四爷面无表情，任由这个女子拖拽着，进了前厅。

王兮兮娇声吩咐四周："赶快去后院布置好贵宾房，我要亲自敬张四爷几杯。"

王兮兮转头对张四爷满面春风地笑道："哎呀，张四爷，你们怎么不打个招呼就来了，这可是我们做梦都想不到的福气啊。"

张四爷跟着王兮兮边走边说："出来采办一些东西，一时兴起，好久没有碰过女人了，临时决定过来的，没和王兴老爷说过。"

王兮兮笑道："张四爷和各位大爷既然来了，可一定要让咱们这小地方的姑娘们好好伺候一下！这个脸您可一定要赏给我们啊。"

张四爷笑道："好说，好说。请！"

王兮兮和张四爷一路寒暄，穿房过院，一行人步入后院中一间硕大的屋子，王兮兮领着张四爷坐了上座，招呼着："姑娘们，请各位大爷坐下啊！可别怠慢了我们的贵客！"

张四爷坐下，看了眼周先生，周先生他们心领神会，并不落座，而是甩开围绕在身边的姑娘。周先生带着五个钩子兵快步走出房间，剩下两个钩子兵把门一关，站在门边，双目怒视，那架势显然是谁都不准出去。

王兮兮和一众姑娘都愣了神，不知这是怎么回事。

张四爷自己提起桌上的茶壶，给自己杯中倒上了茶，呵呵一笑，喝了一口。

王兮兮神色紧张地凑到张四爷身边，颤声道："张四爷，您，您这是怎么了？我们做错了什么吗？"

张四爷笑道："老板娘，得罪了！实话告诉你，我们今天来，不是来玩姑娘的，而是来抓一个贼！”

王兮兮惊道：“张四爷，您可别吓唬我，我们这里哪有什么贼啊！”

张四爷说道：“老板娘，不要惊慌，若是今天给你们这里带来什么损失，我一律双倍赔偿！请你们少安毋躁，我的人动作很快，是个贼就绝对跑不掉！”

王兮兮不知是该哭还是该笑，说道：“哎呀，张四爷，您看您，我没见过什么世面，您这样说话，我害怕死了。”

张四爷嘿嘿一笑，十分悠闲地说道：“不着急，不着急，稍等片刻，稍等片刻！我抓贼也是为了王家堡好！”

一众姑娘都吓得缩成一团，惊恐地看着张四爷和凶神恶煞地站在门口的两个钩子兵，谁都不敢大声说话。王兮兮眉头一皱，低下头来，沉默不语。

张四爷也不搭理她，自顾自地喝着茶。

原来张四爷和周先生他们，密议好突袭戏春院的计划，谎称要上街亲自挑选一些当地特产，在街上真的像模像样地买了不少东西，等走近戏春院的时候，才突然转向，留下两个钩子兵拖住王家大院派来伺候着的“盯梢”镖师和孔镖头，剩下的所有人都向王家大院赶来。张四爷和周先生料定了戏春院见到他们来了，定会请到后院雅间，果不其然，王兮兮丝毫不敢怠慢，领进后院。等进了房间后，则由张四爷坐镇稳住戏春院里的人，周先生动手，以求速战速决。

两杯茶的工夫，房门“轰”的一声推开，周先生带着钩子兵，涌进房来，一把将一个捆得如同粽子一般的人丢在地上，那人在地上打着滚，瞪着眼睛，但嘴已经堵上，说不出话。

姑娘们看真的抓进来一个人，都吓得花容失色。

张四爷起身一看，却见地上躺着的并不是窑子钩章建，而是一个陌生的汉子，不禁倒吸一口冷气，看向周先生，问道：“这不是他！怎么回事！”

周先生紧锁眉头，说道：“确实不是窑子钩章建，我们冲到那间房，早就人去楼空，赶忙分散开搜索，谁知不知从哪里窜出来这个家伙！拔刀就要杀人，好在没有得手，只伤了一个弟兄的胳膊，没能逃掉，让我们生擒了！看来窑子钩章建已经不在这里了，但这个人十分可疑，就抓来此处。”

王兮兮看着地上那人，一个劲儿地说道：“哎呀，这人不是我们店里的客人，不知道从哪里跑出来的。张四爷，我可不知道有这样一个客人啊。”

张四爷摆了摆手，说道：“老板娘，你先不要说话！不管是对是错，我要先问问他！来人，让他说话！”

有钩子兵上前把此人嘴里的布条拽掉，此人顿时张口大骂，一嘴的湖北汉腔口音：“个板板，个 ×× 养的！快点动手，给你们爷爷一个痛快！”

一个钩子兵上前一脚踩在此人的脸上，将他的脑袋踩了个结实。

张四爷哼道：“你叫什么名字！为什么上来就要杀人！”

此人脸贴着地，骂不出来声，但极为强硬，扯着喉咙嚷道：“老子姓郭！是你们的郭爷爷！你们要么样？老子杀人又怎么样？”

张四爷缓步走到此人面前，蹲下身子，盯着他的眼睛，双眼杀气腾腾，把这个人看得脸色微微一变，气焰萎了半截。

张四爷哼道：“你是个湖北人！来山西干什么？你可知道我是谁？劝你好好地说话，免得受皮肉之苦！说！你叫什么名字，说得好了，让你死个痛快！”

此人喘着粗气，叫道：“老子行不更名，坐不改姓，老子叫郭老七！”

原来他就是郑则道的跟班，差点和火小邪发生冲突的郭老七！

张四爷定睛看了看郭老七那张扭曲的脸，突然哈哈大笑，站起身来，指着郭老七骂道：“郭老七，就你这个德行，右眉上带着黑印，我一看就知道你是民国初年鄂豫皖一带著名的杀手组织三眉会的人，你的绰号是不是叫歪寡子！你们的老大是不是姓郑！”

郭老七瞪着眼睛，傻在当场。

郭老七脸上抽搐了一下，十分惊奇地看着张四爷，说道：“你，你怎么知道？”

张四爷哈哈大笑，喝道：“扶他起来，我有话问他。”

郭老七让钩子兵们拽起，坐在地上，不住喘气，目不转睛地看着张四爷。

周先生凑上去一看，果然看到郭老七右眉上有道淡淡的黑色刺青，虽然已经化去不少颜色，仔细看看，仍然能看出这个郭老七像长了三根眉毛一样。

张四爷看着郭老七，嘿嘿冷笑，说道："没抓到正主，却逮到一个歪主！郭老七，你问我为何知道，不妨就告诉你！你们三眉会的帮主郑有为，本是一个绿林好汉，却在民国初年组织了三眉会，四处暗杀，夺了无数乱世枭雄的性命，做得声势极大，这些我都是知道的！只是三眉会所杀之人，都是些窃国骗世的奸臣贼子，我根本懒得管，随便他去杀。后来你们三眉会竟要对张作霖动手，张作霖求我出山，让我追查三眉会，我不好推辞，但我和郑有为有过一段过命的交情，便写了一封信给他，劝他从此收手，以免兄弟间翻脸。郑有为一月后给我回信，说已解散三眉会，让我不要追查，为了表示他的诚意，同时附带了一份三眉会所有挂得上号的杀手名单，你郭老七就在此列！我们这些做捕头的，都有过目不忘的本事，所以一一默记在心，从未忘记！哈哈！"

郭老七把头一低，默不作声，算认了此事，再也不敢嚣张。

张四爷哼了哼，继续说道："郭老七，我不止知道这些，我还知道郑有为解散了三眉会后，跑回苏北老家摇身一变，成了当地的名门望族，富甲一方，而且郑有为的大儿子郑则道，就是名震苏北的大盗小不为！嘿嘿，郭老七，你说我说得对不对？我问你，你老实回答，郑则道是不是和你一起来了王家堡？"

郭老七哼道："你猜都猜到了，何必再问我？你既然知道我曾经是三眉会的人，应该知道我绝对不会再说什么的。"

张四爷不依不饶地问道："郑则道现在何处？你们又为何来王家堡？"

郭老七说道："反正不和我在一起！我们又没怎么的，你管我们来王家堡干什么。"

张四爷又要问话，周先生抢先说道："张四爷，这个郭老七是个杀手，不像灰毛虱那么难对付，我们带回去，我来慢慢问他。"

张四爷说道："也好！周先生，这次你办得好！此人可比窑子钩章建更值钱！我们这就回去！”

众钩子兵拽起郭老七，塞住他的嘴巴，半拖半打地将他带出房间。

张四爷回身对王兮兮和一众姑娘说道：“老板娘，各位姑娘，贼人已经抓获，我们就不久留了，多有得罪，还望见谅。”说着从怀中摸出一大把银圆，丢在桌上，“这是赔你们的，每个姑娘人人有份！老板娘，得罪之处，还请多多包涵！”

这些妓女，见到那么多亮光闪闪的银圆，简直比见了亲爹还亲，谁还会害怕，一窝蜂上前争抢。

王兮兮气得杏眼圆睁，尖声大骂：“你们这些臭丫头，都给我老实点！”

这些妓女害怕王兮兮，都十分不甘地退下一边。

王兮兮换了张妩媚的笑脸，三步两步扭着身子到了张四爷身边，扶着张四爷的胸膛，甜腻腻地说道：“张四爷，真是吓死了，你帮我们抓到这样的恶贼，想谢您都来不及呢，怎么敢收您的钱啊。张四爷，你让他们先把贼人带回去，我陪张四爷好好喝几杯，以表感谢！”

张四爷笑道：“老板娘，谢谢你的美意，可惜我不会喝酒，也不好女色。下次吧，下次吧。这就告辞了！”

王兮兮说道：“哎呀，那怎么好啊！”

张四爷支开王兮兮，说道：“告辞了！我们走！”说着就转身大踏步地迈出房间，领着一众钩子兵，押着郭老七，快步向外面走去。

王兮兮在张四爷身后娇声喊着：“张四爷，我送您，我送您。”

张四爷他们脚步不停，王兮兮只好紧紧跟在他们身后，一路吆喝着送客。

张四爷他们刚要走出戏春院的前厅，就见孔镖头领着一大队镖师，满头大汗地闯了进来，一见张四爷他们，赶忙大喊道：“张四爷，我们来迟了，来迟了！”

张四爷见是孔镖头，心中不悦，说道：“哦！孔镖头！你怎么来了？”

孔镖头说道：“我猜张四爷一定是来戏春院抓贼的，就赶忙带人过来帮忙。”孔镖头侧头看了看张四爷身后被五花大绑的郭老七，说道：“啊！都抓到了？”

张四爷说道：“嗯，抓到一个！孔镖头，我们还是不要打扰别人做生意，回去再说吧。”

张四爷绕开孔镖头，周先生带着钩子兵丝毫不搭理孔镖头他们，向外快步走去。

孔镖头赶忙一挥手，领着其他镖师跟在张四爷身后。

王兮兮挤不上去，只好跺了跺脚，挥着香巾，在他们身后大叫：“张四爷、孔镖头，你们慢走啊！下次再来啊？”

张四爷他们刚出戏春院，一辆装裱豪华的马车、几匹快马已经赶至门口，从马车上跳下一人，提着长衫，快步赶上前，叫道：“张四爷！你们还好吧！”

张四爷抬头一看，正是王家大院的主人王兴老爷，赶忙抱了抱拳，迎上一步说道：“王先生，怎么你也来了？”

王兴掏出手绢擦了擦汗，说道：“听孔镖头他们派人来报，说张四爷你们正在办货，突然向着戏春院来了，不知是何事。我怕怠慢了张四爷，就赶忙来了！”

王兴看了眼张四爷身后的郭老七，又说道：“张四爷是来戏春院抓贼？”

张四爷答道：“正是！我们没有提前告知王先生和孔镖头，以免贼人狡猾，打草惊蛇，所以突然行事，还望王先生见谅！”

王兴赞道：“不妨不妨！张四爷，你们可又为王家堡做了件大好事，这贼是谁啊？”

张四爷说道：“此人叫郭老七，他不算是贼，是个杀手，但他的主子却是苏北著名的大盗！”

王兴惊道：“杀手！天啊，怎么王家堡还来了杀手！我们这里可都是老实生意人……”这个王兴老爷好像对杀手更加惧怕。

张四爷笑道：“王先生不要惊慌，这个郭老七来这里并不是针对什么人的，请王先生放心。王先生，既然你来了，有几句话我不得不和你讲。”

王兴神色紧张地说道：“张四爷请讲无妨！”

张四爷慢慢说道："王先生，自从在王家堡抓获山东大盗灰毛虱以后，这一带就古怪异常，灰毛虱无缘无故暴毙，前几天有贼和尚闯入王家大院，今天又抓到苏北大盗小不为的手下。这几日我们一直不敢声张，装作无所事事，唯恐在形势不明的时候，惊扰到王先生，但时至今日，我必须要说，恐怕王家堡、王家大院，已经是贼人聚集之地了！这些贼，极可能就藏在王家大院中的某处，极可能是要谋财害命！洗劫王家大院！"张四爷这些话说出来，人人都惊出一身冷汗，实际上张四爷后面所说的谋财害命，洗劫王家大院，纯属恐吓。

王兴睁大了眼睛，身子微颤，显得吃惊不小："什么！贼人聚集？谋财害命？"

张四爷说道："王先生，如果你不介意，请允许我们彻查王家大院！以免王家大院受恶贼滋扰！"

王兴瞠目结舌，半晌后才说道："这这这……怎么会这样！好！张四爷，我们王家百十多口子人的性命可就托付给张四爷了！"

王家大院西边的一处密林中，寂静无声。

一片布满杂草的地面微微震动，嘎吱一声轻响，一块硕大的活板被人推开，从地下迅速钻出十多个人。

这群人正是青云客栈的店掌柜、店小二们和通过了乱盗之关的火小邪等人。

店掌柜环视密林一眼，转头看向西边，此时太阳已经落入山顶半边，已是黄昏时分。店掌柜对众贼抱了抱拳说道："各位客官，此地乃王家大院的西边的一处密林，明天太阳下山之前，无论过关与否，都请各位赶回此处，过时不候。切记，切记！"

亮八沉着脸说道："店掌柜的，御风神捕若在王家大院，对我们不利之时，可否杀了他们？"

店掌柜说道："不能不能！竞盗之关不准杀人，杀人者均算淘汰！我们是贼道，不是匪道，各位客官切不可乱开杀戒，伤及无辜！乱了贼道规矩！"

亮八哼道："看到御风神捕这些所谓的正义之士就心烦，算了算了，这次躲着他们就是！"

众贼再不多言，各自散入密林，眨眼都不见了踪影。

三、邪门歪道

火小邪背着个包裹，在密林中急奔，包裹里装着两套伙计、杂役的短褂，这些都是出青云客栈之前，店掌柜他们准备的。青云客栈不仅准备了各式服装，还备有大量银钱，可以随意取用，不限数量，真是财大气粗。除了火小邪以外，郑则道他们这些江洋大盗似乎都不把钱看在眼中，除了有人去挑选了一两套衣服，银钱谁也不拿。而火小邪身无分文，想着有点钱毕竟好办事，便拿了几块大洋装在身上。

火小邪和郑则道、胖好味已经说好，先都各自行事，等进了王家大院后，约定在子夜时分，在西门一带碰头，彼此用暗号接头。郑则道学蟋蟀虫鸣，胖好味学蛤蟆叫，而火小邪只会学猫狗猪羊牛鸡这些牲畜的叫声，郑则道认为狗猪羊牛鸡都不妥，于是火小邪便用猫叫为号。

贼人之间的暗号接头方式，口技居多，多是模仿虫、鸟、兽、牲畜的声音，其中虫叫最难，若没有道具辅助，仅凭口舌，非常困难。旧社会行走各地经商的银钱马队，护镖的人众多，最怕的不是打劫的响马土匪，而是怕一路都听到虫鸣蛙叫，那是有极厉害的贼人盯上了自己，若是认为自己防盗的实力不济，都会赶忙在屋外摆出一二成的钱财，让贼人取走，以免他们动手，把自己偷个倾家荡产。

现代人只记得“月黑风高杀人夜”，却不知旧时还有“虫鸣蛙叫贼盗天”的说法，只怪现代的贼都已经沦为强盗，没啥过硬的偷盗本事，只靠膀大腰圆，混不吝死，端着把冲锋枪杀人放火胡乱抢劫。近代所谓的香港“贼王”，无不是这些靠着脖子硬、不怕死的粗劣本领做事的臭屁混球，换在火小邪这个年代，只能叫“匪”，被现代人称为“贼王”只会让他们笑掉大牙，万万分的鄙视，这些人竟然还能称为“盗贼”？！

旧社会对“盗”“匪”“寇”分得十分清楚，尽管都是夺取他人的钱财之人，但盗就是盗，匪就是匪，寇就是寇。盗为首，有贼王、盗宗、大盗、名盗、盗家、盗贼、贼盗、盗者等等称呼，“盗”，本身有挑战权威，个人本领高强，充满智慧的含义，史书上给“盗”立传，乃是仁、智、德、义的另类宣扬，尚有不少美名。

匪分山匪、土匪、水匪、马匪、乱匪、游匪、匪徒等称呼，匪里的头目做得有名了，都要自称自己不是匪，而是盗匪、大盗，如同给自己涂上金身。

要是匪都做得不地道，上不了台面，就是寇，草寇、倭寇、乱寇、贱寇、毛寇等，不是人类，而是野蛮的禽兽动物。

火小邪背着包裹，从密林中钻出，辨明了一下方位，当是王家大院的西北角，王家大院就在不远处。此时太阳落山，各家各户华灯初上，王家大院的各个角楼之上已经点着了灯。

火小邪并不着急，绕过几间民房，大大咧咧地走了出来。这时候正是各家各户吃饭的时候，尽管赶不上白天，还是人来车往，十分热闹。火小邪所穿的青云客栈服装，只是平常，稍微体面点的家庭，都备有这样的服装，所以火小邪走在街上，和常人无异。

火小邪本想向着西门而去，那边比较僻静，可能不受人注意，但火小邪转念一想，现在这个时候，自己一个半大小子，在西门那一带游荡，反而让人生疑，既然时间还早，就先看看其他地方的情况再说。火小邪打定主意，沿着王家大院北墙一路向东逛过去，装作吃饱了饭闲逛的模样，十分悠闲地行走，不断打量是否有混得进王家大院的地方。

王家大院高墙深院，外墙平整，不好攀爬，这倒让火小邪心中有点犯难。

火小邪路过王家大院的北门，倒是门洞大开，此时门口站了不少护院武师和佣人，在门口谈笑风生，不见离开的意思。火小邪不禁皱了皱眉，心想进入王家大院还真不太容易，看来要等到晚上夜深人静的时候再做打算。

火小邪又向前逛了一段路，眼前猛然一亮，只见路边有一家杂货店面，正准备关门打烊。店门外挂着招贴，上书：新进杭州女红、胭脂、香粉，数量有限，欲购从速。

火小邪心中一乐，快步走到店前，推门就要进店。正在关店的伙计赶忙拦住火小邪，叫道："哎哎哎！这位小爷！我们打烊了，您明天再来！"

火小邪骂道："明天我就走了！给你们做大生意来了！你废什么话？"

伙计打量了一眼火小邪，不敢得罪，张口叫道："老板，老板，有客人！说要做大生意！"

"什么大生意！打烊了！打烊了！明天再来！"店里传出声音。

火小邪冲里面叫道："老板，急事，买了就走！你行个方便！我看到你门店上的招贴才来的，你会不会做生意？"

店面里嗒嗒嗒嗒走出一个瘦高的男人，一看那奸商的样子，就知道他是店老板。

店老板打量了眼火小邪，没好气地说道："你一个半大小子，要买什么？"

火小邪哼道："什么话！小子就不能买东西了，我是专门来买你们家新进的胭脂的！"火小邪说着把怀里的大洋摸出两个，在手中晃了晃，说道："你当我没钱吗？小爷有的是钱，你要是不爱卖，我就走了！"

店老板见钱眼开，眨巴眨巴了眼睛，换上一副笑脸，说道："呦！这位小爷真是识货！请进请进！"

火小邪心想："这个奸商，一定以为我一个小子，不懂女红胭脂，想宰我一把，也好！正合我意。"

店老板赶忙把火小邪请进店中，挑亮了灯光，笑道："这位小爷，你算是来着了，我这里可是新进的上好胭脂，杭州美丽红牌的，可是稀缺货！敢问小爷是给谁买？"

火小邪说道："你管这么多，快拿来！"

店老板笑呵呵地说道："就来，就来！小爷，你要是送你未过门的媳妇、婆姨、相好的，保证物有所值。"说着从货柜中取出一个纸包，打开摆在柜台上。

火小邪在奉天市井里混得多了，知道店老板这是故意炫耀货色，先入为主，到时好要个好价钱。

火小邪不会买这些女人的东西，反正他意不在此，问道："这胭脂多少钱？"

店老板神神秘秘地说道："关门生意，给你说个实在价，这一饼胭脂，要半个大洋！这一小盒香粉，本来更贵一些，关门生意，亏着卖，还是算你半个大洋！"

火小邪惊道："这么贵！到哪里都没有这么贵的！"

店老板见火小邪闻都不闻一下，知道火小邪根本不懂货，笑道："小爷，这可真的是好货！王兴老爷的女人们，都来我这里买的，我找她们要的价，可比你还要高呢！"

火小邪故意疑道："这么贵！都赶上买一头猪了，哪个女人肯花这么多钱？"

店老板说道："嘿，小爷，王兴老爷的女人，那都有钱得很，只要物有所值，半个大洋对她们来说，不算个啥。"

火小邪哼道："都是王兴老爷的什么女人用，可不要是什么做婊子讨欢心的俗气东西！"

店老板忙道："嘿，这哪能！都是王兴老爷的姨太太们买的！贵气得很！你看，你看这红色多艳，这粉的细腻劲，你看你看！"店老板拿起一块胭脂，煞有其事地介绍着。

火小邪装作打量，慢慢问道："王兴老爷的三姨太也用吗？"

店老板懒得去想为何火小邪突然问出什么三姨太的事情，顾着自己的生意，满嘴跑火车，忙道："用！当然用！今天上午三姨太才叫她的丫头来买过！"

火小邪问道："三姨太好看吗？"

店老板说道："当然好看！王家大院里，就属三姨太长得最标致！平日里很少见到她出来，偶尔出来一次，都当天仙一样看呢，小爷，天仙一样的女人，也要用我这胭脂、香粉！你说值不值半块大洋？"

火小邪皱了皱眉，装作十分犹豫地说道："店老板，你说得挺好，可我没见过三姨太，怎么知道她是不是长得好看，你可别忽悠我！"

"忽悠？"店掌柜一下子听不懂东北方言，但立即能领会这话的意思，赶忙说道，"小爷，我可不蒙你！你打听打听，三姨太可是王家堡一等一的美人，戏春院的那些货色，加起来都比不上三姨太一半！"

火小邪自言自语道："能见到三姨太用了你这胭脂什么样的就好了。"

店掌柜叹道："哎呀，这个三姨太，轻易不会出来，这次王家堡连唱十天大戏，她都没出来过。"

火小邪说道："怎么？这个三姨太见不得光？"

店老板说道："那倒不是……这个三姨太，尽管长得漂亮，但似乎脾气不太好，上一次出来，有人多看了她几眼，她就把人暴打了一顿。"

火小邪问道："这么厉害？那三姨太的丫鬟们怎么样？她们经常出来吧？"

店老板说道："她下面有两个丫头，倒是经常出来，可是和男人婆一样，稍微惹了她们，她们就要打人，动起手来，七八个男人都不是她们的对手。"

火小邪惊道："难道是练武的？"

店老板本来还想说，眼珠一转，突然把纸袋收了，说道："小爷，你是买东西呢？还是和我唠嗑呢？你不买就算了，我要关门了！你一口一个三姨太怎么样，换了别人，没准抓了你去讯问！你不买就算了，明天我还要卖给别人呢！"

火小邪呵呵一笑，说道："店老板，别这样，老实话告诉你，我是看上三姨太的那两个丫头了，想买点她们喜欢的东西，讨好她们，呵呵，所以问得细了点。"

店老板恍然大悟，说道："原来是这样啊，小爷，你还真是有眼光啊！我保证你买了去，她们能乐开了花，两个人伺候你一个都没准儿的事！"

火小邪说道：“那好！我就不和你还价了，小爷我有的是钱，一饼胭脂，一盒香粉，我都要了，一块大洋！”

店老板乐不可支，这桩生意就成了。

店老板送了火小邪出门，掂了掂手中的大洋，看着火小邪的背影幸灾乐祸地笑道：“这生意真是赚到了！碰到一个发花痴的蠢人！去巴结三姨太的丫头？我看你吃错药，有钱没地方花了，你就等着死吧。哈哈！”

火小邪摸着怀中的胭脂、香粉，还是花得有点心疼，但想到弄到三姨太的不少信息，觉得还是值了。

火小邪现在确定，找到三姨太，拿到她腰上的红绳，恐怕必须进入王家大院。

火小邪回到王家大院北门一带略略徘徊了片刻，正打算离开，就见一队牛车从一侧路口驶出，向王家大院的北门行来。牛车上堆满了木柴稻草，由三五个车夫赶着，这些车夫神态略有些焦急，不住抽打着牛背，催促快快行走，似乎在赶时间。

火小邪一见就知道，这一定是给王家大院送柴火的，奉天的富贵人家，基本都是如此景象。

火小邪心中一乐：“天助我也！”四下看了眼，快步走到路边的民宅巷子中。

牛车队停在王家大院北门前，打头的一个车夫擦了擦汗，走上前对站在门边的一个长袍男子巴结地说道：“吴管事，路上车坏了次，来晚了，您多多原谅。”

这个吴管事一张脸拉得老长，狗仗人势地骂道：“你们还想不想干了？知道最近我们这里贵客多，急需柴火，不早点出来，还弄这么晚？”

其他车夫都上前来赔着笑脸，带头的车夫一个劲儿地鞠躬：“吴管事，您多多担待，下次一定不会迟了，改天好好谢您！”

吴管事酸溜溜地说道：“算了，算了！看你也是熟人，这次就不计较了！

快点把车赶进去吧！”

带头车夫如释重负，转身赶忙要吆喝其他车夫将牛车赶进来。

“哞！哞！哞！”猛然几声惊天动地的牛叫，这三辆牛车的最后一头牛突然狂叫不止，竟然发了狂，双眼通红，乱蹬乱跳，拽着牛车疯了一样跑开。

车夫大叫：“哎呀，我的亲娘！牛惊了！”

众车夫拼了命地向这头疯牛追去。

站在北门的吴管事、武师、佣人都向他们看去，一个个笑得前仰后合。

这些车夫对牲畜的习性十分熟悉，追上疯牛，拉住牛鼻环，啪啪几鞭子下去，便把这头牛制服，满头大汗地拽了回来。这牛发作得厉害，把车上的柴木颠下了不少，洒了一路。

吴管事骂道：“你们几个笨蛋！先过来一个人，送进去两车，再把掉下的柴都捡起来，动作快点，若少了一捆，你们就别干了！”

带头车夫本还纳闷，要看看牛到底怎么回事，竟会突然发疯，但听到吴管事大叫大骂，哪还顾得上这些，安排了一个车夫上前，去把两辆牛车赶进院子里，其他人一路重新装捡柴火。

王家大院柴院，一个车夫把两辆牛车停好，就匆匆忙忙回去帮着其他人捡柴去了。

窸窸窣窣，牛车上的干草微微一动，一个人从里面钻出来，向外略一打量，就如同兔子一样，窜到阴暗的角落中去了。

这人就是火小邪，而火小邪此时还不知道，他竟是第一个进入王家大院的贼。

火小邪能进王家大院，确有碰见牛车的运气成分，但一般人碰见牛车，也不见得能躲在柴草里混得进去。

火小邪当时见了牛车，便跑入民巷之中，当时生火做饭的人不在少数，没花什么功夫，就讨了一根一端点燃的柴棍。火小邪拿着炽热的柴棍赶出巷子，牛车正等在王家大院北门口，一群车夫在与吴管事央求。

火小邪没有多想，左右一看四下无人注意，拿着柴棍就向牛屁股眼上的嫩肉捅去。牛这种牲畜，平日里老实得很，身上皮肉厚实，鞭子棍棒挨得多了，随便打几下身体都不会觉得太疼，可牛屁股上的排泄之处那可就不同了，此处肉嫩，十分敏感，乃是全身最为怕疼之处。豺狼虎豹对付牛这样的动物，若是咬不住咽喉，都是从屁股后面下手，一爪掏出肠子来，牛不死也要丢了半条命去。

火小邪拿着滚烫的火棍一捅，那可是疼到了极致，再老实的牛都要发狂。这也正是火小邪要的效果。

那头挨了火小邪一记阴招的老实牛，从小到大哪受过这等罪，当时就受惊发狂，乱蹦乱跳。车夫们赶忙去拉扯的时候，火小邪见所有人的注意力都集中在疯牛身上，哧溜一下就钻进了柴草中，这才得以进了王家大院。

火小邪进了王家大院，并未着急，静静躲在一口破缸之后，等到车夫们骂骂咧咧回来，把柴草卸下，堆在院中离去之后，才钻了出来。

此处乃是一个硕大的厨房后院，厨房里灯火通明，人声鼎沸，正忙得热闹。

火小邪刚刚钻出来一步，本想着尽快离开此地，厨房的一道门嘎吱一下开了，吓了火小邪一跳，赶忙缩下身子，大气都不敢出地躲在阴暗处。好在从厨房出来的人并没有注意，急匆匆跑到柴火边，抱了一捆子柴火，急急忙忙奔回里面。

火小邪喘了口气，本想再钻出来，却想起刚才出来那人的穿着打扮。火小邪心中暗笑，把背上的包裹取下，从里面翻出一套衣服，麻利地穿在身上，把袖子卷起，再故意把衣服前襟敞开，这打扮了一下，几乎和刚刚出来的那人别无二致。其实那个年代普通伙计的衣服，没有现代制服这么多的花哨劲，大多款式一样，就是颜色和布料不同罢了，像王家大院这样讲究点的，在胸口或衣袖上绣个主子的名号，配双千层底的黑色布鞋，就已经是相当考究的打扮了。

火小邪换好了衣服，把剩下的衣服藏在水缸后，探头张望了一下，钻出来贴着墙根，溜到这个厨房院子的后门，向外一看，两侧高墙，一条路直来直往，并没有其他路口。火小邪略等了片刻，没有人来的迹象，赶忙溜出来，想顺着墙向更里面走。

才走了没几步，就听前方密集的脚步声匆匆而来，火小邪暗骂一声倒霉，连忙转身向回走去，而身后的脚步声不停，速度颇快，还没等火小邪赶回院子，就已经来到路口。

火小邪不敢偷偷摸摸的，干脆身子一挺，装作没事人一样，又往前走。火小邪明白，这种躲无可躲的地方，你要是一着慌乱跑，那就等于做贼心虚，非得让人抓起来不可。

火小邪就差一步转回院子，身后有人大叫："前面的小杂毛！站住！"

火小邪头皮一麻，暗骂道："这个天杀的畜生啊，谁是小杂毛！"但没有办法，只好站住不动。

"你奶奶的，不好好做事，出来干什么！"那人边骂着，边向火小邪走来。

火小邪不敢抬头，显得十足的害怕，答道："我……我……没啥事。"

那人快步走到火小邪跟前，打量了一眼，骂道："你在这里干什么？啊？"

火小邪侧眼一看，见是一个身材魁梧的护院镖师站在一旁，火小邪低声答道："我……我出来……小解！"

这个护院镖师骂道："茅房在这里吗？没人和你说过？你奶奶的，你什么时候来的？"

火小邪诺诺连声，背上直冒冷汗，说道："今……今天……"

护院镖师把火小邪胳膊一拉，吓得火小邪一抖，以为被识破，本想挣扎逃掉，谁知这个护院镖师走上一步，一脚跨进院中，继续骂道："我猜你就是今天刚来的！你们这些新来的帮厨小工，一点规矩都没有！跟我回去！茅房在前面！"

火小邪低声下气地应了声，任凭这个护院镖师拽着，又走回厨房后院，向着刚才有人出来的那道门走去。

护院镖师拽着火小邪进了厨房，把火小邪向边上一推，嚷道："大厨房的人听好啦！孔镖头有事吩咐！你们听着就好，赶紧的做饭！御风神捕还没吃晚饭呢！"火小邪待立一边，咬着牙动也不敢动，但火小邪低头一看，却看到这个护院镖师的腰带上系着一块木质腰牌，上面刻着硕大的一个"伍"字，不禁想起了闹小宝的任务，但眼下处境尴尬，火小邪不敢多看，低头肃立。

这个王家大院的后厨颇大，十多个灶台，二三十人在里面忙忙碌碌，有男有女，有老有少，厨房里闷热，很多人都敞着衣服，猛一眼看上去，穿着打扮和火小邪并无区别。众人听到这个护院镖师喊叫，这才都抬起头来。

护院镖师叫道："孔镖头说了，这几日王家大院中不得随意走动，进出内宅一律凭牌！这两天新来的小工，更不准离开大厨房一带，每半个时辰都要清点一次人数！听到了吗？别到时候少了人，老爷责怪下来，哭爹喊娘！"

众人都忙得不可开交，听护院镖师嚷嚷完，一个个有气无力地应了，赶忙继续忙活着手中的活计。

护院镖师哼了哼，嘴里暗骂了几句，又冲一个刚刚从门口跑进后厨的干瘦老头叫道："刘当班，管好你手下的小工，别到处乱跑！再让我逮到在外面乱跑的，别怪我一顿好打！"

那干瘦老头刘当班眯缝着眼睛看了一下是谁在骂他，看上去眼睛不太好使，等看清了人，才赶忙冲到护院镖师面前连连鞠躬，说道："不敢，不敢，我一定好好管教！"

刘当班瞪了一眼傻站在一旁的火小邪，骂道："臭小子！还不滚回来削土豆，再敢乱跑，非打断你的腿不可！"

火小邪应了一声，低着头向屋角的一大堆土豆跑去，蹲下身子，学着旁边两个年龄相仿的小子，从地上堆的如同小山一样的土豆中捡起一个，摸了把小刀，赶忙削皮。

那挂着"伍"字腰牌的护院镖师和刘当班穿过厨房，向前院走去，刘当班似乎在问镖师怎么回事，两人一路叽叽咕咕，走了出去。

火小邪抬头看了一眼，心中总算稍稍安稳了一些。

火小邪身边一个削土豆的小子拿胳膊捅了火小邪一下，坏笑着低声道："喂，兄弟，你是今天新来的吗？我怎么没见过你啊？"

火小邪骂道："我也没见过你呢！你又是什么时候来的？"

这臭小子不依不饶地问道："嘿，兄弟，你不是本地口音啊？你哪的？我真不记得你！"

火小邪骂道："不记得就不记得吧，你想怎么的？有本事你站起来嚷嚷！"

这小子呲了一声，十分不悦，冲火小邪翻了个白眼，说道："说话这么冲，吃了枪药吧。我管你是哪里的，算了，懒得搭理你。"这小子终于闭上嘴，气呼呼地忙着削自己的土豆。

火小邪哪有工夫和他较劲，一门心思想着尽快离开此地，转头一看那个刘当班还没回来，慢慢站起身，小步快走地向厨房前院走去。

火小邪刚刚走出厨房门，听见侧面有人骂道："臭小子，你去哪里？"

火小邪侧脸一看，见是刘当班向这边走来，真是烦躁得无以复加，口气一横，不管三七二十一地怒道："茅房！要憋死了！"

刘当班微微一愣，但也马上挥了挥手，说道："快去！懒人屎尿多！去那边！"

火小邪野马脱缰一样向着刘当班指着的地方跑去。

刘当班走进厨房，捡起门边的一根吹火棍，走到削土豆的那两小子身边，对着刚刚质疑火小邪身份的小子的脑袋就是一记棍棒，打得那小子嗷嗷乱叫，捂着头嚷道："刘当班，干吗打我！"

刘当班骂道："臭小子，刚才是不是你偷偷跑到后院偷懒去了？还让人抓到了？"说着又是一记棍棒。

那小子哭喊道："不是我啊！是刚才那个！"

刘当班骂道："还狡辩！刚才哪个？叫什么名字？"

这倒霉蛋一时语塞，苦着脸说道："这个……我不知道他叫什么名字啊！"

刘当班棍棒乱打，骂道："臭小子，还敢狡辩！你当我眼睛不好使啊？不是你是谁！看我这次不打断你的腿！"

两人打成一片，另一个削土豆的小子木讷地挪了挪屁股，冷冷白了他们一眼，也不帮他们说话，还是自顾自地削土豆。

火小邪爬上了茅房边的围墙，借着黑正想跳下去，就看到厨房里追打出两人，正是刘当班和那小子，刘当班边追打边骂："臭小子，你当老子看不清楚是吧！还敢跑！”

那小子连滚带爬地逃窜，哭喊着：“别打了，真打死人啦！”

刘当班依依不饶，追打着骂道：“你当老子好糊弄是不是！就你小子狡猾！天天偷懒！还嫁祸给别人！今天不打断你的腿，老子不姓刘！”

火小邪在墙上蹲着，又可气又好笑，懒得再看这出闹剧，从墙头跳出这个院子。

张四爷、周先生带着一众钩子兵，押着郭老七，钩子兵手中都拿好了家伙，站在王家大院内的西门口，王兴、孔镖头和一众镖师陪同着。

孔镖头吩咐道：“打开西门！”几个镖师上前，把西门开了锁，搬开硕大的门闩，将门打开。

张四爷、周先生他们鱼贯而出。

张四爷回头打量了一下西门，笑道：“果然是王字出头！”

王兴学着张四爷抬头看了看西门，说道：“什么王字出头？”

张四爷轻轻一笑，并不说话，心想你这个王兴老爷还真会装糊涂。

张四爷吩咐道：“周先生，带路！”

周先生点头应了，双手一挥，钩子兵极为熟练地分散开，向西门一侧走去。

王兴走在张四爷身边，显得手足无措，眉头紧锁，问道：“张四爷，按你说的，这些贼以王家大院作为接头地点，就在西门附近，我还是觉得不可思议啊。”

张四爷说道：“王先生不要着急，我们看了就知道。”

这些人一直走到火小邪进入青云客栈的那道窄门前，钩子兵团团将门围住，如同担心门中猛然冲出一只野兽一般。

张四爷对王兴说道：“就是此门！贼人就从此门进去的。王先生，此门通向哪里？”

王兴大为吃惊地说道：“张四爷，这道门早就废弃了，从里面封上的，是道死门啊！”

张四爷点了点头，对身旁押着郭老七的钩子兵说道：“松开他的嘴巴！”

钩子兵松开郭老七的嘴，郭老七喘了几口气，“嘿嘿嘿嘿”不断冷笑。

张四爷问道：“郭老七，你的大少爷郑则道是不是从这里进去了？”

郭老七挤眉弄眼地冷哼道：“郑则道去了哪里，我怎么知道？这扇门关我什么事？见都没见过！”

张四爷哼了哼，对王兴说道：“王先生，你不介意的话，容我们试一试！”

王兴说道：“张四爷请随意！”

张四爷挥手说道：“戒备！去把门打开！”

钩子兵齐声应了，拿稳身形，几个钩子兵快步上前，三下五除二在门缝中别上了七八个三爪钩，牵着绳子回到队伍中，众钩子兵一起用力，轰隆一声，把这扇窄门顿时拉离门槛，甩在一边。

张四爷、周先生定眼一看，都暗暗倒吸一口凉气，这扇门哪有什么通路，如同王兴所说，早就被封上，用砖石堵得严严实实。

张四爷和周先生对视一眼，都暗想：“难道是我们弄错了？这个青云客栈不在此处？”

王兴哑然失笑，说道：“张四爷，你看吧，这早就堵上了的。”

郭老七哈哈哈哈大笑：“御风神捕好本事！我算是见识了啥叫破门而入了！哈哈哈，结果撞了墙了！笑死我了！”

张四爷骂道：“堵住他的嘴！”

钩子兵上前，又把郭老七的嘴巴塞上，郭老七仍然呜呜呜呜嘲笑不止。

张四爷沉默片刻，对周先生低声说道：“周先生，你去看一下。”

周先生点了点头，缓步走到门前，用手摸了摸门内的墙壁，上下敲击，细细打量了一番，啧了一声，返身走回，对张四爷说道：“的确已经封上好几个年头了，没错！”

周先生转头对王兴一抱拳，说道：“王先生，多有得罪！请见谅！”

王兴回礼，如释重负地说道：“不客气，不客气，这样看一看，我也放心了！如果真有江湖大盗从这里进了王家大院，恐怕我吓都吓死了！”

张四爷说道：“王先生，实在不好意思，是我们弄错了。咱们这就回去吧！”

王兴说道：“好，好！晚饭已经推迟了很长时间了，要不咱们先去吃饭吧？”

张四爷说道：“有劳了！惭愧！王先生，请！”

孔镖头见没什么大事发生，乐得清闲，赶忙在前面引路。

一行人走进西门，西门刚刚重新锁好，只听“嗵”的一声巨响，王家大院内的一处地方，竟腾起来一团大火，升在半空中，极为耀眼，似乎有什么东西爆炸了一样。

张四爷大叫：“孔镖头，保护好王先生！周先生，你带一组钩子兵把郭老七押回去，带着豹子犬过来！其他人随我来！”

火小邪匍匐在一个花坛后，静静待着。凭火小邪的经验，像王家大院这种大宅子，老爷、姨太太们一般都住在大院中间一带的房屋里面，一般来说，老爷的主宅两侧就住着姨太太们，方位倒容易确定。

火小邪尽管不知道三姨太具体住在哪里，但向王家大院中间前进，肯定是没错的。

火小邪本想捡着空子，慢慢向前爬行，却听“嗵”的一声巨响，前方不远处的天空中腾起硕大一个火球。火小邪大惊，心想：“怎么！难道是闹小宝在放火？就看他有这个本事！”

王家大院随着这一声爆炸，顿时乱成一团，人们大声喊叫着四处乱跑，提水的提水，喊人的喊人，还有人拿出锣来乱敲：“着火了！着火了！来人啊！救火啊！”

火小邪所在院落中，噔噔无数人跑过，提着水桶在院中的水池中舀水，忙得不亦乐乎。这些人打扮各异，有穿长袍的，有穿短褂的，有只穿着背心短裤的，男男女女，老老少少，尚不及厨房的那些人打扮得齐整。

火小邪心里明白，王家大院这样的规模，百多十号下人，清洁、花匠、杂役、厨子、佣人、丫鬟、武师等职位，各司其职，不是人人都互相认识的，外贼易挡、家贼难防，就是这个道理。火小邪心想：“嘿！这样倒好！能混上一段路。”

火小邪左右打量了一下，身侧不远处就有一个浇花用的破旧木桶，火小邪把木桶提起，趁着外面一片慌乱的时候，从花坛后跳出来，径直跑向水池。

来往跑来提水的人颇多，谁都没有注意火小邪是个什么来头。

火小邪舀了一桶水，提在手中，跟在其他人的侧面，向外冲出去。

跑出这个庭院没几步，一转弯便看到一间房的半边墙火光汹涌，屋顶塌了一半，滚滚浓烟从屋顶和窗口冒出，这火烧得蹊跷，怎么这一会儿工夫就能烧这么大？这着火的地方已有二三十人围着，乱哄哄地闹成一片，有镖师吆喝指挥着，让救火的人分散开把水泼向房屋各处。还有其他人四散乱跑，到处喊人来帮忙救火。

火小邪提着水桶，与救火的众人挤在一团，哗的一下，把一桶水泼向火中，随后转身就往回跑。

火小邪可没这种闲心救火，泼了这一桶水，算是混了进来，往回跑了没几步，身子一闪，躲进一条巷子内，随手把木桶一丢，四下看了看无人进这条巷子，竟扯着嗓门边向里面跑边大喊道："着火了！来人啊！救火啊！"

在这爆炸未响起之前，王家大院左中处的一处别致的小院落中，两个女子正在一间屋内。其中一个美艳的女子穿着轻衣，对着镜子静静坐着，披散着一头乌黑笔直的长发，一动不动，只是微微睁着眼睛，尽管她没有任何表情，但一股子冷冰的气质却从眼神中透出，如同一个晶莹的冰雕美人。

另一个美艳的少妇，正是戏春院的老板娘王兮兮，持着一把木梳，仔细地给坐着的女人梳头。

王兮兮一边慢慢给三姨太梳头，一边轻轻地赞道："青妹妹，你这头秀发真是美极了。"

冷艳的女人淡淡笑了下，说道："王姐，总是要麻烦你。"

王兮兮说道："你很久都没有到外面走走了，趁着天气不冷不热的，也到街上转一转吧。"

冷艳女子说道："我讨厌看大街上那些人看我的表情。"

王兮兮笑道："青妹妹，还不是因为你好看，那些男人，看到漂亮的女人都是一个德行的，不必在意。"

冷艳女子并不接话，而是说道："王姐姐，谢谢你了，每次你来给我梳头，我都很开心。”

王兮兮呵呵一笑，再不说话，慢慢给她梳头。

冷艳女子突然悠悠地说道：“王姐姐，王兴他是喜欢你的，你为何要委屈自己，非要经营戏春院呢？”

王兮兮叹道：“青妹妹，我可没你这么好的命，我这身子不干净，配不上王兴老爷。”

冷艳女子冷冷地说道：“王兴他根本就不是正经的商人，哪会在乎这些？其实都是王姐姐你一句话而已。”

王兮兮说道：“呵呵，青妹妹，我习惯了那些风尘之事，不再求什么名分，无拘无束的，真嫁给王兴了，我还不开心了呢。”

冷艳女子神色猛然一黯，说道：“是啊，喜欢一个男人，又何必待在他身边呢，可是王姐姐，我无论如何，也做不到你那么洒脱。”

王兮兮若有所思地说道：“还在想那个男人？已经是很多少年前的事情了。”

冷艳女子说道：“我的心，早就被他偷走了，但他却……唉……我和王兴，有夫妻之名，却无夫妻之实，我这一生，如果再能见到他一次，死了也值得了。”

王兮兮说道：“也许他只是一个偷心贼……青妹妹，你不要总是放在心上了。”

冷艳女子无声地笑了一下，慢慢摇了摇头，双眼迷离，好像思绪又飞到了遥远的过去。

冷艳女子静思了片刻，说道：“王姐姐，你今天来得晚了点，王家大院里又乱哄哄的，是不是发生了什么事情？”

王兮兮说道：“是啊，今天御风神捕，张四爷他们突然到戏春院来抓贼，真让他们抓到一个叫郭老七的，好像以前是三眉会的杀手，现在是苏北大盗小不为的下人。王兴现在应该和御风神捕一起巡查宅院呢。”

冷艳女子说道：“三眉会？很多年没有听到过了。他们怎么会在这里？”

王兮兮说道：“听张四爷他们说，我们这有群贼聚集，不知道他们要做些什么？”

冷艳女子皱了皱眉，说道：“估计又是王兴和那个老不死的王全的安排！”

王兮兮忙道：“青妹妹，这话只能是我们两个人之间的私房话，你可不要到处乱说，要不王兴听了会不高兴的。”

冷艳女子说道：“我管他高兴不高兴！他要是再敢变着花样打我腰上红绳的主意，我非死给他看！”冷艳女子说着，将手护在腰部，她所穿的衣服松阔，她手一摸，就听到腰间叮叮啷啷，有小铃轻响。

原来这冷艳女子就是火小邪要找的，王兴的三姨太！

三姨太话刚说完，只听“嗵”的一声爆炸声从窗外传来，把她们两个女人吓了一跳！三姨太身手敏捷地站起，一脸寒霜，一步跨到窗边，将窗户推开，只见不远处一个火球腾在半空中，黑烟滚滚。

三姨太哼道：“还真的有贼来了！我倒要去见识见识！青柳、青苗，在不在！”

房屋门立即推开，跳进来两个穿着劲装的俊俏女子，看着巾帼不让须眉，都是一脸英气！

三姨太冷冷地吩咐道：“更衣！把我的飞刀拿来！我要出去看一下！”

青柳、青苗这两个女子齐齐干脆地应道：“是！三太太！”

三姨太脸色更冷，骂道：“没有外人的时候，不准叫我三太太！”

青柳、青苗赶忙点头称道：“是！青帮主！”

青柳、青苗两个丫头一扭身，跑向侧旁拿衣服去了。

王兮兮拿着梳子，愣在当地，一脸的无奈，却不敢上前阻止，只能自己说话给自己听：“呀，青妹妹，还是不要出去啦，危险，唉，没准不是什么大事呢……”

火小邪乘着乱，一路摸到内宅，都有惊无险，平安无事。火小邪蹲在一面高墙的角落里，打量着眼前数套院落，愁眉不展，心想：“这个鬼三姨太，到底住在哪里啊！总不能抓个人问问吧！”

火小邪正想着，杂乱的脚步声从一侧传来。火小邪连忙缩紧身子，一动不动地蜷在阴影处，只见七八个镖师从巷口转了出来，急急忙忙地向这几套院落赶来，他们径直跑过火小邪隐藏之地，毫无察觉。

这几个镖师跑到院落前，便分散开，二人一组地站在门边，似乎是要值守警卫。离火小邪较近的一个院落门口，两个镖师刚刚准备敲门，门便推开了，三个都穿着劲装的女人快步走出。

这两个镖师一愣，其中一个镖师赶忙鞠躬问好：“三太太……”

这三个女人就是三姨太和她的两个丫鬟青苗和青柳。三姨太此时穿着一身青色贴身短褂，更显出身材的玲珑，一头秀发盘在脑后，用几个簪子别住，她尽管未施粉黛，打扮随意，但另有一番让人心动不已的风韵。三姨太腰间束着一条颇宽的皮带，皮带上挂着两排皮夹子，共有十把亮光闪闪的飞刀别在上面。

三姨太冷冷地打量了一眼这两个镖师，镖师抱着拳，低着头，不敢看她。三姨太哼了声，十分不悦地问道：“你们来干什么？”

镖师有些惧怕地答道：“王老爷吩咐，让我们来保护各位太太，院子里着火了，怕有贼进来……”

三姨太骂道：“我还要你们保护？瞎了你们的狗眼！”

镖师无奈道：“是，是王老爷吩咐……”

三姨太还是骂道：“让开，我要去看看怎么回事！”

青柳、青苗两个丫头上前，一把将这两个镖师拨开，三姨太快步走出，青苗、青柳紧紧跟着。

两个镖师愁眉苦脸，但也不敢说个“不”字，只好互相看了一眼，那意思是说你去你去，一个镖师瘪了瘪嘴，赶忙跟上几步，愁道：“三太太，您慢点，王老爷说了，让各位太太不要乱走……”

三个女人理都不理，继续向前走去。

两个镖师互相苦笑一下，一个嘀咕道：“那咱们怎么办？”

“还能怎么办？跟着去吧。”

这两个镖师商量完，不敢停留，快步赶上三姨太她们，老老实实地跟在身后。

火小邪见他们几个走过，才探出头来看了一眼，念道：“得来全不费功夫，这个冷美人就是三姨太？好家伙，竟带着飞刀，女中豪杰啊！我还以为是个弱女子，谁知道竟是个硬茬！哎呀，难办！”

火小邪本想偷偷跟在三姨太他们后面，但思前想后，料定就算跟着去，也不见得能够得手，心想这个三姨太既然住在这里，那就不着急，总是要回来的，现在偷摸着进到她所住的院子里去，等她回来以后，再做打算。

火小邪打定主意，知道从院子门口撬门进去肯定是不行的，还有其他镖师在这条路上值守，恐怕唯一办法就是翻墙进院。

火小邪左右听了听，并无脚步声传来，便贴着墙边如同耗子一样钻出几步，不断抬头打量着墙壁，见墙上有不少抠手之处，心中一乐，没有犹豫，站立起来纵身一跃，右手已经抠住一处砖缝，左脚一抬，脚尖几乎同时踩住一个凹槽，人顿时如同壁虎一样，牢牢地贴在了墙上。

那个时代，做贼的人要是不会爬墙，简直就是笑话！火小邪能翻进张四爷的院子，这个三姨太的小院落更不在话下。这个爬墙讲究可不少，有徒手和器械两类，火小邪所用的就是徒手。徒手爬墙十分考究，常见有数种爬法：

一种叫“壁虎攀”，就是火小邪现在所用的法子，乃是身子紧紧贴在墙上，主要用一手一足支持，身子稳在墙上后，再换手换脚，这种爬墙法，对较为光滑的高墙十分有效，尽管慢了些，但不用助跑，唯求一次成功。

一种叫“腾跃攀”，这种爬墙法较为常见，乃是在确定好墙上的几处着力点，通过助跑，手脚在墙上发力，一下腾上，抓住墙头。这种爬墙法尽管速度够快，但动静很大，会在墙上留下明显足印，一般来说贼人逃脱时才用腾跃攀，腾跃攀的高人，能在墙上连续发力三到四次，看上去真如飞檐走壁一样。

一种叫“紧手攀”，这种爬墙法用于两面墙的接合处，若是壁虎攀和腾跃攀都不好使，只能用紧手攀，全凭双手、双脚摩擦两面墙壁支撑，也可用背部摩擦，一寸一寸地向上移动，一直到顶。紧手攀难度极大，容易失败，若是两面墙的夹角大于九十度，就几乎要另做打算了。传说有一个胖贼，背上的肉十分厚实粗糙，背上的肌肉还能随着肩头蠕动，仅用背部摩擦力支持，就能上墙。紧手攀即使在现代也十分好使，可以用来空手爬上玻璃做成的拐角墙壁。

一种叫“指力攀”，这种爬墙法只靠双手指力，说白了和引体向上十分相似，指法上主要分为上引指和荡引指，上引指是一手紧紧抓住，将身体向上引；荡引指是一手抓紧后，身子左右荡向一侧，再使另一只手抓住着力处，做横向移动。指力攀一般用在异形的墙壁上，如斜上或者天花板一样的墙壁，这种墙壁不好蹬脚，唯靠指力牵引身体向上。如果各位看官不好想象，就看看现代的攀岩运动，便能明白是怎么回事了。

至于使用器械爬墙，可就更加五花八门了，火小邪这个时代常见的器械爬墙无外乎钩、绳、刀、锥、棍、脚叉这些，比较邪门的有“蜈蚣吸”，乃是用巨大橡胶片做成，粘在墙上，贼人每上一段就再翻出一段，像一条青虫一样，一段一段粘着墙壁的到达墙顶。另外江湖上传说有一种邪门的工具，乃是一种叫“蝇毛脚”的爬墙器械，外形如同两个布满倒刺的巴掌，戴在前臂中部，可以稳稳地挂在墙上，爬墙非常方便快捷。

火小邪爬墙的本事，在奉天下五铃的小贼里面要是第二，就没人敢称第一，连上五铃里面的好手，都不敢轻易和火小邪比试爬墙。一般奉天里三指刘属下的徒子徒孙碰到要上墙头勘察，从院里面开门的事情，火小邪向来都是当仁不让。火小邪敢翻张四爷家的墙头，三成是胆子大，七成却是实实在在有真功夫！

火小邪用壁虎攀，身子真的如同壁虎一样，先是贴在墙上静静不动，然后双手双脚猛然一甩，身子就唰的一下上了半尺，继续静静贴着不动，都看不清他手脚是如何使劲的。

火小邪如同机械人跳舞一样，“突突突突突突”间歇性向上移动了六下，就已经到了墙头。若是有人目睹，定会赞叹不已，这身手可不是盖的！

火小邪蹲上墙头，并不着急跳下，而是如同灵猫一样团成一团，四肢抓着墙头，向院中打量。

这个院子说大不大，说小不小，却十分别致整洁。火小邪所在之处，下方并无房屋遮挡，乃是一片花园泥地，种着不少鲜花，院中没有高大的树木，能看清院子的全貌。院中亭台楼阁，遍地花草，还有一块铺着方石的空地，摆着一个草藤编织的镖靶和不少刀枪棍戟，一看就是平日里习武之人的惯常摆设。院子另外一边，则有七八间大房，此时屋里还都点着灯，有人影在屋内来回走动，看来还有人在。

火小邪暗道："还有人在？麻烦！"

火小邪向院内一边看去，有一个屋子的侧面离围墙尚有不到一人的距离。火小邪看了一眼，大概估算出了墙与房之间的远近，便从墙头向那边爬了过去。

各位看官，大家一定思量着，火小邪直接跳下不就可以了，下面是泥地，肯定没有声音。其实这种想法大错特错，爬墙容易跳墙难，盗术里面对跳墙也是有十足的讲究的。想从高处跳下，不发出声音，那是影视作品、武侠小说里面糊弄人的，哪怕是跳到一堆棉花上面，也会有"噗"的一声闷响，何况院中泥地情况不明，寂静无声，房内还有人在，有经验的贼绝对不会贸然跳下。

就算是院中无人，不怕落地发出声响，但跳到泥地、沙坑、土坡等处，对于贼的偷窃过程来说，还是有许多忌讳的。盗术中有一条俗话，乃是"来无影，去无踪"，这句话尽管大家经常听到，却不知这个俗语本来是对盗术高明的贼的一种形容，换成贼话，意思是说，不能留下任何痕迹，让人察觉到已经有贼潜入进来，无声无息地来了，无声无息地偷了东西逃走，失主直到检查物品时才发现。做到这种程度，做贼就有一定境界了！跳入泥地、沙坑、土坡，最容易在脚底、鞋袜、身上粘上泥沙，不管你怎么整理，也不能在当时做到不留一丝一毫在身上，泥、沙易留痕，土有土腥味，碰到稍有经验的防盗者，比张四爷这种神捕低七八个档次的，都能轻易发现。

火小邪在王家大院中偷窃，一万分地小心，这些忌讳都牢记在心，哪能随便乱来？

并非笔者告诉大家怎么做贼，这里再多说一下盗术里跳墙进院的花哨。

从高处徒手跳下来，盗术里面称之为“纵”，用器械从高处下来，则称之为“降”。

“纵”法简单分为四种：

“声纵”，就是在有其他声音发出的时候，如钟鸣、鸡叫、吵闹等等杂声之时，从高处跳下，这样一定的声音会被掩盖住，不易引起人的注意；

“彩纵”，这是一种盗术里面欺骗的花招，就是在另一个地方制造声音或者是干脆伪装成一种声音，把人的注意力引开，再跳下；

“潜纵”，就是并非一跃而下，而是通过几个回转之处，分几次跳下；

“爬纵”，就是说以身法从墙上倒挂或者以其他不会发出声音的地方爬下，接近地面后才跳下。

如果就是直接跳下，没有任何的补充手段，叫“大纵”，说得俗气点，就是“大跳”。

“鸡鸣狗盗”这句成语，说的是《史记·孟尝君列传》中的一个小故事：齐孟尝君出使秦被昭王扣留，孟一食客装狗钻入秦营偷出狐白裘献给昭王妾以说情放孟。孟逃至函谷关时昭王又令追捕。另一食客装鸡叫引众鸡齐鸣骗开城门，孟得以逃回齐。其实说白了，孟尝君的这些食客都是贼，装狗进秦营偷东西，学鸡叫引起众鸡齐鸣，都是“声纵”和“彩纵”活学活用之法。

火小邪爬到墙头，看了眼对面的房檐，双手一伸，身子站起，直挺挺地前扑，一下子撑住房檐上的木梁，毫无声息。火小邪手脚撑着两面的墙，一步一挪向下移去，待看清下面有半整的砖石铺地，高不过一尺，才双手一松，跳下地面。

火小邪用的乃是“爬纵”的跳墙手段，看似轻松，寻常人没有三五年的经验，也别想做到。

火小邪贴在房边，探出头看了一眼，有一间亮着灯的房间里人影婆娑，当是主卧室。火小邪心奇：“如果三姨太是从这里出来的，她的卧室内又是何人待在里面？”火小邪不知道，此时在房间里的人乃是戏春院的老板娘王兮兮。

王兮兮来给三姨太梳头，三姨太匆匆而走，叮嘱王兮兮等她回来，王兮兮便等在房中，不曾离开。她哪会想到，此时院中已经来了火小邪这个贵客？

王兮兮有些心神不宁，在屋中来回踱步，紧紧皱眉，嘴中念念有词："难道王兴老爷真的在搞什么鬼？从郭老七被人安排住在戏春院，就觉得有什么不对的地方，今天又是御风神捕抓人，又是院中突然着火，按理说不该是赶巧了啊？"

王兮兮叹了口气，摇了摇头，干脆坐在梳妆台前，自己对镜细细梳妆，孤芳自赏起来。

火小邪见屋中人影总算不再走动，踮起脚尖，贴着房前，快速向三姨太的主卧室摸了过来。

火小邪踮脚尖走路，这里面还有盗术的讲究。贼人偷窃时的行走，最忌发出声音，所以有步法之分：

"尖步"是用前脚掌踮脚尖快速行走，按步伐大小和频率又分为一尺尖前步、二尺尖进步、三尺尖跃步，若是用尖步快速后退，则称之为"退尖步"，但"退尖步"严格规定每退一步不可超过一尺，这是盗术里面的讲究，经验之谈，说是退得太快，一旦过了一尺，不仅会乱了心神，身后若有陷阱，也会缺乏了周转的余地。

"鸭步"是用后脚掌先着地，慢慢放平脚之后再走，乃是缓慢前进之用，如果用鸭步快走，就叫"赶鸭步"。

"拓步"是用脚尖慢慢行走，在狭窄的室内情况不明时，以及倒退着行走，多用拓步，拓步走得快了，就是尖步，拓步虽慢，但比尖步能难练的精熟，要知道越是踮脚尖慢慢行走，越是考验人的脚力和平衡力。

"边步"是用脚掌外侧或内侧先着地行走，乃是随时准备横向移动或转弯时的步法，也用来通过地面上可能有机关的房间。

"蹲步"是指人蹲在地上，慢慢前行，京剧里侏儒小丑，就是蹲步的高手，能够行走如飞。

"平步"，整个脚掌平平踩下，站稳后另一只脚抬起前行时，也必须整个脚掌抬起，这乃是在房间里有人，站立着躲在暗处时，移动身子经常采用的步法。

如果贼人用步法用得好了，可以随时切换，每步都是一个步法，整个人看着极为灵动飘逸，所以看着有些大盗前行的时候，忽上忽下，忽左忽右，忽快忽慢，形如鬼魅，行云流水，人无定态一般。

火小邪走的是三尺尖跃步，三五个跳跃，便来到了一扇窗户之下。

火小邪借着窗边的一个花盆，躲在花盆旁，慢慢伸手探了探窗户，窗户应手而动。火小邪心中一喜，探出半个身子，双手齐推。窗户咯吱微响，听着十分明显。

火小邪并不慌乱，这窗户响的事情，是无法避免的事情。火小邪听到咯吱一响，略略一顿，打量了一下窗户的活页之处，知道这窗户经常使用，而且并没有从里面闩上，便抠紧窗户的边缘，猛然一推！

这猛然一下，窗户反而没有发出声音，应手而开。这在盗术里面，叫“快中静”，越是这样能发出声音的窗户，越不能慢慢推开。火小邪抓稳了窗户，推开之后连忙用手劲稳住，若是任由窗户自由敞开，没准会撞到什么，发出声音来。

火小邪见窗户已开，探头向屋内一望，窗下空无一物，乃是个进入的好地方。

火小邪回头张望了一眼，竖起耳朵细细一听，没有人声，便先是脑袋钻出，随后身子一伸一缩，整个人如同泥鳅一样，滑入室内。火小邪双手撑地，在地上打了一滚，半跪在地上左右一看，房屋宽敞，布置得十分素雅。火小邪伸手在地上四处一摸，地面平整光滑十分干净，显然经常有人打扫。

火小邪这才放下心，知道这间房子应该没有机关布防，经常有人走动，算是安全。火小邪站起身，返身回去把窗户再次快速地关上，这才算妥当地进了房间。

可别小看火小邪伸手摸地这一个细微的动作，这可是决定这间房是否有问题的一个手段。有的人家防贼，不少屋子里都布置着地线响砖，若是轻易上前，触动了机关，会发出巨大的声响，引起主人的注意。但这样的防盗布置，不便打扫，会在砖缝等处留下灰尘，贼人摸到地面上的灰分布不均，自然要提高警惕，以防不备。

像火小邪进来的这间房，地面上几乎一尘不染，那是经常有人打扫擦拭所致，所以这里必然是常用的房间。

三姨太带着青苗、青柳，快步赶到着火的地点，此时尽管火势未减，但已被控制住蔓延之势，只需再多多泼水，就可以灭火了。三四十人在广场跑来跑去，场面虽然混乱不堪，但人人各司其职，没有乱吵乱闹，惊慌失措的。

三姨太快步走上前，却看到张四爷和钩子兵已经来到此处，不少钩子兵正在四处勘察。有个领头的镖师，在张四爷身边手舞足蹈地讲着失火的情况，而张四爷背着双手，凝神定气，看着火光不知是在凝听还是想些其他的事情。

三姨太向张四爷走去，张四爷听到身后有脚步声过来，头微微一转，已经看到了三姨太她们。张四爷对三姨太十分客气，赶忙转过身，对三姨太微微一笑，说道："啊！三太太！你怎么来了？"

张四爷飞快地看了眼三姨太的一身行头，心中暗哼："从见到这个女人，就知道她很不寻常，果然是个练家子！还是个使飞镖的好手！"

三姨太脸若寒霜，毫无笑容，微微点头应了，站在张四爷身边，看着火场，说道："张四爷，你不是也来了吗？"

张四爷身边的那个领头镖师赶忙迎上前，低头鞠躬道："三太太，这里危险，还是请您回去吧。"说着狠狠瞪了三姨太身后跟着的两个镖师一眼。跟着三姨太来的两个镖师有苦说不出，只能咬碎了牙往肚子里吞。

张四爷说道："三太太，这么多日受王先生王老爷的照顾，再不来帮帮忙，说不过去啊。"

三姨太说道："张四爷看出什么来了吗？这间着火的房子并不是住人的，怎么就着了呢？是谁故意点火，制造混乱吗？"

张四爷说道："惭愧，现在火势未尽，还无法进屋里勘察，不能立即判断出起火的原因。不过从火势来看，这间房的几面墙似乎是同时点燃，屋顶还被炸出了一个大洞，有可能土制的炸药在屋中引爆所致。"

三姨太惊道："我们王家大院里就算有贼人进来偷窃，点火就点火，趁火打劫何必搞得这么麻烦？张四爷，我看是有贼想调虎离山！"

张四爷笑道："三太太说得有理，我怎么没有想到，惭愧啊惭愧！"

三姨太心中冷笑："什么御风神捕，我看就是一帮子酒囊饭袋！"

三姨太对领头镖师喊道："孔镖头呢？他跑哪里去了？"

领头镖师赶忙答道："孔镖头刚才来了一趟，现在已经走了！"

三姨太骂道："这个孔镖头，有事的时候就不见踪影了！哼！"

领头镖师看了眼张四爷，张四爷背手而立，既不说话，也不看他。

领头镖师只好说道："三太太息怒，息怒……"

三姨太哼了声，正想走到另外一边看看情况，就听到有尖锐的哨声从远处传来，二长一短，连续不断，分外清晰。

三姨太头一次听到这种哨声，连忙抬头四处打量，却不知声音是从哪里发出来的。

张四爷呵呵一笑，说道："三太太，先告辞了，有贼等着我去抓！"

三姨太忙道："张四爷，这是什么声音？"

张四爷并未回答，反而淡淡地说道："贼不出来犯案，我们怎么破案？不让贼觉得有机可乘，贼又怎么会出来？三太太，您还是请回吧，抓贼的事情，还是交给我们这些男人吧。"

张四爷说完，手一挥，几个钩子兵跟过来，一群人眨眼走了个干净。

三姨太愣愣地看着张四爷他们去的方向，耳根微烫，咬了咬嘴唇，转身对领头镖师骂道："到底怎么回事？张四爷他们在搞什么？"

领头镖师答道："张四爷直接安排孔镖头去做事，我不知道啊，他们只是让我在这里带着人灭火……说是不着急扑灭，只要保证火势不蔓延，人丁安全就行……张四爷还说，院子里的女眷，都不要出来……"

三姨太喝道："好了！不用说了！"

三姨太转身对青苗、青柳说道："我们走！去西四阁楼！锁上风水珠！"

西四阁楼的风水珠，正是郑则道任务中要去偷的东西，竟然和三姨太有些关系。

王家大院内的一处密宅之中，王兴垂手站在一旁，前方的案桌后，一个白发老者正聚精会神地看书，正是王兴的爹爹王全。

王兴说道："爹，张四爷他们应该已经在王家大院中各处布防，孔镖头我叮嘱过了，一切行动都听张四爷的安排。"

王全头也不抬，边看书边说道："热闹啊！不错不错！"

王兴说道："爹，有个事我想不明白，是谁在院中突然点火，造成爆炸了呢？这似乎有些刻意而为啊。"

王全说道："这个不用去想，是我们不小心也好，是贼也好，是张四爷更好！"

王兴说道："是张四爷更好？"

王全说道："御风神捕的手段，不是样样都能摆到台面上来说的，清末的时候，他们抓天津的大盗孙小辫，纵火烧了百十家民房，才把孙小辫逼进口袋里，最后还不是都归罪在孙小辫头上。这个张四爷和周先生，为了抓贼，都是不择手段之人。"

王兴点头说道："依爹爹的意思，爆炸乃是张四爷做的？"

王全似乎并不在意这些，而是转头看了看一旁的西洋钟，把书放下，站起身来，背着手走出，说道："王兴，不用追究此事，若是张四爷来了兴致，专心抓贼，再烧几间房也没有关系。"

王兴点头道："是，听爹爹的吩咐。"

王全走到房间一侧，取出把小剪子，在一盆盆景上细细剪裁，说道："他们抓到了苏北小不为的手下郭老七？"

王兴说道："是的，张四爷他们不动声色地突然袭击戏春院，好在该走的人都及时走了，就剩那个郭老七贪图女色，走慢了一步，被张四爷他们堵住，这个郭老七是个混球，竟跳出来想杀了张四爷下面的钩子兵以后逃掉，结果不是他们的对手，被生擒了。算他们厉害，竟能找到戏春院去，爹爹，你看我们是不是要……"

王全说道："不用，这个郭老七是三眉会挂得上号的杀手，料他什么都不会说的。那个张四爷身边的周先生就算会读心，郭老七不是正主，最多问出个大概，不妨事。"

王兴说道："爹爹，上次山东大盗灰毛虱暴毙，尽管张四爷他们找了个理由推搪过去，不做计较，但我担心张四爷怀疑到我们头上。"

王全说道："随便他怀疑好了，他们心里都憋着一肚子的火呢。王兴啊，你弟弟王贵什么时候到？"

王兴答道："明天中午，他带着人扎住在南苑坡一带。"

王全说道："好。不该说的不要和你弟弟说，他知道的越少越好。"

王兴点头称是，说道："爹爹，那我就回去了？"

王全说道："不忙不忙，今天我这里还有贵客，你随我来，我给你引见一下。"

王兴惊道："爹，我怎么不知道还来了客人？"

王全说道："呵呵，我都没想到会这个时候来，王兴啊，这个贵客非同一般，你可不要以貌取人。"

王兴说道："知道了！"

王全说道："那你随我来！"

王全刚要带着王兴出屋，门已经推开，走进来一人。

王全、王兴两父子一愣神，王全已经抢上一步，兴高采烈地喊道："师妹！你怎么自己来了，我正要带我的大儿子去见你。"

王兴抬头一看，只见来人竟是一个十六七岁的少女，穿着淡绿色的丝绸褂子，一头齐肩短发披散在肩头，笑盈盈地看着王全和王兴，那模样不敢说赛过天仙，但也是貂蝉之貌，而且目光温柔，气质清雅，若不是活生生地站在眼前，真如同画中走出来的人物一般。

王兴看得痴了，这么个少女，我爹爹七老八十的人，竟要叫她师妹？那我岂不是要叫她师姑？

这个美少女笑盈盈地说道："师哥，你一动你那盆四色雏菊，我就闻到香味，猜你肯定是到点了，要修剪，便忍不住过来看看。"

王全笑道："师妹真是厉害，什么都瞒不过你。啊，师妹，这位你没有见过，这是我的大儿子，王兴。"

王全把目瞪口呆的王兴一拉，厉声道："王兴，发什么愣，还不赶快跪下，叫师姑！"

王兴一个四十多岁的权贵之人，要他向这个少女磕头，还要喊她师姑，真是为难了他。但王兴不敢违抗他爹王全的命令，硬着头皮，一拉长袍前摆，就要下跪。

这美少女连忙说道："别别，别这样，我可受不起啊！师哥，你看你啊，能不能不要讲这些规矩？"

王全忙道："那怎么行！年纪不同，但辈分有别！一定要跪，一定要跪！王兴，还不跪下叫师姑，你还磨蹭什么！"

王兴哎哎连声，又要跪下，美少女上前一步把王兴拉住，冲着王全说道："师哥，你再这样，我就要羞死了，不敢住在你这里啦！"

王全略略思量，说道："好吧，好吧，师妹都这么说了，那就算了。但师姑还是要叫的！王兴，不用跪了，向师姑问好！"

王兴听能免跪，心里高兴，赶忙一脸笑意地向这个少女行礼，叫道："师姑，徒儿王兴，给您问好。"

美少女轻轻一笑，对王兴说道："好啦好啦，我叫林婉，你以后还是直接叫我的名字吧。"

四、竞盗争先

火小邪在三姨太的屋子里静静前行，不多久已经到了主卧室的门口。主卧室的门尽管关着，但从门上镂花之处，透过里面珠帘，还是能看到王兮兮侧着身坐在屋里。女人一旦照起镜子，就是没完没了，王兮兮也不例外，一时半会都没有起来的意思。

火小邪在门口打量了一番，见不便入内，便后退几步，向其他房间摸去，打算先把这宅子的情况摸清，等三姨太回来也好下手。

火小邪转了几间屋子，方便去的地方无外乎客厅、书房、杂物房等地，并没有什么特别之处。火小邪要找的是浴室，转了一圈回来后，拨开一道房门，进到一个宽敞清爽的房间中，里面摆着一个硕大的木盆，旁边摆着洗浴用品，屏风衣架，正是三姨太洗浴的房间。

火小邪闻到房间里幽香扑鼻，心中叹道："女人洗澡的地方，就是不一样！若是三姨太回来洗澡，定会解下腰上的红绳，到时我就下手去偷！说不定还能一饱眼福……哎呀，怎么想些这么龌龊的事情，罪过罪过！"

火小邪转念一想，心中又暗笑："罪过什么罪过，我又不是和尚！不看白不看，看了也白看，我不认识三姨太，和她无亲无故的，她要给我看光屁股，我躲着不看，岂不是不够男人？我火小邪，顶天立地的大老爷们！又不是要故意看她光屁股，我是个贼，要偷她腰上的东西的，不看怎么偷？我又不是道貌岸然、满口仁义道德的伪君子，何必装大尾巴狼！我这辈子还没见过光着身子的女人啥样子呢！看！一定要看！偷！一定要偷！”

火小邪蹑手蹑脚绕着浴室转了一圈，上下打量一番，却皱了皱眉。这浴室豪华气派得很，屋顶没有房梁，用青砖封顶，一侧墙上有几个通气的小窗，但距离澡盆颇远，屋内四周倒是有数个小柜子，但断然躲不进一个人，也就是说，整个房间没有一个能藏人的地方。

火小邪暗叹：“完了完了，看来又饱眼福又偷到红绳的打算八成没戏了！不管怎么，洗澡的地方没地藏，那至少藏在这房间附近！”

火小邪溜出浴室，在浴室门口再寻找可以藏身之地，没花什么工夫，就看到一扇别着插销的小门，火小邪正想拉开插销，打开这扇小门，却顿了顿，抬头一看，只见这扇门上正中赫然镶嵌着一面圆形的木牌，上面除了雕工刻着花纹外，这木牌正中刻着一个硕大的戊字！

火小邪一惊，想起胖好味纸条上的任务，乃是：王家大院内有甲乙丙丁戊己庚辛壬癸十道门，任意打开，从里面偷出一盏油灯。火小邪见这扇门上有一个戊字，暗念道：“难道这就是胖好味的任务中十道门中的一道？这可巧了，怎么会在这里有一道？”

火小邪伸手想去拉开门销，进去看看，可心念一动，想道：“不行！如果没有油灯也还罢了，若是里面有油灯，我是拿还是不拿？这是胖好味的任务，我可不能随便插手！我在午夜时分和他们接头的时候，把这条信息告诉给胖好味就是了！”

火小邪把手收回，觉得自己决定正确，刚要离开这扇门再做打算，却听到三姨太主卧室内传出声音。火小邪刚看到戊字门，心神有点不宁，鬼使神差地突然担心起来，里面那个美艳的少妇要做什么？火小邪赶忙蹑手蹑脚赶到门边，准备看看卧室里的动静。

火小邪刚走到门边，探头一看，这一看不打紧，顿时惊出一身冷汗！这个王兮兮拿着烛台，正向门口走来，只有三四步之遥！

火小邪一背身，靠在墙上，骂了自己千万遍糊涂，怎么脑子如此不清醒，这时候跑到门边来打量里面的动静，这不是找不自在嘛！

火小邪左右看看，门两侧都是瓷瓶花架，绝无藏身之地，前方房间中倒有书柜、桌椅，但他再快的速度，也来不及赶过去藏起来。耳听着王兮兮的脚步声已经走到门口，手撩开珠帘推门，火小邪再也管不了这么多，一个下蹲，缩在门边。

王兮兮等着三姨太回来，有些疲倦，精神不振，推开房门去外屋取自己的东西。王兮兮径直走出去，并未返身关门，目光平视向前，直直走了几步，猛听身后有细微的窸窣声作响，本来今天王兮兮碰到的事情都是些怪事，三姨太又不在，她心中忐忑不安，这细微的声音足以让她立刻回头望去。

王兮兮转头一望，只见门轻微地有些摆动，珠帘也还在左右晃动，并无任何异常之处，不禁松了口气，叹了声，快步去外屋的桌上，拎起自己的小包，返身回到卧室中。

王兮兮关好房门，重新坐在梳妆台前，从自己的包中取出一把小镊子，对着镜子，仔细拔自己的眉毛，女人打扮自己起来，那是专心致志，心无旁骛。王兮兮浑然不觉，自己身后的墙角，火小邪正满头大汗地蹲在那里，大气都不敢出。

火小邪在王兮兮推门而出的时候，正在房门边一侧蹲着，有门做遮挡，王兮兮又没有立即回头，当时就没有看到火小邪。火小邪哪里还敢等，全身肌肉发力，一侧身就闪出门沿，如同耗子一样，四肢着地从珠帘下方飞快地爬进主卧室。

王兮兮回头之时，火小邪刚刚好躲开一边，才没被发现，真是千钧一发！身法慢了一步都不行，身位高了一点碰到珠帘也不行！火小邪这种贴地快速爬行的身法，乃是无师自通的伏行法里面的怪招式！

四肢着地，贴着地面爬行，在盗术里又是一门博大精深的学问。要知道贼人偷窃之时，并非处处都是平地坦途，很多地方都是沟、渠、管道，不可站立之所，所以四肢着地爬行，美其名曰“伏行”，所用之处极多。

“伏行”常见的分为以下几种：

“蛇伏”，身体紧贴在地面，靠身子扭动，指、肘、胯、膝、踝、足尖发力，以此前行，通常用于极为狭窄的管道之处。

“匍伏”，近似于匍匐前进，主要用前臂使劲，抬头向前观望着前进，所用之处甚多。

“兽伏”，全身下蹲，膝盖离地，用手和足尖支撑身体，前后行进。此种伏行法最为常用，但在低矮的房屋夹层内不好施展。

“婴伏”，和婴儿爬行一样，用膝盖着地，双手支撑爬行，多在要降低身位时使用。

“蛙伏”，小腿、前臂完全贴紧地面，身体收紧在腿臂之上，前进时先蹬腿，后伸手，身体完全贴紧地面后再恢复原状，较为少见的伏行法，多用于乱石嶙峋的岩穴之中。

“虫伏”，这是最罕见的一种伏行法，身子紧贴在地，双手并于腿侧，全靠下颚、脚尖发力，身子如波浪起伏着前行，一般没有贼偷窃时用，但如果贼被抓住，五花大绑的时候，就知道精通虫伏有多重要了。据说虫伏的行家，爬行速度和走路一般，十分惊人。

火小邪爬行的方法，没有人教他，火小邪自己取名叫“蟑螂爬”，如同单臂俯卧撑一样，双手、脚尖支撑，但手要撑在胸部以下，身子挺直不弯，略微离地，然后脚尖发力，奋力前蹬，双手不断交换前进。

火小邪爬进主卧室躲着，王兮兮快步返回房中，算是有惊无险。

火小邪靠在墙角，用兽伏爬到床边，见这张床床下空间颇大，倒是个藏身的好地方。火小邪看了眼王兮兮，见她专心致志地梳妆，便一头钻进床底，匍伏爬进到床下中央，透过床下的缝隙，倒能够看清屋内的动静。

寻常的贼最爱躲床底，火小邪自然不能免俗。藏在床底可要分清楚时候，若是已经暴露了行踪，被人四处搜查，藏在床底无异于找死，那时床底和一个关乌龟的笼子差不了多少；如果是无声无息，尚无人察觉到有贼进来，床底却又是上好的藏身之地，十分安全。

有的笨贼，不懂藏身之地有不同时候之分，被人追赶时还要钻到床下，结果生生让人抓猪一样逮出来，这绝对不是少数。

火小邪在床下趴了足足半个时辰，王兮兮还没有离开的意思。

火小邪正寻思着三姨太怎么还不回来，就听到脚步声匆匆而来，房门“哗”的一下打开，走进来二人。

火小邪趴在床下，能够看到两双女人的小脚走进。

王兮兮赶忙站起来，说道：“青妹妹，你终于回来了！外面怎么样？”

三姨太哼了声：“的确是有贼进来了，那个张四爷正在抓！好像没有抓到，现在又安静了。”

王兮兮惊道：“什么贼这么厉害，御风神捕都抓不到？”

三姨太坐到椅子上，青苗上前给三姨太端上凉茶，三姨太说道：“是大盗，不是寻常的小贼！”

王兮兮说道：“哎呀，王家树大招风，把大盗都招来了？这可如何是好啊！”

三姨太喝了口水，说道：“王姐姐，我一会儿还要出去，回来就是和你说一声，你不要在此久留，我叫青苗送你回去。今天晚上我觉得王家大院要闹得天翻地覆！”

王兮兮应了声：“那好！青妹妹，你可不要出去逞能啊，别伤了自己。”

三姨太说道：“放心，我自有分寸。”

王兮兮收拾好自己的东西，青苗领着，三姨太相送，就要走出房间。

这三个女子刚刚走出房门，就听到院中墙角唰啦啦乱响，三姨太尖声大叫一声：“什么人！”一步跳上前去，摸出飞刀拿在手上。

三姨太这一声喊，院中一处草丛中“嗖”地跑出一团黑影，贴地飞奔，速度极快。

三姨太片刻不停，跳出几步，手中两把飞刀已经掷出。青苗这个丫头也很厉害，紧随在三姨太的身侧，唰唰左右手迅速掷出两把飞刀。

那团黑影似乎中了一刀，哼哼乱叫，但仍然急速奔跑，向着门口钻去。

三姨太和青苗拔起身子，分开两边，飞一样地追赶，边追边闪电一样的连续掷出飞刀。飞刀准头极好，势大力沉，又命中了几刀，扎的那黑影一个趔趄，滚倒在地。那黑影撕心裂肺地乱叫，挣扎着滚了几滚，跌倒在门边，再不动弹。

三姨太和青苗已经跑至黑影边，两人定睛一看，地上竟躺着一只一尺长短的黑猪，模样古怪，似猪似貂，周身黑色短毛，长着白尾，看着绝不是家养，乃是一种异形的野猪。这个畜生头、眼、腹部一共插着四把飞刀，都是命中要害，已经死透。

青苗上前把这只黑猪拎起，给三姨太查看。三姨太见是一只小型野猪，说道："又是这种畜生在王家大院乱窜！今天若不是飞刀在手，又能让它逃了！"

青苗把野猪上的飞刀拔起，说道："青帮主，最近不知道从哪里跑出来这么些古怪的畜生，还从来抓不到活的。"

王兮兮已经从侧旁跑过来，探出身子看了一眼，说道："吓死我了，还以为是贼呢！怎么会有野猪跑到我们院子里了？"

三姨太对王兮兮说道："说是野猪，也不太像，这畜生到处乱拱乱钻，十分惹人讨厌，性子又烈得很，每次费尽周折抓到一只活的，最多半个时辰，就大叫而死，古怪得很。在大院里倒是时常见到，这还是第一次进到我这个小院里呢！奇怪！"

三姨太话音刚落，只听院墙一头有人狠狠地骂道："你们几个该死的女人，赔我的猪！"

三姨太她们大惊失色，赶忙退后几步，唰唰唰把飞刀持在手中。王兮兮更是吓得几乎跌倒在地！

三姨太毕竟是沉得住气的不凡女人，站稳了身形，便冷哼道："墙上那贼！滚下来！"

墙头的黑影蹲起身子，沉声骂道："我好不容易把这畜生撵到了院子里，却被你们用飞刀杀了！你们有罪！大大的罪！"

三姨太冷哼一声："少废话！"手上一扬，两柄飞刀已经直直向墙头那人飞去。

“咦！”墙头那贼一声低喝，只听当当两声响，两把飞刀撞上硬物，掉了下来！

三姨太定睛一看，那人手中拿着一个风水盘，正是用此物击落了飞刀。

这个墙头的贼，不是别人，正是亮八！亮八的任务是抓到一只活着的黑毛白尾猪，他好不容易寻到一只，一路追过来，把这只猪逼入院内，正打算跳入院中抓猪，却和三姨太她们碰了个正巧。

亮八一路追赶黑猪，又要躲避其他人，已是十分的不容易，见到三姨太和青苗几把飞刀杀了自己的猎物，真是气得七窍生烟，恨不得立即跳下来把这两个耍飞刀的女人脱个精光，蹂躏一番泄火！

亮八挡下三姨太两把飞刀，知道这个女人厉害，骂道：“好厉害的飞刀！”

三姨太哼道：“青苗！合围！”

青苗一听，立即跳开一边，三姨太身子微动，唰唰两声，又神不知鬼不觉地掷出两把飞刀。青苗跳开两步，几乎就在三姨太掷出飞刀的同时，也丢出两把飞刀，四把飞刀分为四个方向，齐齐向亮八飞来！势必要将亮八毙于墙上！

亮八叫了声好，双手一错，竟把那风水盘掰成两半，右手一挥，扫落一把，随即身子一翻，在空中打了个空翻，躲过二把飞刀，落下之时，又用左手上半边的风水盘击落一把。亮八仍然落在墙头上，竟不逃走！亮八这个人强横之极，哪受得了女人的气，尽管地处墙头，不好施展身手，但仍然要卖弄一番，此时躲过四把飞刀，已是竭尽全力。

三姨太喝道：“好身手！有本事再接我们两刀，你若能挡住！我赔你这只猪！”

亮八嘿嘿叫道：“好！我要是赢了，不要你赔猪，你们三个娘们脱光了，陪我睡一觉！”

青苗大骂：“你这臭贼！我杀了你！”

三姨太哼了声：“睡觉就睡觉！一言为定！你想和我们睡觉就别逃！”

亮八淫声道：“好！就喜欢你这样的娘们！够劲儿！”说着蹲稳了身子，

没有一点要逃走的意思！

三姨太再不答话，脚步微移，踱开一小步，低声道：“青苗，用备乱刀！”

青苗立即点头，手摸在腰上的飞刀柄上，脚下慢慢移动，寻找掷刀的空门。

三姨太移动身子，脚下走侧步，移向另一边，两人渐渐分开。

别看亮八嘴上强横，实际额上已有豆大的汗珠滚落，他心里明白，这两个女人得了飞刀技法的真传，若是真让她们寻到空当，只怕性命难保。

三姨太和青苗慢慢移动，寻找机会，亮八也正全神贯注地防备着。

就在这时候，尖锐的哨声猛然响起，把他们三个都扰得微微一滞。

三姨太暗骂：“讨厌！御风神捕坏我好事！”

哨音还在响着，就听哗啦哗啦砖瓦踩踏之声由远及近地迅速传来，一条绳索在空中一晃，随即两个钩子兵跃上三姨太的屋顶，停都没停一步，绳索拉起身子，踩着屋顶的砖瓦就向亮八扑来！

亮八大骂一声：“小妞，今天不和你们玩了！改日定要你们脱光了陪我！告辞！”

亮八将风水盘一合，跃下墙头，钩子兵此时已经跳上墙头，三爪钩掷来，没有夹住亮八，倒把墙头砸的碎末横飞。钩子兵见亮八跑了，紧紧追去，口中哨声不断，而四处都有哨声回应，不绝于耳。

三姨太 跺脚，骂道：“御风神捕！你们占我便宜！这个贼是我发现的！青苗，我们也追！”

三姨太和青苗正想追出门去，王兮兮一脸惊恐地扑上来死死拽住三姨太，哭喊道：“青妹妹，你不要去啊！那贼太凶狠，万一你有个好歹，被他欺负了，我怎么和王兴老爷交代！就让御风神捕去抓吧！求你不要去追了啊！”

王兮兮正叫喊着，三姨太的院门也被四五个护院镖师撞开，他们见三姨太还活生生地站着，算是松了一口气，赶忙都堵在门口，对三姨太鞠躬恳求道：“三太太！张四爷、孔镖头都吩咐过了，事关重大，让大家千万不要乱跑，以免打乱了部署，被贼人利用，三太太，请你回房歇息吧，不要让我们为难啊！”

众镖师看了看王兮兮，都是认识这个王家堡的交际花，也对王兮兮说道：

“王姐姐，请你陪着三太太待在院内吧。”

王兮兮说什么都不肯松手，三姨太见这种情景，无可奈何，只好咬牙骂道：“算了！就让张四爷他们得个便宜吧！王姐姐，咱们先回房，等静一静以后再送你出去。”

三个女人又回到卧室。三姨太和王兮兮各自坐下，王兮兮惊魂未定地说道：“这是个什么贼，竟然来王家大院抓野猪？”

火小邪趴在床底，刚才外面吵闹打斗听得真切，又听王兮兮这么一说，认定就是亮八刚刚来过此处。火小邪屏息静气，一动不动，一字不漏地听着。

三姨太同样十分疑惑地说道：“是啊！我也觉得古怪！抓那种野生的畜生做什么？还冒着被张四爷他们抓住的危险，不值当啊！”

青苗接口道：“是不是那野猪有什么药效？别的地方还没有？”

三姨太沉思片刻，说道：“刚才那人的身手非常厉害！在墙头如此狭窄之地，还能凭空翻滚，躲过我们四把飞刀，必然是成名已久的汪洋大盗！我看他使的是一个风水盘，听口音又是河南一带的腔调，若没有记错，此人应该是十年前就已经成名的开封大盗亮八！如果是他，御风神捕如此紧张，就有道理了。”

火小邪在床下听着，微微一笑，暗念：“你要是见到那个杀人魔头甲丁乙，深藏不露的苦灯和尚，花花公子烟虫大哥等人，就知道亮八还只算个小角色，这些人估计都在王家大院各处潜伏着，可有张四爷忙的啦！何止紧张，简直会发疯的。”

张四爷站在一处僻静的二层楼的屋顶，环视着王家大院，面色如铁，拳头握得咯咯直响。张四爷心中恶气翻滚，简直不能自控，牙齿都咬得咯嘣乱响，嘴唇不住颤动。周先生静静站在张四爷身旁不远，看着王家大院上方，也是满面寒霜！

有钩子兵跳上屋顶来报：“张四爷，又追丢了一个！找不到踪迹！属下无能！请张四爷责罚！”

张四爷青筋乱爆，脸上肌肉抽动，突然大吼大叫，声震四野：“你们这些小贼，来王家大院干什么！是想戏弄老子吗？来啊！有本事别跑！和老子公平较量！老子是御风神捕第九代传人张四！你们都报上名来！”

张四爷吼完，眼神中猛然一片迷离，举起双拳狠狠抽打自己的脑袋，啊啊大叫。钩子兵知道张四爷的失心疯再度发作，吓得跪在地上，全身颤抖！

周先生赶忙上前，一把捏住张四爷的后脖颈，使劲揉搓。

张四爷长长喘了几口气，总算停止了自虐，缓缓说道：“通告王家大院所有人，说是贼人已经被抓获，报太平，撤掉各处哨岗！所有钩子兵立即撤回驻地！”

那钩子兵大惊，脖子一硬，嚷道：“张四爷！我们，我们不抓贼了？您就能忍住这口气？我们不能骗王家大院的人我们抓到贼了啊！太丢脸了！张四爷！我干不了，说不出口，求你杀了我！”

张四爷丝毫不生气，反而哈哈笑道：“好样的！不愧是我的得力部下！硬气！好得很！你放心，抓！我们一定要抓！可今天来了不止一两个贼，而是至少五六个！全都是大盗级别的高手！我们很可能被人当猴耍了，将我们力量打散，让他们看笑话！现在，我们要把力量重新聚集在一处，这些大盗一定会上门来找我们！出来一个，就全力抓一个！只要今天能抓到一个，就是胜利！”

那刚才打算打死也不屈从的钩子兵听张四爷这番解释，猛然醒悟，连忙抱拳喝道：“张四爷说得对！刚才属下鲁莽了！”

张四爷说道：“不妨事！刚才我也被气得差点发疯！现在才想明白！”

周先生点头赞道：“张四爷，这样好！我们处处设防，以求贼人踪迹，这样贪多反而嚼不烂。今天能进王家大院的贼，都不简单！随便一个，恐怕都是名动江湖的人物！我们静观其变，他们既然来了，就耐不住性子，定会出来！我很想看看，他们这些大盗在王家大院里四处乱窜，是要找些什么东西！”

周先生转头对钩子兵吩咐道：“快去办！锁紧口风！任何人不得议论，速速撤回驻地！”

钩子兵喝道："是！"转身跳下屋顶，飞也似的去了。

火小邪猜张四爷可能会被气疯，还真是猜对了。

三姨太的房中，三人女人絮絮叨叨的，关于那头野猪到底是什么东西的问题就绕来绕去地说了半天，恨不得说到野猪一次性能生多少个小崽子的话题上。火小邪听得耳朵都要起茧子了，叹道："三个女人一台戏，我算是领教了！这些女人到底在想些什么，说的都是八竿子打不上的事情，怪不得自古就没有女人能当好捕头的。"

三姨太终于话锋一转，长叹一声，幽怨地说道："今天这个情景，不知怎么，我隐隐觉得他也来了。"

王兮兮说道："他？那个你说的神秘男人？"

三姨太说道："是啊，我第一次见到他的时候，也和今天一样，乱哄哄的，到处在闹贼。我出去追赶一个贼，没想到扭伤脚踝，他便突然出现，抱着我回了房间。当时我看着他，竟一点都不害怕，反而觉得他十分亲切。"

王兮兮问道："他到底长的什么样子？"

三姨太脸上微微一红，轻轻说道："他有一双非常深邃的眼睛，像能够说话一样，似乎一眼就能看透你在想些什么。"

王兮兮说道："于是他走的时候，就送你了一根红绳？"

三姨太说道："这是他唯一留下的东西……唉，王姐姐，不提这个了。"

王兮兮叹道："真不明白，这样来无影去无踪的男人有什么好。"

三姨太说道："王姐姐，可能是我固执，我就是忘不了他，从他走了以后，我的魂都让他勾了去，日日夜夜地思念着他，也曾满天下地找他。这个无情的男人啊，我以为我嫁给了王兴，能逼着他出来，可他仍然毫无下落。唉……我之所以刚才要出去抓贼，就是想着，是不是能再遇见他。"

王兮兮说道："青妹妹，你也是一个为情所苦的人儿啊。"

三个女人都沉默不语，各怀心事。

院外响起锣声，有镖师高声叫道："御风神捕张四爷抓到贼啦！御风神捕张四爷抓到贼啦！请大家安心！请大家安心！平安啦！平安啦！”

这些报信的镖师一路高喊着走过，很快王家大院再次热闹起来，人声喧哗，各处都再次人来人往，忙碌了起来。

三姨太站起身，又惊又喜：“竟然抓到了！这下可好！王姐姐，我这就送你回去，耽搁了你不少时间，实在过意不去。”

王兮兮笑道：“没事了就好！能陪着青妹妹聊聊天，哪有什么过意不去的。”

两人寒暄了几句，便都起身，送王兮兮出了院子。

火小邪听人都走了，心里略略松了一口气，动了动身子，打算从床下爬出来，看看这个主卧室之内有什么破绽之处。

火小邪刚从床下探出头来，就听到脚步声传来，已经有人走到门边。火小邪心中大惊，连忙缩回身子，大气都不敢出。那人推门进来，慢慢走了几步，坐到床上，轻轻叹气。

火小邪一看那人穿的鞋子，就知道是三姨太，心想着怎么这个三姨太又回来了？原来三姨太和青苗送王兮兮出了院子，王兮兮见三姨太魂不守舍，执意不要三姨太相送，三姨太推托不过，就回来了。

三姨太坐在床上，叹了几声，低声自言自语道：“我到底是怎么了，心跳得厉害。”

火小邪在床下暗骂：“别念了，洗澡去吧，求求你了！”

火小邪趴在床下久了，四肢酸麻，微微动了一身子，让自己舒服一点。

“谁！”三姨太忽然叫道，一下子站起身来！

火小邪脑中嗡的乱响，背上如同让冰块凉了一下，通体生寒，暗骂：“她奶奶的！是发现我了？天杀的啊！”

火小邪正寻思着无数脱身之法，却见三姨太快步向门口走去，似乎不是针对自己。火小邪不敢大意，全身绷紧，以备三姨太突然过来的时候，有个腾挪的准备。

三姨太哗的一下把门拉开，人竟呆呆站住，微微退了两步，说话都不利索了，念道：“你！是你！”

火小邪暗想：“妈的，又来了一个！好在不是发现我了，差点把老子的尿吓崩出来！”

火小邪从床下打量，只见三姨太慢慢后退，脚步微颤，而有一个穿着黑靴的人迈步走了进来，一看就知道是个男人，可惜火小邪看不到脸面，不知是何人突然到访。

这个男人返身把房门关好，脚下无声，径直走入房中，站立着不动。

三姨太说话的声音不知是喜是悠，惊道：“你！你怎么来了！”

那男人并不说话，只是静静站着。

三姨太声音有些悲伤起来：“你这坏人，又是一言不发！我，我找你找得好苦！你还知道回来看我。”说着竟扑入这个男人的怀中，大哭起来，不住地敲打他的胸膛。

三姨太哭道：“你不要走了好吗？不管你为何回来，不管你要去哪里，我都跟着你，求你不要再离开我。这么多年，我真的好苦！你把我的心都偷去了，我天天活着就是等你回来！坏人啊，你为什么不愿意说话！你说话给我听，你说话啊！”

那男人任凭三姨太捶打，不退不让，牢牢站着。

三姨太哭了片刻，突然身子一退，声音尖锐地骂道：“坏人！你很得意吧！你很痛快吧！看到我这个生不如死的样子！你害我这么多年，今天才来看我，当我很开心吗？你错了！我等你、寻你，是要杀了你！我得不到你，就要杀了你。”

三姨太唰的一下，把飞刀拿在手中，继续恶狠狠地说道：“你以为我不敢吗？你以为我不会动手？你错了！你彻底错了！我杀了你！”

三姨太说着手腕一抬，就要持刀刺入此人胸膛，可手举在半空中，却身子一颤，又哭了起来：“你，你不要这样看着我，我真的会杀了你！我真的会，真的会……”

那男人上前一步，把三姨太搂在怀中，终于说出了话：“青红，是我不对，你要杀就杀吧。”这男人说话声音温柔婉转，磁性十足，听着十分舒坦。

“当啷”一声，三姨太手中的飞刀落地。

三姨太说道：“我输了……我杀不了你，我宁肯自己去死，也杀不了你。求你，求你带我走吧……”

火小邪在床下听得腻味，想也想不明白，三姨太怎么会对这样一个无情无义、神秘莫测的男人如此死心塌地。火小邪真是想探出头来，骂这两个狗男女一番，啰啰唆唆，有完没完?

火小邪正郁闷着，却听到三姨太和那男人啧啧亲吻起来，三姨太娇喘连连，身子都软在他的怀中。火小邪听得面红耳赤，暗骂：“就这点时间，还要那个？”

三姨太含糊不清地说道：“坏人……有人会来……有丫头会回来……会……啊……”

三姨太说是这么说，根本没有避让的意思，两人干柴烈火，腾腾燃烧，哪有丝毫熄灭的迹象?

火小邪眼见着三姨太的外衣被那男人脱掉在地，露出贴身短褂，细腰袒露在眼底，但不见腰上的有红绳，不禁周身燥热，狠狠咽了几下口水，暗哼：“有本事你再脱裤子！”

火小邪心想事成，男人已经伸出手，把三姨太的裤带松开，哗的一下，裤子也坠下地面。火小邪顾不得欣赏这番人间春色，定睛一看，果然在三姨太的腰胯之处，系着一根红绳，红绳上有几个银色的小铃铛，随着三姨太的身子扭动，叮当细响。

火小邪面红耳赤地又骂：“脱！你娘的脱！把绳子也解掉！ × 你们奶奶的奸夫淫妇！老子今天看定了！”

三姨太听见自己腰上的铃铛作响，迷糊糊的哼道：“坏人，你，你送我的红绳，我一直，一直系在腰上，一刻，一刻都没有解下来……”

眼看着那男人的一双手已经摸到三姨太腰上的红绳，用手指勾着把玩，火小邪暗吼：“大爷啊！解掉红绳！解掉！祖宗的啊！快啊！玩你的大屁股玩啊！”

那男人勾了勾红绳，却松了手，一把将三姨太抱起，走向床边，两人滚在床上。

火小邪只能听到床板上轰隆作响，三姨太娇声连连，再看不到人，不禁大大地失望："完了，这下不知要等到何时啦！"

三姨太"啊"地娇呼一声，声音不似刚才。

火小邪心疑："这声叫又是个什么花花？"火小邪不知男女之事，哪里懂的？

三姨太这声叫一完，床便微微吱呀着摇晃了起来。

火小邪又暗骂："这又是干啥？摇床干什么？难道两人在打拳？真搞不懂！"

床不住摇晃，三姨太也随着床的摇晃，呻吟声不止，这叫声叫得细密，如醉如痴，与火小邪在窑子外偷听嫖客和妓女干事的动静十分不同。奉天城的妓女在床上的叫喊声哪有这种情调。

火小邪心思并不在此，反而着急起来："这床摇得厉害，千万别给摇塌了！那我可就要被当猪抓了！"

火小邪正焦躁着，院中有女子声音叫道："青帮主，你在吗？"这话语声不停，人已经走到门前，轻轻叩门。

床上的两人顿时停了动静，三姨太大声叫道："青柳！是你吗？"

青柳在门口叫道："我是青柳，青帮主，能进来吗？"

三姨太从床上爬下，连鞋都顾不上穿，光着身子嚷道："别进来！我在换衣服！什么事？"

青柳耸了耸，觉得奇怪，但不敢问话，只好退开一边，说道："王兴老爷叫你过去！他在西四阁楼，让你尽快过去。"

三姨太慌慌张张地穿衣下床，叫道："风水珠难道丢了吗？他去西四阁楼干什么！风水珠是我的嫁妆！关他什么事？"

青柳在门外说道："风水珠好好的呢，我本守在那里，王兴老爷就来了，说是来看看，让你过去，其他的他也没有说。"

三姨太跺了下脚，说道："我知道了！你先回去告诉王兴，说我一会儿就来。"

青柳应了声，退了下去。

三姨太一回头看床，床上竟然已经没有人了，三姨太心中大惊，四下打量，除了床上一片凌乱外，屋内空无一人，三姨太慌忙低声叫道："情郎……情郎……"

火小邪此时才真是处境尴尬，心惊肉跳。

火小邪听到青柳在门口叫三姨太，三姨太翻身下了床，正和门口的青柳说话的时候，床上的那男人随即下来，身子一晃，如同鬼魅一样无声无息地飞快移向屋子一侧，火小邪只能看到这男人的双脚，看不见他的身法，那男人用"边步"行走，双腿迈动起来，快如闪电，移到卧室一侧的房门，也看不清他是怎么拨开珠帘，把门打开出去的，反正如同一个黑影一样，眨眼便出了卧室，还不忘将门照常关上，不仅没有发出任何一点声音，而且门不动、帘不摇。

火小邪一看这种身手，真是匪夷所思，前所未见！当时唯一能想到可以做到的人，便是水妖儿！

火小邪这只是一念之下，再回头一想，便又想到那个杀人魔头甲丁乙应该也有这种身手。而火小邪哪有这个工夫细想，耳中听到三姨太说风水珠的事情，又是大惊，郑则道所偷之物不就是某个阁楼中的风水珠吗？怎么和三姨太也有关系？

火小邪脑中乱成一片，进入王家大院的各种情景一一闪现，首先是看到腰上挂着"伍"字牌的镖师，而后在三姨太房中看到戊字门，再听三姨太他们说黑毛白尾猪，现在竟又听到风水珠，加上三姨太身上的红绳，这就是说闹小宝、胖好味、亮八、郑则道和自己的偷盗任务，都被自己发现了线索。

火小邪心中生出一个大胆的猜测：难道所有贼人进入王家大院所要完成的偷窃任务，都是彼此关联？或者说是有一个人完成了，另一个人可能完成不了，或者难度骤然增加？竞盗竞盗？是比谁偷得快？

三姨太低声唤了几声情郎，不见回应，四下打量也未见有人出去过的迹象，不禁心里着了慌，向着床边走来，看那个架势，可能是要看看床底是否藏着人。

火小邪的一颗心，几乎能够蹦出嘴巴。

三姨太向床边走来，冲着床下不断低声唤着情郎，拉起床单向下看去，并无人在。三姨太站起身，神态焦躁，满屋子乱走，还是不见那神秘男人的身影。

三姨太急促喘气，使劲眨着眼睛，滴溜溜转了几圈，手足无措地说道："怎么！又走了！又走了！他又走了！"

三姨太说着说着，又悲又怒，大叫一声，把梳妆台上的所有物件一并扫落在地，稀里哗啦砸了一地。三姨太无法自抑，掩面大哭起来。

青柳在门外听到房内东西摔了一地，三姨太呜呜痛哭，赶忙跑到门前，喊道："青帮主！青帮主！你没事吧！"

三姨太尖声叫道："我没事！你不要进来！都怪你！你早不来晚不来！偏偏这个时候来！我恨死你了！"

青柳莫名其妙，自己回来传王兴老爷的话，什么叫早不来晚不来？青柳不敢回话，只能轻轻叹了口气，退开一边。

三姨太毕竟是女中豪杰，不像寻常女子那样哭起来就没完没了，哭了片刻之后，便止住哭声，擦了擦眼泪，站起身来，低声责骂自己道："一个臭男人！走就走了！有什么好哭的！"

三姨太说是这么说，走路都颠三倒四，像是丢了魂一般。她木讷地把衣服穿戴齐整，拿起飞刀，束好腰带，略略整理了一下头发，抽了抽鼻子，双手抹去脸上的泪痕，走到门边，哗啦一下把门拉开，一张脸冷若冰霜，毫无表情，双目无神，如同半个死人一样，对站在门外正坐立不安的青柳说道："走！前面带路！我去见王兴！"

青柳吓得身子哆嗦，慌忙说道："是，是……"

青柳带着三姨太走出院子，向西四阁楼快步走去。

三姨太和青柳出了院子，主卧室的床下轰隆一响，火小邪掉在地上。

火小邪可没有上天入地的本事，他根本躲无可躲，避无可避，只能在床底下这方寸空间中想办法。

做贼之人，能够藏匿住自己不让人发现，乃是头等大事，逼得急了，什么主意都能想出来。火小邪在奉天的时候，听自己的老大齐建二吹嘘过不少贼人急中生智，藏在床下没被人发现的故事，当属“溜边挂”最像自己目前的处境。

旧时的床，不像现代人用什么席梦思，床下空间有限。特别是旧时富贵人家的架子床，面积颇大，能容三人躺卧，而且床板距离地面还有二尺高矮。床面多为木板，也有崩子床，使用棕榈绳做成的网罩，十分有弹性。若是木板床，为了保持稳定，床板下有木梁支撑，平常人家二道木梁足已，王家大院姨太太的床，下面则有六根木梁。

火小邪当时见三姨太来了，知道自己没地可躲，只想到“溜边挂”这招。尽管火小邪从来没有试过，但现在火烧到眉毛了，不试也不行了！火小邪身子往后一缩，用伏行法退了一步，身子滚了一番，打了个横，已经退到床底墙边，抬头一看床底板，伸手向上一摸，就抓到了一根木梁。火小邪从进了床底，就早已探明床底有六根木梁，这是在火小邪的计算之内，不足为奇。

火小邪翻过身来，双手抓紧，一只脚抬起去蹬上另一个木梁，身子一挺，就凭空而起，另一只脚也赶紧抬上，踩稳了木梁。木梁坚硬，只发出了轻微的嘎吱声，这声音也被三姨太呼唤情郎的声音和脚步声盖住，三姨太没有听见。这个时候，火小邪整个人面朝上倒挂在床底一边，这就是“溜边挂”。

火小邪刚刚“挂”好，三姨太就已经撩起了床单，向床底看去。

火小邪这可是和三姨太赌上一把，只要三姨太不是整个身子完全扶下来，视线和地面平行看进来，那“溜边挂”就不会被发现，这乃是有床板遮挡的情况下，人若是斜着望向床底，只有床地板贴墙的上方是唯一的盲点。

要想面朝上贴着床底挂着，全靠臂力和指力，难度非比寻常。火小邪牙关紧咬，紧闭双眼，拼了三辈子吃奶的劲儿，全身贴紧在床板上，“挂”在上面。火小邪当时真想裤裆里能再变出一只手来，能助上一臂之力。

三姨太寻找情郎，心神不宁，猜人躲在床下不过是猜测之一，而且女儿家的，全身扑在地下也不太雅观，若是情郎躲在床下，她定然能够看到。所以，三姨太只是斜向看入床底，恰恰好没看到“溜边挂”的火小邪。关键还是三姨太根本没想到床下除了能藏情郎外，还能藏个别人。若是三姨太认定床下藏了小贼，那火小邪无论如何都是躲不过的。

三姨太寻不到情郎，坐在房中哭啼，火小邪那个难受劲儿真是无法忍受，后悔刚才三姨太突然摔打东西时，为何没有抓住机会下来。挂上床底可以没有声音，但从床底下来，以目前这个状况，想不发出摔跌之声，火小邪自认为是办不到的。

火小邪手指、肩头和腰间肌肉酸疼无比，劲力已经慢慢吃不住，眼看着实在挂不住了，就会跌落，而三姨太还没有要走的意思。火小邪别无办法，干脆使出自己咬住严守义腰带的混劲，脑袋一扭，咔的一口，将木梁一口咬住，那劲用得极大，恨不得把尿都给逼出来。

火小邪这张嘴里的牙齿厉害，严守义都拿他没办法，咬劲极大，故而火小邪又能支持片刻，一直熬到三姨太离开房间，这才跌下床板。

火小邪躺在地上，累得如同一摊烂泥，动弹不得。

火小邪喘了几十口气，才缓过劲儿来，暗骂：“你这女人，差点整死老子！呸呸！”

火小邪翻身起来，从床下打量一番，屋内已经没有人，心中想道：“这个三姨太出去了，不知什么时候回来，而刚才那个偷情的男人身手厉害，没准还在屋内！说不定已经发现我了！我躲在这里，不是个事！先到外面去，待子时以后，这个三姨太一定要回来睡觉，我到时再做打算！”

火小邪从床下爬出，屋里烛光还烧得旺盛，杂物散落一地，寂静无声。火小邪不想舍近求远，蹑手蹑脚向着门口走去，打算尽快离开这间屋子，进到院子里，爬墙出院。

火小邪刚走到门口，却觉身后有凉气袭来，不禁心中一寒，猛然回头，可就这这时，屋中的灯光一下子熄灭，顿时一片漆黑，眼睛适应不过来，房间内黑得伸手不见五指。

火小邪脚底发凉，心惊：“有人！娘的瓜！鬼吹灯啊！”转过身子不敢乱动。

火小邪静静站着，房间里只能听到自己急促的喘气声，好像并无人存在。火小邪心想："这灯不会突然熄灭！是那个男人来了！好厉害！他是发现我从床下出来，想杀了我吗？"

越是这么想，心中越不安，火小邪眼睛适应过来，总算看清屋里的摆设，还是平静异常。

火小邪向门口退了一步，反手摸上门闩，根本不敢想能够克敌制胜，只求全身而退。

屋内不知哪个角落，突然传出"嘿"的一声轻笑，吓得火小邪汗毛乱竖，哪里再敢耽搁，咔的一下拉开门闩，夺门而出。

火小邪进了院子，顾不上爬墙出去，直径冲着院门跑去，始终觉得背上发凉，好像有人紧紧跟在身后，但如同鬼魅一样，没有声响。

火小邪恨不得大嚷大叫，却歪着嘴巴叫不出声，只恨自己为啥没多长两只脚，能够逃得更快。

火小邪拉开院门，管他外面是不是有人在，保命要紧，飞也似的跳了出来，撒腿便跑。

三姨太院门边还站着两个镖师，正是被三姨太责骂过的那两人，迎面见火小邪跑出来，吓了一跳，本想上前堵住。而火小邪一看有人，丝毫不躲闪，黑着脸狠狠瞪了这两人一眼，骂道："快让开！"

这两个镖师被火小邪一瞪一骂，身子一呆，不知是抓还是不抓，任由火小邪跑过他们身边。等火小邪跑过去几步，他们才回过神来，一边指着火小邪骂道"干什么的！"一边拔腿就追。

火小邪撒腿狂奔，回头不耐烦地大嚷了一句："三姨太！那个啊哈啊噶那啥！×！"火小邪哪有什么理由，嘴里含糊着乱说，根本没有任何意义。

一个镖师站住，说了声哦，竟没再追，另一个镖师也停下来，回头急问道："追啊！"

站住的镖师抓了抓头："他说的啥？"

另一个镖师愁道："你没听清啊！"

“你听清了？”

“我也没啊！”

两人一抬头，火小邪已经跑远。

“还追吗？”

“追个屁啊，一定是三太太的人！”

“哦！对啊！”另一个镖师恍然大悟。

“三太太尽是些扯蛋的鸟事！我看那小子好像是大厨房的伙计，咱们还是别惹三太太，讨不到个好！没事，没事！回吧！”

“是啊，是啊！”

这两镖师受过不少三姨太的气，王家大院戒备已经解除，火小邪又是从三姨太的院子正门跑出来的，急急忙忙，并不躲避他们。所以这两个蠢人都暗自合计了一下，觉得火小邪应该是赶着去为三姨太办什么事情，至于火小邪啥时候进的院子，他们搞不清楚，反正不是一直在门口值守，也没看见。如果追火小邪抓住问问，没准又把三姨太得罪了，不追还得了个安生。

就这样，火小邪风风光光地从镖师的手中跑掉。

有时候贼人做贼心虚，事事都躲躲藏藏的，这本就是应该的，但如果做贼的人行为“反撇”，有时却有避免嫌疑的奇效。

这个道理数千年都实用的很，我们现代社会警察抓坏人，大摇大摆在街上走路的人，反而不会留意，越是偷偷摸摸、眼神游移、神色古怪的，越有嫌疑。翻翻警察抓到通缉犯的卷宗，八成以上都是某时某地见到某人行为鬼祟，目光游离，所以上前盘问，如此这般，就露馅儿了，结果抓获。再问问火车站、汽车站、飞机场执勤的警察，这么多南来北往的人里面，怎么就判断某个人有犯罪嫌疑呢，答案一般都是：躲避眼神，动作造作，神态不正常，盘问时词不达意，说话结巴。

当然，贼人这种“反撇”行为因地制宜，不是次次都吃得开。有的笨贼，已经被通缉，头像四处悬挂着，还大大咧咧地街头乱晃，进出警卫众多之地，企图过关，以为这样警察不会怀疑，那就是脑子不开窍，傻学傻用。

火小邪见甩掉了镖师，捡着偏僻之处，转了几道弯，找了个暗处躲了片刻，不见异常，那个神秘男人好像没有追来，这才算是松了一口气。

火小邪抬头看了看天色，应该还差一个多时辰就到子时，所在之处离与郑则道、胖好味他们约定的西门还有很长一段距离。火小邪不敢耽搁，钻了出来，捡着容易藏身的路线一路行去。

五、御风之辱

张四爷、周先生、钩子兵他们全副武装，都静静立于房屋之中的门边两侧，连豹子犬也拉进了屋内，以免它们在院中喧哗。院中仅留着两个钩子兵，若无其事地巡视，好像万事大吉。

张四爷他们撤了岗哨，宣布抓到了贼人，王兴、孔镖头、各院管家都来打听抓到了谁，张四爷他们一律解释抓到的贼人共有两名，脸生得很，但手段高明，请他们暂时不要打扰，容他们问讯一夜之后再说。张四爷说得在理，王家大院的人也不好强求。

王兴本要请张四爷吃饭庆功，张四爷也都一概推辞掉，仅仅让厨房端了些馒头、花卷、汤汤水水的东西来，众人快速在院中分头吃了，便都躲在屋内，点亮烛火，看着像是正在审讯抓来的贼人。

这些人站得久了，有一个站在张四爷身边的钩子兵低声问道："张四爷，贼真的会来吗？"

张四爷点了点头："会来！一定会来！"

周先生也接话道："今天来的这些贼都不寻常，似乎在王家大院里四处寻找什么，我们这处院子，他们必然不会放过。"

钩子兵赶忙应了，继续全神戒备。

张四爷突然轻哼一声："来了！说曹操，曹操就到！"

话音刚落，只听院中巡视的钩子兵大叫起来："谁！"

张四爷手一挥，拉开门闩，口中尖哨声响起，一众人迅速涌出屋外，眨眼工夫，院中已经遍布钩子兵。

张四爷冲着屋顶哈哈大笑："来者通报！老子不抓无名鼠辈！"

"嘿嘿！嘿嘿！"一条黑影从院中阴暗的角落处拔起，跳上屋顶，蹲着身子不住嘿嘿冷笑。

周先生叫道："布阵！"

院中的钩子兵得令，使三爪钩抛上房檐，一拉而起，动作迅捷异常，转眼之中，已成对黑影的合围之势。豹子犬被钩子兵紧紧拉着，不住低沉恶吼，凶光大盛，牢牢盯着屋顶上的黑影，这些豹子犬受了严景天他们的火攻，伤了嗅觉，这几个月都没事可干，之前在王家大院里抓贼，张四爷他们担心豹子犬惊扰到其他人，没让它们恣意胡来，十分不痛快。这几个畜生见到张四爷他们布阵，知道正经事来了，兴奋异常，只要钩子兵一松手，三只豹子犬就能扑过去把人撕裂分尸！

那团黑影嘿嘿笑道："御风神捕，张四爷？嘿嘿！有趣！今天我是专门来找你们的，嘿嘿，果然名不虚传，出来得挺快，看来是料定有人来找你们！嘿嘿，有趣有趣啊！"

张四爷骂道："小贼！敢来我这里滋扰！算你本事！可惜你来了，就跑不了！你是何人，报上名来！"

黑影动也不动，一身黑纱随风飘舞，如同一团黑雾一样，嘿嘿叫道："本人名叫——甲丁乙！"

张四爷和周先生都微微一愣！别看他们一直在东北奉天待着，全国各地传来的信报从未中断过，哪里发生了什么大案，出了什么大盗都十分清楚，早已听说过广东贼道里面出了个专门与贼做对的神秘人物甲丁乙，从来没有人见过真身！没想到竟然在王家大院碰个正着！

张四爷和周先生对视一眼，张四爷哼道："甲丁乙！你在广东道上是专偷其他贼的赃物！得罪了不少人贼人！怎么今天也来这里！你是要找什么东西！”

甲丁乙嘿嘿说道：“你能来，我怎么不能来？我要找什么，嘿嘿，没必要告诉你！”

张四爷叫道：“甲丁乙！我念你和其他贼势不两立，只要你说出你来王家堡做什么，可以放过你！”

甲丁乙冷笑道：“嘿嘿，不用，正想领教御风神捕的高招！”

“好胆！”张四爷大喝一声，嘴中尖哨吹响，这乃是启动抓贼阵法，攻击之号令。

哨声一响，已经爬上屋顶的钩子兵快步如飞，一些人跳上墙头，一些逼近甲丁乙半步，三爪钩亮闪闪的持在手中，天罗地网，杀气腾腾。

张四爷又叫道：“嚼子们！给我上！”说着伸手一指屋檐下的石桌。

钩子兵手一甩，松了三只豹子犬。畜生们对张四爷的指令精熟无比，顺着张四爷所指之处，跑了几步，跳上石桌，再一纵身，腾空四尺，扒拉得屋顶砖瓦纷纷坠落，竟都跳上了屋顶，向着甲丁乙冲来，分袭上中下三路。

甲丁乙阴沉沉地叫了声：“好个畜生！”

甲丁乙那团黑影中射出一道黑芒，在空中划过一道弧线，直直下坠，一下子卷住了冲在最前的一只豹子犬的脖子，随即黑芒一收，那只豹子犬竟被黑芒带着凌空拔起，甩向一边。

另两只豹子犬丝毫不退，毫无惧色，仍然向甲丁乙冲去，这些动物蛮横起来，纵然刀山火海，也会上前搏命！

张四爷大叫一声：“大嚼子！”原来那只冲在最前面的豹子犬，张四爷称它为大嚼子，体形比二嚼子、三嚼子略小，其中又以三嚼子体形最为巨大。

周先生同时叫道：“放！”

唰唰唰唰唰唰唰！连声激响，七八个三爪钩，分为前后两批，铺天盖地地向甲丁乙射来！黑夜之中，三爪钩咔的一声开合，寒光闪成一片！这乃是张四爷钩子兵的七网罗汉阵的必杀之招，三爪钩分前后两批上前，贼人躲过第一批钩子，但很难躲过第二批，就算第二批还能躲过，豹子犬已经扑上来，牵引三爪钩的绳索还能缠绕，如同在空中拉成大网，只要钩子兵手腕一甩，绳索还能将人缠上！若还想再挣脱，后面还有剩下的钩子兵手中的十多把三爪钩候着，纵使你是大罗神仙，也难逃此劫！多少成名大盗，都栽在御风神捕的七网罗汉阵之下，着实厉害得紧！

甲丁乙见如此凶狠的抓贼招式，心中暗惊："厉害！"口中也不禁"嘿"地大叫一声！

王家大院西四阁楼，乃是在王家大院中部偏西的一处三层的八角阁楼，在王家大院的建筑群中，并不突出，相反显得有些破败之象。

三姨太与青柳快步走入阁楼一层房中。这阁楼奇怪得很，房内套着一个圆形大柱，直通到顶，这个大柱子用青石砌成，约有一丈方圆，更像是一个圆形的房间，不见入口，看着十分坚固。

三姨太走进房中，不见王兴的人影，皱眉问道："青柳，王兴老爷呢？"

青柳忙道："应当在三楼吧。"

三姨太冷哼道："王兴耍什么鬼花样！青柳！风水珠已经沉下去了吗？"

青柳看了眼房中的大柱，说道："已经沉下去了！"

三姨太又冷哼一声，快步向着一侧楼梯走去。

两个女人走楼梯上了三楼，这个三楼的房间，除了正中有一张石台，别无他物，四周尽管有窗户，但不过是个摆设，从外面看不出来，房间里都用砖石封死。

三姨太抬眼一看，不禁吃了一惊，只见三楼中站着五个人。一个是王兴，倒是平常，但王兴身边站着一个妙龄少女，齐肩短发，穿着翠绿的衣衫，看着温柔清秀，如同画中走出的美人一样，三姨太自然不认得，这少女就是王全的师妹林婉。再在这少女旁边，一个白发老者坐在躺椅内，双目迷茫，神情不振，看着已经病入膏肓，没剩几口气在，这老者身边，站着两个精干的武师，应是抬着老者上来的，这老者三姨太认得，就是王兴的爹爹王全，王全一直住在一处私密的宅院，三姨太和王家大院的人都知道他病得厉害，从来就不出宅院，也不会客见人，怎么今天竟来到这里？

三姨太心疑道："王全这个老不死的怎么来了？还有旁边那个小丫头是

谁，看着模样标致得很，难道是王兴这个贱男人的新欢？哼！”

王兴见三姨太来了，倒是先迎上一步，十分高兴地说道：“青红，你来了！”

三姨太对王兴爱理不理，还是一脸寒霜地说道：“老爷，你来这里干什么？”

三姨太可以对王兴不耐烦，却识得体面，从王兴身边走过，来到王全面前道了个万福，王全嘴巴蠕动了一下，手上不住颤抖地指着三姨太，沙哑地说道：“好！好！我还好！你们小两口，好好过日子，不要一见面就像仇人一样。”

三姨太回王全的话：“爹，你注意身体，我和王兴挺好的。爹，你身子不好，怎么这么晚了，还来这里？别受了风寒。”

王全沙哑地说道：“不打紧，不打紧，今天，有贵客到，有贵客……”

王兴显然对三姨太十分爱恋，丝毫不生气，接过他爹王全的话说道：“咳！今天不是闹贼吗？刚好盖这个阁楼的师父……的徒弟来了，就让带她过来看看。”王兴侧脸看向林婉，算是向三姨太介绍。

三姨太心中又是一惊，暗想：“这个紫水锁金阵从盖好了，就从没有见工匠来过，怎么今天什么事情都赶巧了？还是这么个小丫头片子？奇怪啊！”

林婉笑吟吟地上前一步，对三姨太笑道：“三太太，我叫林婉，这么晚了，还打扰三太太，实在过意不去，三太太请见谅。”

林婉说话声音十分悦耳，听着非常舒服，三姨太本来见到容貌比自己还俊俏的林婉，心中隐隐有些醋意，但听到林婉说话，竟觉得她十分亲切可爱，有脾气都发作不出来。

三姨太挤出一丝笑容：“啊，是林婉妹妹，真没想到，你这么个可爱的人儿，竟是紫水锁金阵的修建者。”

林婉笑道：“三太太，是我师父修的，不是我呢，修这个阁楼的时候，我还很小。”

王兴接口说道：“青红，林师父难得来一趟，你把风水珠升起来，让林师父看看机关中有什么不对的地方吧，本来想明天一早再说，但还是有些担心闹贼，还是尽早过来看看。”

三姨太说道：“哦！林婉妹妹，啊，林师父，你都不会升起匣子吗？”

林婉温和地说道：“三太太，天下能开升起匣子的人只有您呢，我也没办法的。”

三姨太听林婉说话处处都是谦让，丝毫不卖弄本事，暗想：“这个叫林婉的倒是个让人喜欢的姑娘，我若是男人，估计都要迷上她。”

三姨太说道：“那好吧，我就献丑了。青柳，锁住楼梯。”

青柳应了声，返身回到上来的楼梯之处，将楼梯口的一个扳手一拉，隆隆作响，一块石板从墙面翻下，将上来的楼梯口盖住。

三姨太走到房中石台边，从腰带边取出一双皮手套，戴在手上，用手掌把石台的四角按下，咯咯几响，似乎有机关开合。三姨太拿住石台两角一拧，这石台整个顶面便被转开，露出一个黑乎乎的洞口。

三姨太把手伸入洞口中，面色严肃，在里面不断地拨弄着什么，口中念念有词，似在报数。这样拨弄了一会儿工夫，又听咯啦咔啦连响不断，地面微微震动。

三姨太叫了声：“好了！”把手拔出来，将石台归为原状，咔的一声响，这个石台竟慢慢沉下地面，等沉到和地面平齐的时候，啪的一声，石台四周的整块地面齐齐断开，又向下沉去，沉下一尺高低，裂成两半，向两侧移去，只留中间的圆形石台，继续向下降去，水声传来，一股子酸甜的气味从地面涌出。

此时房内所在之人，早就退开一边，都是表情平静，并不惊讶，显然不是第一次见到。

“噗噗噗噗”，翻滚的水声渐大，大家凑近一步，只见地面沉降之处，露出一个方形大洞，洞中有淡紫色的水花翻滚不息，水下有机簧声传来，渐渐那块圆形石台再次露出水面，越升越高，下方带着一个方形的是石匣子，足足升到比原来高出一个人的高矮时，才轰的一声，停了下来。

三姨太走上前一步，摸出飞刀，捅了一下石匣子的侧面，啪啪几响，石匣子侧面匣壁翻开，里面光华升腾，五彩夺目，渐渐露出一个放在石匣中，装在玻璃容器内的拳头大小的宝珠。宝珠完全露出，光芒更胜，珠内彩波流转，好似内藏乾坤一般。

三姨太看得微微有些痴了，慢慢说道："这就是风水珠。"

林婉并不奇怪，看着珠子笑道："果然是好宝贝呢。"

王兴说道："林师父，这个紫水锁金阵有什么毛病吗？"

林婉并不回答，而是绕着坑洞缓缓走了一圈，蹲下身子，看着坑中的紫水，说道："机关器械倒是没有问题，结实得很，可这些都是花哨罢了，紫水锁金阵外表看着复杂，其实最防盗的还是坑中的药水，这么多年了，看来药水已经差不多失效了。"

三姨太不解，问道："药水失效了？我一直以为是毒酸，怎么会失效？"

林婉说道："是的。紫水锁金是一种防盗的阵法，是靠一个大罐中装盛几人深的药水，把宝物沉在罐中最底下，有人要偷宝物，必须潜入罐底，破解罐底的机关后才能取出。若药水有毒，或者是强酸、强碱之水，那便无论何人，都不能在药水中久留，否则必死无疑。王全老太爷有好生之德，所以我们这里的药水，配置得没那么狠毒，是麻药水，人跳入水中，不至于死，但只要跳下去，会全身麻痹，动弹不得。"

三姨太问道："林师父，时间久了，麻药功效就消散了吗？"

林婉站起身，柔声说道："是啊，麻药水就是这点不好，时间久了，麻药劲头便会散去，和平常的水无异了。"

三姨太算是明白过来，说道："原来是这样！那林师父，现在该怎么办呢？"

林婉说道："很简单，只要重新施药就可以啦。"

王兴偷偷和林婉对视一眼，王兴微微一笑，并不说话。

王全在一旁无精打采地坐着，略略闪出一丝笑容，但马上恢复到病态，咳嗽一声，说道："林师父，那就麻烦你了。"

林婉笑道："不麻烦，我就是专门为此来的。呵呵。"

三姨太听林婉一通解释，早就信了林婉所说，对林婉谢道："辛苦林师父了！"

林婉点头回礼，反手从身后的挎包中摸出一个拳头大小，圆滚滚、灰乎乎的药丸，拿在手中转了转，丢入坑中，这个药丸在水面浮了浮，裂成了数块，就渐渐沉入水面不见。

林婉说道："好了！三太太，可以把风水珠沉下去啦。我听说王家大院里正闹贼，只锁在外面不是很安全。"

二姨太回头对青柳说道："青柳，重新沉下风水珠。"说着自己上前，把盛风水珠的石匣子关上。

青柳说了声是，走到一侧墙边，在墙上一块青砖处按了一下，再次房中隆隆机关作响，风水珠降下水中，片刻工夫，房中物归原样，只有那露出地面的圆形石台，湿乎乎的。

这边回到张四爷和甲丁乙的恶斗，甲丁乙暗哼一声："厉害！"口中亦大叫一声"嘿！"

眼见着三爪钩涌来，甲丁乙身子狠狠一顿，就听噼里啪啦碎裂之声，屋顶竟然被甲丁乙踏出一个大洞，轰隆一声，甲丁乙坠入房内。甲丁乙挥舞的那根黑芒，也随即松开豹子犬的脖子，但余势不减，把豹子犬大嚼子甩落房下，大嚼子在地上摔了个结实，勉强着想站起，但腿上无力，再次跌倒在地，竟似气绝。

房中砖瓦坠落的响声未绝，灯光却已熄灭，房内漆黑一片。

两拨三爪钩掠过甲丁乙原来所在之处，纷纷落空。剩下的两只豹子犬发狂大叫，在甲丁乙坠下的洞口略一观望，就要跳下追杀。

张四爷大喝一声："嚼子！别动！"

豹子犬呜呜闷吼，但还是听了张四爷的吩咐，止住身子，恶狠狠地盯着洞中。

张四爷见甲丁乙坠入房中，躲过杀招，还伤了自己的豹子犬大嚼子，满头青筋乱冒，大声道："把屋子围住！我看他还能往哪里跑！"

钩子兵得令，纷纷从屋顶各处跳下，留下几个守住屋顶上方，顿时将这间屋子围了个水泄不通。

张四爷狂吼道："甲丁乙，你伤了我的豹子犬，今天我要你的命！"

张四爷转头对周先生暗哼道："周先生，今天我要开杀戒了！"

周先生并不说话，只是默默点头。

张四爷从腰中摸下一件金属器具，咔咔套在右手中，亮光闪闪，仔细一看，居然是一个带着金属尖爪的手套，掌中有机簧相连，将手掌绷成虎爪状。张四爷手指略略一展，只听咔啦咔啦机簧声脆响，似有极强弹簧牵引着指尖，能够加强抓击之力！若是被张四爷一抓抓住，张四爷的指力加上弹簧的拉力，五根手指上的尖爪卡紧，一爪就能断骨切肉！

张四爷上前一步，冲着房中大骂道："甲丁乙！滚出来！老子和你一较高下！"

"嘿嘿！嘿嘿！"房中窗口阴沉沉地传来说话声，"张四爷，你手中戴的是什么？"

张四爷骂道："此为铁虎爪，专门用来捏爆你的狗头！"

"嘿嘿！好极了！这个铁虎爪，我要了！"甲丁乙说道。

张四爷微微一怔，这个甲丁乙说话什么意思，他要什么？难道是自己手中的铁虎爪？

"砰"的一声，甲丁乙所在的房间窗户猛然被人大力推开，砸的墙壁乱响，玻璃爆裂一地。

"不好！"张四爷大叫一声，就要上前。

只见从窗口呼地晃出一团黑影，如同影子一样滑在地上，贴着地面急急向张四爷冲来。

钩子兵训练有素，不等张四爷号令，唰唰唰数把三爪钩已经飞至，而那团黑影贴着地面，如同泥鳅一样不断蛇形游动，快捷无比，几把三爪钩砸中地面，砰然作响，却没能碰到黑影丝毫，而黑影则从绳下缝隙滑过，打了几个弯折，眨眼就已经来到张四爷面前不足十步。

"呀！"张四爷和周先生都向后猛跳一步，要给自己留下更多动手的空间。

"突突突突突"又是数把三爪钩掷向黑影，可这黑影贴地而行，专走钩子兵的脚面之前，绳索下方。钩子兵使钩，半空中那是所向无敌，可进可退，三爪钩能够漫天飞舞，抓不住人，还能急速拽回，可对付这种快速蛇形在地面的甲丁乙，却万分别扭，稍有闪失就会伤了自己人。

甲丁乙在地面快速爬行，乃是用的伏行法，伏行能达到这种灵动快速的程度，已经超出张四爷他们的估计。

张四爷后背发凉，边退边暗惊："甲丁乙的伏行法竟能精湛到这种程度，从未见过，简直不是人！"

张四爷跳开两步，身子刚刚站好，甲丁乙已经贴地冲至张四爷脚边。

张四爷大吼一声，抬起铁虎爪向地上的甲丁乙抓去，甲丁乙身子横向一闪，就已躲过。咔啦一声，铁虎爪插入地面，一爪就挖下一大块砖石。张四爷和周先生心里都明白，甲丁乙伏行攻来，正是张四爷、钩子兵的软肋，铁虎爪威猛无比，但弯腰攻击地面上的敌人，却失了身法，有招式也使不出来！

张四爷一击不中，又要再攻。甲丁乙借着张四爷身子下伏，后退不便，贴着张四爷的脚边滑至身后。张四爷心里透凉，知道甲丁乙绕到身后空门，只需一刀就能结果自己性命，心中哀叹一声："我命休矣！"

甲丁乙并未下杀手，从张四爷背后一绕，贴着张四爷的腿部，腾然一起，一团黑影绕在张四爷的腰际，两道黑芒射出，缠住张四爷的左右小臂，把张四爷就此拿住，将铁虎爪拉到腰间。张四爷挣扎不止，却感觉胳膊关节之处被大力推挤，力道都被引开。

张四爷啊啊大叫，拼力想甩脱甲丁乙，但为时已晚，套着铁虎爪的手上一松，那只铁虎爪竟被甲丁乙瞬间褪下，在眼前一晃，就被收入甲丁乙身上的黑纱之中。

甲丁乙偷到张四爷的铁虎爪，又如灵蛇一般脱开张四爷，滑向一边，一道黑芒卷上墙头，一拉一纵，呼的翻上墙头。甲丁乙所在的位置，已经摆脱了钩子兵的合围，成为对峙之势，进可攻，退可守。

甲丁乙蹲在墙头，嘿嘿冷笑："张四爷，你们果然厉害，佩服！嘿嘿，可惜今天，我只想要你的铁虎爪！"

钩子兵哗啦哗啦已经冲了过来，豹子犬也已跃下屋顶，向着甲丁乙冲来，咆哮不已！钩子兵又要掷三爪钩，张四爷伸手阻止，大吼一声：“慢！”

钩子兵顿时愣住，不知张四爷要做什么。豹子犬更快一步，前爪都已经扒住墙头，听张四爷号令，大为不甘，却不敢违抗，只好摇晃着巨大的脑袋，瞪着上方的甲丁乙，喉咙中杂乱低吼。

张四爷冲着甲丁乙大声说道：“甲丁乙！刚才你可以杀了我！为何不杀！”

甲丁乙阴阳怪气地笑道：“张四爷，嘿嘿！杀了你，就无趣了！嘿嘿！嘿嘿！嘿嘿！”

张四爷继续叫道：“我输给你，心服口服！只问你一件事，就是你为何要我的铁虎爪！”

甲丁乙嘿嘿冷笑：“我要在王家大院内，集齐四件以虎为名的铁器，自然你的铁虎爪，正合我意！嘿嘿！”

张四爷叫道：“什么！这是什么意思？”

甲丁乙冷笑道：“那你就管不着了！嘿嘿！张四爷，咱们后会有期！”

甲丁乙身子一晃，一道黑芒射出，缠住远处的屋檐，整个人横飞出去，只留嘿嘿冷笑声不绝于耳，顿时不见！

有打头的钩子兵来报：“张四爷！咱们追不追？”

张四爷默不作声，转身就向院内走去。

钩子兵大惑不解，紧紧跟上，周先生抢上一步，抓住钩子兵的肩头，沉声道：“不用问了！我们已经败了，不必再追！”

张四爷独自一人快步走回屋内，将房门关上，静立片刻，突然长叹一声，一拳打在墙上，闷然巨响，震得屋顶灰尘飞落。

张四爷惨声道：“败了，又败了！败给严景天，又败给甲丁乙！丢了玲珑镜，伤了豹子犬，失了铁虎爪！张四啊张四！你还有脸叫御风神捕第九代传人吗？唉！”

张四爷屋外，所有钩子兵都静立在门边，一个钩子兵忍不住，低叫一声：“张四爷！都是我们无能！”两行热泪滚出，扑通跪倒在地，一磕到地，呜呜不住痛哭。

哗啦哗啦，顿时满院子的钩子兵跪成一片。这些钩子兵，都是万里挑一的骁勇好汉，男人有泪不轻弹，只因未到伤心处，此时都忍不住，想起今日所受的奇耻大辱，无不泪如泉涌。豹子犬走到人群中，再没有凶暴之气，伏在地上，垂头耷耳，呜呜低伏，看着也是万分悲切。

周先生尽管没有跪下，但站在门边，垂首静立，眼睛都已红了，一言不发。

咣的一声，房门拉开，张四爷眼睛通红，指着跪了一地的钩子兵骂道："都给我滚起来！这点委屈都受不了吗！我们还要不要抓贼？回答我，要不要？"

众钩子兵齐声叫道："要！"哗啦啦，众人都赶忙站起！一时间，院中杀气腾腾！

张四爷大喝道："好！这才是御风神捕的威风！弟兄们，打起精神来！今天，就算把王家大院闹个天翻地覆！就算我们全数命丧于此！也不能再折了御风神捕的威名！"

众人齐声大喝："与四爷同生共死！"

三姨太、青柳、王兴、王全、林婉等人出了西四阁楼，三姨太抬眼望向远方，冷冷说道："张四爷那边的院子中，怎么这么闹得慌？是又有贼人来了？"

王兴皱了皱眉，说道："不应该吧，不是已经抓到两个了吗？还有贼？"

三姨太转身对王全说道："爹！您赶快回去吧！我看今晚事情还没完呢。"

王全病恹恹地说道："哎呀，怎么会闹贼啊！多少年没见过闹贼了！"

王兴赶到王全身边，十分恳切地说道："爹！您赶快回去吧，这边有我招呼着，爹爹放心吧。"

王全说道："也好，也好！王兴啊，若是真的闹贼，你多摆一些银钱在外面，让这些贼取了走吧。咳咳，树大招风，破财免灾啊。"

王兴应了，对林婉说道："林师父，您是贵客，就住在老太爷的私宅吧。"

林婉温婉一笑，说道："好的。"

两个武师抬起王全就要走，猛听旁边三姨太大喝一声："谁！"

众人连忙扭头，三姨太手中两把飞刀已经向一侧的黑暗中激射而去！

飞刀射入黑暗里的草丛中，哧哧两声轻响，似乎扎入地面，草丛中并无其他异样。

三姨太跳上一步，就要去草丛搜索踪迹，王兴赶忙把三姨太拉住："青红，你去哪里？"

三姨太一直看着草丛中，不悦道："刚才草丛中有动静，万一是贼呢！"

王兴说道："青红，你不要疑神疑鬼的！一点点风吹草动，你就这样神经兮兮的！要是有贼，你这两刀过去，还不跑出来吗？就算有贼，咱们也赶快一起护送爹爹先回去！你看你今天，哪有一些妇道人家的样子，就算是抓贼，也不能是我的老婆亲自去吧！"

王全也气喘吁吁地说道："别去！危险啊！"

王兴毕竟是自己丈夫，三姨太再蛮横也要在众人面前客气点。三姨太只好向着草丛中瞪了几眼，仍无任何异状，心想："是我弄错了？今天晚上是把我弄得头昏脑涨的，唉……"

青柳在旁边低语："青……三太太，也许是院中的野猫路过……"

三姨太瞟了青柳一眼，青柳把后面的话都憋了回去。三姨太说道："青柳，你还是带着武师在此值守！眼睛瞪大一点！野猫也不准靠近阁楼！"

三姨太转身对王兴和王全说道："老爷！爹爹！是我不对，咱们这就走吧！我就是总觉得这里气氛古怪得很。"

这一行人匆匆而去，只留下青柳和负责此地巡视的武师继续在此巡视。

等这一行人走远，青柳重新回到西四阁楼中以后，草丛中才微微一动，似乎里面有什么东西爬开。

躲在草丛中的正是火小邪，三姨太的飞刀来得狠毒，火小邪根本无法躲开，好在三姨太只听到细微的声音，不能确定草丛中是什么东西，纯属乱发刀，才没有命中火小邪的要害。但尽管如此，两把飞刀中的一把从火小邪身侧扎入土中，而另一把则将火小邪大腿外侧擦开一道血口，才扎入泥地。

原来火小邪逃出了三姨太的院子，向西门摸去，一路算是顺利，眼看着西门就在前方不远时，听到院中有豹子犬狂吼大叫。火小邪心惊，怎么张四爷他们又闹起来了？这次又是抓哪个贼？火小邪自然不知道，张四爷碰上的人是甲丁乙。

尽管张四爷不是抓自己，火小邪还是有些心惊肉跳，张四爷的厉害，火小邪想想就觉得害怕，若是他被张四爷盯上，趁早举手投降才算上策。

火小邪提起精神，捡着暗处的草丛前行。西门附近比较僻静，不像前院规矩齐整，人丁众多，有很多道路沟渠两边都长着厚厚一层杂草，倒是极好的藏身之地。

等火小邪来到西四阁楼附近，本想快速绕过这栋不起眼的三层小楼，但隐隐觉得地下有震动出来，仔细感觉，这震动就是从身边的阁楼中发出的。火小邪心想："莫非这栋楼有古怪？该不会是三姨太藏风水珠的地方吧。"

火小邪略一思量，还是绕了西四阁楼一圈，躲在门口边的草丛中，打算看看三姨太是否就在此处。火小邪本以为所在之处漆黑一片，又有杂草遮挡，就如躲在三姨太的床底，轻易不会让人发现，可略等片刻，见到三姨太、王兴、王全、林婉等人从楼中出来，还是大吃一惊，怎么会这么多人？

火小邪沉得住气，伏在草丛中屏息静气，一动不动，所以三姨太刚出门的时候，并没有发现他的存在。

而火小邪向三姨太他们打量时，却见到三姨太身后的林婉突然转头向着他的方向微微一笑！

火小邪本来就觉得林婉这个貌美如花的妙龄少女和三姨太、王兴、王全他们一起进出，万分古怪，林婉此时向他突然一笑，尽管目光温柔，表情平易，还是把火小邪惊得心中狂跳，脑袋赶忙向下方一躲，身子一动，还是触动了杂草，发出沙沙之声，草丛微动。

火小邪刚暗喊了一声"糟糕"，三姨太的飞刀已经射出。

火小邪腿上吃痛，知道三姨太已经察觉到草丛中有东西。火小邪中了一刀，并没有慌乱得立即起身奔逃，而是咬紧牙关，发誓此时就算天上下刀子也不能乱动，一动身逃走就绝对让三姨太确定有人躲着。

火小邪在奉天刚入荣行的时候，有一次被安排去偷客栈的货房，本来躲得好好的，但有人诈他，火小邪当时以为被人发现，想躲开一边，反而暴露了行踪。火小邪这种吃亏吃得多了，才明白做贼的人，只要不是被人确定藏身之处，就必须以不变应万变，无论外面的人怎么吆喝，都不可被骗住。

民间防贼，咋呼着骗贼算是一招，比如有些养鸡的人家，经常被偷鸡贼骚扰，为了防偷鸡贼，主人晚上出来巡视的时候，往往突然冲着黑暗中大喊一声“出来！看到你了！敢偷鸡！看我不打死你！”类似这样的骗贼话语，实际上他什么都没有发现。有胆小的偷鸡贼就会吓得魂飞魄散，真以为主人发现，跳出来逃走，露出踪迹，结果让主人抓住暴打送官。

尽管吓唬偷鸡贼和火小邪目前所处情况千差万别，但也有异曲同工之处。

三姨太和王兴、王全、林婉他们走了以后，火小邪才终于一块大石落地，知道自己堪堪躲过一劫。

火小邪从草丛中快速爬向一边，捡了个角落处停下，才感到大腿的刀伤疼得厉害。火小邪撕开裤腿，检查自己的腿伤，本以为伤得不重，谁知伸手一摸，才发现伤口处已经肿起老高，伤口中流出的血腥臭得很，一按下去，疼得钻心，绝对不是普通的皮外伤！

火小邪眉头一皱，暗叫：“这火辣辣的疼痛，不像平常！看来那飞刀刀刃上淬了厉害的毒药！好狠毒的三姨太！”

火小邪所猜不错，三姨太的飞刀都是淬过了毒药的。旧时练飞刀的高手，大多都会在飞刀上淬毒，以增强飞刀伤人的威力，用于实战之中，绝不是武侠小说中描述的只有阴险下流的小人才用带毒飞刀。中国武术，说是强身健体，但实际上仍算是杀人夺命的生存之道，真正的江湖绿林人士，一招制敌的招数说出来大家可能不信，全是锁喉、撩阴、挖眼、插肋这些极为阴毒狠辣的法子，飞刀带毒都算客气的！

火小邪强忍疼痛，拔了几根韧草扎紧大腿根部，阻止毒素上移。可惜伤在大腿外侧，无法用嘴吸毒，只好用手拼命挤压伤口两侧，以求挤出毒血，减缓伤势。火小邪牙齿咬得咯嘣作响，不出一声，挤了一段时间毒血，直到累得头昏眼花方才停下，整条大腿逐渐动弹不得，疼得如同这条腿被放在炭火上炙烤一样！

火小邪暗叹："完了！没准这条腿会废掉！就算不死，今天晚上也别想走动了！"

火小邪身子往角落中一靠，无计可施，怪不得别人，只怪自己本事不济。火小邪疼得脸上抽搐不止，干脆把眼睛一闭，默默忍受。

火小邪正忍着疼痛，耳边却窸窣一阵轻响，火小邪一愣，赶忙睁开眼睛，一只洁白纤细的小手已经按住他的肩头，温柔的女子声音细细传来："别动，别出声，我是来帮你的。"

火小邪本已翻身而起，但听到这细软的声音，竟心中一松，坐了下来。

火小邪转头一看，双眼发直，他身边的人竟是和三姨太他们从西四阁楼中一起出来的俊俏少女，她一双美目，饱含爱怜之情，秋波流转，看着火小邪像是看着自己的情郎一样。

火小邪看得痴了，不知是疼的还是羞的，耳朵烫得厉害，喃喃问道："你……你是谁？你……你怎么找到我的？"

林婉轻轻一笑，伸出手指按住火小邪的嘴唇，毫不忌讳男女有别，说道："我叫林婉，你刚才见过我了。现在你别问我，我先看看你的伤。放心，我不会害你的，因为我和你都是盗贼呢，呵呵。"

火小邪目不转睛，看着眼前的俏佳人，说不出的感觉，心中又惊又喜又羞，只好点了点头，算是答应林婉，不再说话。

林婉冲火小邪笑了笑，绕到火小邪受伤的脚边，打量了一下伤口，说道："挺好的，你挤出了不少毒血，毒性不深，就是疼得厉害，不能动弹吧。只要上一点药膏，就不会有事了。"

林婉说着，手从身后的挎包中一摸，摸出一个小铁盒，打开盖子，用一把小银勺挖出一些粉末，小心地撒在火小邪伤口之上。火小邪顿觉伤口处一阵清凉，把疼痛感压了下去。

林婉把伤口处细细洒匀粉末，收了铁盒，手中又不知从哪里变出一把细细的小刀，只有半指长短，对火小邪柔声道："我要让你伤口处再流一点血出来，有一点疼，你要忍住啊。"

火小邪疼痛减了近半，已经明白这个女子手段高明，赶忙点头。

林婉微微一笑，手上一晃，眨眼便万分准确地在火小邪伤口内侧割开一道小口，速度快得让火小邪根本没有感觉到疼痛。

林婉见伤口中有血流出，手指一展，那把小刀就已然不见，也不知放到哪里去了。

林婉抬头问火小邪道："好了！只要静候一盏茶左右的时间，就能够活动自如了。"

火小邪伤口处分外清凉，疼痛慢慢地褪去，见林婉如此体贴，十分惭愧，低声说道："林……林……"

"我叫林婉，你应该比我大半岁，叫我小婉就可以呢。"

"小……小婉……我……谢谢你救我……这……你为什么救我……"

"你叫什么名字？你还没告诉我啊。"林婉说着，侧着身子，坐在火小邪身前。

"火小邪，火小邪……"

"哦！好名字啊，第十一位的火小邪，呵呵。"

"你……你怎么知道我的排位？你是青云客栈的人？"

"不是的，呵呵。若你能成为火家弟子，就知道我是谁了。"

"你帮我治伤，我该如何谢你？是我本事不大，才受的伤，算是自作自受，你帮我会不会坏了火家的规矩。"

"呵呵，火小邪，别想这么多规矩了。你被人用飞刀伤了，其实要怪我呢，我不来帮你治伤，过意不去的。"

"我……这怎么能怪你……"

"要不是我看了你躲着的草丛一眼，你就不会被三姨太发现啊，所以嘛，呵呵。"

"你一出门就发现我了？"火小邪十分好奇。

"嗯！"林婉轻轻点了点头，"你身上带了胭脂之类的香料吧，气味很浓的。"

"这……"火小邪说不出话，那胭脂、女红被油纸包着，装在怀中，自己都闻不到气味，她怎么就能闻到？

“我知道你很奇怪，我怎么能够闻到，呵呵，我的鼻子可是很好使的哦。”

“我躲在这里，你也这样找到的？”

“嗯，你身上的血腥气味更重呢。”

“啊，是，是啊。”

火小邪说到这里，腿上的疼痛消散得差不多了，只有一点皮肉刺痛，已经不打紧，火小邪一抬膝盖，毫无异状，算是好了。

火小邪啧啧称奇，还有这么快解毒的法子，从来不曾听说过。

火小邪本想挪动身子，林婉按住火小邪的胳膊，轻声说道：“现在还不要动，再等一会儿，才会完全好的。”

火小邪对面前小鸟依人一样的林婉，说不出的感激，好感顿生，就算此时林婉找他要任何东西，只要他能做到，也要依了她。火小邪从小孤苦，哪有过这么漂亮的人无比体贴地为他疗伤，对他如此细致入微的关心，不厌其烦地与他聊天讲话，既不故作神秘，也不嫌弃他本事低微。此时，火小邪心中暖融融的，真想两人能一直在这里待下去。

林婉见火小邪看着自己，低头避开火小邪眼神，说道：“好了，我就走了。你一定要听话，不要乱动，再等一盏茶的时间。”

火小邪急道：“怎么！你要走了？”

林婉说道：“嗯，我不便在此久留，你一定会再见到我的。”

林婉站起身来，从火小邪侧面一跃而上，跳上矮墙。

“小婉，我……”火小邪万分遗憾，但又不好勉强，只能转头目送。

火小邪仍然在喃喃道：“你……我怎么……”可火小邪转过头去，身后寂静无声，只见野草微微晃动，刚才陪伴在身边的可人儿，早就不见。

“后会……有期……”火小邪如同心中丢了一块肉似的，惆怅感油然而生，长喘一声，仰头呆呆看天。

满天星辰都像是林婉眼中的光芒，不断闪烁着。

火小邪按照林婉的吩咐，静静在角落中坐了一盏茶时间，活动了一下身子，知道已无大碍，便找准机会，继续向西门摸过去。

王家大院西门附近更是僻静，房屋略显简陋，没几个屋子里亮着灯，半晌都见不到个人经过。这一带空地不少，尽管大多数都栽种着花花草草，但杂乱的灌木草丛更多，而且上了年头的大树分立成排，更易藏身。

火小邪躲在一块大石后，看了看天色，应该已是子夜时分，不由得想起郑则道与自己的约定，清了清嗓子，用手掩着上唇，“喵”的学了一声野猫叫。

火小邪叫了几声，无人回应，心想不会郑则道和胖好味还没有来吧。

火小邪等了片刻，才听到不远处的一堆乱草后，呱呱呱的蛤蟆声响起，一长二短，很有节奏，火小邪心中一喜，知道是与胖好味约定的蛙鸣暗号，赶忙又冲着蛤蟆叫声的地方学了两声猫叫。

呱，呱呱，蛤蟆声等猫叫一停，便回应起来，随后草丛微动，里面探出一个圆滚滚的脑袋，正是胖好味。火小邪连忙半蹲起身子，也探出脑袋，向着胖好味打了个招呼。

这两个贼接上头，胖好味伸手指了指旁边的一处草坑，火小邪会意，从大石后挪出身子，钻到草坑中，胖好味随即挤到火小邪身边。

两人刚想说话，又听到外面有尖锐的虫鸣慢慢响起，胖好味压了压火小邪的肩膀，自己把嘴巴一鼓，呱呱叫了几声。虫鸣继续回应，听声音已向他们这边靠近。

火小邪略略探出头一看，只见郑则道还是一副贵公子的模样，大摇大摆的，不躲不藏，背着手向他们这边走来，火小邪暗暗吃惊，这个郑则道怎么胆子这么大？就不怕人看到他？胖好味此时也探出头查看，见郑则道这样混不在意，惊讶程度不亚于火小邪，赶忙伸出手招呼郑则道：“这里，这里！”

郑则道微微一笑，加快了脚步，走到草坑边，跳了下来。三人彼此点头示意。

胖好味低声叹道：“郑兄弟，你就这样在外面走，不怕被人看到吗？”

郑则道笑道：“这一带根本就没有人，不会被人看到，不必躲着。”

火小邪四下一看，这一带黑沉沉的，举目之内，连一点灯光都看不到。

火小邪低声说道：“郑大哥，不会有人躲在暗处监视吧。”

郑则道十分自信地说道：“我来这里之前，已经把附近查过一遍，不会有问题。两位兄弟，你们不用太紧张了，放开来说话。”

这三人围坐一圈，都把各自的所见讲了一遍。

胖好味从西南角爬墙进到王家大院的时间还不足两个时辰，他在西南一带寻了几十间屋子，发现了一道庚字门，撬开门一看，与其说是个屋子，还不如说是个嵌在墙中的柜子，里面空空如也，只有一个油灯的底座摆在一角。胖好味把这油灯的底座收了，再寻了一些房间，毫无进展，只好先来到此处和郑则道他们会合。胖好味猜测，每个门中都有一个油灯部件，恐怕不把王家大院所有地方都走一遍，找到所有的门，油灯是组合不起来的，又或者，油灯的部件只是障眼法而已。

郑则道和火小邪觉得胖好味说得有理，没再多问。郑则道看了眼火小邪，没等火小邪开口，就先讲述起来。

郑则道进王家大院的方法十分简单有趣，他居然是大摇大摆从南大门走进来的。郑则道回了一趟红马客栈，从一个客商那里偷到一块牌子，叫作“行入牌”，就拿此牌便进了王家大院。原来这王家大院在南门一带设有“尊客居”，专门招待那些要与王家直接谈生意的商人居住，还能代为保管钱物，说白了就是会客的一个大宅院。与王家直接谈生意的商人，多是富贵之人，往往还要在王家堡再开一个房间，方便自己闲暇时消遣娱乐，所以有人进进出出，并不奇怪。这些情况郑则道早就打听清楚。

郑则道打扮富贵，南门那边的武师都是认牌不认人，以貌取人之辈，郑则道根本不需多言，他们也不细问，就恭恭敬敬请郑则道进了王家大院。

郑则道进了王家大院，并不着急，在尊客居的膳房点了道香茶，与几个已经住在此处几日的商人一通胡侃。这些商人都是王家大院的熟客，所知不少，郑则道十分善谈，没多久便问出王家大院几处阁楼的大致情况，料定西四阁楼、西二阁楼、东三阁楼必有古怪。

郑则道绕到尊客居后院，撬开一道门锁，就进了王家大院内宅，此时张四爷他们四散分布着抓贼，爆炸的房屋火势未灭，到处都乱哄哄的。以郑则道的身手，没费什么工夫，就先到东三阁楼中摸了一圈出来，倒是在东三阁楼中见到了一扇己字门。

胖好味听郑则道说见到己字门，十分高兴，谢了郑则道半天，郑则道一笑置之，并未多说。

郑则道从东四阁楼出来，又去打探西四阁楼，发现西四阁楼布局古怪，而且三楼的窗户从里面封死，外面只是做了个样子罢了，便偷进去查看，看到房中有巨大石柱，三楼入口被大石板覆盖，知道三楼中定有问题，于是躲在二楼角落，直到王兴他们前来。郑则道看清石板开启之法后，再等到三姨太过来重新升起沉降了风水珠，认定三楼中必有重宝，但机关复杂，不宜久留，早了他们一步，先从西四阁楼中出来，在附近转了一圈，才出来和火小邪他们相会。

火小邪听郑则道说完，不禁问道："那西四阁楼中到底是什么机关？"

郑则道说道："依我看，房中的巨大石柱，里面必定注满了毒水，宝贝平时就沉在水底，轻易不会让人碰到，而西四阁楼内有个升降机关，能够从水底下升起宝贝。这可能是紫水锁金阵。"

胖好味惊道："紫水锁金阵，是个什么玩意？到水底下偷东西，什么身法都不好施展！憋都憋不住气！更别说水里还有毒了！"

郑则道微微一笑，说道："最厉害的就是石柱中的毒水镇宝，其他机关都是些画蛇添足的摆设，这个机关，算得上木行防盗术中的佳作。木生火，金克木，水克火，火克金……"郑则道缓缓念着五行相生相克，若有所思。

郑则道琢磨了片刻，才突然对火小邪笑道："火贤弟，还是你先说说你的任务如何了吧。"

火小邪本听着郑则道念五行相生相克的口诀，脑海中乱成一片，总觉得能想到什么，但却始终摸不到头绪。郑则道喊火小邪，他才回过神来，略略回忆了一下，把自己进入王家大院的所见所闻慢慢道来。

火小邪讲了如何进了王家大院，找到三姨太的庭院，三姨太是使飞刀的好手，亮八抓猪被三姨太击退，风水珠好像是她的嫁妆，三姨太房内有一道戊字门，他躲在床底见到神秘男人和三姨太偷情，三姨太用飞刀刺伤了自己的大腿这些事情，却把见到闹小宝要偷的"伍"字镖师号牌，以及林婉给自己治伤的两段事情略去不讲。

郑则道一直用心听着，沉默不语，还制止住胖好味的插话，让火小邪一口气讲完。

火小邪讲完之后，郑则道才说道：“火贤弟，你见到的事情不少啊！那个急促促来西四阁楼的美艳少妇，腰上带着飞刀，竟是三姨太。现在看来，恐怕竞盗之关的所有任务，都可能彼此有关联。”

胖好味说道：“我一路过来，还真的见过小猪一般大小的动物，一身黑毛，跑得飞快，吓了我一跳。那个亮八真的在追猪？笑死了！”

郑则道想的却是其他事情，看着火小邪慢慢问道：“只是，那个和三姨太偷情的男人，身法这么好，会是谁呢？”

火小邪说道：“我只看到他的腿，穿着黑衣黑鞋，都没看到脸，说话声音从来也没听过。”

胖好味说道：“奶奶的，我看就是那个甲丁乙，杀人，玩小妞，装神秘。”

郑则道说道：“我看不然……神秘人物，不止火贤弟说的一个……其实我之所以离开西四阁楼，也因为看到一个神秘的人……是一个小姑娘。”

火小邪知道郑则道说的可能是林婉，心中狂跳不止。

胖好味惊道：“一个小姑娘怎么个神秘啊？”

郑则道说道：“我在西四阁楼的二楼藏着，自认为无人可以发现。那个小姑娘跟着王兴一起前来，在上楼的时候，突然转头向我飞快地一笑！好像是发现我了！”

三人一片沉默。

胖好味猜道：“也许是个喜欢傻笑的丫鬟？就是随便一看？”

郑则道说道：“我也原以为是我多心，可越想越心寒，那小姑娘你们是没有见到，长得清纯俏丽，眉目含情，绝不是普通的丫鬟，她那眼神定是发现我了！不知为何，她并没有当场点破！我强行忍住不走，一直等那个三姨太来后，开动了阁楼里的机关。我确定可能是紫水锁金阵，想到那小姑娘又要下来，便再不敢久留，离开西四阁楼，先避一避她。惭愧，本来觉得说出来你们不信，听火贤弟说到神秘男人，也就说一说吧。”

火小邪心想：郑则道果然和我一样，隐瞒了见到林婉的事情，不知道他还瞒了我们什么事情。要不是我说出那个神秘男人，他一定不会说的。反正闹小宝和林婉的事情，我绝不告诉他们。

火小邪说道："看来王家大院里，不止我们这些过竞盗之关的人。"

郑则道说道："这些人身手不在我们任何一人之下，他们到底是要帮我们，还是仅仅旁观，他们又是是什么身份，恐怕不过关，我们永远都不会知道了。"

胖好味说道："这些幺蛾子的，我看就是青云客栈的人！火家的弟子！没准见谁不顺眼，怕我们过关后，抢了他们身份地位，就不让过关呢！"

郑则道说道："我早已觉得，青云客栈在王家大院地下，就十分奇怪，这个王家大院和火家有什么关系？他们难道不知道地下有这个青云客栈？或者说王兴、王全都是火家的弟子？"

三个人推理一番，不得其解。

火小邪不禁想起林婉所说的话："若你能成为火家弟子，就知道我是谁了。"火小邪心中一寒，想道："要是我不能成为火家弟子，林婉只不过是我做的一个梦？永远不会再见？"

火小邪心中烦躁，怨恨自己起来，怎么一个林婉，短暂相处，就让自己如此优柔寡断，颇多顾虑？能再见一面林婉，真的很重要吗？比水妖儿的生死还重要？

三个人都各怀心思，一时间气氛凝滞。

郑则道突然抬头，问火小邪道："火贤弟，你受了三姨太的刀伤，我看看伤得重不重？飞刀上一般都是带毒的，不可大意。"

火小邪猛然抬头，看着郑则道，郑则道面无表情地看着自己。

火小邪暗叫："郑则道！你！"

火小邪面露一丝难色，微微皱眉，把身子挪了挪，把伤口藏在郑则道看不见的一侧，说道："啊，不要紧的！刀上没有毒，现在没事了。"

郑则道说道："火贤弟，你可不要大意啊，还是给我看看伤口，不怕一万，只怕万一。"

火小邪忙道："真的不要紧！不要紧！"

郑则道心中已然明了，轻轻一笑："那好吧。火贤弟，有的毒不会疼痛，没有感觉，和普通刀伤无异，你如果真的觉得没事，那就算了。"

火小邪松了一口气，点头谢过。

胖好味嘟囔道："火兄弟何必这么在乎面子！我看看！"

胖好味一下挤到火小邪身边，把火小邪的腿一拉，将伤口展现在眼前。火小邪不便强行挣脱开，但心中惴惴不安，若是被他们看出自己的伤口是被人施救过，恐怕有点麻烦。

胖好味看了眼，说道："火兄弟，伤口看着挺深……你自己给自己上的药啊？这应该是没事了！"

郑则道转头也看了一眼火小邪的腿伤，笑道："真看不出来，火贤弟还有这么高明的疗伤手艺！倒是我逞能了。"

胖好味松了火小邪的腿，说道："火兄弟，你怎么不早说你会治伤，还让我们白白担心一番。"

火小邪干笑一声，并不说话。

郑则道说道："胖兄弟，火贤弟，我们互通了信息，目前看来，我们的任务都十分艰巨，事不宜迟，我们都继续做事吧。"

胖好味说道："惭愧啊，好像我得了不少好处，却没有帮到大家。"

郑则道说道："不妨事！胖兄弟做得也很好！"

胖好味说道："那咱们还要聚一次吗？"

郑则道说道："二更时分，如果大家方便，还可以来此处商议，但不强求，完成手头的任务才是大事。青云客栈一定是想到我们会彼此合作，才将完成任务的时间定得这么紧！"

众人点头称是，彼此客气了几句，就各自分散开，离开了此地。

六、红绳难盗

胖好味刚刚离开西门不远，沿着阴暗处快步前行，就觉得身后有人轻轻拍了他一下。胖好味吓得魂飞魄散，差点叫出声来，赶忙跳开一步，只见郑则道笑盈盈地站在自己身后。

郑则道一招手，两人都退到暗处。

胖好味嘘道：“郑兄弟，吓死我了，你什么时候跟上我的？明明看你朝其他地方去了。”

郑则道说道：“胖兄弟，我有事想不明白，想和你再聊几句。”

胖好味说道：“请讲。”

郑则道说道：“胖兄弟，你觉得火小邪本事如何？”

胖好味皱了皱眉，说道：“看着十分平常，若不是他来到青云客栈，平日里见到他，我最多认为他高不过上三铃的身份。”

郑则道说道：“高人不露相，可不能小瞧了他。我刚才见到他的刀伤，一眼便知他本来中了毒，但怎么就没事了？你不觉得奇怪吗？他那么深的伤口，若是中毒后不解，今晚都别想活动，必然淘汰！”

胖好味说道：“也许火小邪真有什么灵丹妙药吧。”

郑则道轻轻一笑，说道：“胖兄弟，我倒觉得，火小邪身份奇怪，暗中一定有人助他过关。”

胖好味瞪大了眼睛：“那岂不是不公平！我就说火小邪这么普通的身手，怎么能过了乱盗之关的！郑兄弟你这么一说，我觉得也是！这里面有猫腻咧！”

郑则道说道：“如果真有人帮他，我也觉得不公平，但现在只是我的推测，还不能当真。”

胖好味说道：“妈的，这火门招弟子也可以走后门的吗？”

郑则道说道：“胖兄弟，我来找你不只是和你说火小邪的事情，而是有更重要的事情。”

胖好味说道：“郑兄弟请讲！”

郑则道说道：“我是来请胖兄弟助我一臂之力的。”

胖好味惊道：“那个紫水锁金阵？这个我也不懂啊。”

郑则道说道：“我已经想到了办法，但必须两人协力，才能做到。”

胖好味疑惑地看了眼郑则道：“可是……我的任务怎么办？”

郑则道说道：“胖兄弟，你要是帮我，我就帮你。你别小看你的任务，那可是极为庞杂的工作，王家大院每个房间，你都要查一遍，可不比我的任务简单，你只要帮我，我就帮你把所有的门都找出来！我们两个照样可以一同过关。”

胖好味半晌不语，前后思量，不知该不该答应郑则道。

郑则道见胖好味犹豫，说道：“胖兄弟，你可要记得，是谁帮你过了乱盗之关的？是我给了你一块号牌，你当时又是怎么答应我的？我郑则道，不是说话不算话的人！相信胖兄弟你也不是这种人，你要是真为难，那就算了。”

胖好味说道：“郑兄弟，我……我是欠你的，我……行吧，我答应你！”

郑则道呵呵一笑，说道：“好！胖兄弟，随我来！”

两人转了个方向，快步向前行去。

火小邪与郑则道他们分开，说不出的别扭，刚才自己尽管极力掩饰林婉给自己治伤一事，但是回想起来，还是觉得自己言语行为破绽百出，一定被郑则道怀疑。火小邪本不是喜欢占人便宜的性格，但林婉给自己治腿伤，不管是不是林婉所说的原因，在他，还是感觉低了人家一头。

火小邪对郑则道，谈不上喜欢，甚至隐隐有一点讨厌，这个郑则道尽管说话听着都冠冕堂皇，十足的君子口吻，要是他不做贼，倒有点儒家的圣贤之风，必能成就一番事业。火小邪没看过多少圣贤书，但孔子所传授的“圣勇仁义知”五要还是明白的，难道这五要，能成就圣人，也能成就大盗？可天下之大，是圣人多，还是大盗多呢？莫非圣人就适合做贼？或者当不了圣人就去当贼？

火小邪根本想不明白，也就懒得再想，干脆心里暗骂一声：“爱咋地咋地，管他的，我是贼，会偷就行了，琢磨透这些酸臭的道理有个屁用！郑则道是郑则道，我是我，他又不是我亲爹，还在乎他想什么！”

火小邪这样自己一通乱骂，心中舒服多了，轻车熟路地又向三姨太的院子摸过去。

火小邪依样画葫芦，进了三姨太的院子，却见各个房间都是灯火通明，不似上次来的时候那么安静。

火小邪听到房内隐隐有人声传来，便贴着墙角，伏行到一侧窗下，借着窗下的花盆处躲着，细细听房间里的声音。

王兴十分不悦地坐在会客室中，三姨太则气呼呼地背对着王兴，站在一旁。

王兴叹了口气，说道：“青红，好了好了，我不说就是了。咱们毕竟是夫妻，你多少也得给我留些脸面吧，我到底哪里做得不对了，你见到我就像见到仇人一样。”

三姨太哼道：“什么夫妻！我和你从来就没有睡在一张床上过！”

王兴说道：“青红，那是你从来不让我碰你一下啊。”

三姨太转过身，冷冷说道：“王兴！你当初就知道我根本不喜欢你，你还要娶我干什么。现在我后悔了！求你休了我吧！咱们天天这样，我都要烦死了，烦死了！你回去陪你其他老婆去，我困了！”

王兴长喘了一口气，说道："青红，我知道你当初嫁给我，要我大操大办，恨不得让整个山西人人皆知，就是要逼那个男人出来……"

三姨太尖声道："什么男人！你少胡说！你再胡说，我真的急了！"

王兴反而笑了起来："青红，何必掩饰呢，我又不在意……"

三姨太恨道："王兴，说够了没有！你出去，要不然我动手赶你出去！青苗！青苗！"

王兴站起身来，说道："好吧好吧，我走，我走就是了！"

青苗从侧房推门而进，说道："三太太，有什么事？"

三姨太说道："送王兴老爷出去，我累了！我要洗澡！"

青苗有些为难，不敢上前。

王兴压了压手，说道："我自己出去，自己出去。青红，院子里闹贼，你要多多小心，我加派人手，在院外巡视……"

三姨太哼道："谢了！你省省吧，就凭孔镖头手下那些废物，自身都难保，还看护着我？还不如说是监视我吧，放心，今天我累了，不会出去了，也请你不要再找人来打搅我。"

王兴叹了口气，推门而出，青苗连忙跟在身后相送。

青苗送王兴出了门，关好院门，匆匆回来，这一来一去，都没有注意院中还躲着火小邪。

青苗回到屋内，见三姨太还坐在桌边生气，低声说道："青帮主，你别生气了，王兴老爷也没有坏心……"

三姨太说道："青苗，我和他的事情，你不要多嘴。去给我烧水吧，我要洗澡，今天一晚上，烦都烦死了。"

青苗应了声，正要退下去，三姨太叫住了她，说道："算了，给我打盆热水来，我简单洗漱一下。"

青苗说道："青帮主，怎么了？青苗不累的。"

三姨太说道："今天碰到的那个使风水盘挡开我们飞刀的贼人，不知道抓到没有，这个人手段厉害，我担心他还在大院内。我们两个今晚轮流值守，以防他偷袭，占了我们便宜。如果再让我们碰到，一定要结果了他。"

“是！”青苗应了声，退下一边。

三姨太和青苗分头去忙活，暂且不表。

火小邪听三姨太和青苗这番说话，知道来了机会，摸到上次翻进屋的窗口，进了内室。

火小邪不敢在内室久留，蹑手蹑脚来到三姨太的主卧室，再次钻入床底。

约莫等了半个时辰，三姨太和青苗才双双走入主卧室，青苗说道：“青帮主，您先睡吧，我看着。”

三姨太嗯了一声，说道：“青苗，你就在这间屋中待着，不要出去，无论有什么情况，都先叫我起来。”

青苗应了声，服侍着三姨太换了衣服，请三姨太就寝。三姨太十分谨慎，带着自己的飞刀上床。

火小邪在床下暗骂：“睡个觉还要人陪着！烦死个人，亮八正到处抓猪，哪有工夫来找你。”

青苗见三姨太睡下，走到桌边，将火烛挑暗，自己坐在窗边，默不作声，守候着三姨太休息。

火小邪在床下心急如焚，这叫青苗的丫头，真要坐在这里一个晚上，那可如何是好！

夜深人静，火小邪苦苦趴在床底，等待时机。火小邪又饿又困，不知不觉眼皮子打架，几次都差点睡过去，可一想到任务还没有完成，就使劲抖擞起精神，继续观望，等待青苗离开屋子的时机。

三姨太在床上也不是一下子睡着，她今天心事重重，周遭发生无数事情，所以翻来覆去了足足半个多时辰，这才安静下来，沉沉睡去。

火小邪在床下听床板响，听得真切，也能断定出三姨太应该睡着了。

而那个三姨太的丫鬟青苗也是实在，坐在屋里一动不动，连起身离开的意思都没有。实际上青苗经过这一晚上的折腾，比三姨太的疲劳有过之而无不及，现在纯属强打起精神熬夜，时候久了，眼看三姨太睡得正香，院中又没有任何异常的迹象，瞌睡虫围着青苗乱飞，难免警惕性不比最初。青苗眼皮子越发沉重，眼睛半睁办闭，稍不留神就会一觉睡去。

就这样，火小邪和青苗两人都各自干熬，时间早已过了一个多时辰。

火小邪略略向床前挪动了一步，能够看到青苗半个身子，渐渐看到她身子晃悠不止。火小邪反而来了精神，暗念："这丫头总算熬不住了，看这个架势，眼睛一闭就要睡过去了。"

眼看着青苗身子越来越歪，脑袋渐渐沉下去，最后干脆趴在桌上，没了动静。

火小邪心想："好！睡得好！"

可火小邪想是这么想，还是不敢爬出来，生怕惊扰了青苗，总得有个什么法子，证实青苗已经睡死才好。

火小邪左思右想，心生一计，尽管不知有没有效果，但总比什么都不做要好。

火小邪从怀中慢慢将自己从杂货店买来的胭脂掏出来，这个胭脂是用一个圆形纸盒装着。火小邪拧开了纸盖子，闻了一闻。尽管这胭脂不是什么好货，火小邪被恶宰了一刀，但越是俗气的东西，越要做作，盖子一拧开，一股子腻香味扑鼻而来，十分浓烈。

火小邪刚刚闻到，还觉得味道不错，可再闻几闻，越发觉得香得有些恶心。火小邪暗念："拜托拜托，这个丫头睡熟了没有，全靠你了。"

火小邪拿着胭脂盒子，一只手伸出了床底，将开着盖子的胭脂盒小心的放在地上，向着青苗的脚下轻轻一滚。这一滚可要极为小心，如果滚得重了，撞到青苗的脚面，很可能会把青苗弄醒，要是滚得轻了，靠不近青苗，可能没有效果。

火小邪会"拿盘儿"，这拿盘的功夫，手上的劲道讲究的是不大不小，不多不少，用在此时正好有奇效。只见那胭脂盒子，滴溜溜地在地上慢慢滚出去，向着青苗的脚面而去。火小邪心中狂叫："走！走啊！"眼看着胭脂盒子越滚越慢，即将停下，火小邪恨不得冲出去吹上几口气让盒子再滚一段，可现在只能努着嘴巴，暗暗吹气，当作祈祷。

胭脂盒子不知是不是受了火小邪的念力，慢慢又滚了一圈，才停下来，略略晃了晃，轻轻“啪”的一声，摔在青苗脚边，只差一掌的距离。

火小邪双手紧紧攥着，暗念：“闻不闻得到？闻不闻得到？”

青苗微微动了一下身子，头略略抬起，迷迷糊糊地轻哼了一声。火小邪汗毛直竖，大气都不敢出。

青苗把头一偏，又无动静。火小邪竖起耳朵，细细聆听，只听到青苗鼻子中气息声沉闷，身子随着呼吸略有起伏，这乃是趴着睡着了的迹象。

火小邪心中一喜，哼道：“菩萨佛祖爷爷保佑！”

做贼的人，察言观色极为重要，要能判断出人的行为状态是什么，在贼道中称之为“识行八伦常”。也就是：是否急上茅房大小解脱；是否十分饥饿急于吃饭；是否身患重病行动不便；是否遭遇急事忙不择路；是否缺胳膊少腿身有残疾；是否疲倦困顿睡意浓浓；是否睡得很沉不会骤醒；是否性欲高涨不能自已。别小看这“八伦常”，判断清楚所偷之人的状态，乃是何时出手偷窃的不二要诀。

除了“识行”，就是“识性”，也就是说要判断此人的脾气性格如何，配合着“八伦常”使用，能有奇效。有的贼人敢大大方方地从你身边把包偷走，近在咫尺，你却浑然不觉，就是“识行”“识性”辨明得准确，加上胆大心细，手脚快，简直让人防不胜防。

有人会问了，怎么做贼和封建社会的为官之道有点像呢？都是要辨行辨性，察言观色，小处着眼，大处着手，把握趋势，进退有度。其实这话问到点子上了，权、钱都乃身外之物，本不是自己的，你非要拿到手上，都是做“贼”的道理。其实天地万事万物，都彼此隐含“盗”律，所以古语中有云：

天地，万物之盗。万物，人之盗。人，万物之盗。三盗既宜，三才既安。故曰：“食其时，百骸埋。动其机，万化安。”人知其神而神，不知不神而所以神也。日月有数，大小有定。圣功生焉，神明出焉。其盗机也，天下莫能见，莫能知。君子得之固穷，小人得之轻命。

火小邪辨明青苗已经睡沉，只要没有外界声响动静滋扰，她一时不会醒来，就慢慢从床下爬了出来。

火小邪探头一看床上，三姨太侧躺着，背对着火小邪，身上则盖着一床轻被，显得身材曲线玲珑，一小段香肩露出被边，雪白的皮肤如同凝脂，真是十足的香艳。火小邪根本顾不上欣赏这番春色，只是见不到三姨太的正脸，不知她是否睡熟了。

火小邪回头看了眼青苗，青苗丝毫没有醒过来的迹象，不禁咬了咬牙，一只手捏住三姨太上身的被子一角，将头低下床沿，轻轻拉了一下，赶忙躲回床底。

三姨太微微动了一下，并未苏醒。

火小邪躲在床下，听到床板轻轻一响，一颗心狂跳不已，只好拧着嘴，尽力细长细长的喘气呼吸，这才不会发出喘气的声音。

火小邪再次爬出床底，三姨太已经从侧卧变成平躺，双眼自然闭着，朱唇微启，鼻息平稳，胸口规律地起伏，看着睡得很是踏实。

火小邪看了眼青苗，双手一起插入被中，从里面使力，从内向外的一点一点揭开三姨太的被子。这样揭开被子，不至于灌风。

火小邪侧头向被子里面看去，顿时睁大了眼睛，三姨太细腰袒露，那根红绳就绑在三姨太的腰间，露出了一小截在外面。

火小邪横下一条心，伸出手去摸了一下那根红绳，那红绳质感坚韧，若是绑紧，断然不是一下子解得开的，唯有靠刀剪割断。可火小邪从哪里去找刀剪？

火小邪看了眼青苗，暗叹了一口气。火小邪倒是知道女人的卧房，梳妆台内的抽屉里必有剪刀，可是青苗趴在梳妆台旁，又是练武之人，只怕去青苗身边，稍微弄出点大的声响来，就会把青苗吵醒。

火小邪只好再撩开一些三姨太的被子，顺着三姨太的胳膊看去，只见三姨太的右手掌下，正扣着一个别飞刀的皮带，一共有五把飞刀，四把被三姨太的手指按住，而最外面还有一把，亮在三姨太的手边。

火小邪暗想："你这个恶妇，用飞刀伤了我，看我用你的飞刀，割掉你的红绳！"火小邪打定这个主意，一只手上前把皮带底缘捏住，另一只手的两根手指则捏紧最外侧飞刀的把手，正如偷钱包一样的手法。火小邪心中暗念“一、二、三”，数到三时，手腕不动，两根手指发力，双手力道成一条直线，指关节飞快一弯，飞刀被火小邪拔出了皮囊一截。

大家可能觉得奇怪，为何火小邪只收手指弯曲发力，而不用手臂发力，直接把飞刀拔出呢？这又和盗术有关，像飞刀这种金属铁器，别在皮带中，要拔出的时候，第一下的摩擦力最大，只要克服了头一次的摩擦力，后面就好办了。只用两指一弯来发力，这样的动作细微到肩臂肘都不会移动，乃是上策；若是肩臂肘活动了，会带动被子不说，还可能有空气流动，皮肤敏感之人会骤然醒来，像三姨太这种使飞刀的好手，更是不能大意。

火小邪缓缓拿出飞刀，那飞刀锋利无比，在被中的微光之下，刀尖上仍然幽光直冒。

火小邪暗赞：“好刀啊，扎在人身上，恐怕能从前胸透到后背去。”火小邪刚赞完，青苗那边却轻轻地连“嗯”几声，身子动了动，似乎要醒过来。

火小邪嘴巴都恨不得咧到耳朵边上去了，这丫头的动静，若是在床上躺着的时候发出的还不会害怕，但要是趴在桌上睡觉的时候，这样嘴里嗯嗯哼哼的，那是睡的血脉不通畅，必然会醒过来！只怕这一醒过来，又是麻烦事。

火小邪本想钻回床底，但眼看红绳就在眼前，哪愿放弃！火小邪见三姨太的床颇大，她娇小的身子靠外躺着，里面至少还能轻轻松松躺下一个半的火小邪，不禁恶向胆边生，死猪不怕开水烫，王八吃秤砣，整个人从床下钻出来，一跃就滚到三姨太的床上，然后在床上站起身子，从三姨太的脚头踮脚走过，躺在了三姨太的床内侧身边。

青苗又“嗯”了几声，抬起头来，她也知道自己刚才睡着了，赶忙抖擞了一下精神，刚才趴着睡着，血脉不畅，脚上微麻，不禁站起身来。睡了一会儿和一会儿不睡，区别很大，特别是练武的人，小睡片刻精神就能恢复大半。

青苗站起身，看了眼床上的三姨太，还睡得十分踏实，青苗倒也宽了心，动了动脚踝，低下了头。青苗咦了一声，见到脚边摆着一个没盖子的胭脂盒子，弯腰要捡，手刚把胭脂盒子拿住，皱了皱眉，飞快地向床底看了眼，没见到床底有什么不对，才直起身子。好在此时火小邪已经躺在了三姨太的身边，要是还躲在床底，可就完蛋了！

青苗把胭脂盒拿在手上闻了闻，低声说道："好俗气的香味！还这么浓烈？这是谁的东西？怎么在这里？"

青苗用手指抠了抠盒子里的胭脂，又低声道："还是没用过的呢！不会是青柳的吧？不会啊，青柳也不会用这么俗气的胭脂呢。"

火小邪身上盖着另一床薄被，只露出半张脸，目光越过三姨太的头顶，透过床上的纱帐，可以看到青苗正拿着什么打量。火小邪一猜就知道一定是青苗发现了地上的胭脂盒子，心中暗叫："看个屁！是我买来送给你的！你收着就好！看什么看啊！天杀的啊！"

青苗又看了几眼，突然脸上一展，笑道："肯定是王兮兮姐姐买了送给戏春院里的女人，只有她们喜欢有这种香味浓烈的胭脂呢，一定是急急忙忙走的时候掉在这里的。今天发生的事，她难免会有点慌乱呢。"

青苗把胭脂盒子放在梳妆台一边，找了个小盖子盖上，伸展了一下腿脚，看着已无困意。

火小邪暗道："完了，这丫头一时半会是不会睡了。"

火小邪侧脸看了看三姨太，三姨太似乎正在做着什么好梦，嘴角微微上扬，脸上浮现出一股子笑意。火小邪暗骂："肯定又发什么春梦，梦到那神秘男人来偷情了，恶心不恶心！"

火小邪心里这样骂着，身子却不断移动，渐渐钻到三姨太的被窝里面去了，三姨太成熟完美的娇躯便在火小邪脸旁，被窝里浓浓的女人香味，直钻火小邪的鼻子，弄得火小邪心中不知为何，痒痒的十分难受。

火小邪暗骂了自己一句："臭小子，你还想摸一摸不成？真没出息，不就是个女人吗？"火小邪这么一骂，胸中那股子春劲消散无疑，满脑子只剩下红绳。乱盗之关花娘子的春毒，火小邪都能克制住，眼前这点春光，在火小邪的眼中，已是小儿科了！

火小邪蜷着身子，躺在三姨太的身侧，脑袋便在三姨太的腰际。有细微的光芒从被子边缘透入，这光亮对火小邪已经足够，那根红绳就在自己眼皮子底下。火小邪打定了主意，横下了一条心，且不管后面怎么样，只要青苗不过来揭开三姨太的被子，自己不把红绳偷到手，打死也不出来。

火小邪凑上双手，一只手捏住红绳与床铺相连的一段上，在手指间透出绿豆大小的一段，另一只手用飞刀刀尖在上面细细切割，别看小，能割断就行。毕竟红绳尺寸有限，上面还挂着小铃铛，一点都大意不得，这可是考究手法细腻的精细活，稍微急了一点都不行。

火小邪闷在被子里面，不敢大口喘气，生怕自己呼出的热气喷在三姨太的身上，只能细若游丝一般的呼吸。

说快不快，说慢也不慢，那块绿豆大小的红绳一截，已经让火小邪割断，火小邪把手一放，红绳已经从三姨太的腰际断开，一端挂在腰上，一端躺在床面。

火小邪现在要做的，就是等三姨太翻身了。

人要是睡熟了，听觉、触觉、嗅觉、味觉、视觉的敏感度都会大大地下降，只要不是触及临界点，一般人不会苏醒。像我们这些市井俗人睡觉，在身法精细的贼人眼中，可谓是雷打不动，贼人什么时候上了床，什么时候钻进了被窝，甚至什么时候把裤子脱掉你都不会知道。

要不惊醒睡着的人，忌讳给人连续性感觉，比如只是飞快地轻触一下身体，睡眠中的大脑神经是反应不过来的，但如果你连续触摸超过五秒以上，睡着的人就会感觉到；发出声音也是同样，发出较低的而且短暂的声音，人也反应不过来，大吼或者声音连续不断，就会察觉。

大家可以在家中做个实验，在深夜时分用手拍一拍枕边人的脸庞，问他睡着了没有，如果他说不出话或者含糊其词，只要不把被子一把揭开，你钻进被子里，在他肚皮上用彩笔慢慢地一笔一笔地画个乌龟，保证他都浑然不觉，仍然一觉睡到天光。脚板心算是人体上非常敏感的地方，不少人在少年顽皮的时候，做过在朋友脚板心上涂清凉油，这动作比钻被窝、画王八等事情激烈数倍，睡着的人都是一下子醒不过来的。

若是火小邪要偷普通人身上的红绳，哪会这么客气，直接把肚子上面的红绳放下，一拉就能从腰下拉出来。

毕竟火小邪的目标是三姨太，三姨太是练武之人，五感比常人敏锐，但她不是神仙妖怪，睡着了最多惊醒的临界点较低罢了。火小邪能上床钻进三姨太的被窝，都是赔着一万分的小心，拿出了所有的本事，才有把握不让三姨太醒过来，实属不易。所以直到红绳割断，火小邪都在叮嘱自己，宁慢勿快，宁等勿急，动手直接去拉扯红绳，万万不敢，此刻只能等三姨太翻身。

火小邪曾想过，要是甲丁乙这样的大盗来偷红绳，用得着这么狼狈吗？可能只需躲在暗处，一刀就把三姨太的衣服连同红绳一起割断，把红绳偷走，三姨太都毫不察觉吧。火小邪自认为自己没有这等身手，钻被窝冒险还靠点谱。

青苗在屋中舒展了一下筋骨，睡意全无，见三姨太还睡得踏实，便轻轻走到卧室门边，拉开了房门要出去。青苗开门开得慢，反而门轴处咯啦咯啦连响。

三姨太低低嗯了一声，身子向外侧一番，睁开了眼睛，低声说道：“青苗……”

火小邪缩在三姨太的被窝中，三姨太只要一挥手，便能摸到他。此时火小邪全身的每个毛孔都如同扎进一根冰针，连头发根子都麻了，暗骂：“翻身就翻身！别起来啊！这个叫青苗的死丫头！你害死我了！”

火小邪骂归骂，一只手仍然牢牢捏着红绳的一端。

三姨太面朝外，背对着火小邪。她梦中初醒，还有点迷糊，更想不到被窝中还躲着个火小邪。三姨太低声道：“青苗……”

青苗赶忙转过身，说道：“青帮主，你醒了？再睡一会儿吧。”

三姨太问道：“现在什么时辰了？”

青苗看了眼摆在屋角的西洋钟，说道：“快三点了呢。”

三姨太身子微微一动，有点要爬起来的意思，说道：“青苗，你也睡一会儿吧。”

火小邪心中狂吼：“天王老子的祖奶奶啊，别起来啊！”

青苗赶忙说道：“青帮主，您再睡一会吧，我刚刚打了个盹，现在一点都不困呢。”

三姨太悠悠喘了口气，身子沉下来，侧躺在床上，低声说道：“也好，青苗，我再睡片刻。”

青苗说道：“青帮主，我去小解，一会儿就回。”

三姨太轻轻嗯了声，似乎又睡了过去。

火小邪此时真是进退两难，他窝在被子里，一片漆黑，尽管三姨太没有察觉，静静地侧躺着，但是否睡着则很难说。火小邪一动都不敢动，他心里清楚，这个时候，动一根指头都有可能被发现，更别说上床之前那样拉被角、打量三姨太的面孔这些事情了。

火小邪只能祈祷：“三太太，青苗去茅房了，你憋不憋得慌啊？你怎么也该去趟方便一下，再继续睡觉吧。”

三姨太的确没有睡着，她静静躺着，但眼睛却半睁着，看着房门。青苗说是她的丫鬟，还不如说是她的部下，青苗的安危三姨太都是十分关心的。可三姨太等了半天，还不见青苗回来，心想怎么会去了这么长时间？

三姨太有点忍不住了，撑起半个身子，冲着门外叫了声：“青苗！”门外无人应她。

三姨太感觉不对，紧紧盯着房门口，哗的一下坐起了身子，把被子揭开，双腿已经挪下了床，穿上了鞋子。

火小邪眼前一片明亮，脑袋后露在外面，本想着完蛋了，但看三姨太根本没有回头打量床上的意思，一直看着房门那边，匆匆忙忙地站起身，手中提着飞刀皮带，就向房门走去。火小邪把被子拉了拉，将自己盖住，只露出一条缝隙，看着外面的动静，大大地喘了一口气。

火小邪刚刚稳住自己的情绪，却惊喜万分，他手指一直捏着红绳，自始至终都没有松开过，三姨太匆匆起身，火小邪都忘了这件事。直到三姨太下了床，红绳还在火小邪手中捏着，也就是说那根红绳，已经从三姨太的腰间脱开！

火小邪大喜过望，顾不得那么多，慢慢将红绳拉入被中。

三姨太已经小心翼翼地拉开房门，一摸别着飞刀的皮带，却发现少了一把飞刀。这时候三姨太疑心更胜，没想飞刀是不是掉在床上了，唰的拔出两把飞刀，持在手中，慢慢前行，唤道："青苗！青苗！"

火小邪把红绳拉进来，赶忙捏成一团，揣入怀中，见三姨太已经出了房间，事不宜迟，赶快下床。火小邪不敢动作太快，唯恐发出声音，于是将被子慢慢揭开，贴着床沿准备下床。

三姨太目视前方，向前稳稳走了两步，刚走出房檐，脚下踢到一个软绵绵的东西，低头一看，正是青苗！青苗昏迷不醒，手脚被人绑住，眼上蒙着黑布，口中也被布条勒住。

三姨太惊叫了声："青苗！"突然感觉头顶上有团黑影猛然涌来，心中一惊，知道有人偷袭，连忙要跳开一步，可是已经晚了，脑后被重物击打，嗵的一声，三姨太叫都没叫出声，就被打翻在地。

屋檐上倒挂着一个人，正是亮八，他手中持着风水盘，倒挂在屋檐上，看着三姨太中了招，翻倒在地，不禁嘿嘿冷笑。

亮八一翻身，从屋檐跳下，一步就赶到三姨太面前，将三姨太按住，从身后的背囊中抽出绳索，只花了几秒钟的工夫，就已经将三姨太绑了，塞住三姨太的嘴巴，速度惊人至极。

亮八捏着三姨太的两颊，将她的脸凑到眼前，低声笑道："小妞，长得这么俊，就是性子火辣了点，可惜你不自量力，碰上了我亮八！我还就是喜欢你这样的小妞！哼哼，你杀了我的猪，你和我睡一觉，算是你赔我的！"

三姨太已经转醒，但被绑了个结实，只能拼命挣扎，喉咙中呜呜怒骂，发不出声音，一双秀目中几乎要喷出火来。

亮八哼道："不着急！待会自然让你舒服！哼哼！"

亮八说着，如同抓小鸡一样，把三姨太从地上拎起，夹在腋下，抬脚进了三姨太的主卧室。

亮八进了屋，飞快地左右看了看，屋内并无异状，心中略略一松，把三姨太放在床上，一把掐住三姨太的咽喉，狠狠说道："别乱动！你跑不掉的！我去把你的丫鬟弄进来！今天你们两女共侍一夫！哼哼！"

三姨太被亮八掐得几欲窒息，身子尽管不折腾了，但还是仇恨无比地瞪着亮八。亮八淫笑道："小妞，老子自从来了这个地方，好久没有碰过女人了！你越瞪我，我就越开心！"

亮八松了手，三姨太激烈地喘息不止。亮八嘿嘿冷笑了声，返身就要出门抬青苗进来。亮八刚刚站直了身子，突然猛吸了一口气，身子猛然向梳妆台移去，一把按住了一个人。

此人正是火小邪。

原来火小邪正在下床的时候，听到外面"嗵"的一声闷响，有人跌倒在地，不由得全身一震，猜到三姨太也许遭到伏击。火小邪加快了动作，从床上翻下，向着内屋的房门逃去。可是就当火小邪要拉开房门，离开这间屋子时，心中咯噔了一下，想道："三姨太莫非出事了！"

火小邪电光火石地冒出这个想法，亮八已经提着三姨太进来。火小邪知道亮八厉害，来不及开门，一转身就躲在了梳妆台边，不敢妄动，只求亮八不要发现。

亮八是什么人？乃是成名已久的开封大盗，犯过无数大案，纵横中原，富贵商贾无不闻风丧胆，论身手比三指刘不知要高出多少个层级。火小邪就算藏着不动，大气都不敢出，亮八贼念感应，总觉得有点不对劲，感到有人在背后盯着自己。

亮八出其不意地扑过来，火小邪哪里是亮八对手，当场就被亮八拧住了肩头，按倒在地。

亮八低声惊道："是你这小王八蛋！"

火小邪关节吃痛，知道挣脱不得，低声骂道："就是我！怎么着！"

亮八把火小邪拎起，眨眼就把火小邪双手捆了，拽到房中床前。

火小邪坐在地上，歪着头不看亮八，不住怒哼。

三姨太看到亮八从屋中又抓出一个陌生人来，惊讶程度不亚于亮八，两只眼睛不断在火小邪身上打转，心想："怎么屋里还有一个贼？"

亮八半蹲下来，看了几眼火小邪，突然冷笑道："火小邪，你的任务是什么？你为什么在这个女人的房里？"

火小邪骂道："放开我！你做你的事情，我做我的事情，咱们不相干！"

亮八冷笑道："小王八蛋，你真是横得很啊。你来得正好！"

亮八说着，手已经伸到火小邪的怀中摸索。

火小邪大惊，骂道："亮八，你干什么！"

亮八不语，从火小邪怀中把红绳和剩下的女红掏出来，拿在手中一抖，那红绳上的小铃铛哗啦细响。

亮八看了眼女红，闻了闻，骂了句："小王八蛋，你还挺有情调！"

亮八嘿嘿一笑，并不看火小邪，而是转头向三姨太看去。

三姨太见亮八从火小邪怀中掏出自己腰上的红绳，眼睛都转不动了，直直看着红绳，又羞又怒，几乎把亮八都忘到了九霄云外。

亮八见三姨太这个表情，心里明白了几分，把红绳在火小邪眼前一摆，冷笑道："火小邪，你是来偷这个红绳的对不对？得手了？看不出来，你屁大的本事，能这么厉害啊！"

火小邪混劲发作，骂道："放屁！这红绳是老子送给这小妞的定情信物，这个妞是老子的相好！来王家堡之前就好得很了！我这是顺道！"

三姨太听了火小邪这么说话，更是吃惊，上下不断打量着火小邪，她丢了红绳，想起自己那神秘男人，心中酸楚，此时听火小邪这么说话，竟辨不出真伪，心中暗想："不会是他吧，他怎么知道？"

亮八笑道："火小邪，就你这小样，女人的身子长什么样子，我看你都不清楚，还满嘴胡说八道，以为能骗得住老爷？你的锦囊呢？"亮八说着，把火小邪周身上下都摸了个遍，一无所获。

火小邪哼道："说了这是老子送人的定情信物！我的任务是打开甲乙丙

丁戊己庚共十道门，偷出一个油灯！刚好这屋里就有一道戊字门。不信你去内屋看！”

亮八略略一想，又骂道：“我信你才怪！你要是不给我锦囊，我就在这里宰了你！说，你的锦囊呢？”

火小邪轻蔑地说道：“亮八，你要杀就杀，废什么话！你杀了我，看你能不能过关！”

亮八不怒反笑：“有一套啊小王八蛋！”亮八指了指床上的三姨太：“这不是你相好的吗？今天老爷就让你开开眼，什么叫一龙戏双凤！”

亮八把红绳和女红揣进自己怀中，又从背后拿出绳子，把火小邪脖子缠住，拖着火小邪来到梳妆台边，把绳子系好，让火小邪的后脖子紧紧贴在桌上，动都动不了。

亮八看了眼，哼了一声，快步出了房间，去抬青苗进来。

三姨太一直看着火小邪，呆呆出神，忘乎所以，真如同看着自己情郎一样。

火小邪看了眼三姨太，噗了一声，心中暗骂：“老子真是发神经，明明可以跑掉，还返回来救你，结果被亮八抓了，这下可惨了！奶奶的，你看我看个屁啊，你当我真的是你情郎啊，拜托，我可没有这种闲情雅致！你还是想想一会儿怎么对付亮八吧，一会儿他就来弄你了！”

亮八将青苗抗进屋里，同样丢在床上，青苗还是昏迷不醒。

亮八看着床上的两个美人，深深吸了一口气，说道：“不管了！先过一把瘾再说别的！”说着就上前拉开了三姨太的上衣，露出了她的美肩。三姨太如醉如痴的，还是看着火小邪，竟不挣扎。

火小邪低骂一声。

火小邪对这个三姨太真是一肚子的火，这个女人，空有一副好长相、好身材、好武艺，就是脑子不太灵光，这都什么时候了，还想着自己的情郎？真搞不懂三姨太那双忽闪忽闪的大眼睛下面的猪脑里，到底在想什么？难道美女都是有点白痴？水妖儿、林婉同样是美人，怎么脑子就好使得很？

亮八看着三姨太的香肩，伏过身去深深一吸，笑道：“好浓的风骚味道！

小妞，你不会也心痒难耐了吧！”

火小邪骂道：“亮八！你不要放肆！我们是来偷东西的！不是来搞女人的！”

亮八一侧头，淫笑一声：“我这是顺便！你给我老老实实看着，再废话，割掉你的舌头！”

亮八欲火中烧，就要亲吻三姨太的脖子，但亮八微微一愣，猛然抬起身子，竖耳一听，眉头紧皱，一下子跳离床边，三步两步钻到窗边，贴近窗缝一看，轻哼一声：“妈的！坏我好事！”说着狠狠瞪了火小邪一眼。

火小邪捆在梳妆台上，也听到了院中有一声轻响，似乎是花盆翻倒的声音。

郑则道和胖好味两人跳进三姨太的院子，两人刚走了几步，胖好味就听到身后的郑则道脚下一声轻响，乃是花盆翻倒之声。胖好味连忙回头，郑则道略有愧意地看着胖好味，胖好味咧了咧嘴，也不好说什么。

原来郑则道、胖好味和火小邪分手之后，两人去偷风水珠。这两人进了西四阁楼，寻找到机关室的入口，没费什么工夫就潜入了地下的机关室。郑则道认定从上方潜水下去断然不可能，但如果风水珠锁在罐底，又有机关声隆隆作响，地下定有升降装置，那么从下方去偷，才是便捷之道。

这两贼在罐底一通琢磨，眼看着就能得手，胖好味却翻脸不认账了，一定要让郑则道先陪他一起，寻到至少四五道门以后，才能继续帮忙。郑则道拿胖好味没有办法，只能依了他，两人出了西四阁楼，连摸了十多间屋子，这时才翻到三姨太的院中。

郑则道一路上瞻前顾后，总是落在胖好味的身后，胖好味心中别扭得很，却不好指责郑则道什么。好在郑则道一旦进了房间搜索，都十分尽力，胖好味才一直忍住，不与郑则道吵翻。

郑则道一进三姨太的院子，看了眼格局摆设，就明白此处定是王兴的妻妾所住之地，若按火小邪所说，极可能就是三姨太的住所。

郑则道和胖好味躲在三姨太院中的屋檐下，见主卧室的灯光还亮着，胖好味愁道：“什么人这么晚还亮着灯！”

郑则道并不答话，牢牢看着亮灯的房间，神色诡异。

胖好味顾不上这么多，贴着墙走了几步，探了探一扇窗户，伸手一把推开。

胖好味回头招呼了一下郑则道，自己先行一步，从窗户中慢慢翻入。

郑则道并未上前，反而退开了几步，看着窗户中的黑暗中，慢慢露出一丝笑容。

“叮当”一声！从胖好味进去的房中，传出一声清脆的金属相击的声音，随即簌簌声响，胖好味从窗中跃出，在地上连打了几个滚，这才站定，手中持着自己的锅铲，面如土色。

从窗户中又跃出一人，在地上一翻，就已站起，身法稳健，手中持一风水盘，显得比胖好味沉着得多。

郑则道和胖好味一打量，来人正是亮八。

胖好味低声骂道：“亮八！你怎么在这里？”

亮八哼道：“我还要问你们呢！”

胖好味骂道：“屋子里又不会有猪跑，你躲在屋子里，搞什么名堂！咱们井水不犯河水，你一上来就下重手，是想杀人吗？”

亮八说道：“胖子，明明是你先一铲子打过来，我才不得不反击！你搞清楚了！”

郑则道抱了抱拳，笑道：“亮八兄弟！幸会！既然你在这里，看来屋子里的人，都被你拿住了吧？”

亮八脸上倒是浮出一丝得意，说道：“不错，小不为就是小不为，聪明！”

郑则道说道：“亮八兄弟，咱们都是闯关之人，彼此多多包涵，我和胖好味只需进屋简单找一找，马上就走，绝不妨碍你的事情。”

亮八哼道：“不行！你们不能进去！”

胖好味骂道：“亮八！这宅子又不是你家，凭什么我们不能进去！”

亮八哼道：“不能进就是不能进。”亮八心里明白，火小邪和郑则道、胖好味是一伙的，他们两个没准就是来找火小邪的，若是让他们进屋，见到火小邪，问出火小邪的红绳被自己拿走，三人合力，恐怕自己会吃大亏。贼精贼精，亮八这种大盗，对自己的利益算得清清楚楚，分毫不差，宁肯得罪郑则道和胖好味，也不能让他们进屋。

胖好味把手中的锅铲一横，嚷道："你这个抓猪的恶汉，还讲道理吗？大不了咱们打一场，分个胜负！"

亮八嘿嘿冷笑，手上的风水盘一展，分成两半，双手各持半扇，说道："打就打！胖子，是你自己来，还是你们两个人一起上？"

胖好味受不得亮八的激将，闷哼一声，就要上前。郑则道一把将胖好味拉住，说道："亮八兄弟！如果你不能给我们行个方便，我们走就是了。"

胖好味对郑则道说道："郑兄弟，咱们不能这么走啊！亮八一定在屋里发现了什么，才不让我们进屋。"

郑则道并不理睬胖好味，还是对亮八说道："亮八兄弟，竞盗之关想过关实在不易，如果你愿意帮我们，我们也愿意帮你。亮八兄弟，你有什么为难之处，说出来大家一起来解决，不是更好吗？"

亮八哼道："小不为，你算盘珠子打得倒响，可惜我不感兴趣。要么你们走，要么我们打一场。"

"你们不用打了，和我打一场吧！"一声大喝从墙头一边猛然炸出。

张四爷站在墙头，指着院中的郑则道、胖好味、亮八哈哈大笑，手上一挥，唰唰唰唰，无数火球从院墙外丢了进来，这乃是一种白磷火丸，平时用油纸包住，一旦打开，很快就会燃烧，光线明亮，比火把更为轻便好用，专门是御风神捕用来照明的法子。

火球丢进来无数，把这个院子照得一片通明，晃得亮八等人睁不开眼睛，好不容易适应过来，只见四周屋顶、墙头已经密密麻麻站满了钩子兵，全都用蓝巾蒙着口鼻，不是平常的装扮。

有几个火球落在院中，"啪"的一声炸开，白烟滚滚而出，顿时一股子酸臭气味涌起，白烟还没有来到亮八他们身前，就已经觉得双眼刺痛。三个贼心里都明白，张四爷下了狠心，在烟中放毒，已经不管这里是不是王家大院，会不会伤到其他人。

亮八对郑则道和胖好味大骂道："你们两个混蛋！是你们把人引来的！"

胖好味见形势不对，顾不上和亮八再纠缠，张嘴也骂道："谁会把人引来！"胖好味刚骂完，突然想起了什么，回头一看郑则道，郑则道已经取出一块丝巾，蒙住了脸面。

郑则道平静地说道："形势不妙！我们各求自保吧！"说着竟向一侧慢慢移去。

胖好味骂道："郑则道！是不是你把人引来的！"

郑则道并不答话，自顾自地快步走开。

张四爷已经戴上了蓝巾，在墙头大骂："你们谁都跑不了！"

张四爷败给了甲丁乙之后，就下定决心，哪怕把王家大院闹个天翻地覆，都要把贼抓到。张四爷和周先生一番合计，决定也做一次贼，与贼比一比隐藏之术和耐性。计算着把全部人都藏在暗处，守在王家大院核心地带，也就是三姨太房舍附近，务必在十拿九稳的时候，再全部现身。

张四爷和周先生他们倾巢而出，丝毫没有惊动王家大院的人，众人都依计藏在了暗处。张四爷见到过一些贼人飞速从前方经过，但都不是机会。张四爷耐得住性子，心如铁石，任凭天塌地陷，我就不动分毫，生生藏了近两个时辰。也真难为了这些御风神捕，伏在草坑、泥地、水沟、乱石之中，如同死人一样，就算虫叮鼠咬得再厉害，都是纹丝不动，随便那些大盗四处肆虐，已然把所谓的名头丢开一边，再不考虑自己的身份地位，放低了心态，甘愿自取其辱，忍受煎熬。

功夫不负有心人，郑则道和胖好味摸了过来。

张四爷一番打量，觉得郑则道行动方式奇怪，有点不太连贯，左顾右盼，总是落在胖好味的身后，好像已经发现他们藏在附近，却故意露出破绽，引他们来抓一样。

张四爷眼见郑则道和胖好味翻入三姨太的院内，确定这是千载难逢的机会，两个贼一起行动，相互牵制，把他们堵在三姨太的院子中，就算抓不到两个，也能抓到一个。

张四爷早就下了狠心，让钩子兵备好了带毒的白磷火丸，不再顾虑会不会伤及无辜。张四爷围住了三姨太的宅子，按下周围的镖师，让他们紧守院门，有贼出来务必全力击杀。张四爷贴着墙壁，隐隐听到院中竟然有三个贼人争吵，更是大喜过望，号令了钩子兵做好准备，抓住时机一跃而出。

进入王家大院的这些贼人中，当属郑则道对御风神捕的本事最为清楚。张四爷抓住郑则道的手下郭老七的时候，所说不假，小不为郑则道就是三眉会帮主郑有为的大儿子，打小就听郑有为介绍过张四爷他们抓贼的本事，御风神捕会用什么手段，那是一清二楚，还钻研过不少避开御风神捕追击的法子。这让郑则道有信心从张四爷手中逃脱。

郑则道手段高明，与胖好味待在西四阁楼的机关室的时候，就把胖好味身上的锦囊偷出，把里面的纸条取到自己手中，换了一张废纸，依旧将锦囊塞回胖好味的身上，做得神不知鬼不觉，就是以备不时之需，若是紫水锁金阵短时间无法破解，就去完成胖好味的任务。

郑则道帮胖好味寻找甲乙丙丁等门的时候，已经琢磨出不用胖好味的办法，更觉得胖好味是个累赘，不如借张四爷之手除去。

郑则道在西门和火小邪相会的时候，就借机摸了一遍火小邪的锦囊，想把火小邪的锦囊也拿到手中，却一无所获。郑则道料定火小邪定有高人相助，点拨过火小邪，锦囊藏在别处，这才就此作罢。乱盗之关的时候，郑则道想帮火小邪进第二关，让火小邪欠自己的人情，成为自己竞盗之关的“肥羊”，而火小邪不愿接牌，郑则道只好找了同样较弱的胖好味。

郑则道水火双生的命格，心思极为缜密，处处都给自己留下后手，还能讨好卖乖，占尽道理，让人说不出他有什么不是。水王赏识郑则道，是有足够的理由的，这个郑则道确实是个“人才”。

七、杀伐义气

话说回到三姨太的院中，张四爷布下了天罗地网，院内毒烟升腾，知道时机已到，大喝了一声：“抓！”

一组钩子兵分四个方位，齐齐向院中的三人掷出三爪钩。

亮八被钩子兵追逐过，知道钩子兵厉害，不敢硬接，咕隆一滚，避过一把三爪钩。那三爪钩一击不中，在地上砸的一弹，钩子兵手一抖，三爪钩腾起，在空中画了道弧线，重回钩子兵手中。另外两把三爪钩紧随其后，向亮八袭来。

亮八眼睛被熏得酸痛，堪堪避过两把，从窗户中一跃而入，翻入屋内。

胖好味不知三爪钩的厉害，拿着锅铲向一把三爪钩击去，咔嚓一声，三爪钩把锅铲夹了个结实。胖好味一把拉不开，眼见两把三爪钩已经冲到面前，哎呀大叫一声，丢了自己的宝贝锅铲，一趴到底，连连翻滚，从背后拿出自己的铁锅，砸开了一把三爪钩，玩了命地向屋檐下爬去。

郑则道的动作更是奇特，他直直站着，不伸手，不抬脚，如同一段木头似的，仅靠足尖和脚踝扭动发力，整个人在地上平行移动，好像脚下装了滑轮一般，速度之快不亚于奋力奔跑。

郑则道这种身法，他自称为“君子步”，就是绝对不弯腰低头，四肢爬行，看似悠哉游哉的体面身法。可是这种步法用起来，人的上半身横向平移，不见起伏，在夜晚的时候如同鬼魅漂行一样，非常吓人。郑则道这样前行，并不是卖弄，而是专门对付三爪钩的攻击。三爪钩一碰即合，最易抓牢手脚，若是四肢乱挥，一波一波的三爪钩涌至，稍有不慎就能夹住一只，基本就算玩完了。郑则道四肢并紧，就像是一段木头在移动一样，反而不易被夹住。

郑则道身子左移右移，看着十分轻松地避过两把，人已经来到主卧室门外。郑则道毫不犹豫，一掌将门击开，闪进屋内。

郑则道抬眼一看，只见一张大床上，一个丫鬟打扮的女人，捆得结实，昏迷不醒，房中再无其他人。郑则道哪里知道，之前这屋里还有一个火小邪和三姨太。

郑则道料定是亮八干的好事，懒得搭理，快步向内屋奔去。

胖好味滚在房檐地上，脚上夹中了一把三爪钩，正在被钩子兵使劲拽住，胖好味想也没想，用铁锅边沿向着绳索一砸，当的一声，锅沿把三爪钩后的绳索斩断，砸得地面火星四溅。胖好味使出自己逃命的看家本领，抱成一团，咕隆咕隆，滚向房门，将房门撞开，逃进了屋内。

胖好味大喊一声疼，滚到角落，用了吃奶的劲儿，才把三爪钩扳开，丢在一边，脚上已被三爪钩夹得鲜血淋淋。

胖好味大骂一声："有这么抓贼的吗？"

屋顶上传来钩子兵大声地吆喝："屋里的贼人听着！乖乖出来投降！饶你们不死！否则将你们烧死在房间内！"

胖好味又骂道："龟儿子的！真狠啊！"

钩子兵继续叫骂："屋里的贼听着…………"

张四爷和周先生已经跳到屋顶上，看着钩子兵对下方叫骂。张四爷脸上浮现出一丝喜悦，连声冷笑。

周先生说道："这个院子应该是王兴三太太的住所，她们还在里面没出来，恐遭贼人挟持，咱们纵火烧屋，她们性命难保啊！"

张四爷眼睛中都是血丝，狠狠哼道："我就是烧了，又能怎么样？只怪那些女人倒霉！今天王家大院若是挡着我们抓贼，我就大开杀戒，杀他个三进三出！人挡杀人，佛挡杀佛！”

周先生点头称是，说道：“好！听张四爷的安排！”

张四爷冲叫骂的钩子兵喊道：“最后数十声，不出来就放火烧屋！”

钩子兵站在屋顶，继续冲屋内叫骂：“我数十声，你们赶紧滚出来！否则把你们烧成焦炭！一！”

墙头屋顶各处的钩子兵从腰间的皮囊中摸出白磷火丸，这次的火丸比丢进院中的那种更大，若是烧起来，可以满地乱滚，里面的火油溅出，一路引火，最后能够炸开，溅出一片火苗，像三姨太的宅子，一个房间只需一二颗火丸丢入，就能引起大火，烧个干净。

胖好味在房中大骂：“有本事你就烧！”

屋顶报数声不停：“二！”

内屋一侧有人平静地说话：“胖兄弟，他们干得出来！烧民宅逼出贼人，是御风神捕拿手的本事！”

“三！”屋顶继续大声报数。

守在院门外的一众镖师，听到里面钩子兵要烧屋子，已经开始报数，都大惊失色，有镖师在外面大叫：“张四爷，张四爷，三太太还在里面呢！不能烧屋子啊！”

墙头有钩子兵骂道：“闭嘴！进院者死！”

有精明的镖师赶忙招呼其他镖师：“鸣锣！快鸣锣！去叫人来！叫孔镖头来！叫王兴老爷来啊！”

胖好味听出是郑则道的声音，不禁冲着内屋大骂：“郑则道！是不是你把人引来的？”

郑则道叹道：“胖兄弟！我都自身难保！你怎么会这样胡思乱想！”

胖好味一时语塞。

“四！”屋顶报数。

“吵个屁！这些人厉害得很！咱们一起闯出去！还有机会！”亮八的声音也从一侧暗处传来。

郑则道说道：“大家聚过来！我有计策！快！”

胖好味早就慌了神，向郑则道那个方向钻去。

“五！”屋顶报数声越发尖厉！

密集的锣声跟着响起，数个镖帅狂吼大叫，玩命急奔：“来人啊！来人啊！抓贼要烧屋子了！”

张四爷一脸铁青，牢牢地盯着院中，喉咙中不断低吼，犹如一只即将发狂的猛兽。

“六！”

“七！”

“八！”

有的钩子兵手中的火丸蜡纸已经剥开，哔扑轻响，从火丸上方腾起一团火焰，拿在手中，妖异得很。

“九！”

就在九字话音刚落，“咣咣咣”三声窗户碎裂的声响，几乎同时从屋中三个方位跳出三条人影，分向三面墙头急奔。

张四爷大叫一声，用手一指：“抓左边的胖子！”

钩子兵眨眼收了火丸，个个身形如电，竟然舍了两边墙头，黑压压一片，紧追着胖好味的方向而去，三爪钩铺天盖地，向胖好味涌来。

胖好味怒骂一声：“该老子倒霉的吗！”

胖好味一个腾跃攀上了墙头，挥着铁锅把一个钩子兵撞开，跳下墙头，撒足狂奔，脑后风紧，猛回头一看，亮光闪闪四五把三爪钩向着脑袋飞来。胖好味就地一滚，在地上抱着一团打滚，似乎比跑步更快。可惜张四爷人多势众，胖好味没滚出几丈远，前后左右，上上下下，已经围满了钩子兵，个个拿着三爪钩，作势欲击。

胖好味哀叹一声，从地上站起，把铁锅丢在一边，高举双手，愁眉苦脸地骂道：“你们专门找软柿子捏啊！我这不是倒霉催的吗？唉！”

张四爷站在屋顶，大喝一声："拿下！"

钩子兵蜂拥而至，将胖好味按倒在地，捆成了一个大粽子。

郑则道半蹲在三姨太院外的一处房头，藏在树后，从树杈之间看着胖好味的方向，叹了一声："胖兄弟，是你学艺不精，怪不得我！"

郑则道左右打量了几眼，见到不远处的屋顶上的，亮八的身影晃了晃，跳了下去。

郑则道轻轻一笑，向着亮八的方向追去。

火小邪去了哪里？就在郑则道、胖好味、亮八三人在院中对峙的时候，火小邪觉得时机来到，对床上的三姨太低声嚷嚷："三姨太，别看了！火烧眉毛了！还看！"

三姨太听见火小邪叫她，眼神一晃，又露出一副凶巴巴的表情。三姨太不能说话，只能呜呜了两声。

火小邪说道："想逃的话，就听我的。三姨太，有把飞刀在你的枕头底下，快给我！"

三姨太微微一愣，没有动作，火小邪急道："你想什么呢！急死了！把飞刀给我！快点！"

三姨太看了眼火小邪，挺起身子，用头将枕头拱开，果然见到一把飞刀躺在枕头底下。这把飞刀就是火小邪割开三姨太腰间红绳的那把，火小邪下床的时候，顺势把飞刀塞到了枕头底下。飞刀不像匕首，手柄短小，若没有皮带装着，空手拿着反倒碍事。

三姨太见到飞刀，眼前一亮，身子一团，就将飞刀反手握在手中。

火小邪急道："丢给我！"

三姨太狠狠摇头，根本听不进火小邪的说话，自顾自地割着手腕上的绳索。

火小邪暗骂："这个女人真是不知好歹！惨了，她不会一下来就要我的命吧！"

三姨太玩飞刀玩得精熟，片刻工夫就已经将绳索割断，挣开了双臂，又是一撩，把腿上的绳索也都割断，一把扯下嘴上的布条，一个翻身就下来床，三步两步跳到火小邪面前，刀尖已经顶住了火小邪的咽喉，低声骂道："你是谁！说！不说我扎死你！"

火小邪硬着脖子，哼道："是我救了你，你不要恩将仇报！放开我，咱们先逃出去！"

三姨太冷冷骂道："不行！现在就说！我的红绳为什么在你身上！"

火小邪急道："那你杀了我吧！我一死你什么都别想知道了！院子里的人都是江洋大盗，咱们再不走，他们进来就统统完蛋，跑不掉的！"

三姨太和火小邪对视片刻，哼道："好！信你一次！你别打歪心思！"

三姨太唰唰几刀，割断了火小邪的脖子上的绳索，却不割断火小邪手腕上的绳子，拽着火小邪的衣领从地上提起，拧着火小邪胳膊，将火小邪推到床边。

三姨太狠狠拍打青苗的脸庞，唤道："青苗！青苗！"

火小邪嘟囔道："她昏死了！醒不了的！咱们总不能扛着她走吧！快走吧！他们随时都会进来！"

三姨太回头瞪了火小邪一眼，将床上割断的绳索收起，推着火小邪向内屋的房门走去。

亮八刚刚从此门进了内屋，门还虚掩着。

三姨太刚刚把门拉开，就听到院中张四爷大声叫骂，随即窗外亮光闪烁，光亮得如同白昼。

三姨太略一迟疑，火小邪又说道："别出去！小心那些恶贼狗急了跳墙，抓你当人质！我们先藏起来！这是上策！"

三姨太想想也对，拽着火小邪进了内屋，快步来到浴室的门外，将门推开。两人进了浴室，三姨太把房门闩上，推着火小邪到了大浴盆的边上，肩上使劲，竟然把大浴盆推开，地面上露出个洞口。

火小邪心奇道："嘿！没想到浴盆底下能够藏人！"不禁看了眼三姨太。

三姨太哼了声，把火小邪塞入洞口，随后自己也跳了进来。

别看洞口小，但口小肚子大，洞中到能容四五个人宽松地横躺。洞中有风从一角吹入，应是有个通风口，可谓是十分精妙的设计。火小邪坐在地上，静静看着三姨太从下方拽住大浴盆，将洞口盖住，思量着怎么对付三姨太这个悍妇。

三姨太将洞口复原，洞内一片漆黑。三姨太从墙上摸出一盏小油灯，将其点亮，照得这个不大的洞中一片明亮。

三姨太冷冷看着火小邪，用拿来的绳子把火小邪脚也绑上，火小邪不住嘀咕："没必要了吧，我跑不掉了，也不是你对手。"三姨太根本不搭理，麻利地捆了个结实，这才坐在火小邪对面，慢慢说道："好了！你说，你到底是谁？你怎么知道我腰上有红绳的？红绳又怎么到你的手中的？"

火小邪脑中无数个念头闪出，猜准了三姨太不知道竞盗之关的事情，也不知道自己曾经藏在床底，还钻过三姨太的被窝。火小邪料定，现在三姨太的所有疑问，都围绕在神秘男人和红绳的身上。

火小邪长长喘了一口，嘿嘿一笑。

三姨太十分敏感，骂道："笑什么！"

火小邪哼道："我笑你是个白痴！"

"你！"三姨太杏眼圆睁，就要冲过来收拾火小邪，可刚站起一半，又坐了下来，慢慢说道："你凭什么说我是个白痴？"

火小邪说道："你天天痴痴地等着他，可他根本不在乎你，你不是白痴是什么？他要是在乎你，怎么不来救你？眼睁睁看着你被那个亮八欺负？"

三姨太眼睛发亮："你认识他？"

火小邪歪了歪嘴，反正满口胡说八道："我当然认识他！熟得很！"

三姨太急问道："那他是谁？"

火小邪嘿嘿笑了声，说道："不能告诉你。"

三姨太又一下子半跪起身子，恨道："我杀了你！"

火小邪把脖子一伸，嘲讽地说道："来，你杀，你杀，我伸着脖子等你杀。我的血臭得很，最好动作快点，别把你衣服弄脏了。"

三姨太态度反倒软了下来，幽怨地说道："我可以不杀你，只要你告诉我他是谁，怎么找到他，我保证让你毫发无损地离开这里，绝不追究。但如果你就是不说，我有的是办法慢慢收拾你，让你不得不说。”

火小邪笑道：“你放了我，我就说，否则门都没有！而且我告诉你，我有个自杀的本事，只需我喉头一抖，就能死透，死前还一口黑血吐你一身！”这个自杀的假话，火小邪说了不知道多少次，讲出来没有半分犹豫，恨不得连火小邪都相信了自己就有这个本事。谎话说了一千遍，就是真话。

三姨太见火小邪目光坚定，丝毫没有游移之态，尽管听着匪夷所思，还是信了八成。

三姨太紧紧皱眉，说道：“我放你走，你就说？嘴巴长在你身上，我凭什么相信你？”

火小邪哼道：“信不信由你！老实告诉你，红绳是我偷的，你想过没有，我和你平白无故的，你那红绳也值不了几个钱，我偷它做什么？”

三姨太说道：“是他让你来的？”

火小邪说道：“不错！他自己不忍动手，就让我帮他。”

三姨太怒道：“为什么！他为什么要这么做！”

火小邪装出一副涉世颇深的表情，悠悠说道：“斩断情丝，从此再无牵挂。”

三姨太看着火小邪，半晌说不出话，一双眉目忽闪忽闪的，突然大滴的泪珠就落下来，掩面低声哭啼。

火小邪最怕女人哭，哎呀一声，说道：“哭什么啊，有什么好哭的啊。”

三姨太捂着脸喃喃说道：“他还是在乎我的，他是喜欢我的，他自己不愿下手，就是在乎我的感受，他要你把我的红绳偷走，就是想让我忘了他，他是为了我好。”

火小邪心中苦闷，这个三姨太怎么就能想到这些，真是服了她，八竿子打不着一块的事情，她到底怎么联想到的？女人啊女人，难道脑子和男人长的不一样？

火小邪烦都烦死，此时不敢再乱说话，只能耐着性子，看向一边，静待三姨太哭完。

三姨太哭了片刻，方才止住，一双泪眼蒙眬的大眼睛看着火小邪，再没有冷冰暴虐之气，看着楚楚可怜，娇媚无限。火小邪倒有点不好意思起来，避开了三姨太的目光。

三姨太叹了口气，说道："我知道迟早都有丢了红绳的这一天，今天见到他的时候，我就觉得不对劲儿，听你这么一说，已经明白了。"

火小邪哪里知道三姨太到底明白了什么，随口搭上一句话："明白就好。"

三姨太说道："你叫什么名字？火什么？"

火小邪说道："火小邪。"

三姨太说道："哦，火小邪……不管怎么说，我们算是有缘。尽管你偷走了我的红绳，我刚才恨不得杀了你，但你也救了我一次，欠你的人情，我不会再为难你，这就送你出去吧。"

火小邪心中一乐，但强行忍住，还是面色沉重地说道："那好。谢了！"

三姨太爬到火小邪身前，给火小邪解了绳索。

三姨太精神疲惫，靠在一边，说道："你们这么多贼人，来到王家大院，都是他安排的？"

火小邪默默点头，不敢在这个问题上和三姨太过多纠缠。

三姨太自言自语地说道："第一次见到他的时候，也是到处闹贼，今天再见到他，还是闹贼。什么事情都是无缘无故，突然而来，突然而去，算了，我也累了，我什么都不想知道了。"

火小邪小心地说道："那我走了？"

三姨太点了点头："你走吧。"

"好！"火小邪如释重负，从三姨太面前爬过，耳朵贴在浴盆底部，听了听上面的动静，准备推开浴盆。

"三太太！三太太！"

"青红！青红！"

杂乱而焦急的呼喊之声，从上方传进来，伴随着四处作响的敲门声。

火小邪一愣神，看了眼三姨太。

三姨太翻身起来，说道："是我家老爷他们的声音，你留在此处，我先上去，你再找机会离开吧。"

火小邪连连点头，三姨太擦了擦脸上的泪痕，换了一副坚毅而冰冷的表情，用力将浴盆移开，翻身出去。就在三姨太要盖上浴盆的时候，三姨太深深地看了火小邪一眼，突然问道："火小邪，你愿意告诉我他是谁吗？我还是想知道。"

火小邪一时语塞，但看到三姨太那双期待的眼睛，内心也翻滚出一股子哀愁，但自己并不知道那个神秘男人是谁，是编个假话，还是说自己根本不知道？

火小邪看着三姨太，轻轻笑了一下，说道："他，是你身边的人。"

三姨太眼神一呆，若有所思，看着火小邪，盖住了洞口。

浴室的门重重敲响，三姨太走到门边，拉开了房门。

王兴疯了一样冲进来，抓住三姨太的肩头，唤道："青红！你还好吧！你没事吧！我来晚了！我来晚了！" 四周的人见找到了三姨太，纷纷都围了过来。

三姨太看着王兴那双焦急的眼睛，一言不发，眼波流转。

王兴叫道："你怎么了！青红！你说话！你没事吧！你要吓死我了！"

三姨太身子一软，靠在了王兴的怀中，已是一副小鸟依人的神态。三姨太觉得王兴的胸膛，好温暖，好厚实，不禁慢慢说道："老爷，我没事。为什么我以前，从来没有仔细看过你的眼睛呢？你知道吗？你的眼神好熟悉，好亲切……"

王兴倒有些愣住了，不知是该抱住三姨太，还是说什么才好。王兴犹豫了片刻，才收紧了手臂，牢牢搂住了三姨太的肩头，将三姨太抱在怀中，悠悠说道："青红，你没事了就好，没事了就好……"

张四爷围捕郑则道、胖好味、亮八的时候，王家大院乱锣声响成一片，几乎惊动了王家大院所有人。王兴匆匆忙忙赶往三姨太住所的时候，孔镖头才满头大汗地跑来。王兴十分不悦，问孔镖头怎么比他还慢，孔镖头支支吾吾，交代是自己丢了些东西，所以才来得迟了。王兴懒得和孔镖头多说，一行人快步向三姨太住所赶去。

等王兴、孔镖头等人陆陆续续赶到三姨太的宅院，张四爷已经把胖好味绑了个结实，押在三姨太的院门附近的道路上。张四爷抓了胖好味，并不离开，还派钩子兵把三姨太的院子紧紧围着，不让任何人出入。

王兴在院门口与久候多时的张四爷和周先生碰了个正着。张四爷见王兴来了，并不说话，只是点头示意。王兴见旁边捆了个胖好味，问道张四爷怎么回事，周先生站出来大致解释了一番，所谓烧房子，不过是吓唬贼人的，并不会真的要烧。这些话都是马后炮罢了，真要烧了，还有其他的说辞。

王兴心急三姨太的安危，执意要进院看看，张四爷也不阻止，由得王兴他们进去搜索，自己则派了钩子兵跟着王兴他们进去。

王兴找到三姨太，平安无事，这才算安了心。

三姨太见了王兴，别有一番感触，也不知她是为了放火小邪走，还是对刚才那一番事情心有余悸，三姨太告诉王兴，今晚不想在此处再待着。王兴便带着三姨太和青苗离开了院子，去另外的地方休息。

王兴他们走后，张四爷他们也收了钩子兵，押着胖好味离开，转眼走了个干净。三姨太的房子由王家大院的人简单收拾了一下，锁了院门，这事就算过去了。

王家大院经历刚才的一番狂风骤雨，再次安静了下来。

火小邪一直在浴室的洞中侧耳细听，一直到外面没有了声息，才从洞中爬出来，钻回了屋内。此时屋内早就没有了人，灯火全熄，安静异常。

火小邪躲了一会儿，确定不会再有人来打扰，这才打算动身逃出这个院落。

火小邪心中难受得很，好不容易偷到了三姨太的红绳，却被亮八横插一腿，红绳让亮八抢走，可是糟糕至极。亮八这种人，红绳既然被他拿走了，就绝无归还的可能，就算自己找到亮八，也不是亮八的对手。事已至此，恐怕这个任务火小邪再也无法完成，眼下唯有先出去，再做打算。

屋里黑得厉害，有冷风不断从郑则道他们逃走的那几扇破碎的窗户中灌入，呜呜作响，显得十分阴森。火小邪慢慢走过内屋，想着从后院翻墙出去。火小邪走着走着，看着身边这一片黑乎乎的房间，不知道为何，突然觉得很不踏实，好像暗处有人盯着自己一样。火小邪背上发凉，此时没有闲心求证，硬着头皮从后窗翻出，爬上了院墙，略略张望了一下，见四下无人，便从墙头爬下，向着西门方向跑去。

火小邪别无地方可去，西门一带毕竟和郑则道、胖好味他们相会过，地形算是熟悉，那边又比较荒凉僻静，能够让自己安顿下来，静下心想想出路。

火小邪一路走来，还是觉得身后总有人盯着的感觉，越往西门走，这种感觉就越明显。火小邪无数次回头，想尽了各种方法，可目光所至之处，一丝一毫的异状都没有发现。要么就是真有厉害的高手跟着，要么就是自己疑神疑鬼，自己吓唬自己。

火小邪一直走到西门的偏僻之处，这种被人跟踪监视的感觉才消失了。

火小邪狠狠咬了咬牙，擦了把额头的冷汗，急促喘了十几口气，向着上次和郑则道、胖好味相聚时的草坑跑去，一跃而入。

火小邪进了草坑，在地上坐好，仰头看天，长长呼出一口气，暗叹："如果还是乱盗之关，只怕我都死了三四次了！这下可好，红绳被亮八拿走了，竹篮打水一场空，只怕我这次彻底输了。"

火小邪自我解嘲一番，不再那么紧张，身子松弛了下来，调顺了呼吸，这时候身边的气味才算闻得清楚。火小邪鼻子抽了抽，空气中有股血腥味混杂着泥土草根的味道，不断涌入鼻孔。火小邪眉头一皱，心想："这是什么味道，一股子血腥味？"

火小邪翻身而起，嗅着这股子血腥味慢慢寻找，没爬开几步，手底就感觉一软，不像是泥土杂草的感觉。火小邪大惊，再用手一摸，顿时吓得魂飞魄散，这厚厚的杂草下，竟是一个人！

火小邪冷汗直冒，心脏在胸膛里横冲直撞，一时间呆若木鸡。火小邪暗骂了声："哎！我都是碰到些什么事！"火小邪骂归骂，心中一横，壮起胆子，双手齐上，将这个人身上的杂草拨开。

草一扒开，血腥味滚滚而来，果然草堆下一个人趴在地上，已经死透了。

火小邪倒不再害怕，定睛一看，不由得倒吸了一口凉气，眼下这个死人，竟是亮八！！看得出亮八是被人非常随意地遮蔽了一下，主要是盖住了上半身，若是在白天，一眼就能看到。

亮八侧着头，睁着双眼，脸上扭曲，那表情显得既不甘心又惊恐万状。亮八脖子上鲜血淋淋，血还没有干涸，看来还没有死太长的时间。火小邪把亮八的眼睛合上，念了声阿弥陀佛菩萨保佑，亮八你罪有应得，早点投胎去吧。

火小邪把亮八眼睛合上，向脖子处的伤口仔细打量，又是心中咯噔一下。那亮八脖子上的伤口，是一个圆洞，深不见底，似乎整块肉被人一下子挖掉，把喉管都穿透了。这伤口火小邪见过，乱盗之关的红小丑死时脖子上也是这种伤口，一模一样。

火小邪慢慢抬头，叹了口气，摇了摇头，暗道："这个亮八和红小丑所受的伤一样，都是脖子被人挖了一个洞，难道都是一个人所为？奇怪啊！亮八应该是和郑则道、胖好味一起走的，莫非是郑则道、胖好味联手杀了他？或者说，是那个和三姨太偷情的神秘男人？或者神秘男人就是乱盗之关中杀了红小丑的那个？但郑则道没有和三姨太偷情啊，为什么要杀了亮八，因为亮八要奸污三姨太？这个，这个，那个，那个……"

火小邪想到这里，千头万绪，脑中一片糨糊。

火小邪骂道："真费劲！这个亮八就是活该！抓猪就抓猪吧，猪没抓到，就要搞人家的女人！不死才怪！还抢了我的红绳，该……"

火小邪想到这里，灵光一闪，暗叫："差点忘了大事。"火小邪把亮八尸体一抓，翻了过来，探进手摸索亮八的怀中，亮八怀中空无一物。火小邪当然不甘心，又将亮八的背囊取下来，翻了个底朝天，里面也是空空如也。火小邪最后把亮八全身上下都摸了一遍，还是一无所获，好像亮八身上所有的东西都被拿走了。

火小邪暗骂："谁这么贪心，杀了人还要把所有东西拿走？一件都不剩下？还是个贼吗？杀人劫财也不至于抢得这么干净吧。完了完了，红绳也定被拿走了，在亮八身上还知道个着落，现在成大海捞针，无迹可查了。"

火小邪退后一步，仁义之心又起，捡杂草覆盖亮八的尸体，不愿再看着他陈尸在外。火小邪盖着盖着，在亮八脚边草丛中摸到一个硕大的硬物，赶忙抓起来一看，竟是亮八的风水盘。

火小邪一见亮八的风水盘，心想：“难道亮八的东西随手就丢在这里了？”

火小邪不敢迟疑，在亮八身边的草丛中四处摸索，果然摸出来不少东西，有钱袋、干粮、绳索、小刀等等物件，一应俱全，但就是不见亮八装任务的锦囊和三姨太的红绳。

火小邪叹了口气，心想：“装任务的锦囊和三姨太的红绳，都是竞盗之关的重要东西，断然是找不到的了。”火小邪把捡来的东西归拢归拢，摆在亮八的身边，对亮八说道：“你入土为安吧，下辈子做个好人，砍柴种地，与世无争。”

火小邪把亮八盖好，这里有个死人躺着，不可在此久留。火小邪心念俱灰，心想反正红绳找不到了，还留在王家大院做什么，不如就此离开王家大院，认输了事。

火小邪这般想着，长长叹了口气，就要爬出草坑离开。可火小邪刚爬没有几步，忽听耳边又小铃铛细细作响的声音，似乎就是三姨太的红绳上的小铃铛发出的。火小邪顿时停住不走，左右手分别在四周动了动，没有声音，前后脚又四周拨了拨，还是没有声音。火小邪心中诧异，难道是自己总想着红绳，都幻听了不成。

火小邪一抬头，耳边铃铛细响，这回火小邪听得真切，头使劲乱摆，铃铛声不绝。

“哈！”火小邪乐得轻叫，身子一侧，双手伸入草丛一摸，慢慢从草根下面处拽出一根红色细绳，上面的数个小铃铛不断轻响，正是三姨太腰间的红绳！

红绳重回自己手中，这可大出火小邪的意料之外，心中那股子喜悦劲儿无与伦比，恨不得跳到地面，狂吼乱舞一番。

而火小邪忍住自己的喜悦，慢慢静下心来以后，才觉得此事更加蹊跷。杀了亮八的人，把红绳丢在一旁，定是不知道这根看似普通的红绳乃是火小邪的任务，也就是说郑则道、胖好味不会是杀了亮八的人。而三姨太偷情的神秘男人，如果是他杀了亮八也绝不会把红绳随便丢弃，这就是说，只有苦灯和尚、甲丁乙、烟虫、病罐子、闹小宝是杀人凶手，这里面无疑甲丁乙嫌疑最大。但亮八怎么会来到西门，还死在郑则道、胖好味、自己上次相会的草坑中？也许是郑则道已经完成了任务，对红绳根本不感兴趣？就随手丢了？

火小邪拍了拍自己的脑袋，止住这些无边无际的猜想，看了看远处的西门一带高耸的院墙，自言自语道："这就走吧！从西门一带的院墙翻出去，离开这个是非之地，这里真不是人待的地方！"

火小邪爬出草坑，向着西门的院墙摸了过去，穿过了几处破败的房屋，一路倒是平静。火小邪心情不错，只想着能够尽快翻墙出院，便能大功告捷，却不知身后的一处破房的窗口中，一双眼睛正打量着他。这双眼睛眨了眨，隐入黑暗，只见窗户推开，从里面无声无息跳出两个如小牛一般大小的黑影，似是两只动物，两对铜铃大小的眼睛在黑夜中泛出凶光，追着火小邪而去。

火小邪浑然不觉，贴着墙寻找可以方便攀爬之处。西门一带的院墙破旧，尽管多有修补，但墙面剥落之处仍然不少，火小邪没花什么工夫，就找到了一面从上到下满是碎裂之处的墙壁，以火小邪的爬墙身手，上这面墙如履平地，不用费太大的劲儿。

火小邪刚刚攀上一只手，就觉得脑后一团窣窣作响，火小邪回头一看，吓得魂飞魄散，只见两个黑影一前一后急速奔来，不喊不叫，似乎是两只硕大的动物，眼睁睁就要向自己扑至。

火小邪喉咙发紧，玩命地就想向上爬，可这时已经晚了。身后嗖的一声，一只巨兽已经跃起，张开大嘴直向火小邪的大腿咬来，满嘴尖牙，寒光闪闪，这一口要是咬下去，半条腿都能咬下来。

火小邪闷哼一声，双脚一抬，避开一咬。那巨兽一口没咬住，斗大的脑袋撞在墙上，砰的一声巨响。火小邪双手紧紧抠着墙壁，已是吃不住力，心中狂骂："我这倒霉蛋，招了什么怪物！"

另一只巨兽也紧随其后跃起，跳得更高，血盆大口冲着火小邪脑袋就咬过来，满嘴腥臭刺得火小邪直犯恶心。火小邪不能再向爬，若还挂在墙上，这一口咬不住脑袋，也要咬住后背，可不是开玩笑，会要命的。

就在那巨兽的大嘴要咬住火小邪脑袋之时，火小邪脑袋一偏，从墙上跳下。那巨兽尽管扑了个空，牛蹄子大小的爪子乱抓，一爪抓在火小邪后背，刺啦扯开了衣服。

火小邪后背一阵火辣辣的疼痛，知道已经受了抓伤。火小邪翻滚在地，另一只巨兽张嘴就要来咬，火小邪这才看清了，攻击自己的怪物，乃是两只一身黑毛，头大如牛的大狗，只是长得比普通的狗不知凶恶了多少倍，更像是一只小狮子。

这两只动物，正是张四爷的两只豹子犬，名叫二嚼子和三嚼子，先扑上的那只体型略小，乃是二嚼子，后扑上的一跳老高，几乎能咬住火小邪脑袋的那只，叫作三嚼子。

二嚼子张嘴就要撕咬火小邪，火小邪在奉天做贼，被恶狗追的多了，但豹子犬这种体型庞大，动作敏捷，攻击人无声无息的恶狗还是第一次见到。

火小邪哪容得细想，只知道狗的鼻子乃是要害之处，打狗必先打鼻子。火小邪滚落墙下的时候，就已经做了准备，一摔到地，就从碎砖地上抓起了半块青砖。眼看着二嚼了大嘴咬来，抡圆了胳膊对着狗鼻子就是一砖，这一砖攻势猛烈，打得二嚼子脑袋一偏，滚倒一旁，没能咬住火小邪。

火小邪乱滚两圈，刚刚站起，那三嚼子已经扑了过来，将火小邪按倒在地，一张大嘴冲着火小邪的脖颈而来，看样子要将火小邪一口咬死。

这两只豹子犬配合默契，一前一后，绝不是寻常的恶狗能比的。豹子犬若是独自行动，随性攻击，绝不是咬你胳膊大腿将你拖住，而是如同食肉猛兽抓捕猎物，都是冲着脖颈咽喉的要害之处，务必取人性命。张四爷在的时候，没有杀人的命令，豹子犬还不会太张狂，以抓住敌人为主，张四爷若是不在，可就由得豹子犬逞能，咬死敌人不说，还要将人撕成碎片才会罢手。

张四爷败于甲丁乙，还被甲丁乙弄废了一只大嚼子，已经发了狠心，要让豹子犬去杀人夺命，抓不到活的都没有问题。张四爷、周先生、钩子兵在院中埋伏，院中房舍众多，用豹子犬不太方便。但张四爷绝不会让豹子犬闲着，命平日里精熟豹子犬指挥的一个钩子兵带着它们，藏于相对开阔的西门一带，若是见到贼人，可以全力击杀。

火小邪因祸得福，重新得回了红绳，却塞翁失马焉知非福，福之所依祸之所倚，这时候从西门离开王家大院，正进了豹子犬的攻击范围。

火小邪被三嚼子按住，连挥臂打狗鼻子都施展不出来，眼看自己就要命丧当下。火小邪也真算得上一个奇人，什么歪招都想得出来，一把将手中的半块青砖吭哧一下塞进三嚼子的大嘴。普通的狗嘴巴里面从来没有听说能塞进半块青砖的，但三嚼子头大如斗，大嘴张起来，能把人脑袋一口咬住，别说半块青砖，一整块都能塞进去。

三嚼子嘴里含着半块青砖，一口咬不住火小邪脖子，但这种巨兽彪悍异常，尖牙咔的一声，就把嘴里的青砖咬碎，头一甩又要来攻。火小邪根本抵挡不住，这三嚼子全身黑毛，皮糙肉厚，力大无穷，脖子比火小邪的腰都粗，哪容火小邪把它摔开？但火小邪就是够邪，越是这种紧要关头，越是满脑子邪门歪道，见根本拿三嚼子没办法，突然抬起一脚狠狠踹在三嚼子的卵蛋上面。

只怪三嚼子是畜生，不是人，它身材高大，按住了火小邪，整个肚皮亮在火小邪的脚下，火小邪用脚猛踹它的卵蛋，它那根禽兽活儿又大，可是给踹了个结结实实。再凶猛的动物，像是狮子之类，也没有碰到火小邪这种邪门的猎物，不和你正面撕咬搏斗，反而用脚去踹裆部？张四爷都没有教过豹子犬要防范有猎物这么反击。

三嚼子受了火小邪这一记重踹，吃亏那可是吃大发了，它活了这么大，还没有被猎物这么“阴毒”地攻击过。三嚼子疼得一声闷叫，一嘴没咬不下来，反而从火小邪身上一跃而起，滚在一边，尽管它还能马上站起，但还是可以看出，这三嚼子后腿吃不住力，身子摇晃，脑袋乱挥，显然非常疼痛。

三嚼子是禽兽，脑子尽管不如人类好使，可吃了这么大一个亏，也是有了忌讳，一时不敢贸然扑上来。

火小邪连滚数尺，从地上又摸起两块青砖，拿在手中，站起来身，如同发疯一样，喉咙中呜呜低吼，双眼通红，狠狠盯着前方的两只豹子犬。

二嚼子受了火小邪一记青砖击鼻，三嚼子吃了火小邪的一脚“防色狼裆踢”，都不如刚刚来的时候那么嚣张，两条恶兽并肩站立，同样狠狠瞪着火小邪，一时并不急于扑过来。

这一人二犬竟成对峙之势，双方谁都不退，做满攻击之态，站着不动。

两只豹子犬的脑子里也觉得奇怪：这个人是什么东西，怎么一不怕我们，二不逃跑，三还要上来攻击，难道这个人就不是人类，是长得像人的其他动物？不行，咱们做禽兽的也要小心，不能大意。

两只豹子犬对视一眼，互相喉中低吼几声，算是简单交流了一下，然后两只豹子犬慢慢分开，二犬一人渐成三角形的格局，这对火小邪更加不利。

火小邪更是心惊，这两只像小狮子的大狗，不知道从哪里钻出来的，居然到现在为止，一直都不大声喊叫，若是其他狗，攻击的时候，怎么都会大叫大嚷，吠声震天。而且这两只恶狗，进退有度，配合默契，上来就要夺人性命，也不是狗的习惯。狗毕竟是人养的动物，对人多少有些忌讳，怎么这两个恶兽，比野生的狼还要凶猛狡猾。

火小邪听人说过狼的不少传说，说是狼攻击人的时候，也是一声不吭，咬死你以后数只狼齐上，把你分尸了以后各自拖走。有村落里一户人家，男人晚上在院子里被狼攻击，只留下一摊血迹，躺在屋子里睡觉的女人，都没有听到什么动静。

真是会咬人的狗不叫，火小邪今天见了这两只豹子犬，算是真切地明白了这个道理。

火小邪见它们脖子上都戴着粗大的皮圈，定是人为饲养的，可王家大院里怎么会有这种怪兽？火小邪唯一能想到的，眼前这两个不声不响的动物，极可能就是张四爷的豹子犬。

火小邪暗骂：“张四爷啊张四爷，你好狠啊，放狗出来吃人啊！”

那两只豹子犬似乎打定了主意，一只慢慢向火小邪身后绕过去，看来想前后夹击。

火小邪看出豹子犬的意图，心中凛冽："糟糕，这两个恶狗想一前一后攻击我，若是让它们得逞，我这小命是保不住了。"火小邪此时多么希望王家大院的人出现，不想见到人的时候，到处都是人，想见到人了，人却不知道躲哪里去了。

张四爷他们此时并没有闲着。他们把胖好味带回住所，将胖好味与郭老七捆成一团，命两个精悍的钩子兵一人一把刀架在他们脖子上看着，寸步不离，其他人则等到院内安静下来以后，又偷偷摸摸地全体出动，避开了中院，向着西门而来。

张四爷和周先生料定，西门那边一定会有贼人出现，就是还不知道，倒霉的火小邪已经和自己的豹子犬恶斗起来。

火小邪跑也不能跑，他这时候只要转身逃走，就必遭豹子犬合击。火小邪对付恶狗不是一两次，知道越是逃跑就越糟糕，一般来说，打狗都要迎着，而且普通的狗怕人弯腰在地上捡东西，以为是人捡棍棒之类的东西来打，加上人大声咒骂吆喝，都会夹着尾巴逃跑。但豹子犬这种训练有素的动物，却不怕这个，只要目标锁定，那就会缠斗到底，最多是考虑一下攻击方式。

火小邪心中暗念："完了！没有栽在人的手中，却要死在狗嘴下。"

两只豹子犬慢慢分开，火小邪向三嚼子迎上一步，三嚼子后退一步，保持和火小邪的距离。火小邪见三嚼子有此耐心，不会贸然扑上，心里倒有了主意，继续向前走了几步，来到墙边，用背部靠着墙壁，身后有墙壁遮挡，不至于露出空门，但也是退无可退。

火小邪已经下定决心，既然逃不掉，今天就只好和豹子犬拼命。

豹子犬见火小邪背靠墙壁，摆出一副拼死搏杀的架势，便分立在火小邪左右两侧，做好随时都会攻上的姿态，喉中低吼，一步步向火小邪逼近。

豹子犬身后的草丛中簌簌作响，一个钩子兵从草丛中钻了出来，就是带狗守在西门的那人，他一看现在的局势，知道火小邪不可能逃掉，便气定神闲地钻了出来，默默站在豹子犬身后观望。

火小邪见到有人出来，本来心中大喜，可一看那人的打扮，正是张四爷的钩子兵，一下子心中凉了半截。两条狗的脑子比不上火小邪聪明，这下又来一个钩子兵助阵，无论如何都比火小邪厉害啦。

火小邪脑子里电光火石地乱想，这些恶狗听人号令，使命必达，而驯狗的人多少有些心思，追逐利益，不如动物那么单纯，这个钩子兵出来，定有可以利用的地方。火小邪想到此处，反而高兴起来。

火小邪低喝一声："那边的兄弟，我认输了！求你饶了我吧！"火小邪此时低声下气，宁受胯下之辱，也不愿当愣头青，大丈夫能屈能伸，何必在乎一时的得失？

钩子兵站在一边，表情冰冷，并不答话。

火小邪又喝道："抓活的总比死的要好吧！我知道你是张四爷的钩子兵，我也是奉天来的，算是老乡！你饶我不死！我以后涌泉相报！"

钩子兵仍然不说话，嘴中轻轻吹了个哨音，两条豹子犬眼中凶光更盛，身子伏得更低，这乃是全力搏杀掉火小邪的指令。眼看着豹子犬只离火小邪三四步的距离。

火小邪手心出汗，又喊："我有重要情报可以告诉张四爷！你叫狗咬死了我，张四爷不会饶你！你没看出我是谁吗？"

钩子兵听到火小邪这么说，眉头略略一皱，嘴中又吹出一声轻哨。豹子犬听到哨音，站住了身子，不再上前。

火小邪满脸大汗直滚，见豹子犬站住不动，知道钩子兵有所犹豫，止住了豹子犬的行动。火小邪心叹道："终于有点动心了！"

钩子兵冷冷看着火小邪，嘴巴动了动，说道："你是谁？我凭什么放过你，张四爷吩咐过，无论是谁，一律咬死！"

火小邪叫道："但我不同！你没见过我？我叫火小邪！奉天城齐建二的手下，和黑三鞭一起偷走张四爷的女身玉的贼？"

钩子兵被火小邪说得一愣，倒是马上想起的确有火小邪这么个人物！

钩子兵冷哼一声，说道："有印象！可惜这救不了你，让你多说了这几句话，通报了姓名，不至于做无名之鬼，算是对得起你了！”

钩子兵眼中寒光一闪，嘴巴一动，眼看着就要吹哨让豹子犬攻击。

火小邪瞪着眼睛，急中生智，大叫：“慢着！我知道玲珑镜的下落！”

这钩子兵一听到玲珑镜三字，几乎惊得要把肺都喷出来，顿时牙齿一咬，生生把嘴中的号令吞下肚中。

张四爷和周先生舍了家业，带着钩子兵满天下的乱窜，为了何物？不就是为了玲珑镜吗？不止张四爷伤心伤肝地操心，玲珑镜同样是众钩子兵日思夜想的东西，如同心头肉一般的重要。普天下有几个人知道张四爷的玲珑镜已经丢了？如果要张四爷选择玲珑镜的下落，还是在王家大院抓贼，百分之一千的会选择前者，哪怕用再受甲丁乙羞辱十次来换，都是值得。

火小邪能喊出知道玲珑镜的下落的一句话，声音尽管不大，但听在钩子兵耳中，简直是如晴天霹雳一般，震耳欲聋，这个钩子兵再大的胆子，也不敢错过这条宝贵的消息。

火小邪见钩子兵神态复杂，眼睛睁着眨也不眨，如同着了魔一样。火小邪汗如雨下，心中十五个吊桶打水，七上八下的，不住急喘，如果这句话还没有效果，那再没有可以说的了，等着被豹子犬咬死拉倒。

钩子兵愣了片刻，才喘了一口气，把腰间的尖刀拨出，慢慢说道：“好！你叫火小邪是不是？现在跪下！把裤带脱了，高举双手，趴在墙上别动！动作快点，慢了一点，照样咬死你！”

火小邪看了眼豹子犬，还能有什么办法，老实照办就是了。

火小邪脱了裤带，高举双手，裤子坠下，十足的狼狈，但能保住一命，哪顾得上什么脸面。钩子兵持刀上前，用刀尖顶住火小邪的腰，拧下火小邪的胳膊，用火小邪的裤带将火小邪捆了个结实，然后一把按倒在地，用刀抵住火小邪的脖子。

火小邪叫道：“放心，我不会跑！”

钩子兵哼道：“少废话！动一动就要你的命！”

钩子兵制住了火小邪，冲二嚼子说道：“二嚼子，快去叫张四爷来！听到没有，快点！”说着手一指远处。二嚼子知道钩子兵是什么意思，呜呜两声，转身就跑，一团黑影眨眼就消失在黑暗中。

火小邪让钩子兵按在地上，用膝盖压住背脊，动弹不得，脸紧贴在地上，不住吃土，十分难受。更难受的是三嚼子还守在火小邪身边，硕大的脑袋在火小邪脖子附近晃来晃去，随时一口就能咬下去。火小邪嚷道："钩子大爷，没必要这么紧张吧，让我坐起来行不行？"

钩子兵骂道："闭嘴！你们这些恶贼，少动鬼心思！"

火小邪又嚷嚷："你不想听听玲珑镜在哪里吗？你可以邀个功……"

钩子兵又骂："不想，等张四爷来了再审你不迟！现在开始，你再多说一句，就让嚼子把你腿咬断！"

火小邪连连点头，不敢再说话。心想这些钩子兵还真是厉害，不仅对张四爷忠心耿耿，而且毫无私心，法度严密，无比谨慎，丝毫不会大意。

火小邪、钩子兵、三嚼子在此处等了片刻，就见从黑暗中唰唰唰唰跳出十多个人，顷刻之间便围拢过来，正是张四爷、周先生大批人马赶到，二嚼子在前引路，还是不叫不嚷。

张四爷一看眼前情景，低喝道："办得好！给我拿下了！"

数个钩子兵上前，把火小邪五花大绑，从地上拽起。

抓住火小邪的钩子兵跳到张四爷跟前，抱拳顿首，报道："报张四爷！此贼叫火小邪，是和黑三鞭一伙的，他说他知道玲珑镜的下落！我才留了他一命，等张四爷来发落！"

张四爷微微一愣，眼中精光四射，一步上前，抓住这个钩子兵肩头："他知道玲珑镜的下落？"

钩子兵肩头吃痛，赶忙应道："他的确是这么说的，小的不敢确定，所以急急忙忙请张四爷过来！"

张四爷松了手，笑道："办得好！钩渐，你立了大功！"原来抓住火小邪的那个钩子兵叫作钩渐。

钩子兵四人一组，共分为五组，各有组名，分别是爆云、怒战、渐山、过渊、乘风。钩渐乃是渐山组的组长，深得张四爷、周先生的信任，否则这么重要的任务不会交给他来办。

钩渐并不居功自傲，脸上没有一丝沾沾自喜的表情，反而十分肃穆，默默退开一边。

火小邪被钩子兵拎着，按倒在张四爷面前。

火小邪看着张四爷，一脸无所谓地笑着，说道："张四爷，咱们又见面了！"

张四爷上前捏住火小邪的腮帮子，哼道："果然是你，找你找的好苦！说，严景天他们在哪里？"

火小邪近距离看着张四爷，清清楚楚看到张四爷一侧脸上有一片烧伤的疤痕，心里顿时明白了几分，这定是严景天他们与张四爷恶战一场，给张四爷留下的"记号"。只可惜火小邪没有目睹严景天他们四个到底用了什么手段，能让张四爷如此狼狈。

火小邪眼珠一转，说道："这里不方便说话吧。"

张四爷手上加劲，捏得火小邪五官歪斜，骂道："小子，我杀你如杀一只鸡！你老实交代，也许能饶你不死！否则有如你那些小兄弟一样的下场！"

张四爷这句话正说到火小邪心酸之处，火小邪一下子胸中怒火升腾，眼睛一横，低吼道："你妈的，你当小爷我怕死吗！赔我兄弟的命来！张四你这贱人，不得好死！"

张四爷怒上心头，不禁手上加劲儿，手指的关节咯咯作响，他自幼修炼虎爪功，这双手劲力极大，若不是火小邪还有用，只怕他一抓就能将人捏死。火小邪脸上的骨头都觉得要被张四爷捏碎，又酸又疼得厉害，但还是硬气得很，瞪着张四爷一声不吭。

周先生上前一步，按住张四爷的手腕，说道："张四爷！不必计较这小毛贼的口舌之能，我们带回去慢慢审他，不怕他不说。"

张四爷听周先生的话，这才把手松开，骂道："带回去！"

火小邪嘿嘿冷笑，被钩子兵拽起，一众人就要返身回去。

这一众人刚走了几步，突然一处破败的房屋上有人大叫一声："放了我兄弟！"

张四爷他们略略一愣，就马上分散开来，布好阵势。张四爷冲着屋顶的那人叫道："来着何人！报上名来！"

"我叫闹小宝！你们放了我兄弟！否则对你们不客气！"闹小宝从屋顶站起，瞪着下面的张四爷他们。

张四爷一看，见闹小宝不过是个十三四岁的娃娃，冷笑一声："小娃娃，你好大的口气！"

火小邪见是闹小宝，心中一热，顿时大叫道："小宝！你快走，不要管我，这些人厉害得很！你不是他们的对手！"

钩子兵将火小邪一把按倒在地，骂道："不准叫！"说着一条绳索递过来，把火小邪的嘴巴勒住，让火小邪再喊不出声。

张四爷轻声哼道："布阵，抓住他。"

钩子兵听令，熟练地四下散开，转眼就要对闹小宝形成合围之势。

闹小宝叫道："好啊！看我烧死你们！"

闹小宝话音刚落，手上一晃，竟然双手腾腾燃烧起来，十分扎眼。随即，闹小宝左右手中亮出两个火球，胳膊一挥，已经把火球丢出，分别掷向左右两侧袭来的钩子兵。钩子兵见火球袭来，都是一惊，慌忙避开，那两个火球砸在地上，"咚"的一声炸开，火光四溅，威力惊人。

张四爷见这种景象，倒吸了一口凉气，万分惊讶，冲着闹小宝大叫道："你是火家的人？"

闹小宝"呸"了一声，并不答话，双手一晃，眨眼工夫就又变出了四个火球，连续不断向张四爷他们掷过来。

张四爷他们堪堪躲过，四周已经被闹小宝的火球点燃了几处，猎猎燃烧。

张四爷青筋直冒，口中打了声响哨。钩子兵听令，散得更开，仍对闹小宝呈合围之势。

闹小宝的火球简直像无穷无尽一样，大大小小的不断从手中飞出，在夜空中乱飞，煞是好看。

张四爷、钩子兵、豹子犬都在严景天的火攻中吃过大亏，见闹小宝有这等本事，无不心惊肉跳，张四爷那一仗败得惨烈，豹子犬烧伤了鼻子，张四爷脸上也燎伤了一片。张四爷他们包括豹子犬都忌讳此事，此时不明闹小宝的身份，生怕是严景天他们一伙的，一时间都不敢上前，只能东躲西藏，先避过闹小宝的第一波攻击再做打算。

张四爷、周先生在前，两个钩子兵押着火小邪在他们身后，都是牢牢盯住屋顶上的闹小宝，丝毫不敢大意分心。

可就在此时，张四爷猛然闻到一股子烟草香味，扭头一看，身后竟一股子浓白的烟雾滚滚而来。张四爷大叫一声不好，就要抢上一步按住火小邪，可眼睛边上突然人影一晃，“噗”的一声，一大股子浓烟直冲到脸上，刺的张四爷眼睛一痛，不得不赶忙闭上。

就听钩子兵“哎呀哎呀”几声，扑通扑通被人摔出，张四爷奋力睁眼一看，眼前仍然笼罩在一片白烟之中，只能看到灰影在白烟中来回乱窜，根本看不清楚具体的动静。

周先生在张四爷身边大叫：“我们被骗了！”

闹小宝哈哈一笑，唰唰唰三个火球向笼罩着张四爷他们的白烟中射过来。张四爷和周先生本来正想死命前冲到火小邪所在之处，可余光见火光穿透白烟袭来，别无办法，急急滚开。

闹小宝手中不停，又是几颗火球掷来，张四爷、周先生左支右突，满地翻滚着躲闪，哪还有机会去寻火小邪。

闹小宝一纵身从屋顶跳下，一路火球乱丢，生生冲出了钩子兵的包围圈，转眼没有了踪影。不是钩子兵没用，而是钩子兵见张四爷那边中了埋伏，都不顾一切地向张四爷他们这边赶来，阵法早就散了，哪里还顾得上闹小宝逃还是不逃。

等弥漫在这一带的白烟消散，钩子兵已经聚齐在张四爷、周先生身边，可除了押着火小邪的两个钩子兵还倒在一边，不省人事以外，哪里还有火小邪的影子？

张四爷大叫道：“还我的镜子！”随即胸口一阵发咸，哇的一声，喷出一嘴鲜血，身子一软，眼看就要一头摔倒在地。周先生和众钩子兵赶忙把张四爷扶住。张四爷双眼无神，嘴中不断喃喃道：“我的镜子，我的镜子，还我的镜子……”

一处僻静的角落，三面环墙，一面杂草丛生，是一个藏人的好地方。

火小邪被人从肩头放在地上，松开了身上的绳索，火小邪抬头一看，不禁百感交集，眼前那人嘴里叼着一根卷烟，尽管没有点着，但还是狠狠地抽吸。他蹲在火小邪面前，似笑非笑地打量着火小邪。

这人正是东北四大盗之首的烟虫李彦卓。

火小邪激动不已，说话都说不清楚：“烟虫大哥，谢谢，谢谢你救了我。我……我……我……”

烟虫把火小邪肩膀一拍，说道：“贼帮贼嘛，谢个屁啊，总不能眼睁睁你让张四那些家伙抓走了吧。张四这些狗屁御风神捕，我早就看不顺眼了。”

火小邪不知该说什么才好，但想起闹小宝，才说道：“闹小宝，闹小宝不会出事了吧，他……他……他……”

“他们顾不上抓我的！哈哈！”一声说话，从旁边草丛中钻了出来一个人，正是闹小宝。

火小邪、烟虫、闹小宝三人聚在一处，别有一番热闹，闹小宝、烟虫也不忌讳什么，把刚才的情况大致说了说。

原来闹小宝偷了孔镖头等人的腰牌，还是差了两块，无论如何找不到了，好在听到有些镖师说南园一带住着什么什么镖头，便确定南边应还有一处镖师的住所，就向南边赶来。一路上张四爷抓胖好味闹得厉害，便折向西边的僻静处，绕到了王家大院的南边。

闹小宝一路摸索，费了不少时间，却看到张四爷他们偷偷摸摸，急匆匆向西门方向赶去，闹小宝年少好奇，跟着张四爷他们后面，这才看到火小邪已经被张四爷抓获。闹小宝本想当时出去相救，正要跳出时，被烟虫拦住，告诫闹小宝这张四爷相当厉害，自己出去和找死无疑，要救火小邪必须这样这样办。

烟虫和闹小宝差不多同时发现了张四爷他们的踪迹，都跟着张四爷身后前来。烟虫早已发现了闹小宝，见闹小宝要莽撞行事，这才出来阻止。依烟虫的计策，由闹小宝在前面乱放火球分散张四爷的注意，特别是要把钩子兵分散开，而烟虫自己则用浓烟从背后偷袭，解救火小邪。烟虫是东北大盗之首，知道张四爷钩子兵的厉害，本以为这是没办法的办法，纯属险中求胜，没想到效果出奇地好，张四爷他们对闹小宝显得十分忌讳，全力合围，几乎把火小邪晾在一边。烟虫和闹小宝当然不知道张四爷曾经有败给严景天的事情，就是觉得奇怪罢了。

烟虫趁乱扛了火小邪出来，来到与闹小宝约定好的地点，三人这才会合。

火小邪心中千恩万谢，却说不出一句完整的话。

烟虫这个人随便惯了，一拍火小邪的肩头，说道："别费劲说什么客气话了，我觉得你这人不错，对我的胃口。要是不对我胃口的人被抓了，我根本懒得搭理。"

火小邪无语，转头看着闹小宝。

闹小宝笑道："火大哥，你救过我一命，我自当报答，千万不要觉得亏欠我什么。"

火小邪叹了口气，只好说道："烟虫大哥，小宝，你们冒着危险救我这种没啥本事的人，惭愧！如果两位有什么需要我帮忙的，我一定全力而为！"

烟虫说道："你还是赶紧忙你的去吧，再过一个多时辰，天就要亮了。我看你也没有什么大碍，咱们这就散了，大家都多多小心吧。"

烟虫起身要走，闹小宝问道："烟虫大哥，你的任务是什么？可否告知？没准我有些线索。"

烟虫抽了口没点着的烟，嘴巴一动，居然从嘴里吐出一丝轻烟，说道："不用了，我看我们还是都专心点比较好！另外，你们两个一定要小心啦，这个王家大院里，最难对付的倒不是御风神捕，而是一些行踪不定的神秘人，呵呵。"

烟虫说着，也不与闹小宝和火小邪打招呼告辞，手揣在裤袋中，大摇大摆地走开，身子一转出这个角落，就没有了声响，好像如同烟雾一样消失了。

闹小宝还没有会过意，见烟虫走了，才对火小邪说道："烟虫大哥刚才说什么，神秘人？"

火小邪想起和三姨太偷情的那个身手极好的神秘人物，默默点头，说道："王家大院里，的确有些不明身份的高手，我也亲眼见到过一个，不，我见过两个。"火小邪说两个，是包括了给自己治伤的林婉。

闹小宝若有所思，半晌才说道："难道是青云客栈的人，来监督我们的？"

火小邪说道："这个我也不知道。"

两人对视无语。

闹小宝说道："火大哥，我们就不要在此久留了，咱们走吧。我那任务费劲得很，还没有完成。"

火小邪说道："我来帮你如何？"

闹小宝笑道："火大哥，你的任务完成了？"

火小邪点了点头，说道："完成了，我偷到了三姨太的红绳，本想翻墙出院，这才中了张四爷的伏击。"

闹小宝脸上浮现出一股子不相信的神色："火大哥，你真的完成了？我真的不需要你帮忙，你赶快忙你的去吧。"

火小邪见闹小宝不相信，从怀中摸出红绳，亮在闹小宝的眼前，说道："就是此物。"

闹小宝眼睛一亮，肩膀微微一耸，本想伸出手拿过来看看，但还是忍了下来。

火小邪不以为然，说道："本来我有意将这根红绳送给你或者烟虫大哥，可我那锦囊和纸条，并没有带出来，而是留给了青云客栈的店掌柜保管，这就是说，我只有偷到三姨太的红绳，才是唯一过关的方法。别人就算拿走了我这根红绳，也没有作用，店掌柜只认我一个人。我这样做，就是不想进王家大院之后，心存杂念，专心做这一件事情，同时也不让其他心怀不轨的人得逞。"

闹小宝脸上微微一红，说道："火大哥，你说得对。"

火小邪说道："这下我可以去帮你了吧？"

闹小宝笑了笑，说道："火大哥，真的不用了，说句话你可别生气啊。"

火小邪说道："你说，我怎么会生气？"

闹小宝说道："火大哥，我都算是竞盗之关中身手一般的，而你现在……恐怕比我还差了很多。你和我一起，我还要照顾你……"

火小邪一点都不觉得委屈，尴尬地笑了笑，说道："哦！原来是这样。"

闹小宝还是急道："火大哥，你可别误会，你只是一直没有名师指点，但以你的潜力，只要稍加点拨，必会远胜于我。"

火小邪说道："小宝，谢谢你了！但我还是有条线索告诉你，我是从北门进来的，那边有一个大伙房，曾经见过一个身材魁梧的镖师，挂着一块伍字腰牌，不知道你得手没有……"

闹小宝果然没有得到伍字腰牌，两人简单说了几句，再没有多说什么，互道了珍重之后，各自离开。

八、纳火入关

张四爷被闹小宝、烟虫劫走了火小邪，一口气喘不过来，吐血数口，失心疯几欲再次发作，好在周先生守在张四爷身边，用重手不断给张四爷按摩后脑脖颈上的穴位，才缓过劲来。

张四爷坐在地上，慢慢调养了一番气息，总算安静下来。

周先生上前说道："张四爷，不要紧，就算丢了这个火小邪，没能亲口听到他说出玲珑镜、严景天他们的下落，也没有什么好惋惜的，我们至少弄清了几件事情。"

张四爷缓缓说道："周先生请讲。"

周先生说道："王家大院这番闹贼，江湖各地的大盗齐聚，偷的东西又古怪得很，我们从抓到的胖好味身上搜出了一个古怪的锦囊，尽管锦囊中只有废纸一张，可从胖好味的表情来看，这个锦囊定有蹊跷之处。刚才偷袭我们的那个叫闹小宝的娃娃，会用火攻，不好推断他的身份，但在我们身后放浓烟干扰视线，劫走火小邪的那贼，这种浑水摸鱼的本事，东北四大盗之首的烟虫李彦卓可是行家里手，很可能就是他干的。我大胆推断一下，这些恶贼云集在王家大院，乃是要各自完成一个偷盗的任务，考量众贼的盗术，类似过关一样。极可能是火行贼王在征召合适的贼人，为火家办什么事，甚至可能是招弟子！若是招弟子这种诱惑，全天下只要是上的了场面的贼人，哪个能不动心？现在看来，别说是严景天这几个混蛋，火行贼王都可能在王家堡附近观望！严景天不是说玲珑镜在他手上吗？我们只要跟踪这些贼人的去向，就有可能找到火王，到时候我们向火王质问严景天为何要拿走玲珑镜，让他还给我们，到时候看他还是不还？如果火王不还，我们这二十多口子人，就和他们拼个你死我活！就算统统战死，也能不辱御风神捕的威名！若能和五行火王一战，以前御风神捕从未有过，无论胜败，都是震惊天下的大事！可不辱先辈教诲，光宗耀祖！”

周先生越说越激动，说到最后，双目圆睁，几乎歇斯底里起来。

张四爷听了周先生这番话，连声喝道：“好！好好好！好好好好好！不枉我来山西一趟！不枉我在王家大院里费劲折腾！”

张四爷受了周先生鼓励，气血顺畅多了，唰的一下站起身，看着周先生说道：“周先生，你看我们怎么跟踪这些贼人？”

周先生沉吟片刻，说道：“咱们，最主要的跟踪目标，就是刚才那个被人救走的火小邪！”

张四爷问道：“怎么是他？他这点本事！在奉天城都排不上号的小贼，若如周先生所说，他能不能在王家大院内完成任务，都是未知数。”

周先生反而嘿嘿一笑，说道：“张四爷，你想一想，火小邪有什么本事，能和众多大盗混在一起？他又为何要翻墙出去？我看这个小毛贼，没准已经完成任务了咧！他要是想逃出王家大院，我们全员散开，只跟不抓，只守不动，尾随不扰，紧咬不放，他这点本事，能逃得出我们的眼睛吗？”

张四爷静静一想，哈哈大笑起来：“周先生！有理啊！有理啊！”

周先生沉声说道：“张四爷，御风神捕的本事，抓贼是其一，追贼是其二，寻贼是其三。这些恶贼光知道我们是抓贼的好手，哼哼，也让他们试试我们追贼、寻贼的功力！以前是贼暗我明，现在掉个个子，来个我暗贼明！”

“张四爷，张四爷！”杂乱的叫喊声传来，张四爷和周先生转头一看，孔镖头带着一大堆镖师，高举着火把赶来。

张四爷哼道：“反应真够慢的！指望他们帮上忙，黄花菜都凉了！”

张四爷和急匆匆的孔镖头一通寒暄，几句话把孔镖头打发掉，说是事发突然，现在已经没事，收兵回营。张四爷领着孔镖头他们回去，周先生和钩子兵跟在最后，周先生不断部署，钩子兵一个一个地散开去，等孔镖头注意到的时候，回头一看，身后十多个钩子兵，已经所剩无几。

这些钩子兵若是下定决心隐藏起来，只怕比竞盗之关的贼人更加厉害。

自古以来，贼的目的是偷，得手后必走，就算贼人耐心超群，忍得住天塌地陷，也总有行动的时候。而抓贼的人却可以为了等贼人现身，耐着性子和贼人捉迷藏。张四爷、周先生对贼人的品性清楚无比，那火小邪拿了红绳，不离开王家大院，才是天方夜谭。

现代刑侦方法中，警察蹲守、紧盯、苦等都是重要的手段，为了收集证据、线索，即使眼睁睁看着罪犯出现，都必须忍住，不能打草惊蛇，以求逮到后面的大鱼，从而一网打尽！这种“躲猫猫”的行为，少则一两个月，多则十年八年，都是有的。

张四爷、周先生的这番安排下来，直接向火王质问玲珑镜的下落已变成最终目标，这不仅出乎竞盗之关众贼的意料，甚至连张四爷、周先生在此之前，从来都没有这样想过。

火小邪被张四爷抓过一次，再也不敢大意，在一道干涸的水沟中一直躲到天色微明、公鸡报晓的时候，确认四周没有异样之后，才再次行动。

贼人偷了深宅大院里面的东西，逃跑的法子也十分有趣，按火小邪在奉天做贼学到的经验，清晨时分，天色微微有点泛白，但四周还是不太明亮的时候，乃是最佳的逃走机会。按照贼道里面的说法，这个时候乃是一天之中防贼防盗警惕性最低的时刻，所谓的强弩之末，新力未续的交接点。

火小邪是不敢去西门那边了，整个王家大院，火小邪较为熟悉的，还有进来的北门伙房那边。火小邪抖擞了精神，向着北门大伙房那边摸去。尽管天还没有放亮，但王家大院的众多杂役伙计还是早早起来，无精打采地各处忙碌，有烧火做饭的，有倒马桶的，有开门打扫的，有赶早外出采买物品的，不一而同。

火小邪借着天还不亮，四处仍昏暗的很，一路疾行，倒不刻意躲避这些早起的伙计，几次迎面碰上，火小邪匆匆走过，也都没有人注意他有什么不对。王家大院折腾了整整一晚，一会儿着火，一会儿到处抓贼，一会儿要烧三姨太的房子，一会儿西门那边爆炸连连，没有多少人睡得踏实，人人哈欠不断，精神不振，怨气冲天，还真没有这个精力注意火小邪是哪里来的。

火小邪从伙房外院的围墙爬上墙头，从上次出去的茅房下来，进入院内。伙房内已经点了灯，有做早点的厨子已经开始忙碌。

火小邪没管这么多，径直走入伙房，伙房里也没有几个人，一个伙夫正在生火蒸馒头，见有人进来，大概一看打扮，以为是早起的小工，打着哈欠嚷道："那个谁！去搬两捆柴火来！捡干燥点的！"

火小邪应了一声，低着头快步从伙房中进了后院，奔到藏衣服的破水缸边，把包裹取出，从里面拎出剩下的一套干净衣服，匆匆换上。这衣服还是平常得很，略显破旧，穿在身上，倒不是王家大院的衣衫样式。火小邪经过这一晚上的折腾，全身上下又是泥又是灰，腿上带伤，背后有血，衣服早就稀烂，如果被人细细打量，不生疑才怪。火小邪倒不是主要防着王家大院中的人，而是考虑着出了王家大院，他这个样子，被王家堡的人看到，没准惹上更多麻烦，所以就算费点工夫，还是以求万全。

火小邪换好衣服，借着院中水槽中的剩水，把双手和脸洗了洗。火小邪刚刚洗完，伙房里有伙夫大叫："搬柴的！柴火呢！妈的是不是睡过去了？"

火小邪回了一句："马上来！马上来！"同时暗骂，"来你娘的个屁！"

火小邪出了伙房后院，沿路向北门赶去，在角落中略等了片刻，就看到一辆马车晃晃悠悠的，铃铛作响，从一头驶来，远远就能闻到一股子屎尿臭味。火小邪等的就是这个时刻。

原来旧社会乡镇里大户人家，院中通常没有给排水设置，大小出恭往往还是要在马桶里面解决。有比较赶潮流的，比如王家大院，倒是有西洋的抽水马桶，但也仅限王兴、王全、各房太太等身份高贵的人使用，使用是使用，只不过是个样子，抽水马桶排出的污物，还是归置在"特大号"的马桶中，并没有排出院外。院内其他的上百号人，都还是上茅房或者蹲马桶。一般来说，王家大院这样的大户人家，都是在清晨时分进行换马桶的工作，以免天色大亮，众人起来的时候，还能看到这些不雅、不洁、脏臭的事情。这些在普通人看来，好像都是些小事，想不想得起来无所谓，但在贼人眼中，可都是要牢记在心的常识性问题。

火小邪跟上这辆满载着屎尿的粪车，从容不迫的钻入车底，倒挂在上面。一般运送污垢之物的粪车，车身都十分宽大沉重，轮子粗大，车底还有大铁块悬挂增重，这不仅是为了一次能装更多的马桶，也是防止因车身太轻，不慎倾覆，那可大大不妙。所以粪车下面多了个火小邪，根本没有什么反应。

这种事情火小邪不是第一次做，驾轻就熟，哪容得赶车人发现。

粪车晃晃悠悠，沿路最后收了几个马桶，便向北门而去。

北门的武师还打着哈欠八卦胡扯，把王家大院晚上的事情描述得天花乱坠。听到粪车丁啷丁啷过来了，味道“醇正”，赶忙把北门打开，放粪车出去。

等粪车出了王家大院，行了百十米距离，火小邪才从车底跳出，一溜烟地钻到附近的民宅巷子中去。

火小邪哪里知道，他如此隐蔽、不露痕迹地出了王家大院，还是被藏在北门院墙上的钩子兵看得一清二楚。

那钩子兵不声不响，手中亮出一个古怪的玩意，竟是一个弹弓一样的三叉铁，只是一端不是皮筋，而是嵌着一块长方形的似木似金的硬片。钩子兵用手指扣动这块硬片，这硬片弹性十足，一扣一放，来回震动不止，非常奇怪的是，这般激烈的震动，却没有一点声音发出。钩子兵不断扣动这块硬片十余次，如同发电码一样。

远处，躲在一面墙檐下的钩子兵渐山组的组长钩渐一翻手，亮出同样的一个三叉铁。只见这三叉铁在钩子兵手中无声无息地振动不止。钩渐轻轻一笑，飞也似的离开了此地。

张四爷和周先生，站在院内，两人手中都各持一个三叉铁，举在半空中。他们看着三叉铁无声的震动，不禁彼此对视一眼，面露喜色。

火小邪捡着无人之处，一路急奔，直到离开王家大院已有小半里路，这才探出身子回头打量了一番。此时天色已渐明，视线之内景物清晰。火小邪观望了一番，没有什么不对的地方，便找准了方向，向着西边密林行去。

火小邪来到青云客栈指定的地方，寻到一块大石，依照青云客栈的嘱咐，敲击一块大石的顶面四下，蹲下身子，静候在一侧。

“这位客官，你回来得好早！”火小邪身后有人说话。

火小邪赶忙回头，只见店小二笑脸盈盈地从一棵大树后转了出来，向火小邪走来。

火小邪连忙起身，对店小二抱了抱拳，恭敬地说道：“我是火小邪，我回来了。”

店小二说道：“火小邪客官，你的任务完成了吗？”

火小邪点点头，从怀中摸出三姨太的红绳，递在店小二的手中。

店小二略略一看，也从怀中取出一个锦囊和号牌，抽出锦囊中的纸条看了一眼，笑道：“火小邪客官，你过关了！”

火小邪如释重负，长长喘了一口气，问道：“还有其他人过关了吗？”

店小二把手中的号牌递给火小邪，火小邪接过一看，正是自己从苦灯和尚手中赢下来的第二位号牌。火小邪在离开青云客栈，赴竞盗之关的时候，将自己的号牌、锦囊一并交给了店小二他们保管。

店小二将锦囊和红绳收回怀中，说道：“火小邪客官，恭喜你，你是第一个过关的。”

火小邪张着嘴巴，吃惊不小，指着自己的鼻子说道：“什么？我是第一个过关的？”

店小二笑道：“没错！你就是第一个过关的，恭喜恭喜！火小邪客官，请跟我走吧。”

店小二招了招手，示意火小邪跟着自己，快步走开。

火小邪还是如坠云中雾海，一脸的诧异，他千想万想，都没有想过自己居然是第一个过关的人。火小邪见店小二已经快步走开，才回过神来，快步跟上。

店小二带着火小邪，并没有像出来之时再钻入地下，而是在林中绕来绕去，越行越远。火小邪心中疑惑，不断回头打量，这店小二要带自己去哪里？

火小邪实在忍不住，叫道："店小二兄弟，你这是带我去哪里？"

店小二略略回头，笑道："带你去过第三关。"

火小邪惊道："怎么这么快？"

店小二说道："第二关是竞盗之关嘛，你通过的时间越短，给自己争取到的时间越多，因为第三关，叫作纳盗之关，非常费时，多上一分一秒的时间，都对自己有利。"

火小邪哦了一声，又问道："到底这个纳盗之关，是要我们做什么呢？"

店小二笑了笑，说道："你到了以后就明白了。"

店小二边说边走，已经转过一片密林，伸手一指，只见一道缓坡之下的空地上，拴着一匹高头大马。店小二说道："火小邪客官，这是你的马，请跟我来。"

火小邪满肚子疑问，此时也问不出来什么，跟着店小二走到马儿身边。

店小二解开缰绳，递到有点发呆的火小邪手中，说道："火小邪客官，向着西南方向前直行三十里，经过一个叫王家坳的山谷，无论在山谷中看到什么，都只管快马前行，不必搭理，过了山谷之后，有一个四岔路口，在路口稍等，会有人来寻你，给你指路。"

火小邪说道："那找我的人，怎么知道是我？"

店小二不急不忙，从怀中摸出一张纸条，递给火小邪，说道："这纸条上写着一句暗语，你念第一句给他听，他就明白了，然后他会回答你第二句。"

火小邪把纸条展开一看，上面写着两句话：成要旨级逢干为蜡则不同纳才火铭两法；德行猜测不见天郊。

火小邪眉头一皱，这两句话不仅绕口，而且看不出有什么含义，怪里怪气的。

店小二又说道："火小邪客官，你最好将这两句话牢记在心，将纸条烧了，以免节外生枝。另外，马背边的皮囊中，有干粮、清水、衣物、火种、银两等物品，可以随意取用，这就请火速前往王家坳吧！"

火小邪一拉缰绳，就要上马，可是身子一顿，一下子愁眉苦脸起来，对店小二说道："我，我不会骑马……"

店小二也愣住了，眼睛眨了眨，问道："你不会骑马？"

火小邪惨道："真不会，我最多能骑上马背，慢慢地走，这，这真不好意思。"

店小二耸了耸肩，说道："那我也没有办法，客官你好自为之。"

店小二离开之后，火小邪费了不少力气，才爬上了马背。这匹马异常高大，比以前水妖儿带着他同乘的那匹还高了一尺有余，好在这匹马脾气温顺，稳着身子，任由火小邪攀爬折腾。

火小邪坐在马上，看了看脚下，离地面足足有一个半人的高矮，不禁直冒冷汗。说来可笑，火小邪活了十六七岁，还是第一次自己一个人骑在马背上。倒不是火小邪不愿意学，而是从来就没有人教他。大家不要奇怪，旧社会尽管马匹是主要的代步工具，但城市里的人，却不是个个都会的，一般在城市里面，只有富家公子和以马为生的人，才精熟骑马的技术。武侠小说中，是个人就会驾马飞奔，其实是完完全全地胡说。

好在火小邪尽管不会骑马，没吃过猪肉还能没见过猪跑吗？心肠一硬，回想着严景天、水妖儿他们的骑马方式，小心翼翼地抖了抖缰绳，嘴里轻喝一声："驾！"

那匹马迈步就走，刚走了没两步，火小邪已经忍受不住，拉住缰绳吁吁连声。坐下的马匹不知道火小邪是什么意思，只好原地打了一转。火小邪连连喘气，骂道："还以为骑马简单，敢情是这么麻烦。妈妈的，我可真够笨蛋的。"

火小邪连拽带拍，将马头拉正，好言好语地对马说道："马儿乖，你慢点啊。走，走，先慢点走。"

马轻轻打了个响唇，笔直前行，这次火小邪感觉好多了，双腿紧紧夹着马肚子，微微拉住缰绳，让马匹慢慢前行。这样走了一段，火小邪算是适应过来，一抖缰绳，忍不住喊了声："驾！"

火小邪骑的马，乃是快马，最善于迈开了脚步奔跑，却不适合整日整夜地奔驰。马匹一听火小邪的号令，早就忍不住，脚上一发力，撒腿就跑。火小邪瞪大了眼睛，嘴中啊啊连声，连拽缰绳，可这时候马儿也收不住力量，以为火小邪让它向密林中直奔，一转头真的向低洼之处冲去。

火小邪惨叫一声："大爷的啊！"再也控制不住，身子一歪，从马背上跌下，摔了个七荤八素，好在地上一层落叶软草，才没有摔出个毛病。

火小邪骂骂咧咧从地上爬起来，揉了揉肩膀，看了眼还是一望无际的林子，叹道："这骑马还没有走路快呢，我这个第一名真窝囊！差点把老子摔背过气去！"

火小邪赶上前面等着他的马儿，把缰绳拉住，干脆牵着马向林子外走去，一路和马说话："我现在不骑你，高兴吧！看到我摔跤了，高兴吧！不是我不骑你，等到出了林子再骑你。奶奶的青云客栈，第三关弄到这么远的地方去干什么，真是不嫌麻烦啊，唉，偏偏还要自己骑马赶路，挣到的时间全部能耗了去。"

等火小邪牵着马出了林子，早已天光大亮，前方虽有无数山冈土坡，但能看到数条土路直指西南方向，路面倒是平坦。

火小邪又折腾了半天，骑上了这匹高头大马，变着法子鼓弄马儿前行，来来回回地不住折腾了小半个时辰，才算付出了全身汗透的代价，让马儿能够缓缓奔跑。

火小邪正高兴着，身后马蹄声劲响，火小邪回头一看，只见一匹高头大马，上面坐着一个一身黑纱，蒙着头脸的男人，飞奔而来。火小邪一眼就认出这是甲丁乙，惊得心肝乱跳，坐在马上，不知该下马还是该怎么办才好，若是甲丁乙这时候对自己下杀手，肯定没有活路！

甲丁乙快马赶到，路过火小邪身边，身子侧过来一看，嘴上哼道："嘿嘿！不错嘛！火小邪！得了个第一位！嘿嘿！"甲丁乙话音落下时，已经奔出了老远，一骑绝尘而去，眨眼就没有了踪影。

火小邪怒骂一声："得意个屁！看老子追你！驾！"

火小邪的马憋得实在有点久了，顿时四蹄翻飞，紧追着甲丁乙的方向而去。

火小邪牢牢抓着缰绳，全身紧紧贴在马背上，咬紧了牙关，任凭马儿撒欢了狂奔！可跑了还不足百米，就遇到了转弯，那马儿没有得到火小邪的号令，再次直直向路下方冲去，火小邪混劲发作，也不阻止，反正方向没错，就先这样跑着吧。

没跑多久，那马儿直直冲进了一条沟渠中，身子一缓，长嘶一声，前蹄一抬，自顾自地停下。火小邪哎呀大叫，吃不住马儿骤停骤起的劲头儿，又从马背上摔下，跌在了稀泥中。

远处的一个小山头上，一个钩子兵伏在乱石中，持一副望远镜，完完整整地看到了火小邪的狼狈模样，实在忍不住，放下望远镜，掩嘴偷笑。钩子兵笑了两声，赶忙将三叉铁拿出，连续拨动，把一组暗号传了出去。山脚下有钩子兵接住了这个暗号，同样拿出三叉铁拨动，这样连续传递了四五人，已是极快地将暗号传到了远在三里开外的张四爷他们。

张四爷、周先生带着三个钩子兵，各骑一匹骏马，还空闲出两匹，上面分别驮着郭老七和胖好味，两人都被结结实实地面朝下捆在马背上，动弹不得，嘴巴塞了个结实，支吾不止。

周先生手中的三叉铁不住振动，周先生喜道："张四爷，好消息！这个火小邪不会骑马，一路耽搁，行程缓慢！已经被盯上了！就在前方三里地外的沟渠边。"

张四爷叫道："好！周先生！放出号令，各组人分散向前，绕行三十里，在高处布下哨站，盯紧这个火小邪！其他贼人踪迹，一概不要搭理！"

周先生默默点头，高举三叉铁，不断拨动，一组暗号顷刻发出。

火小邪从烂泥中爬起，呸呸两口将嘴里的泥巴吐出，他也没有脾气，只能看了眼身边稳稳站着的马儿，骂了句："我说马儿兄弟，下次能不停在这种地方吗？都是稀泥咧！你是无所谓，我可丢人现眼丢得大发了！"

马儿打了个响唇，头点了点，鬼知道是不是听懂了。火小邪翻了个白眼，向上吹了口气，拉起缰绳，深一脚浅一脚地把马拽到岸边，捡了个有水的坑边，一屁股坐了下来。

火小邪边脱衣服边嘟囔："什么第一位，什么争取到了更多时间，我看我这个第一位，非要最后一个到那个纳盗之关。奶奶的，非弄到三十里开外去，非让人骑马，搞什么乱七八糟的鬼事。"

火小邪把怀中的纸条取出，好在纸条没有打湿，能够看得清楚。火小邪默念了上面的拗口语句一遍，还是不解其意。外八行中的荣行，黑话套口最多，一般常用常听的，各地贼人都彼此能够听得明白，因为口音问题听不明白的，写出来也能明白，再高深点的就是"啜黑"，亮八、红小丑、病罐子曾经用过，还有一种黑话，就是"内系"了，一般都是某些成规模的盗贼团伙使用，各有各的"局捻"，就是翻译的办法，你不是一伙的，还真一下子看不明白。

外八行到底是哪八行？荣行其实并不准确，说白了是城市里的贼人自卖自夸的，外八行里并没有荣行此说，又或者说"荣行"仅指"贼偷"一行。在三教九流中衍生出的几百个行业以外，外八行里有金点、乞丐、响马、贼偷、倒斗、走山、领火、采水，合称"五行三家"，其实细论起来，这里边有好几行都可以算得上是"盗行"，可在外八行里却给分开来算了。至于倒斗，占了五行里的"土"字，按理说也属盗行，和响马、飞贼无异，做的是盗墓摸金的举动。往高处说，倒斗算是劫富济贫；往低了说，也是发死人财，做损阴德的勾当，一高一低，判若云泥。只因自古穷人多，富人少，富者太富，穷者太穷，所以才有了外八行里的几路盗行，专做替天行道的举动。不过说是外八行的人能够替天行道，但却曲解了"天道"之意，还是一个"杀富劫财"的借口而已。按照儒家讲究的说法，世上的人有穷有富，富贵也好，贫贱也罢，哪里用得着响马盗贼来替天行道？

但庄子就是瞧不起儒家的这种说法的，正经的三百六十行，都不能替天行道，那你指望谁来？你说谁来就谁来？这个不行那个不好，这不是搞学术垄断，思想洗脑吗？你说他能替天行道了，他就可以了，你说他不行，是外八行，他就轮不上，做了和儒家思想不对付的事情就是该杀头的，一定是丢了祖宗十八代的脸，要被万人骂千人啐的。

就算如此，历朝历代都有外八行的人厉害到皇帝老子都没办法对付，最后直接让那些大儒士给个"正名贴"，说他不是外八行，是英雄，是好汉，是替皇帝行道，封个头衔养着，给他立传、出书、建庙、竖碑，叫“奉旨偷盗”“奉旨抢劫”“奉旨讨饭”“奉旨玩女人”等等，这和封孙猴子一个弼马温，招安梁山一百〇八好汉差不多。

只不过，能让皇帝都没办法的外八行，那本事可是真的通天彻地，也不在乎一两个安身立命的小钱了，可惜大部分人脑子都不好使，还真吃皇帝老子这一套阴谋诡计，比如梁山好汉要的是名分，结果最后被利用，死得惨烈哀叹一片，图到个什么实在的东西没有？其实啥也没有，就是死了以后能有个能光宗耀祖的名分；孙猴子最初要的也是名分，就是最后识破了这个诡计，再次造反，非要当齐天大圣，这可是和玉皇大帝一个级别了，结果玉皇大帝请来了个更厉害的如来佛祖，抽一巴掌给一甜枣，最后给孙猴子封了个斗战胜佛，还是个名分，这才彻底让孙猴子老实了，天天不知道枯坐在哪里不死不活的，没了下文。说白了什么佛祖收降了孙猴子、宋江识大义接受招安，其实是说维护皇权统治的封建礼教，这玩意比天兵天将这些硬把式厉害，软刀子杀人不见血的。

最后，说回来这五大贼王，民间是这么个叫法，可在皇帝嘴巴里好听得很，叫五行世家、世袭罔替，和外八行一点关系都没有。所以说，对外八行的定义和划分，都是为封建皇权服务的，大家听听就好，当不得真。

火小邪想明白这些道理时候，已经是很久很久以后的事情了，此为后话，暂且不表。

火小邪记性不错，默念了十来遍，记了个八九不离十，还是不敢就此烧掉，小心翼翼地把纸条塞在石头下面保存着。

火小邪把衣服脱光，洗干净了身子，又把脏衣服拎起来，在水中搓了几把，整件衣服没有一处还干净的，稀泥粘的牢固不是一下子洗得净。火小邪正想再洗，猛一抓头，骂了自己一句：“奶奶的，穷的习惯了，一套衣服还舍不得丢？洗干净了娶媳妇啊？包裹里不是还有其他衣服吗？还费这工夫？”

火小邪把脏衣服丢了，从马背上的包裹中取出干净衣服，穿在身上，竟然十分合身，好像就是为自己量身准备的一样。火小邪赞道：“青云客栈真不简单，想得周到啊。”

火小邪收拾停当了，觉得已经耽误了不少时间，牵着马赶忙就走，等到了平坦之处，才又上了马。

骑马摔过几跤就是效果不错，加上火小邪一口劲儿憋着，这次骑上马再行，就觉得熟练了不少，一只手抓着马鞍上的皮扣，一只手把着缰绳，逐渐能够让马顺着道路奔跑起来。尽管最开始速度还是不快，磕磕碰碰地惊出不少冷汗，但火小邪再没有从马上跌下，甚至慢慢摸出了一套自己的骑行办法，慢慢感觉到纵马飞奔真是畅快之极，如同在空中飞行一样，不禁对前面自己狼狈不堪的样子感到好笑。骑马就是如此，如果放开了胆子骑，加上身手稳健，最初难如登天，一过了那道适应的坎，就容易了。火小邪无人教他骑马，能这么快地驾马飞奔，已是很不容易。

火小邪放开手脚，吆喝着坐下骏马飞奔，捡着山沟中易行之处，一路向西南方向的王家坳赶去。

王家坳说是山谷，还不如说是一片狭长的低洼地，尽管是在山中，但两侧的山都是缓坡，漫山灌木矮草覆盖，没有几颗高大的树木，使得这一带视野开阔。通过王家坳再向西南二十里，才有高山密林，这里尽管不是商旅必经之地，但千百年来行走的人多了，还是在低洼处有一条清晰的土路可以顺畅地通行。

半山腰的一片缓坡上，密密匝匝就地坐着四五百人的队伍，一看打扮就是山西本地军阀阎锡山的正规军。这些士兵擦枪的擦枪，聊天的聊天，站岗的站岗，巡逻的巡逻，烧火做饭的前后忙碌，看着并不像这里有什么战事要打，而是在这里拉练队伍的。

几匹正悠闲吃草的军马旁的一块大石上，坐着个三十多岁的军官，模样倒是俊朗，嘴里叼着卷烟，若有若无地瞟着王家坳下方的道路。

有个副官打扮的军官急急忙忙跑过来，对这个军官报道：“王旅长，路口有一匹快马过来了！”

这个军官懒洋洋地站起来：“哨兵看清楚了没有，一匹还是几匹？”

副官说道："是一个人，一匹马。王旅长，我们在这里等了一天一夜了，这是等什么呢？"

军官说道："通知下面设卡的弟兄，如果来人没有停下的意思，就放他过去，如果停下来，就给拦住，说前方军事训练，不准通过王家坳。"

副官不解，问道："王旅长，你，你是说颠倒了吧。"

军官骂道："你知道个屁，快去办！"

副官赶忙答应，匆匆跑开一边。

军官把卷烟从嘴上拔下来，丢在脚下踩熄，看着王家坳的入口处，瘪了瘪嘴，说道："我倒看看第一个过来的是什么样的大盗？"

这个军官不是别人，就是王全的二儿子王贵，他乃是阎锡山手下的一员得力干将，深得阎锡山信任。王贵于昨晚，就带着数百个士兵在此布防，已经守候了一天一夜。

王贵拾起望远镜，抬眼看去，只见王家坳路口有一骑飞也似的奔来，上面坐着一个黑衣人，穿的衣服是一套从头至脚的黑纱，连头脸都看不清楚，好似一团黑雾盘在马背上一样。

王贵惊道："好古怪的打扮！这就是得了第一位的大盗？王兴倒没有和我说过来人会这么奇怪的。"

甲丁乙策马狂奔，从进了王家坳，就已经发现了山坡上有士兵布防，前方道路边也有数十个士兵值守。甲丁乙根本没有停下的意思，速度丝毫不减，直直向前奔去。

道路两边的士兵接受了命令，尽管觉得奇怪，但谁也不敢上前阻拦，眼睁睁看着这一人一马飞奔而过，彼此都觉得诧异，直到见不到甲丁乙的人影了，才彼此交头接耳一番。

王贵也是站在山坡上，看着甲丁乙跑得无影无踪了，才把望远镜放下，回过神来，暗暗心惊："爹爹和哥哥到底在搞些什么？咱们家啥时候和江湖大盗沾上关系了？"

副官急急忙忙跑过来，满脸惊讶地又报："王旅长，那个人，过……

过……过去了。”

王贵挥了挥手，说道：“我知道了！从现在开始，所有人加强戒备，哪怕王家坳中有一只鸟减慢速度停下来，也要给我拦住，不准再走！”

副官敬礼喝道：“是！”

王贵自己嘀咕道：“这个不怕我们的，毫不停留的人就让过去；害怕我们前行减慢的，就要拦住，我活了这么大年纪，还第一次做这种事情。这不是专拣软柿子捏吗？唉，没辙，一切都听爹爹的安排吧。”

王贵他们数百人又等了一个多时辰，只见第二匹快马奔进王家坳，上面坐着一个翩翩公子，穿着华贵。王贵在望远镜中看着，暗道：“这次又来个人是富贵人家的公子哥，还是贼？妈的，这是什么世道。”

郑则道骑在马上，速度也是极快。郑则道自然也发现了王家坳中的大批士兵，但郑则道同样速度不减，径直向前急奔，通过王贵的眼皮底下的时候，郑则道双手一抬，居然向王贵飞快地抱拳一笑，随即继续向前奔去。

王贵在望远镜中见郑则道向自己抱拳，惊得一口气喷出来，把望远镜放下来，诧异道：“他居然一眼就看到我了？眼睛够尖的啊！果然是大盗，大盗，今天开眼了！没想到这么个富贵打扮的公子哥，骑马的技术这么好，还有空向我打招呼。”

郑则道一路直行，士兵同样不敢拦着，看着郑则道远去。

王贵深深吸了几口气，说道：“这接二连三地过来，不会没有减慢速度的人吧。那不就是纯粹来认一认人了？”

王贵刚刚想坐下，又听到马蹄声传来，赶忙站起，举起望远镜一看，再次惊讶的差点把胃都喷出来。只见来人还是一人一马，就是骑马的人居然是个和尚，是个和尚也就罢了，这个和尚还不踩马镫，不拉缰绳，双手合十，僧袍盖着双腿，不知到底用了什么方法，竟如同打坐一样地坐在马背上，双目微睁，任由这匹马撒欢奔跑，稳若泰山，一点都没有会被颠下来的可能。

王贵眼睛都要从望远镜中瞪出来，十万个不相信，天下还有这样骑马的人？还是个和尚，是和尚也就罢了，难道还是个贼和尚？

苦灯和尚如同恍然不觉一般，那匹马直奔不停，过了王家坳，不见踪影。

不止王贵想不通，这数百个士兵更是摸不着头脑，他们看着连续骑马跑过去的三个人，一个个都合不拢嘴巴，心想这到底是怎么了，怪人、公子哥、和尚，视若无睹地前行，到底这个地方要发生什么事情？

王贵放下望远镜，深深吸了一口，大声嚷道："弟兄们，都给我打起精神来！若是我手中的枪响，无论是谁，一律拦下。"

火小邪向着西南方向，一路行去。这一带小土山无数，使得去往王家坳的道路也是无数。火小邪确有听到山头另一侧有马蹄声传来，向着西南方向远去，但始终没有见到是什么人。火小邪料定是其他过关贼人疾行，更是不敢耽搁，努力催动马匹向前奔驰。

大约三个时辰之后，已是正午。火小邪奔过了一处山梁，看到路边一块大石上刻着王家坳三字，字下方有一箭头指着方向，知道已经要到目的地，心中大喜，赶忙拉正马头，向着王家坳骑去。

火小邪绕过一道山梁，前方赫然显出一道山谷入口，旁边的山石上刻着大字"王家坳"。举目看去，这道山谷可称得上位置绝佳，山谷入口两侧，都是陡坡密林，怪石嶙峋，绵延数里，看不见尽头，要过此山，唯有王家坳是最为方便快捷的通道。刚来此地的人，都会认为王家坳乃是一夫当关万夫莫开之处，哪知道这不过是入口两侧山体如此险恶，进了王家坳才会发现里面的地势宽阔平缓。

火小邪正要把马向前，身后一侧的山路上有马蹄声密密传来。火小邪不禁回头一看，只见两骑马从山后绕出来，直直向他飞驰而来。

火小邪定睛一看，反而乐了，马上的两人，一个是烟虫，一个是闹小宝。闹小宝也认出了火小邪，心中也是一乐，赶忙向火小邪招手，叫道："火大哥！"

烟虫嘴上还是叼着烟，此时淡淡一笑，没有说话，这两人来到火小邪面前。三人相见，竟有说不出的高兴。

火小邪说道："烟虫大哥！小宝！你们也过关了！真是太好了！"

闹小宝看了烟虫一眼，说道："这次多亏了烟虫大哥帮忙……"

烟虫手一抬，止住闹小宝的话，说道："此地不宜说话，远处山头可能有人监视，我们赶快进去！"

火小邪一愣："有人监视？"

烟虫哼了一声，抽了一口烟，说道："今天一大早，御风神捕张四爷他们出了院子，只怕是不死心，想放长线钓大鱼咧！走！过王家坳！"

烟虫这话说话，抽了一口烟，将烟咬在嘴边，一夹马肚，喝了声驾，冲入王家坳内。

火小邪和闹小宝对视一眼，不敢迟疑，赶忙追着烟虫身后而去。

火小邪、烟虫、闹小宝三人进了王家坳，行了一小段，眼前就豁然开朗起来。火小邪啧啧称奇，心想："没想到王家坳里面这么宽敞，我当是一条窄路呢！"

烟虫突然回头喊道："火小邪，闹小宝，前面好像有士兵设卡，你们两个千万不要迟疑，减慢速度，跟着我快快通过此处。"

火小邪心中一惊，想到店小二临走的时候和他说的话，暗道："敢情过王家坳也是一道关？"

烟虫再不说话，带着火小邪、闹小宝直直向前急奔。

王贵站在缓坡上，举着望远镜看去，嘴里咦了一声，自言自语道："这次来了三个？一个，嗯，花花公子？一个，小孩？还一个，还是小孩？他妈的，寻花问柳的男人带着两个私生子？真他妈的乱！"

王贵这样说着，手中的枪却已经提在手中，扣住了扳机。

站在道路两侧的持枪士兵，见前方奔来了三人，不同以往，都赶忙将枪端在手中，严阵以待。

火小邪也已看到前方有大堆士兵站在道路两侧，但没有摆放栅栏阻路，心惊不已，心想："怪不得店小二让我无论看到什么，都不可停留！但这些士兵是哪里来的？我们这样直冲过去，他们会不会开枪？是否一定要相信青云客栈的安排？不对，不对，不能怀疑青云客栈的能力，要是不能做到对他们坚信不疑，心存顾虑，恐怕会有更大的麻烦！”

火小邪想的一点都没错！火小邪咬紧牙关，丝毫不敢让马儿减速，跟着烟虫直奔。

火小邪微微转头一看，却看到身边的闹小宝有点不安，好像颇多顾忌，有点想呼喊的意思。火小邪喝道：“小宝！别想太多！跟紧烟虫大哥！”

烟虫奔在前面，听到火小邪说话，轻轻哼了声，还是不说话，但右手向怀中一摸，掏出一根黄色的卷烟，接在嘴上的烟头，烟头火旺，把黄烟卷点着了。烟虫一口吐掉烟头，把黄色烟叼在嘴中，猛然一吸一吐，一大股浓烟从烟虫嘴中喷出。烟虫嘿嘿一笑，一手持缰绳，一手持黄色卷烟，不断抽吸，真是浓烟滚滚，烟雾漂在空中，竟如同气胶一样，并不消散，一下子把身后的火小邪和闹小宝都罩在烟雾中。

王贵拿着望远镜，看到这一幕，眉头一皱，低声骂道：“这搞的什么名堂！不让我看清他身后的那两个小子？”

火小邪、闹小宝被浓烟罩住，味道尽管有点难闻，但没有任何不适，他们看不清前方景物，反而更加踏实，只管急奔向前。

王贵放下望远镜，把枪抬起，指着下面的一条“烟龙”，暗喝道：“停！停下来！他妈的！”手中的扳机已经渐渐扣下。

这条“烟龙”一路翻腾，没有停滞之象，从一众士兵的面前跑过，远远地去了。

王贵嘴里骂了句，狠狠哼了一下，把枪垂下，任由火小邪他们出了王家坳。

火小邪他们离开一炷香的工夫，王家坳入口方向，密集的马蹄声响起，哗啦哗啦踩踏地面的声音极为齐整，一听就知道是大队训练有素的人马进了王家坳。

副官连滚带爬地跑到王贵身边，急促地报道：“王旅长！有十多骑人马进了王家坳，穿着打扮都差不多！”

王贵额上青筋直冒，却脸色平静，说道：“看来这次来的才是正主！”

张四爷、周先生驾马在前，身后跟着大队钩子兵，他们压住速度，并未急奔。张四爷和周先生面色严肃，不住四下打量。周先生说道："前面果然有士兵阻路，看样子人数在三百之上。"

张四爷冷哼道："三四百士兵想挡住我们？还不够分！走！会一会他们！"

张四爷大喝一声驾，加速向前奔去，周先生和众钩子兵也都催马跟上。

原来张四爷、周先生他们一路跟着火小邪前来，追到了王家坳附近，已经确定火小邪必从王家坳中穿过。周先生见王家坳附近地形险要，无法骑马上山，和张四爷商议一番，恐人马分散会着了道，便安排了几个攀山的好手徒步继续前追，剩下的所有钩子兵一概收回到王家坳山谷入口。有攀山的钩子兵发来暗号，说是王家坳中有大批人马驻扎，不知何意。

张四爷他们打定了主意，一定要通过王家坳，要是被人阻住，火小邪去得远了，就很难追上，前功尽弃。

张四爷他们奔到王家坳中间一带，前方数十个分站道路两旁的士兵，都已持枪警戒，却仍然把大路空出。张四爷他们奔到士兵前十余米的距离，张四爷手一挥，慢了下来。

缓坡上的王贵见他们减速下来，乐得暗吼一声："不虚此行！就是拦住这些人！"

王贵这么想着，手中枪高举，冲着天空"啪"的放了一枪，大唱道："站住！"

路边、山坡上的大量士兵听到枪响，都明白是行动的号令，他们莫名其妙守了半天，看着一些古怪的人急速跑过，还不能阻拦，早就憋屈得厉害，听到枪响，顿时一阵喧哗，哗啦啦将路口堵了个结实，咔啦咔啦，枪栓齐齐拉响，指向张四爷他们。

周先生对张四爷微微示意了一下，策马上前一步，抱拳喊道："各位兵爷！我们是王兴老爷府上的客人，要通过此地办事，还请各位兵爷多多通融，放我们过去。"

道路上带队的士兵举着枪高声大骂："回去回去！此地不能通过！前方

有军事训练！回去回去！”

周先生喊道：“我们前面有几个朋友，应该也是从这里过去了，怎么没有回去？各位兵爷辛苦，我这里有些小钱，请各位兵爷笑纳！”周先生说着，已经从怀中摸出了一大把金叶子。

带队的士兵大骂：“少玩这些花花，说了不能过去，就是不能过去！不让你们过去，你们能怎么着？再废话我们就开枪了！”

张四爷眉头一皱，也喊道：“各位兄弟，我们远道而来，还请多多包涵！我叫张四，乃是御风神捕的第九代传人，我的这些兄弟，都是御风神捕旗下的钩子兵，专门抓贼维护治安的！这里有贼偷了王家大院的贵重东西，我们听王兴老爷的安排来抓贼，还请各位兄弟让开道路！给我们一个方便！”

“哈哈！御风神捕？听说过，听说过！”山坡上传来一阵大笑，王贵提着手枪，走了出来。

张四爷、周先生扭头一看，见王贵走出来，知道这个是他们的长官，都向王贵一个抱拳。

周先生说道：“这位长官！还请行个方便！”

王贵甩了甩手中枪，啧了啧嘴，大声道：“听说御风神捕可是退出江湖了啊？怎么跑到这里来了？”

张四爷对王贵喊道：“这位长官厉害！我们从奉天一路抓贼，来到此处，和王兴老爷有一点交情！刚好王家大院闹贼，我们就顺路办了！”

王贵哼道：“少胡扯！你们没听清楚吗？前面有军事行动，回去回去！再不回去，可别怪老子不客气了！”

张四爷说道：“我们御风神捕，和东北张大帅都有过命的交情……”

王贵截口大叫：“张作霖的人还敢来山西放肆！这里是阎锡山阎大帅的地盘，老子看到你们这些东北来的，就一肚子火气，来人啊，把他们都给我绑了！”

众士兵齐声吆喝，端着枪就要冲过来。

张四爷眼睛都红了，脸上的烧伤处蹦蹦直跳，大骂一声：“你们是不是要动手！”

王贵哈哈大笑："你们这几个鸟毛，还敢逞能，信不信老子这就一枪崩了你！"

张四爷大吼一声："好！"

张四爷大吼之下，一拍马鞍，从马上唰的跳下来，瞪着眼睛，竟直直地向王贵冲过去，速度快得惊人。

王贵大惊，骂道："找死！"抬手对着张四爷脑门就是一枪。

张四爷脑袋一偏，就已躲过这一枪，仍然脚上不停，向王贵冲来。

众士兵被张四爷这一番举动，吓得一愣，马上纷纷大骂，高举枪就要向张四爷射击。

马背上十多个钩子兵和周先生都已经从马背上腾起，分成四组，电光火石地向士兵冲过来。士兵们啊啊大叫，又要掉转枪口，向钩子兵们射击。

唰唰唰，十多道三爪钩漫天飞起，在空中就"噌"的一声，三爪齐张，向着士兵们飞来。不只是三爪钩，空中还有数张黑色大网如同黑云一般飞至，劈头盖脸地盖下。

士兵们哇哇大叫，胡乱放枪，枪声响成一片，可哪里打得中这些快如闪电的钩子兵，一阵枪才放完，三爪钩和黑网就已经袭来，顿时把最前面三五十个挤成一团的士兵拧成一团。更多的士兵已经围过来，可钩子兵钻进了士兵中，和士兵混成一团，人群里不断有士兵惨叫连连，手中枪眨眼就让钩子兵缴了。

说来好笑，就着一口茶的时间，十多个钩子兵已经制服了近五十人的士兵。这些士兵被网罩着，被三爪钩夹着，绳索绕着，简直动弹不得，一个个惊恐万状地惨叫不止。

王贵"啊啊"大叫，边退边向张四爷连连射击，可手都已经抖了，张四爷如同一只猎豹一样，在缓坡上腾跃不止，子弹别说打中张四爷了，连他的衣服都粘不到。

王贵退了几步，张四爷已经杀至，手中一翻，一把枪已经顶住了王贵的脖子。张四爷上手一捏王贵的手腕，王贵"啊"的喊疼，枪也被张四爷缴下。

张四爷瞪着王贵，骂道："就你们这德行，还敢玩枪？用枪，御风神捕是你们所有人的老祖宗！”

道路上的钩子兵人手持了两把枪，一把指着道路上被困住的士兵，一把指着四周围来的士兵，一个个都露出轻蔑的神情。

王贵慢慢举起双手，喘道：“张四，算你厉害！不过你们就算天大的本事，我的人已经把你们团团围住，大不了我不要下面五十人的性命，你们再快也没有枪子快！我一阵乱枪，不信打不死你们！你大可杀了我，抓住了我，也没用的，我们的队伍，可不是你抓住我一个人就服输了的！”

张四爷哼道：“好得很！”

张四爷抬手一枪，躲在旁边的副官脑袋上的帽子被一枪打飞，副官吓得大叫一声，滚下山坡。

张四爷骂道：“你如果要拼命，我们大可以试试！嘿嘿，告诉你，我们御风神捕要是用枪杀人，你们再来一千人，都不够塞牙缝的！来！试一试，你叫你的人开枪！”

王贵此时倒想起他哥哥王兴的叮嘱，在王家坳只要把人拦住，不是要了人的性命，千万不要妄自尊大。

王贵算是见过大阵仗的人，调整了一下呼吸，慢慢说道：“这位大哥，先别这么大火气，咱们有话好商量。我也是奉命办事，前面的军事行动一结束，自然让你们过去。”

张四爷哼道：“好个军事行动！我看你们，和那些狗贼都是一伙的！”

王贵撇着嘴骂道：“看清楚啦！我们是阎锡山的正规军！告诉你，你敢放肆，保证你们出不了山西这块地界！”

张四爷眼睛一红，突然恶狠狠地转头对下方的周先生喝道：“周先生？”

周先生赶忙应道：“在！”

张四爷一字一句，大声地说道：“挡我者！杀！”

周先生略略一愣，立即脸上也腾出一股子杀气，大声吼道：“弟兄们！杀！”

众钩子兵手中的枪已经“啪啪啪”地齐响了起来，几乎是同时开火，只见包围着的士兵，顿时倒下了一片，枪枪正中心窝，十多条人命眨眼就魂飞魄散！钩子兵根本没有停下的意思，连环射击，枪声连成一片，士兵们枪口都来不及端起来，就已经死在当下。整个王家坳，枪声，惊叫声，咒骂声响成一片，血花四溅，简直成了修罗地狱。

这回王贵再也无法从容，脸上一片惨白。

火小邪他们已经奔出了十多里地，听到身后王家坳山谷中枪声响成一片，不由得背上冷汗直冒。烟虫头也不回，顺着大道发力疾驰。火小邪紧咬牙关，抓紧了马鞍，不敢多想，让跨下骏马跟着烟虫，死命地奔跑。

火小邪他们又奔出了几里路，身后的枪声尽管听不清楚了，却仍然不绝于耳，王家坳这次枪战可谓是惨烈之极。火小邪他们转过一道山梁，前方赫然现出一条四岔路口，再往前看，三条道路已是通向深山密林。

烟虫他们停在四岔路口，烟虫前后左右一看，并没有见到人影，狠狠吸了一口烟，哼道："人呢？"

"啊！三位客官，你们一起来了？挺好挺好！"从四岔路旁的一块大石后，站出三个人来，满脸笑意地向着他们说话，其中一个正是青云客栈的店掌柜，另外两个人，则是穿着灰色的短褂，在腰间系了一根红腰带，上面挂着一块火红的牌子。

火小邪一见这两个灰衣人的打扮，顿时想起了严景天他们，他们会不会也已经来到这里了呢？

烟虫抽了口烟，说道："谁管事？我要念口令啦！"

店掌柜笑道："请念！"

烟虫张嘴就来："为蜡逢干不同成要两法则纳才旨级火铭。"

火小邪听得一愣，怎么听得有点耳熟。

店掌柜说道："好！"

烟虫哼道："好什么好？你要接下句，鬼知道你们是不是山精野鬼乔装打扮的！"

店掌柜身后一个灰衣人站出一步，说道："猜测见天不郊德行。"

火小邪听着又是一愣，怎么还是这么熟悉。

烟虫眉毛略略拧了拧，若有所思地抽了一口烟，无所谓地轻笑一声："好！给我指路吧！"

店掌柜指着正中的一条道路说道："请往上走！若遇见三岔路，只管向右，一直到头，能见到一座寺庙，名为纳火寺，亮出你的号牌即可入内，里面有人招呼着。"

烟虫说道："好！那我先走一步！火小邪，闹小宝，你们随后跟来！我们寺中见！"

闹小宝上前一步，说道："该我来念！纳才逢干成要为蜡火铭则不同两法旨级。"

火小邪算是听明白了，所有的暗号中的字都是相同，就是顺序不同罢了。

灰衣人果然答道："见天猜行德不测郊。"

闹小宝问道："我也是向上走吧？"

店掌柜摇了摇头，说道："这位客官请向右走！这条路奔到尽头，先向左转，过了一道溪水后则向右转，继续直行，就能看到纳火寺，亮出你的号牌即可入内，里面有人招呼着。"

闹小宝对火小邪说道："火大哥，那我也先走一步！"闹小宝一拍跨下骏马，急急向着右边奔去。

火小邪本来要念自己的暗号，可刚才听烟虫、闹下宝一通说话，暗号都是字同顺序不同，干扰了自己的记忆，一下子有点混淆，不知自己记得还对不对，不禁微微皱了皱眉，将手探入怀中，想拿出自己的纸条看看。可火小邪将手探入怀中一摸，顿时眼睛都睁圆了，纸条竟然不见了！火小邪赶忙翻身下马，在马背上的包裹中和自己的身上乱摸，可就是不见了那张纸条。火小邪哎呀一声，暗骂："我明明记得揣在怀中了！怎么丢了？难道，难道是被人偷了？可，可是，我只接触过烟虫大哥和闹小宝啊！"

火小邪这么一想，遍体透凉，张着嘴巴连连大口喘气。

店掌柜笑道："怎么？这位客官是不记得暗号了？还是丢了什么东西？"

火小邪狠狠咽了咽口水，说道："没有，我没有丢东西。店掌柜，你听我的暗号……”

火小邪急促的呼吸，让心绪镇定下来，脑子里一片空明，默默回想自己的暗号到底是什么。

火小邪一字一顿地慢慢说道：“成要，旨，级，逢干为蜡，则，不同，纳才，火铭，两法……”

火小邪抬起头来，看着店掌柜。

店掌柜脸上微微一笑，说道：“客官，你说对了。”

火小邪心中一块大石落地，抬起袖子直擦额头上的冷汗。

火小邪本应就此作罢，但还是问了一句：“请回我的暗号。”

一个灰衣人站出一步，说道：“德行猜见不测天郊。

火小邪哦了一声，问道：“店掌柜，那我该怎么走？”

店掌柜笑道：“客官，你应该往……”

火小邪突然伸出手止住店掌柜说话：“慢着！店掌柜！先别说话！”

店掌柜把话止住，问道：“客官，你还有什么事情？”

火小邪看着灰衣人，眨了眨眼睛，嘴巴撇了撇，说道：“你回答我的暗号，不对！下一句不是德行猜见不测天郊！”

店掌柜问道：“客官，那你说是哪一句？”

火小邪说道：“不行，这是你们说的，不是我说的！反正你们说得不对！”

店掌柜和灰衣人彼此对视一眼，灰衣人默默点头。

灰衣人说道：“那可否是德行猜测不见天郊？”

火小邪满脸疑惑地看着灰衣人，说道：“你们到底是什么人？为什么对不上我的暗号！”

一个灰衣人哈哈大笑起来，说道：“火小邪，尽管你没有得到名师的指点，但能够遵守规矩，不盲从，不放松警惕，实乃火家可塑之才！刚才过去的烟虫、闹小宝，我们都没有回答正确，可他们却仍然听了我们的安排，他们就这样离去，前面有无数困难等着他们，能否到达纳火寺都是问题。火小邪，你赢了此局，我们这就告诉你正确的路线。”

火小邪张口结舌，没想到这么个平常之事，还有这样的讲究？要不是自己执拗，是否也不敢有任何质疑？

火小邪说道："那我怎么能相信你们？这都是你们一面之词！很难说你们是不是乔装打扮的，水家的易容术……"火小邪说到这里，才觉得提到水家易容术十分不妥，赶忙闭嘴。

灰衣人说道："火小邪，看来你和水家的交情挺深啊，见过不少水家的本事。现在你信也罢，不信也罢，已经由不得你不信！告辞了！"

两个灰衣人和店掌柜一抱拳，就要退下。

火小邪急道："我信我信，你们多少留个话，到底怎么走啊！"

店掌柜和两个灰衣人头也不回，只听一句话传来："已经告诉你了！自己去想！"说着，三人已经快步转到大石之后。

火小邪紧紧追上，还要再追，可他转过大石，哪里还见得到三个人的影子。

火小邪低骂一声："怎么都和严景天一样，神神叨叨的，脾气又怪，还没脑子！这下可好，前后啥也没有搭上！"

火小邪叹了口气，退回马儿旁边，看了眼前方的三条岔路，心想烟虫走了正中，闹小宝走了右边，倒是说得清楚，如果不行的话，我只好追着他们去吧。火小邪转念一想，什么叫已经告诉我了？该不会就是说烟虫、闹小宝的路线吧，但不对啊，灰衣人刚刚才说告诉他们的路线是错误的，不是前后矛盾吗？

火小邪无奈之下，将手伸入怀中，想把自己的号牌拿出来看看，可是手一伸入怀中摸索，不禁愣住，慢慢从怀中抽出一张纸条，正是写着自己暗号的那张。

火小邪盯着这张纸条，半晌才说："怎么，怎么又回来了？刚才明明不见了的！"

火小邪看着看着，"哗"的一下把纸条翻过来，只见纸条背面有字隐隐透出来，火小邪赶忙举在眼前一看，那纸条背后的字写着：向左路直行，第二个三岔路口右转，直行过一座石桥，有一道山崖，弃马攀岩，山顶即是纳火寺。

火小邪看完，没敢琢磨这到底是怎么回事，只把路线牢牢记在心中，到马背上的背囊中，取出火种，将这张纸条烧了个干净。

火小邪依照指示，一路寻来，果然过了一座石桥之后，前方就是一道十余丈高的悬崖，尽管看着陡峭，以火小邪的爬墙功夫，这都是小儿科的把戏了。

火小邪下了马，检查了一遍自己所携带的物品，确定没有差池，向手中啐了两口，爬上悬崖，只用了一盏茶的工夫，就已经爬到崖顶。

火小邪上了崖顶，向前看去，前方层层叠叠的密林中，依稀露出一道屋角。火小邪心中大喜，赶忙向前寻去，钻出密林之后，眼前赫然是一座千年古刹，十分肃穆，寺门上悬着牌匾，正是纳火寺！

这纳火寺所在的位置，是两道悬崖之间的一大片密林空地上，背靠一面山崖而建，另外两边就是火小邪爬上的悬崖，只有寺门边有一侧陡峭山路供人进出，可谓非常的隐蔽，若是没有人指路，恐怕一时半会找不到这里。

九、秋日虫鸣

火小邪小心翼翼走到寺门前，左右张望一番，空山鸟语，并无人迹，纳火寺两扇黑漆漆的大门紧闭，寺内安静异常，里面没有任何诵经鸣钟的声响传出来。

火小邪伸手想敲门，但犹豫了一下，缩回了手，心想这个地方看着是个寺院，怎么会让这么多贼聚集在此处？火小邪不禁退后了一步，又仔细打量了一遍寺门左右，确实没有任何古怪的地方。火小邪心一横，管不了这么多，既来之则安之，举起手就要把门敲响。

谁知寺门吱呀一声，居然打开了，从里面走出一个中年和尚。火小邪吓得跳开一步，他连日来所见的奇事颇多，早就是惊弓之鸟。那和尚双手合十向火小邪说道：“施主，请出示你的号牌。”

火小邪松了口气，心想这才对嘛，要是和尚不说这句话，还真不知该如何应对他。

火小邪恭恭敬敬地向和尚鞠了一躬，从怀中把自己的第二位号牌拿出来，上前一步，递到和尚手中。和尚将号牌接过，看了眼，脸上浮现出笑容，说道：“火小邪施主，请跟我进来。”

火小邪听和尚能叫出他的姓名，更是踏实，不再犹豫，跟着和尚进了纳火寺。

这座寺庙看着古旧，但十分整洁，无论是院内地面台阶，还是窗檐房舍，都是干干净净，一尘不染，可就是看不到一个人，寺中也没有香火。各个佛堂房屋门窗紧闭，寂静无声。

火小邪跟着和尚，不敢多问，快步跟着和尚过了两套庭院，再走过一条长廊，来到一大片空地前，前方已是悬崖峭壁，崖壁上有七八个洞口，里面似乎点着烛火，透出些光亮来，不知这些洞口中有什么玩意。

火小邪定眼一看，空地中已经盘腿坐着三个人，都面朝着崖壁，一动不动。这三个人正是甲丁乙、郑则道、苦灯和尚。

火小邪与他们这些人在这里相会，并不奇怪，没见到烟虫、闹小宝在场，也在意料之中，只是觉得他们这样静静面对崖壁洞口坐着，难道是洞中有什么古怪，让他们下不了手？

中年和尚轻声道："火小邪施主，这边请。"

火小邪点了点头，跟着和尚向甲丁乙他们身后的佛堂走去。

佛堂仍然门窗紧闭，就是在门口摆着一张长桌，上面摆着十多样东西，有瓷瓶，有草鞋，有刀具，有席子，有水果等，琳琅满目，又不像是供品，倒像是要开杂货店的。

中年和尚站在桌边，双手合十向火小邪微微鞠躬，说道："火小邪施主，这里就是纳盗之关，且请听我慢慢道来。"

火小邪赶忙回礼，说道："大师父请讲。"

中年和尚说道："纳盗之关，是火门三关的最后一关。各位施主前来此处，需要破解一个阵法，叫作秋日虫鸣术。"

火小邪眼睛猛眨，这个秋日虫鸣术好像以前听说过，但火小邪不敢插话，专心听和尚继续说道："秋日虫鸣术，乃是一种木行防盗之法，施主请看崖壁上的这些洞穴，每个洞穴中，都设有该阵，各阵相同，可任选其一进去，取出摆在里面的一尊金佛，只要能够不惊动机关，就可胜出。"

火小邪心想："听起来很简单啊。"

和尚继续说道："各个洞中，都有数只秋日虫，藏在隐秘之处，这些虫子乃是木行世家用特殊手法养殖，无毒无害，不喜活动，就是鸣叫声惊人，稍有震动声响或外人入侵领地即会鸣叫不止，直到外人退出才罢休。施主进了洞中，若是引起虫鸣，就是失败，还请速速退出洞外，再做打算。如果虫鸣时仍要强行取走金佛，就算违规，淘汰出纳盗之关，再无机会。纳盗之关闭关的时限为明日午时，尝试取出金佛的次数则无限！这张桌上的东西，可以随意使用，用于取出金佛，所用数量不限，若是缺少，可叫我补上。火小邪施主，不知道你听明白了吗？”

火小邪点头答道：“听明白了！”

和尚说道：“火小邪施主，这片空地之上，可以随意走动说话，困乏了可去一边的凉棚休息，饥饿了可叫我送上饭菜，就是不能离开这片空地，擅离此地者，亦算为淘汰。施主切记。”

火小邪心想：“让走动说话就好，我当要向甲丁乙、郑则道、苦灯和尚那样坐着一动都不能动呢。”

火小邪说道：“大师傅请放心，都记住了！不过……那个啥，大师傅，我从昨晚就没有吃饭，又饿又渴，能不能给我点能填饱肚子的吃的……不好意思啊，我二三顿不吃，就饿得心里发慌……”

和尚笑道：“火小邪施主，请稍等。”

和尚快步离去，火小邪看了眼场地中坐着的甲丁乙、郑则道、苦灯和尚，心想：“这三个人想什么呢？不是可以无限次地尝试吗？坐在这里发呆有什么用？”

火小邪看着一个山洞，心痒难耐，这个秋日虫鸣术，到底是什么玩意？秋日虫？比千年蛤蟆精还厉害？

火小邪从佛堂前走下来，向着一个洞口走去，走过郑则道身边，郑则道抬起头对着火小邪微微一笑，还是不说话。火小邪心疑：“郑则道什么时候变得这么沉默寡言了？奇怪！”

甲丁乙一身黑纱慢慢飘动，似乎也略略抬起头看了一眼火小邪，火小邪不敢看他，心想这个老妖怪，也会被难住？

苦灯和尚办闭着眼睛，嘴中念念有词，屁股像扎了根似的，金钟一般稳健。

火小邪暗道："苦灯和尚，这里是寺庙，可是你的风水地啊，你和这里的和尚攀攀交情，何必等在这里。"

火小邪再也不看他们三个，笔直走到一个洞口，探头向里面张望。这个石洞是在山上开凿而成，地面墙壁浑然一体，平整光滑，没有棱角，不知要费多少工夫，才能把这个石洞做成这般景象。

火小邪摸着洞中墙壁，向内走去，走了几步，里面豁然开朗，显出一个五丈见方的巨大半圆形石洞，洞中尽头，摆了一张佛龛，旁边摆着数盏长明灯，照得洞中十分明亮。那佛龛里面供着一个巴掌大小的小金佛，在灯光的照耀下，耀耀生辉，看着宝气十足。

火小邪看了看石洞四壁和洞顶，除了画了不少佛陀的壁画外，没见到机关布防的玩意。火小邪见金佛不过是在五丈之外，只要紧跑十多步，就能拿到，心中一喜，暗想："我当是洞中有牛一样大小的秋日虫乱爬着咬人，谁知这么清静！我试一试！"

火小邪心里想着，向前迈出了一步，踏入石室之中。火小邪的一只脚刚刚碰到地面，只听耳边嗡的一声，随即传来尖锐之极的虫叫声，这声音在石室内震荡，简直能把人耳膜刺破一样。火小邪暗骂一声："娘的！叫魂啊！"

火小邪把耳朵捂上，就要退出洞中，谁知那虫鸣声直往脑袋里面钻，简直像脑袋里有两把钢锯彼此激烈摩擦，难受得脑袋都要裂开似的。火小邪抱住脑袋，脚下发软，这一退步都退得勉强，一个屁股蹲儿坐倒在地。虫鸣之声更是山呼海啸一般的涌入脑袋，火小邪脑袋疼得几乎要爆炸，惨叫两声，觉得意识被这声音撕扯得开始模糊起来。火小邪知道厉害，向后翻滚，玩了命的向洞外滚去，等滚到洞口，那虫鸣声才戛然而止，顿时石室内又是一片寂静，根本不像刚才发生过这样催魂夺命的虫鸣之声。

火小邪滚出石洞，踉跄着想站起来，但脑中那恶魔一样的虫鸣声还回荡不止，一脚站不稳，咕咚一声，跌倒在地。火小邪觉得鼻子中一麻，伸出手一摸，两行鼻血已经汩汩流出。

火小邪捏住鼻子，坐在地上，已经是身软体麻，比奔跑了十里山路更加吃力。火小邪喘了良久，脑中的虫鸣声的回响才渐渐消散。

火小邪暗骂：“厉害！要不是及时滚出石洞，说不定能够被这虫鸣震死在石洞里！我算知道甲丁乙、郑则道他们为何坐着不动了！他们在想不惊动虫鸣的办法！妈的，妈的，我的心脏都要停了……”火小邪咕咚一下，后仰到地，顾不得什么脸面，四脚朝天地躺着，直到完全平复下来。

“火贤弟，这个秋日虫鸣术滋味如何？”火小邪耳边传来了说话声。

火小邪从地上慢慢爬起，转头看去，只见郑则道还是坐在地上，一脸笑意地看着自己。

郑则道说道：“本来刚才想叫住你商量，但心想还是让火贤弟自己试试，有了体会，咱们再议不迟。”

火小邪说道：“郑大哥，我差点就出不来了，里面的虫鸣简直是能够杀人的！”

郑则道说道：“火贤弟，你若是无恙，我们去旁边凉棚中聊聊吧。刚才纳火寺的和尚已经给你取了饭菜来，见你躺在地上，没有叫你，便把饭菜放在凉棚中了。”

火小邪哦了一声，抖擞了一下精神，从地上爬起，还是觉得全身都血脉不畅，头昏眼花，摇摇晃晃地挣扎着向凉棚走去。

郑则道微微一笑，站起身来，拍了拍袖口衣摆，一正仪容，还是一副公子哥的富贵神态，闲庭信步地跟着火小邪向凉棚走去。

火小邪走入凉棚，见一张木桌上已经摆了几个白面馒头，两碟小菜和一碗稀粥，刚才被秋日虫鸣术震得全身松软，此时腹中更是饥饿难耐，坐在一旁的椅子上，埋头就吃。

郑则道走过来坐在火小邪身边，不知从哪里拿出一把折扇，轻轻打开，悠闲地慢慢扇动，并不说话，只是看着火小邪在身旁狼吞虎咽。

火小邪飞快地吃下了两个馒头，喝光了稀粥，才觉得全身有了劲儿，抬眼看了下郑则道，说道：“郑大哥，你也进过山洞了吗？”

郑则道看了看坐在不远处的甲丁乙和苦灯和尚，低声说道：“火贤弟，你慢慢吃，我说给你听。”

火小邪应了，继续慢慢吃饭。

郑则道合上纸扇，说道：“这个秋日虫鸣术我从来没有听说过，这次也算第一次见到，几只小小的虫子，鸣叫声竟有夺人心魄的威力，塞住耳朵都没有作用！别说走近那尊金佛，一踏进石室就能引发虫鸣，实在难办！我已经尝试过三次，次次都被震了出来，那个苦灯和尚也进去过三次，照样无功而返。”

火小邪说道：“我听带我进来的和尚说，这是木行的防盗术，不是火家招弟子吗？怎么摆了个木行的防盗法子？”

郑则道说道：“五行相生、相克、相乘、相侮、制化、胜复，想必是这最后一关，是考量我们五行运用之道。”

火小邪咬了口馒头，说道：“相生相克我知道，是不是火克木来着？”

郑则道笑道：“非也，金克木、木生火，火生土，土生金，金生水，水生木。”

火小邪慢慢咀嚼着馒头，说道：“金克木，木生火……这木生火，秋日虫鸣术又是木行防盗术，岂不是扯得有些远了。”

郑则道说道：“不然，火贤弟，五行辩证生克的不止如此，木确实生火，但仍有相乘、相侮之处，所以又有金能生水，水多金沉；水能生木，木多水缩；木能生火，火多木焚；火能生土，土多火晦；土能生金，金多土弱。其中木能生火，火多木焚，就是火行和木行的相侮。说得通俗些，就是反克。”

火小邪抓了抓脑袋，对火多木焚大概听懂了，但相乘、相侮到底是什么，还是茫然不知。

火小邪的确听不明白，五行博大精深，绝非一日之功能够领悟。相生相克还容易理解，相乘相侮、制化胜复确实有点绕，这里简单说说相乘相侮到底是什么意思。

五行中的某“一行”本身过于强盛，可造成被克的“五行”受克太过，促使被克的“一行”过于虚弱，从而引起五行之间的生克制化异常。例如：木过于强盛，则克土太过，造成土的不足，即称为“木乘土”。另一方面，也可由五行中的某“一行”本身虚弱，因而对它“克我”“一行”的相克就显得相对的增强，而其本身就更衰弱。例如：木本不过于强盛，其克制土的力量也仍在正常范围。但由于土本身的不足，因而形成了木克土的力量相对增强，使土更加不足，即称为“土虚木乘”。

相侮的侮，是指“反侮”。五行中的相侮，是指由于五行的某“一行”过于强盛，对原来“克我”的“一行”进行反侮，所以反侮亦称反克。例如：木本受金克，但在木特别强盛时，不仅不受金的克制，反而对金进行反侮（即反克），称作“木侮金”，或是发生反侮的一个方面。另一方面，也可由金本身十分虚弱，不仅不能对木进行克制，反而受到木的反侮，称作“金虚木侮”。

相乘和相侮，都是不正常的相克现象，两者之间是既有区别又有联系，相乘与相侮的主要区别是：首者是按五行的相克次序发生过强的克制，从而形成五行间相克关系的异常；后者则是与五行相克次序发生相反方向的克制现象，从而形成五行间相克关系的异常。两者之间的联系是在其发生相乘时，也可同时发生相侮；发生相侮时，也可以同时发生相乘。如：木过强时，既可以乘土，又可以侮金；金虚时，既可以受到木的反侮，又可以受到火乘。

火小邪惭愧地说道：“郑大哥，我只能大概明白火多木焚的意思，其他的都搞不明白，你说得太快了，我有点发晕。”

郑则道说道：“呵呵，火贤弟以前没有接触过五行论，猛一听是会有些糊涂，不过这都没有关系，像我想得太多，反而会前思后想，徒增麻烦。火贤弟，刚才你也感受到了秋日虫鸣术的厉害，不知有什么破解的思路吗？”

火小邪暗想：“这个郑则道，他没法和甲丁乙、苦灯和尚交流，又来套我的想法，当我这么好欺负啊？”

郑则道见火小邪低头不语，呵呵一笑，说道：“火贤弟，我们眼下关键在于能够通过此关，一个人想办法，赶不上两个人动脑子，你说是不是？”

火小邪沉吟一番，想想郑则道还是说得有理，这个人拿住自己的要害，还说不出他有什么不对来。

火小邪说道：“我在奉天的时候，抓过天牛，这些硬甲虫子，钻到树洞里面就不愿意出来，我不懂什么五行这一套，就是知道用烟熏，能把这些虫子逼出来。”

郑则道笑道："火贤弟是说用烟熏，把石洞里面的秋日虫赶出来？"

火小邪说道："大概是这么个意思。那边佛堂前的桌上，不是摆着席子之类的易燃物吗？总不会让我们摆开睡觉的吧，那和尚说了可以随意取用，不够再找他要。"火小邪心想，要是烟虫大哥在就好了，以他那满口吐烟的本事，喷烟进洞还不容易得很。

火小邪说到此处，只见坐下空地中的甲丁乙翻身而起，笔直走到桌边，一把将席子卷入怀中，向着一个洞口走去。

火小邪"哗"的一下子站起，低骂道："他偷听！"

郑则道拉了拉火小邪的衣服，说道："不妨！不妨！让他去，若他能成功，我们还能得个便宜，有人愿意逞能，那还不好？"

甲丁乙嘿嘿冷笑一下，并不搭理郑则道的冷嘲热讽，走入一个洞口，一会儿工夫，就见浓烟从洞口涌出，显然是甲丁乙把席子点着了。

火小邪和郑则道都站起身，眼睛一眨不眨地盯着洞口。

浓烟冒了一小阵子，整个山崖猛然鸣叫起来，极为强烈的虫鸣从甲丁乙进去的洞口中传出，浓烟滚滚，看那烟雾翻滚的速度，好像被劲风逼出了石洞。

火小邪将耳朵捂住，这声音虽不及洞中那么强烈，但听在耳中，还是直犯恶心。

浓烟中一个人影飞速退出，在地上翻滚一番，退了数步，盘腿坐在地上，紧守法度，不敢再动，而洞中的虫鸣声却不停止，大有愈演愈烈的趋势，不只是甲丁乙进去的那个洞口，似乎所有洞中的秋日虫都鸣叫起来，各个洞中齐声巨鸣，那声势简直要撕裂山梁一般。

火小邪越听越觉得恶心，紧跑两步，出了凉棚，哇的一口，将刚吃下去的东西吐了一半出来，可还是头疼欲裂，不禁"哎呀"一声，坐在地上。

郑则道快步走到火小邪身边，额头也一层冷汗，急匆匆地说道："不好！这样下去！我们都会昏厥在此处！"

火小邪根本说不出话，紧紧抠着双腿，大汗淋漓，极力忍耐这种要人老命的叫声。

郑则道牙齿咬得咯蹦作响，再也站立不住，也坐了下来，嘴中喝道："火贤弟，守住丹田之气！闭口观心！"

苦灯和尚佛号声也大了起来，阿弥陀佛阿弥陀佛念诵不止。

好一场噩梦一般的虫鸣，众人强行忍耐，直到洞口不再有烟被吹出，虫鸣声才渐渐停止，随后从洞口刮出的强风也慢慢停息了下来。

火小邪瘫软在地，鼻子中又鲜血长流，刚才那一段时光，简直像过了数年一样。

郑则道连连喘气，说道："好厉害！火贤弟，你怎么样？"

火小邪上气不接下气，说道："还好，还好，还能顶住，就是再来一次，我也能行……"

郑则道移动了一下身子，凑到火小邪耳边，说道："火贤弟，经过这次磨难，我倒发现了一个问题。"

火小邪抹了抹鼻子下的血液，说道："什么，什么问题？"

郑则道说道："这个纳火寺，门窗紧闭，空无一人，只有一个和尚招呼我们，刚才那么激烈的虫鸣，这个和尚不可能事先不知道，那和尚怎么躲过去的？是这个纳火寺的和尚有应对虫鸣的办法？还是有地方可以躲过虫鸣？"

火小邪一脸茫然，却没有接着郑则道的话，说道："怎么，怎么烟会被逼出来的？"

郑则道说道："要是秋日虫鸣术这么简单就能破解，也不会是最后一关了。这面山崖上，除了我们眼前的几处洞口，你看上方还有无数洞穴，想必是烟灌进去之后，那些秋日虫难受，一动身子，就触动机关，引得外面的山风倒灌进石室，有风灌入各个石室，所以惊扰到所有的秋日虫都鸣叫起来。"

火小邪长喘一声："奶奶的，刚刚还想说丢火把进去，把虫子烧出来，看来这样根本不是办法！再来一两次，我们恐怕都要发疯了！"

郑则道哼道："火贤弟，桌上的众多物品，绝对不是让我们借用外力的，我们这么多人聚在这里，否则只要有一个方法成功，那大家都能成功。"

火小邪经过这一番折腾，脑海中关于玉胎珠的事情清清楚楚的浮现出来，严景天他们说得清楚，他们拿玉胎珠来王家堡，就是来破解秋日虫鸣术的！火家人如此大费周章地远至奉天城来取玉胎珠，只怕玉胎珠乃是破阵的不二法门！

现在的情况，只怕是玉胎珠就在此地，甚至就是佛堂前的众多物品中的一样！

火小邪沉默片刻，突然说道："这些物品中，一定有一样能够抑制虫鸣！然后我们得靠人人都有的本事进洞，一点都讨不到巧。"

郑则道牢牢地看着火小邪说道："火贤弟，你是知道些秋日虫鸣术的其他事情吗？"

火小邪并不回答，低头不语。

郑则道见火小邪沉默不语，又轻轻问道："火贤弟，你若是想到了什么，不妨直说。"

火小邪抬起头，看着满脸诚恳的郑则道，真不知道现在该不该对他说起玉胎珠的事情。

火小邪撇了撇嘴，轻轻说道："我……以前……"

"火小邪！"从佛堂那边传来了一个熟悉的声音。

火小邪抬头一看，只见烟虫叼着烟，大摇大摆地跟在纳火寺和尚身后，走进了这片空地，烟虫还是一幅花花公子的流氓样，毫发无损地走来，正对着自己打招呼。

火小邪本想胡扯一番把郑则道打发掉，烟虫的到来刚好给火小邪解了围。火小邪赶忙回应烟虫："烟虫大哥！"火小邪正想站起，可是腿软筋麻，居然一下子不能顺利起身。

烟虫看空地上坐着甲丁乙、苦灯和尚，凉棚一边的地上还坐着火小邪和郑则道，也觉得十分奇怪，微微皱了皱眉，并没有立即走上前与火小邪攀谈，而是简单摆了摆手，算是相认了，不让火小邪起身过来。

纳火寺和尚带着烟虫走到桌边，对烟虫一番讲解。

火小邪见烟虫来了，心中舒坦不少，可旁边的郑则道就有点不自在，轻轻哼了一声，闭目养神，竟不再追问火小邪到底知道什么。

烟虫听纳火寺和尚讲完纳盗之关、秋日虫鸣术的规矩，这才叼着烟向火小邪走了过来。

火小邪还没有说话，郑则道已经睁开眼睛，对烟虫笑道："烟虫兄弟，你也来了。"

烟虫不冷不热地应了声："哦！小不为郑则道兄弟，又是前三位过关的啊！恭喜咧！"

郑则道说道："烟虫兄弟，不妨咱们聚一聚，聊上一聊？我和火小邪可是在没进青云客栈之前就认识的，火贤弟，你说是不是？"

火小邪暗骂："这个郑则道，又是先入为主。"但郑则道说得没错，火小邪只能点了点头。

烟虫哼了一声，一脸无所谓的表情，走到火小邪和郑则道身边，坐了下来，拍了拍火小邪的肩膀，问道："火小邪，脸上带血啊？和谁打架了？"

火小邪脸上的血是被秋日虫鸣术震出的鼻血，没有擦干净，血迹还挂在脸侧。火小邪连连摆手，说道："不是，不是，刚才……"火小邪欲言又止，飞快地看了眼郑则道。

郑则道装作没注意，无所事事。

烟虫说道："火小邪，你该说的就说吧。"

火小邪便把进了纳火寺，自己探洞被声音震出，与郑则道商量对策，甲丁乙烟熏石洞，烟不仅被逼出，还引起所有石洞中的秋日虫齐鸣，鸣叫声是如何如何厉害，完完整整地说了。

郑则道在一旁听着，并不插话。

烟虫听完火小邪的讲述，狠狠抽了几口烟，站起身，双手插在裤袋中，踱了几步，歪着嘴一笑，这才说道："妈的，净弄些幺蛾子的事情，这还有点难办咧。按你说刚才叫声那么大，刚停下也还没多久，我一路进来，好像一点都没有听到啊？"

郑则道这时候才说道："烟虫兄弟，这个纳火寺建筑格局古怪，只怕虫鸣声再大，也传不到这片空地外面去。”

烟虫不置可否，弯腰从地上抓起一把土来，放在手掌中，取下嘴上的烟头烫了一烫，吹了一吹，说道：“这片空地的泥巴里，不少磁粉啊。”

郑则道和火小邪都微微一愣，火小邪问道：“磁粉？”

烟虫把手中的泥土拍掉，重新坐在火小邪身边，把手腕一翻，看了看手表带子上的一个小圆盘，抬头看着山崖，说道：“这座山，就是一座磁山，我从进了这个山，指南针就乱抖，方位怪得很，果然就是这里在作怪。”

郑则道和火小邪都盯着烟虫手腕上那块硕大的手表，郑则道说道：“烟虫兄弟这块表，带着指南针？好精巧的玩意。”

烟虫把手腕放下，说道：“老毛子的东西，我在海参崴弄来的。”

郑则道笑道：“久闻东北四大盗之首的李彦卓烟虫兄弟，是专门和毛子作对的，佩服佩服！呵呵，烟虫兄弟，这里是座磁山，和破解秋日虫鸣术有关系吗？”

烟虫抽着烟，嘴巴一歪，一句脏话就顺溜溜地脱口而出：“有啥的 × 蛋关系？我哪知道！”

烟虫说话远不如郑则道这般斯文，这一句粗话把郑则道憋得一下子说不出话来。

火小邪反而听着舒服得很，他在奉天的市井混迹，本就听惯了粗话糙话，自己也都是一个指着别人鼻子骂娘的好手，自从来了青云客栈，一直谨慎小心，不敢放开胆子张嘴乱骂，早就憋得很了，这时听到烟虫说粗口，反而亲切得很，哈的一声笑了出来。

烟虫得意扬扬地看了火小邪一眼，把火小邪肩膀一拍，说道：“火小邪，咱哥俩去旁边唠一唠。你能起来吗你？”

火小邪刚才一笑，把气都捋顺了些，说道：“能！”说着就翻身爬起。

烟虫把火小邪一拉，火小邪便站稳了，两人也不搭理郑则道，向佛堂的一个角落走去。

郑则道一脸死灰，看着烟虫和火小邪的背影，眼中泛出了层层杀气，但转瞬即逝。

烟虫拉着火小邪到了佛堂一角，一屁股坐在台阶上，火小邪凑到身边坐下，张嘴就问："烟虫大哥，我还以为你找不来了呢！四岔路口店掌柜告诉你和闹小宝的路线都是错的。"

烟虫哼道："那灰衣人对的暗号是错的，我听出来了。"

火小邪说道："啊？那你怎么不说？我后来和他们对暗号，发现他们答错了，他们才告诉我正确的路线，说这个也是道关。"

烟虫哧地一笑，无所谓地说道："我看店掌柜和那两个灰衣人脑子都有问题，这点破事还做一道关，真是够无聊的！玩呗，我来这里就是玩的，我才懒得点破他们，就是看看他们能弄些啥新鲜的。结果也没啥意思，就是一个四象八门灯笼阵，死不了人，纯粹耽搁你时间的。我顺着指南针，一路就摸过来了。"

火小邪说道："烟虫大哥，你真厉害。就是闹小宝走错了路，不知道什么时候才能来了。"

烟虫说道："不用担心闹小宝，我敢说他在天黑之前一定能到这里。"

郑则道此时不知为何，突然站了起来，向烟虫和火小邪轻轻一笑，走进了凉棚，坐在桌边，倒了一杯水，慢慢地喝了起来。

烟虫看着郑则道慢慢喝水的样子，脸色突然一变，显得有些凝重，不是以前天塌了也无所谓的浪荡神情，狠狠抽了两口烟，就闭口不语。

火小邪见烟虫表情突然变得不同以往，不敢问烟虫怎么回事。

烟虫又抽了几口烟，才说道："那个叫郑则道的，你要小心点。"

火小邪有些尴尬地说道："啊，烟虫大哥，他是有点道貌岸然的，喜欢占便宜。"

烟虫说道："不是让你小心这个，而是你千万不要惹恼了他，你别看他说话办事都显得挺客气，真要动起手来，别说是你，要杀掉我都是眨眼的工夫。"

火小邪心中一紧，烟虫这话是什么意思？

火小邪说道："烟虫大哥，怎么，他……你怎么这么说……"

烟虫抽了一口烟，说道："不用多问了，你牢牢记住我说的话，如果郑则道要杀你，无论是那个怪物甲丁乙还是苦灯和尚，在座的所有人，没有人能救得了你，就是看什么时候让你死罢了。"

火小邪点了点头，看了眼坐在凉棚外的郑则道，郑则道正半睁半闭着眼睛，神态平和，用极慢极慢的速度喝着杯中水，要说他擅长拈花惹草、勾引良家妇女还像那么回事，无论怎么看都不像会杀人的。这个郑则道真有这么大的本事，让烟虫都怕他？

两人都沉默了片刻，烟虫把最后一口烟抽完，再续上一根烟，抽了两口，才缓缓说道："火小邪，你老老实实告诉我，你是不是以前知道秋日虫鸣术。"

火小邪不想对烟虫隐瞒，说道："是，但我只知道有个东西是破解秋日虫鸣术的法门。"

烟虫说道："是玉胎珠吗？"

火小邪反而糊涂了，烟虫怎么这么清楚？不禁瞪大了眼睛，看着烟虫，慢慢说道："是……"

烟虫吞云吐雾地说道："黑三鞭到奉天来偷张四爷家的玉胎珠，这伙计还曾想让我帮他一把，我懒得搭理他，没答应。后来他把张四爷家闹得天翻地覆，听说被抓了，关到日本人那里去了，不知死活。这个张四爷从奉天千里迢迢赶到山西，我就觉得奇怪，于是想到会不会是玉胎珠这个狗屁东西能破秋日虫鸣术？"

火小邪说道："烟虫大哥，你说得没错，但我也是听人说的，不知道具体的破解法门。"

烟虫说道："你知道玉胎珠的功效是什么吗？"

火小邪摇了摇头，说道："这个不知道。"

烟虫抽了口烟，说道："玉胎珠，是个邪门的东西，既是剧毒之物又是一味罕见的药材，它最大的功效是——麻药。

火小邪倒吸一口凉气："麻药？"

烟虫轻轻哼了一声，说道："把玉胎珠磨成粉，暴晒三日，然后兑童子尿喝下去，会全身麻痹，感觉自己的身子、脑袋都没有了，好像灵魂出窍以后，还被钉住不能动，连续三日三夜才能慢慢好转，要是三天后还没有好转，那就睁着眼睛等死吧，嘿嘿，光是想想这种感觉，就一身鸡皮疙瘩。"

火小邪看着烟虫，小心地问道："烟虫大哥，你，你试过？"

烟虫长长地吹出一口烟，说道："试过一次，整整麻了五六天才好，差点就死崩了，所以黑三鞭说偷什么玉胎珠，我差点抽他一顿，后来想想让黑三鞭这孙子自己找死去吧，就饶了他。"

火小邪抓了抓头，说道："烟虫大哥，你试这个玩意儿干吗？"

烟虫说道："我试过的玩意儿多了，这个还不算啥，有个玩意儿的叫屁股眼乱咬，吃下去那个惨！生不如死！不说了！不说了！想都不愿意想！"

火小邪问道："可这又是何苦啊？"

烟虫拉开自己皮夹克，从怀中慢慢摸出一根黑色短粗的烟，说道："我是玩烟的，不试试啥滋味，就炼不出这种烟来，告诉你啊，我这根烟里面就有玉胎珠的粉末，关键时刻才用，是救命的东西。"

烟虫小心翼翼把这根烟别回衣服里，说道："火小邪，这下你有什么破秋日虫鸣术的点子了吗？"

火小邪说道："用玉胎珠，把秋日虫麻倒？"

烟虫说道："这是个办法。"

火小邪说道："可是，真能这么简单，人人都做得到了。"

烟虫说道："所以说，火家人早就算计好了，不然不会让我们这么多人聚在一块，如果用玉胎珠麻翻虫子，只不过是第一步。"

火小邪说道："可其他人不知道玉胎珠和秋日虫鸣术的关系啊。"

烟虫喷了一口烟，说道："都不知道，就不好玩了！"

烟虫动了动屁股，站了起来，叼着烟，径直向空地中走去。

火小邪不知烟虫要干什么，也站起身来，本想跟着烟虫走过去，但犹豫了一下，站住不动。

烟虫走到空地中间，看了几眼甲丁乙、苦灯和尚，这两人坐在地上，并不看烟虫。

烟虫把烟从嘴边拿下来，嘻哈着笑了几声，说道："我说甲丁乙、苦灯和尚，还有小不为郑则道，你们还要坐在这里想多久？"

郑则道远远地说道："烟虫兄弟，想必你有什么高见？"

烟虫说道："高见没有，低见有一个！我知道破解秋日虫鸣术的一个法门，你们愿不愿意听？"

苦灯和尚也念了声佛号，说道："烟虫施主，此事不可儿戏。"

甲丁乙身上黑纱浮动，突然阴阳怪气地说道："你有什么条件？尽管说！"

烟虫抽了一口烟，说道："不要什么条件，咱们按贼道的规矩办，第一枚金佛算我的！"

郑则道缓缓从凉棚中走出，说道："烟虫兄弟，你的法子真的有效，当然第一枚金佛算是你的。"

郑则道对甲丁乙、苦灯和尚抱了抱拳，大声道："甲丁乙、苦灯大师，不知两位有什么意见？"

苦灯和尚说道："既然是道上的规矩，贫僧没有意见。"

甲丁乙嘿嘿笑了两声，说道："烟虫，你要敢胡扯八道，你知道下场。你说吧，我没有意见。"

烟虫喷出一口烟，说道："嘿嘿！几位都是见过世面的人，应该听说过玉胎珠这个东西。"

郑则道、甲丁乙、苦灯和尚都是微微一怔，半晌没有人说话。

烟虫哼了哼，继续说道："怎么？不信？"

苦灯和尚倒是先说起话来："烟虫施主，玉胎珠乃是十分稀罕的邪物，粉末剧毒无味，暴晒三日后若不慎服食，有全身麻痹的功效。玉胎珠为婴胎所化，贼道中人凡是排得上号的，都不愿偷这种晦气的东西。烟虫施主，你这话的意思，是说你有玉胎珠？"

烟虫说道："我有是有那么一点点粉末，不是偷的，是找人要的，但我用来卷烟了，这里用不上。我是说佛堂前的桌子上那些物品中，必有玉胎珠的粉末，火家炼制过，专门用来对付秋日虫鸣术的。”

郑则道说道：“烟虫兄弟是想用玉胎珠的粉末，将秋日虫麻倒？呵呵，的确是个精妙的法子。”

甲丁乙嘿嘿两声，说道：“最多是减低秋日虫的敏感程度而已！嘿嘿，烟虫，不过你说的，的确值一枚金佛！”

苦灯和尚念了声佛号：“阿弥陀佛，若是火行贼王门下去偷的玉胎珠来，小僧还真有点瞧不起他们了。”

烟虫说道：“苦灯和尚，你也不要冤枉别人，我倒给火家人说个公道话，这个玉胎珠，应该是被东北四大盗的黑三鞭从奉天张四那里偷出来的。”

郑则道笑道：“烟虫兄弟，那你打算下一步该如何？”

烟虫说道：“佛堂前的东西，我们一样一样地试，大家轮番进去。”

这些大盗全部点头，算是听从了烟虫的意见，郑则道依烟虫的法子，更进一步，说不必一样一样地试，这样太耽误时间，各个石室既然都一样，不如在一个石室前把所有东西都放上，只要试出一个石洞有效，找到最后破解的办法，就好办了，大不了每次都摆上所有东西。

众贼觉得有理，纷纷起身，各自从佛堂前的桌子上拿起几件物品，放在一个石洞中的石室前，一共摆了十四样东西。

摆放这些物品也有讲究，首先，所有物品均要“破相”，也就是说若是一双草鞋，要把草鞋撕开；一个苹果，要把苹果击烂；一个瓷瓶，要把瓷瓶封口揭开，倒出里面的东西，均是如此施为。其次，物品须摆在石洞中的石室入口前，不差分毫。

火小邪插不上手，呆立在一边看众贼忙碌，直到众贼忙完了，火小邪才凑到烟虫身边，低声问道：“烟虫大哥，这样好吗？要是无效的话，甲丁乙发作起来，很难对付的啊。”

烟虫说道：“这个甲丁乙，看着神神秘秘，凶巴巴的，但我却觉得他对我的胃口，放心吧。”

火小邪“哦”了一声，低头不语。

烟虫把火小邪一拉，凑在他耳边说道：“第一枚金佛，我送给你。”

火小邪大惊，连连摆手："这可使不得！"

烟虫哼道："你当我真想当什么火家弟子啊？我他妈的就是来玩一玩的，我师父死了多年，自由自在惯了，无拘无束，想去哪里就去哪里，想干什么就干什么，就算火行盗术真的天下无双，平白给自己弄了副枷锁戴在脖子上，有个师父管着，我才不干咧！火小邪，你要是跟我客气，以后我就当不认识你了啊。"

火小邪叹道："可是我本事低微，这样不劳而获，全凭别人施舍着过关，只怕更被人瞧不起。"

烟虫一拍火小邪的肩膀："火小邪，你可要搞清楚，乱盗之关你赢了苦灯和尚，最后拿了四块号牌上来，竞盗之关，你也是凭自己的本事第一个过关，呵呵，不是我故意抬举你，你要成了火家弟子，学到真本事，只怕比我要强到哪里去了！"

火小邪说道："烟虫大哥，算我求你，如果真能破了秋日虫鸣术，你得到金佛先不要给我，我自己试一试再说。"

烟虫看火小邪眼中恳切的很，抽了一口烟，长长呼吸，说道："好，听你的。"

众贼安排稳当，彼此不再说话，都静静坐在洞口前的空地上等着，盯着洞口之内。

约莫过了半个时辰，甲丁乙站起身，哼了一句："我看差不多了。"说着径直向一个石洞中走去，大家纷纷站起身来，无人阻止，目送甲丁乙走进石洞。

石洞中的石室离洞口不远，只有十多步的距离，众人聚在洞口外，能够看到甲丁乙的背影。

甲丁乙在石室前静立片刻，身子向前微动，一脚踏入石室地面，然后身子向前移去，刚刚稳住身子，只听洞中虫鸣声顿起！甲丁乙腾腾腾退出了石洞，虫鸣声才又慢慢止住。

甲丁乙看不见面目，不知道他什么表情，他退出洞后，又盘腿坐下，说道："嘿嘿，苦灯和尚，是不是该你了？"

苦灯和尚念了声佛号，问道："甲丁乙施主，你倒是说说刚才你如何做的？"

甲丁乙哼了一声，冷冷说道："我走了一个平步进去，绝无震动，但还是引起了虫鸣，只是这次虫鸣，似乎比前两次晚来了些微。"

苦灯和尚微微点头，双手合十，向石洞中走去，行到石室前，站稳了身子，慢慢探头，向里面吹出一口气，毫无声息。

苦灯和尚眼神微亮，又向内加重吹了一口气，还是毫无声息。

众贼在洞外看到苦灯和尚这般动作，竟没有引起虫鸣，都彼此看了一眼，心中略喜。

苦灯和尚心里也念了声好，缓缓抬起双手，手指凑在唇边，平缓地吹出了一个细长的哨音，石室内依旧没有动静。众贼心中都暗念了一声好！

苦灯和尚猛一闭嘴，将哨音收起，可就在声音停止之时，虫鸣声猛然发作，苦灯和尚暗哼一声，身子直直向洞外退去。

苦灯和尚退出洞外，那虫鸣声也就停了，苦灯和尚脸色发白，转身对众人说道："烟虫施主说得不错，那些秋日虫应该被麻痹了，我前几次进石室，根本等不到第三下的哨音。"

郑则道说道："苦灯师父，你哨音不停，反倒没有虫鸣，怎么你一停，虫鸣就起？"

苦灯和尚说道："惭愧，我也不知何故。"说罢也盘腿坐下，静静调整呼吸。火小邪知道虫鸣的厉害，哪怕就在石洞中听了这么一小会儿的工夫，都会难受至极。

郑则道看了眼烟虫，说道："烟虫兄弟，你先还是我先？"

烟虫说道："你先请。"

郑则道微微一笑，说道："承让了！"说罢也向洞中走去。

郑则道来到石室前，慢慢环视了石室内的景物一圈，眼睛落在最尽头的金佛上，眯了眯眼，随即眼睛一睁，瞳孔中猛然泛出层层杀气，一张脸冷若冰霜，惨白一片，好像血液都被逼出了脸庞，如同一个死人。好在郑则道背对着洞外的众人，无人能看到他有这番表情，不然定会大为吃惊。

众人见郑则道站在石室前一动不动，都觉得怪异，不知他要做些什么，可就在此时，郑则道身子一晃，居然消失不见。

火小邪差点就要喊出声来。

郑则道确实消失在石室前，而且没有引起虫鸣，洞口的烟虫、苦灯和尚、甲丁乙或坐或站，都神色严肃，眼睛一眨不眨地盯着洞中。

洞中无声无息，也看不到郑则道的人影，约莫过了半盏茶的时间，忽然虫鸣声猛烈地响起，从石室一侧飞也似的闪出一个人来，正是郑则道。郑则道飞也似的奔出洞中，一撩衣衫，转了个身，盘腿坐在地上。

众人看去，郑则道面如白纸，毫无血色，眉头紧皱，紧闭着双眼，急促地呼吸。

没有人说话，都静候着郑则道缓过神来。

半晌之后，郑则道脸上又有了血色，渐渐恢复了常态，还没有等其他人说话，郑则道已经睁开眼睛，先是呵呵笑了两声，这才说道："秋日虫确实被麻痹住，敏感程度降低，我已有破解之法。"

甲丁乙嘿嘿冷笑，说道："郑则道，你好身手！刚才你是贴着墙壁前行吗？"

郑则道说道："不错，我并未直行，而是闪身到了石室一侧，贴着墙壁前行，多亏了甲丁乙兄弟和苦灯师父前面试了两次，我才能在石室中待了这么一会儿工夫，可惜我还是只走了共计五步而已。"

烟虫说道："郑则道，你说你有了破解之法，何不说来听听。"

郑则道呵呵一笑，说道："需用某种特殊的身法，才可不惊动秋日虫。只是这种身法如何施为，我只可意会不能言传。"

苦灯和尚说道："善哉，郑施主，既然大家合作行事，还请直言。"

甲丁乙也跟着嘿嘿冷笑了两声。

郑则道说道："玉胎珠确实起了作用，但功效有限，其一，低于苦灯师父的哨音的振动，秋日虫不会鸣叫，除非人能够悬浮飘飞到金佛处，否则以常人之力，实难做到；其二，某种特定频率范围内的振动，亦不会引起秋日虫的鸣叫。我刚才只试出了微弱的一点罢了，细若游丝，尽管我心中清楚，可真的说不出来。人人体质不同，我的感觉只有我一人知晓，并非不愿意告诉大家。”

甲丁乙冷哼道：“至少你能够做到其一，而且能前行五步。”

郑则道笑道：“甲丁乙兄弟高估我了，我只能前行三步，第四步实不相瞒，我是蒙上的，这才知道其二，但第五步就引起了虫鸣。”

苦灯和尚说道：“善哉，郑施主，你这么一说，小僧倒突然想明白了一件事。”

郑则道抬头笑道：“苦灯师父请讲。”

苦灯和尚说道：“刚才我哨音响起时，并未引起虫鸣，而哨音停止时，本该无事，却引起了虫鸣，所以，小僧推断，郑施主其二所说的某种特定频率之内，并不完全正确，应该是两种或三种特定频率交替不停地使用，这才能始终让秋日虫没有反应。”

郑则道说道：“苦灯师父说得有理！”

甲丁乙嘿嘿笑道：“不错！和尚实在！”

郑则道呵呵一笑，再不说话。

烟虫抽了口烟，说道：“那么该我了。”

火小邪低声道：“要不，我先？”

烟虫捏了捏火小邪的肩头，说道：“我先吧，你最后！”说着把嘴上的烟头吐掉，从袖口中变出一根一端满是牙印的小木棍，咬在嘴中，向洞中走出。

烟虫走到石室前，看着石室尽头处的金佛，嘴中念了句：“妈的，这次可好玩了！”

烟虫调整好自己的呼吸，咬紧了木棍，将自己脚上那双锃亮的皮鞋脱下，放在一边，然后缓缓踏步向前迈去。

火小邪在洞外看着，攥紧了双拳，为烟虫捏了一把汗。

烟虫的足尖探到地面，缓缓放下前脚掌，静止不动，竖耳一听，没有虫鸣来临前的迹象，烟虫并不惊喜，后脚掌也缓缓放下，还是一片安静。

烟虫稳住身子，向前微微移动，整个身子就算进了石室。烟虫抬起后脚，依样而为，竟又迈出了一步，双脚全部踩入石室地面。

洞外的众人牢牢盯着烟虫脚下的步法，见烟虫居然迈出了两步，脸上都现出一丝紧张的神情。

火小邪更是紧紧咬着牙，大气都不敢喘一下。

烟虫迈出了两步，没有引起虫鸣，正要抬脚迈出第三步，却听到洞中有虫子“吱”的一声轻叫，烟虫暗喝一声不好，可是已经晚了，虫鸣声顿起，声势惊人。

烟虫第一次进洞，本以为火小邪描述的虫鸣如何如何厉害，多少有点添油加醋，这下听到真正的虫鸣在石室中响起，脑袋“嗡”的一下几乎能够爆炸，赶忙就要往外退，步子却已乱了，一步没有退出去，只是滞了一滞，膝盖却不听使唤，一下子发软，一条腿跪倒在地，还是没能退出石室。

烟虫哎呀一声叫，虫鸣声却更加剧烈起来，强烈了足足四倍，在石室中听着简直如同天崩地裂一般。虫鸣声从石室中传出洞外，震得洞口众人都急忙向后退去，大惊失色。

烟虫再也顾不上什么脸面，硬撑着一丝心智仍存，向后翻滚，这才退出石室，然而虫鸣仍没有停止的迹象，只是略略低了三成。烟虫不顾一切，四肢着地，急速向洞外爬去，眼看着就要爬到洞口，却开始直翻白眼，眼前彩光闪烁，看不清前面的东西，身子一软，就要趴倒在地。

烟虫忽觉得手臂上有大力传来，余光一撇，竟是火小邪在一片彩光中现出模样，火小邪正瞪着眼睛，五官歪斜地死命拽他。

烟虫心中一酸，涌起惭愧之感，顺着火小邪的劲头，用了最后一分力气，再向前一钻，生生被火小邪拖出了洞口。

这两人滚出了洞口，虫鸣声才戛然而止。

烟虫脸色发白，双眼乱翻，却哼了句：“妈的，好玩！”就一动不动，好似昏了过去。

火小邪流着两行鼻血，抬起头看着已经退到远处去的甲丁乙、苦灯和尚、郑则道三人，本想请他们来帮个忙，却见他们丝毫没有上前一步的意思，视若无睹一般，心里怒骂了句：都是些伪君子，乌龟王八蛋，你们是巴不得烟虫大哥死是不是？

火小邪不再看他们，挣扎起身，将烟虫向前拖动，可刚才火小邪冲进洞中，再次承受了一遍比以往更加强烈的虫鸣，全身发虚，冷汗直冒，根本用不上劲儿。火小邪拖了烟虫一下，就颓然坐倒在地。

只听苦灯和尚念道："善哉！火小邪施主，虫鸣已经停了，已然没事！你不要再拖动烟虫，就地休息吧！"

火小邪头也不抬地哼了声，坐着不动，不是他听了苦灯和尚的话不再拖，而是他的确没有力气去拖。火小邪用袖口一把将鼻血抹掉，突然尖声吼道："下一个是我进洞！你们不要小瞧人！"

火小邪和烟虫在洞口一个趴着、一个坐着，休息了片刻之后，烟虫身子才抖了抖，手臂抬起，慢慢将身子支撑起来，一个翻滚坐在了地上。

烟虫倒是没有流鼻血，但脸上没有血色，只有眼睛通红一片，布满了血丝。

火小邪见烟虫好转，自己现在也舒坦了一些，赶忙问道："烟虫大哥，你还好吧。"

烟虫摆了摆手，还是一嘴的浪荡口气，无所谓似的说道："这不活的好好的吗？没事，就是这虫子的叫声太难听了，闹头疼！"

火小邪放下心来，说道："刚才好危险，眼看着……"

烟虫打断火小邪话，说道："别说了，是我大意了，狗日的只是虫子叫，还真他妈的巴子的。"

"烟虫兄弟，你能走入两步，实在厉害，可能坏就坏在，你出石室时哎呀的那一声叫。"

火小邪和烟虫都略略回头，郑则道走在最前，甲丁乙、苦灯和尚紧随其后，走了过来，说话的人正是郑则道。

烟虫已经摸出一根烟，叼在嘴上，点燃之后深深吸了一口，懒洋洋地说道："你是表扬我呢？还是挖苦我呢？"

郑则道说道："烟虫兄弟不要误会，我们不都是在寻求破解秋日虫鸣术的办法吗？烟虫兄弟，请问一句，你是怎么连走两步的？"

烟虫说道：“不是我不肯说，而是我说不出来，个人感觉不同，咋说？”烟虫这句话前半句学着郑则道的口气，话的意思也差不多。

郑则道说道：“哦！原来如此！烟虫兄弟，我们有一事想和你商量。”

烟虫抽着烟，歪嘴哼道：“有屁快放。”

郑则道轻轻一笑，说道：“烟虫兄弟，恐怕第一枚金佛，不能送给你了。”

烟虫倒没有反应，火小邪却急了，就要站起。

烟虫把火小邪一拉，说道：“听他说完。”

郑则道说道：“烟虫兄弟，不是我们不遵守贼道规矩，而是贼道规矩中还有一条，以命搏来之物，不可随便赠予，除非有再造之恩，相信烟虫兄弟也知道吧。”

烟虫哼了一声，说道：“知道！”

郑则道说道：“我们本以为用玉胎珠麻痹了秋日虫之后，想取出金佛只不过要多费些时间，谁知刚才烟虫兄弟进洞一遭，细微的差错，几乎就无法出洞，虫鸣声的强烈程度更甚以往，石室说大不大，但走到金佛前再退出，一有闪失，再好的身手恐怕都要丢了性命。所以取到一枚金佛，都是赌上一人性命之事，并非普通的合作偷盗。刚才我们商议良久，觉得还是与烟虫兄弟说上一说，想烟虫兄弟是东北四大盗之首，声名在外，本事了得，应该体谅吧。”

火小邪还是忍不住，叫道：“你们这是耍赖！没有烟虫大哥说出玉胎珠的法门，现在你们还不知道该怎么办呢！”

郑则道说道：“若是五人合力取出第一枚金佛，绝不赖账，可是现在这个局面，只能各显其能。刚才我们已经商量过，这就散伙，各自行事，一人一个洞口。如果烟虫兄弟纠缠这件事，大可等我们中的某人取出第一枚金佛后，找这个人去要。”

火小邪又要说话，烟虫抢先一步说道：“不用说了！既然要靠自己一个人玩命才能偷出来的金佛，送给我我也不要，我丢不起那个人！”

郑则道笑道：“烟虫兄弟果然是好汉！对不住了！不过，烟虫兄弟，这个已经尝试过的石洞，就送给烟虫兄弟了，我们再摆几套就是。”

火小邪看着郑则道身后的苦灯和尚、甲丁乙，这两人都一言不发，任凭郑则道在前面说话。火小邪暗道："都是些小人！点头时一个个都像鸡啄米，翻脸却比翻书还快，全都是为了一己私利！"

烟虫说道："那就谢了！"

郑则道说道："那好，烟虫兄弟，请好好休息，不打扰了。"

苦灯和尚念道："阿弥陀佛！"转身离去。

甲丁乙冷冷地嘿嘿笑了两声，也闪到一边。

郑则道、苦灯和尚、甲丁乙各自寻了一个洞口，观望一番，郑则道便去找纳火寺的和尚，要他再取整套物品来。

火小邪和烟虫坐在地上，烟虫闷闷抽烟，若有所思。火小邪心里叹了几声，歪着头也不说话。

烟虫吐出一口烟，突然说道："火小邪，你记不记得前年奉天城的冬天？"

火小邪一惊，忙道："记得！那年冬天很反常，天气不冷，护城河里只结了薄薄一层冰……"

烟虫说道："去过大北口的冰面上玩过吗？"

火小邪说道："去过，以往大北口都是打冰珠的地方，前年冰太薄，没有人敢玩了，但我还是去了几次，我一个兄弟还一脚踩塌了一块冰面，差点就掉下去淹死了。"

烟虫说道："这就对了。你知道我走了两步，没有惊动虫鸣的感觉如何吗？就像从当年大北口河面中间最薄的冰面踩过一样，不能快了，也不能慢了，而且必须不断移动，才不会踩塌冰面，掉进水中。"

火小邪惊道："竟然是这样？"

烟虫说道："石室的地面，之前应该是像水一样，稍有一点点振动就会引起虫鸣，想从水面走过，绝不可能，而麻痹了秋日虫以后，就像水面上结了一层冰，但是极薄极弱，要想走过去，心中要静，脚下要稳，动作要匀，振动要轻，那个苦灯和尚说得不错，振动频率最多两种，交替而为，和踩冰面差不多！"

火小邪说道："这算是种身法吗？"

烟虫说道：“是！而且是一种十分基础的身法！和吃饭睡觉一样普通的身法！可惜看着普通，要想步步都在振动范围之内，一步都不错，却是很难很难的！就和拿盘儿的功夫一样，必须几感合一才行！更重要的是要有灵而不泛、稳而不僵、静而不空、韧而不柔的心思！”

火小邪喃喃道：“灵而不泛、稳而不僵、静而不空、韧而不柔……”

烟虫说道：“这是我死了八百年的师父教我的，可惜我到现在为止，都做不到，嘿嘿！愧对我那个一脸死相的师父啊！”

火小邪脑中一闪，说道：“烟虫大哥，怎么你越说，我越觉得你和你师父好像知道秋日虫鸣术，也知道这个纳盗之关是要考验我们什么的。”

烟虫嘿嘿一笑，说道：“天下盗术，皆出五行！”

十、火家择徒

火小邪多少有些吃惊，问道：“什么？烟虫大哥，你是说，所有的盗术都是五行世家传出来的？”

烟虫说道：“五行是五行，世家是世家，比如火行贼王，代表着火行盗术的至高地位。偷盗这件事情，自古就有，人性中天生就会，并没有像孔圣人那种开宗立派之说。嘿嘿，但自从五行世家出现以后，这些人有皇权支持，渐渐把同行其他盗贼压制住，到了明朝末期，五行贼王算是统领了各行盗术，咱们这里的贼，从师父一辈往上追踪溯源，多多少少都与五行世家有关系，除非绝顶聪明，可以另辟蹊径，否则我们能做到什么，能有多大的本事，都在五行世家的计算之内，跳不出他们的手掌心。”

火小邪说道：“那火行盗术到底是怎么回事呢？”

烟虫说道：“金木水火土五行，火行盗术以身法、手法为本，咱们长手长脚的人，哪怕从没有学过火行盗术，只要心中一横，猫着腰偷个西瓜还是会的，这就算是火行盗术了！所以火行盗术乃是最多人会、流传最广的一门子盗术，跟背、拿盘、捉刀、捏旺、大小跌、高下悬等等都是火行盗术，天下的贼，九成九的人会的本事都是火行盗术！他妈的因为人实在太多了，好多贼都不知道天下还有其他四行盗术！以为火行就是最大呢！”

火小邪说道："那我明白了！怪不得火家要全天下招弟子！金行、木行、水行、土行这四门盗术，想必是极难了！"

烟虫说道："金木水土四行盗术，皮毛地说说，不过是工具器械、用毒使药、潜伏易容、挖坑掘地，但想达到在世家中挂上名的手段，可就难了！不像火行盗术那样，一般人偷的多了，或者学了些武功，就能达到入门的水平。火小邪，我虽然这么说，你可别小看了火家，火家入门容易，越往上走越难！"

火小邪默默点头，说道："烟虫大哥，你师父会不会就是火家人？你怎么知道这么多？"

烟虫抽了口烟，说道："我也不瞒你，我师父的确是火家人，但是属于被火家逐出来的，叫作败火徒，所有被逐出的火家弟子，都叫败火徒。嘿嘿，我师父这辈子，就是想让我能重新成为火家的弟子，可惜我不争气，也不愿意再认师父，这次来这里，第一给我师父还个愿，第二就是来玩玩的。这个纳盗之关，我火性不纯，心思漂浮，肯定过不了，就算能过我也不会过。火小邪，我若能助你过关，怎么都算给我那混球死脑筋的师父一个交代了！嘿嘿！"

火小邪轻轻哦了一声，若有所思。

烟虫见火小邪不再说话，轻轻笑了声，默默抽烟。

火小邪说道："烟虫大哥，看来甲丁乙、郑则道、苦灯和尚他们一定也知道过关的办法了。"

烟虫喷出一口烟，说道："那是自然！"

火小邪站起身来，对烟虫说道："烟虫大哥，我现在去试一试。"

烟虫点头道："去吧！"

火小邪深深吸了几口气，向洞中走去。

郑则道此时已经摆好了物品，正从洞中出来，见火小邪就要进洞，站住了身子，一脸笑意地看着火小邪。

火小邪走到洞口，注意到郑则道正打量着他，面无表情地和郑则道对视了一眼。

郑则道喊道："火贤弟！祝你马到成功！"

火小邪怎么都觉得郑则道在冷嘲热讽，这时候倒一点都不生气，轻声哼道："托你的福！"

火小邪再不搭理郑则道，径直走了进去，来到石室前。

石室尽头的那尊小金佛，就在二十余步开外，若是在平日里，一个助跑，八九个大步就能跳过去，可是现在，这一点点的距离，却如同在千里之外，看似平静的石室内，暗流涌动，危机四伏，不亚于刀山火海。

火小邪弯腰把烟虫的皮鞋拾起，毕恭毕敬放在一边，自己也脱了鞋，把袜子褪掉，光脚肃立。

火小邪脑海中满是前年在奉天大北口冰面上的情景……

火小邪和老关枪、浪得奔、瘪猴四人在冰面上玩耍，老关枪指着一处薄冰，叫嚷着："你们谁敢从这处冰面上走过去？"

少年的玩耍总是充满了各种奇怪的挑战，摔泥饼子、比谁尿得远、打水漂、踩稀泥等这些大人们都不屑参与的游戏，像火小邪这些奉天小贼，胆子比寻常的少年更大些，有些比试甚至危险得很。老关枪出这个踩薄冰的点子并不稀奇，瘪猴顿时喊道："我就敢！"

火小邪嬉笑着："我也敢！"

浪得奔体重最大，但也不甘示弱："这算个屁！当我不敢吗？"

他们四个小贼嘻嘻哈哈，一个一个从薄冰上慢慢走过，都是平安无事。这四个小贼觉得十分刺激，呼喊着又去找其他冰面冒险。几个人找了几处很薄的冰面，一一走过，还是无事，这下胆子更大，挑选了一块薄的依稀透明的冰面，又要尝试。

瘪猴此时喊道："你们看，那边有个人好像也在走冰面呢！"

大家转头看去，只见一个嘴上叼着一根香烟，穿着皮夹克的男人，正小心翼翼、动作缓慢地在冰上行走。火小邪他们看了几眼，哈哈一乐，互相说了几句俏皮话，也没有在意，自顾自玩耍，岂知这个男人就是两年后同闯火门三关的东北大盗烟虫李彦卓。

火小邪回想到这里时，才感叹原来很早以前就见过烟虫了。

火小邪肃立片刻，迈出了第一步。

脚尖的皮肤接触到了石室的地面，冰凉感传来，好像这里的地面真的就像大北口的薄冰一样。

火小邪在大北口，所有冰面都曾一一走过，包括老关枪、浪得奔、瘪猴都不敢走的冰面，火小邪似乎并不仅仅是运气好，而是在走冰面的时候有一种特殊的感觉，不由自主地这么去做。最后一次火小邪走过了一块冰面后，瘪猴以为自己身子最轻，尝试走一走，却踩塌了冰面，直坠水中，火小邪他们费了好大劲，全身湿透才把瘪猴救起，瘪猴差点就丢了性命。这四个小贼才不敢再玩这种危险的游戏，慢慢大家都忘了火小邪还有这种本事，若不是烟虫提醒，甚至火小邪都一下子想不起来自己干过这种事情。

火小邪脚尖接触地面，眼前不再是纳火寺的石室，而是回到了两年前奉天城大北口的河面上。老关枪、浪得奔、瘪猴的嬉笑声隐隐回荡在耳边，但如同大北口的时候，火小邪根本听不进去，心中一点杂念都没有，纯净得如同一朵浅蓝色的火苗。

放下脚尖，没有虫鸣，火小邪并没有用脚尖支撑身体的重量，而是飞快地将整个脚掌放下，身子自然而然地前移，地面微微一震，还是没有虫鸣。

火小邪的脑海中已经忘了秋日虫鸣术，忘了那恐怖的虫鸣威力，他就是要走过这片“大北口的冰面”，就像当年一样。

火小邪一只脚踩下，一切如常，火小邪抬起后脚，向前迈去。

“嘎嘎嘎嘎嘎”好像有细微的声音传来，火小邪听在耳中，仍然像冰面微裂的声音。火小邪并不害怕，而是加快了迈步的速度，后脚迈上前，脚尖着地，前脚掌支持住，脚掌放下，重心前移，第二步成功！

“嘎嘎”声顿时消失。

火小邪无欲无求，没有觉得惊奇，更没有丝毫喜悦，还是按照前两步的方式，迈出了第三步。

第三步仍然成功了，石室中寂静无声。

烟虫在洞口看着火小邪已经走出了三步，整个脸上都舒展开来，眯着眼睛，看着火小邪的后背，一丝丝地细细抽烟。

"火贤弟好本事！！"郑则道的声音从烟虫身后传来。

烟虫眉头一皱，他刚才专心看着火小邪，还真不知道郑则道什么时候走到自己身后的。

火小邪正要迈出第四步，突然觉得胸口一阵恶心，本来心中那朵纯净燃烧的火苗噼啪微响，晃动了一下，冒出一股黄光。火小邪身子微微一颤，第四步还没有放下，就听到石室中"噶咔"一声不同于刚才的轻响，虫鸣声猛然发动，直刺脑中。

火小邪只觉得脚下一空，好像冰面已被踩塌，整个人都坠入了冰水中。

奇怪的是，尽管虫鸣声响起，声势不减，火小邪却觉得这次自己的难受程度大大降低，不再是头几次那样，只要听到一声，就如同要撕裂脑袋。

火小邪不急反静，他越是危急时反而越冷静，这好像是他天生的本事，在过乱盗之关、竞盗之关的时候，屡次解救自己于危难之中。

火小邪还是按照前行的步伐频率向后退去，不紧不慢的连退三步，出了石室，这才光着脚快步奔出。

火小邪奔出洞外，虫鸣声也止住了。火小邪尽管难受，却还能支撑，不至于瘫倒。火小邪撑住自己的膝盖大口喘气，喘了数口之后，便舒服多了。

火小邪抬起头来，正看到郑则道站在烟虫身后，一脸错愕地盯着自己。

烟虫紧皱着眉头，浓浓地喷出一口烟，哼道："郑则道，你看够了没有？"

火小邪见郑则道打量着自己，全身都不自在，避开郑则道的眼神，一转身坐到烟虫的身边，就当郑则道不存在。

郑则道一翻手，拔出自己的纸扇，哗的一下打开，猛扇两下，又啪的一下把扇子合上，走上前一步，客客气气地问道："火贤弟，你好像不怕虫鸣了？"

火小邪爱理不理地说道："怕啊！我怎么不怕了？"

郑则道说道："刚才虫鸣声响起时，火贤弟好像浑然不觉，慢慢退出的……"

烟虫哼了声，吐出一口烟，说道："郑则道，咱们已经散伙了，你关心这么多，不嫌累啊？你不嫌累，我还他妈的憋闷呢！拜托，郑婆婆，让我们静一静！”

郑则道微微一笑，说道：“烟虫兄弟，我和火贤弟的交情不错，一直以来都合作无间，经常商量着办事，我这是关心火贤弟。”

烟虫哧地喷出一口烟，故意顶着郑则道说话：“我两年前就认识火小邪，一起在奉天城摔泥巴打冰猪，你认识他才多久？论交情，我和火小邪是生死之交，你怎么的？郑则道，你就少折腾这些花花肠子了，有意思吗？”

郑则道还是笑道：“烟虫兄弟，你别误会，我绝非是想……”

烟虫哼道：“停！停！我说不过你！”

火小邪转头对郑则道说道：“郑大哥，我真的不知道怎么回事，我不是不怕虫鸣，而是习惯了吧。郑大哥，现在这时候，没什么好商量的了，咱们各自行事吧。”

郑则道义正词严地说道：“火贤弟，你可能误会了，我绝对没有占你便宜的意思！”

火小邪心中骂道：郑则道啊郑则道，你浑身是嘴，长满三寸不烂之舌，你去做官多好，非要做什么贼。

火小邪说道：“唉，郑大哥，我真的好累啊，能不说话了吗？”

郑则道是个明白人，知道再说下去也没有什么用，轻轻笑了声，说道：“火贤弟，烟虫兄弟，打扰了，有空再议。”说着慢慢走开，坐在一边。

苦灯和尚、甲丁乙早就坐在地上，听着郑则道他们一番废话，都不动声色，胸有成竹，根本不屑于关心火小邪到底做到了些什么。

郑则道走远以后，火小邪才低声对烟虫说道：“烟虫大哥，我觉得我能做到！”

烟虫说道：“嘿嘿，火小邪，我果然没看错你！我那个死鬼师父生前天天在我耳边嘀咕火性精纯火性精纯，其实就是你这样的，哈哈。”

火小邪说道：“烟虫大哥，如果我能顺利取出第一枚金佛，就能取出第二块！烟虫大哥，你和我一起过关！”

烟虫嘿嘿嘿笑了几声，抽了一口烟，说道："好啊，你先取出一枚再说，踏实点，别学我这个吊儿郎当的劲儿。"

火小邪有点惭愧地干笑两声，抓了抓头："咳，知道了。我现在就再去试试。"

烟虫拉住火小邪，说道："不着急，现在情况不明，你不要去做第一个取出金佛的人，咱不害人，但不得不防人。现在时间还多，你真有心帮忙，就等闹小宝来了以后，再做打算。"

火小邪应了声好，还是去洞中把自己和烟虫的鞋子拿出来，两人分别穿上。烟虫体力也恢复了，两人起身去了一旁的凉棚歇息。

烟虫心情甚好，与火小邪天南海北地聊个不停，说了不少自己偷老毛子（俄国人）的趣事，火小邪听得出来，烟虫很多时候都惊险无比，生死悬于一线，但在他的嘴中，都是轻描淡写，非常洒脱，不由得更加佩服烟虫这个独行大盗，除了有些喜欢拈花惹柳，玩世不恭以外，真真正正的是个义贼。

苦灯和尚、甲丁乙、郑则道三人，还是枯坐在空地上，各自守住洞口，对一旁的烟虫与火小邪的谈笑风生，置若罔闻。

暂且不表纳火寺的情景，说回到王家坳张四爷、周先生、王贵这边。

王家坳的枪声已经停了，漫山遍野都是死人，还有不少受了枪伤的士兵疼得满地打滚，哀叫连连，也没有人敢来照应。

张四爷这边的钩子兵分散在各处山石后，和前方不远处的二百多名士兵呈对峙之势，谁也不敢妄动。

王贵被张四爷捆了，趴在山石后面，面如死灰，一言不发。王贵看得清楚，自己四百多人的队伍，竟被张四爷以不到二十人杀伤近半，简直不可思议，又无可奈何。

其实张四爷、周先生心里更不舒服，这些晋军刚刚接触的时候，如同砍瓜切菜一般容易，不多久就干掉了数十人，可越往后面越难对付，这些士兵乱了一时阵脚之后，慢慢集结起来，在王家坳出口一带布成严防死守的阵势，由各队长官统一号令，四面八方齐射，一轮接着一轮。已有一个钩子兵中乱枪当场毙命，还伤了三个钩子兵，尽管没有性命危险，却已经行动不便。

张四爷哼道："没想到这些兵这么难对付！耽搁了如此长的时间，还是前行不得！"

周先生说道："这支部队只怕是接受过西洋战术的长期训练，我们小瞧他们了。"周先生说着，看了眼趴在地上的王贵，问道："你叫什么名字！什么来头？"

王贵哼了声，说道："老子叫什么名字，你们管不着！另外告诉你们，我是德国士官学校毕业，这支部队老子亲自训练了五年，西洋战法，不战至最后一个人，是不可能后退的。你们拿我做人质也没有用，杀了指挥官也没有用，士官都是层层递补，号令早就统一，没用的！没用的！你们过不去的！哈哈！"

周先生对张四爷说道："张四爷，我看我们还是不要硬撑了，后撤吧！"

张四爷沉吟一声，说道："周先生，你的意思是，放弃？"

周先生说道："不是放弃，这一带的地形不像入口处那么险恶，我们向侧面撤退，分散开来，从山中绕过王家坳，料他们不敢追上来，但我们必须舍弃掉所有马匹、郭老七、胖好味，徒步前行。"

张四爷略略思量一番，说道："好！周先生说得有理！周先生，你这就安排下去，另外命一个腿脚快的弟兄，赶回王家大院，带着嚼子们去平度一带蛰伏。"

周先生说道："好！我这就去安排！"周先生看了一眼王贵，说道："张四爷，这个人咱们怎么处理？"

张四爷看了眼王贵，说道："他倒是条硬汉！留他一命！"

王贵嘿嘿嘿嘿连声冷哼，却不说话。

周先生点头应了，一掌劈在王贵后脖颈上，将王贵打昏。

钩子兵们得了号令，渐渐向一侧山上撤去，士兵们果然不敢贸然上前，死守阵地，等钩子兵都没入了山林，才派出了一个敢死的，摸到张四爷他们原先所在之地，见王贵昏死在地上，赶忙上前松绑，把王贵摇醒。

王贵睁开眼睛，晃了晃头，见是自己的下属，才长长地松了一口气，咬牙骂道："御风神捕！张四！周先生！好得很！你们的日子也该到头了！我就不信你们能活着离开山西！"

王贵收拢了队伍，清点伤亡，打扫战场，收押了郭老七和胖好味。郭老七和胖好味一直滚在沟中，灰头土脸，但摆脱了张四爷，两人都乐得大嚷大叫，痛骂张四爷，盛赞王贵他们英雄。王贵见郭老七和胖好味也是张四爷的对头，敌人的敌人就算朋友，倒是没有为难他们两人，却也来不及询问他们，只派人看管住。

王贵清点完战局，自己这边死了一百六十余人，重伤三十四人，轻伤十七人，对手张四爷他们只留下一具钩子兵的尸体。王贵这次可谓是一败涂地。

有副官来问王贵下面该如何，王贵骂道："继续守住王家坳，直到黄昏！"

副官不解，疑道："长官，您是等那帮人再回来？"

王贵一巴掌甩在副官脸上，怒骂："废你妈的话！叫你守住就给老子守住！"

副官赶忙连滚带爬地跑开。

王贵看着战场，简直要气炸肺。

"嗒嗒嗒"马蹄声阵阵，又有一队人马向王家坳奔来。

士兵们无不大惊失色，以为是张四爷他们又回来，纷纷布防。

王贵也是一惊，心想又是何人，赶忙找了个隐蔽的地方，放眼看去。这一看不禁瞪大了眼睛，嘴中嚷道："爹！哥哥！还有……这都是谁？"

那奔向王家坳的队伍中，王全、王兴在前，一个翠绿衣服的短发女子在后，与短发女子并骑还有两人，一个是个中年胖子，穿着白色衬衣，戴着一副金丝眼镜，十分的富态；另一个则是一脸严肃的青年男子，穿着黄色短衫，模样英俊得很，还有数个店小二打扮，两个穿灰衣的男子跟随其后。

王贵赶忙跳到路上迎接着，这一行人奔到王贵面前，止住马匹。王兴从马上跳下，打量了一下前方的战场，狠狠皱眉，上前一把抓住王贵，沉声道："谁干的？"

王贵说不出的委屈，咬牙切齿地狠狠骂道："御风神捕！这帮龟孙子！老子定要他们躺着离开山西！"

王全坐在马上，没有丝毫病态，冲着王贵喝道："王贵！你做得很好！"

王兴拉过王贵，细细交谈。

王全身后翠绿衣服的女子，正是林婉，她看了看眼前的一片修罗场，一双秀眼中泛出泪花。林婉赶忙低头，用衣袖拭泪，轻声说道："何必如此呢，都是无辜的人啊。"

王全赶忙回头，低声对林婉说道："师妹，张四他们这群人疯了，你不要多想。"

林婉轻叹一声，说道："水王流川为什么要把张四他们引来这里呢。"

王全忙道："师妹，不要说水王流川的事情。"

远处的山冈上，三个黑衣人静静站在一棵树下，被树影遮住，要不仔细看，还真看不出这里站着三个人。

一个黑衣女子皱了皱眉，对身边的高挑男子说道："爹，那翠绿衣服的女子是谁？"

黑衣男子说道："木王的千金，叫作林婉。"

黑衣女子长得极美，可脸上却阴晴不定，似喜似悲似怒似忧，她淡淡说道："就是她给火小邪治了腿伤？"

黑衣男人说道："就是她。"

另一个黑衣女子，长得和前者一模一样，就是眼神中透出一股子风骚劲头，眼睛一弯，笑出了声，说道："呦，水妖儿，你是吃林婉的醋了吗？"

水妖儿哼道："水媚儿，你留点口德不行吗？"

水媚儿嘻嘻笑道："木生火，木生火，水妖儿，你可要小心哦，我看林婉这个小狐狸精，这么博爱，很容易把火小邪迷住的。"

黑衣男人正是水王流川，也不知道他们三人是何时来到此处的。

水王流川沉声道："你们两个丫头，不准再谈论林婉！否则家法伺候！"

水妖儿、水媚儿齐声恭敬地回道："是！爹爹，我们不敢了！"

水王流川遥望王家坳，默默说道：“这个张四，真是执着，竟然大开杀戒。”

水妖儿说道：“爹，我不明白，你为什么要把张四他们也引到山西来，真的只是让张四他们给添添彩头吗？”

水王流川慢慢说道：“张四，我要看着他一点一点绝望而死。”

水媚儿呀了一声，说道：“爹，你这么恨张四吗？直接让我去杀了他不就好了。”

水王流川说道：“我要他死，易如反掌，但我不会这么做。”

水妖儿说道：“爹，你总是要我放开，可你就不能放开吗？”

水王流川转过头，一双无底深潭一样的眼睛看着水妖儿，慢慢说道：“水妖儿，如果你做不到的，爹其实也做不到。走吧！”

水王流川一转身，独自行去。

水媚儿白了水妖儿一眼，说道：“爹爹今天心情好，要不可有你受的，走啦走啦。”水媚儿一闪身，追着水王流川而去。

水妖儿看着两人的背影，脸上所有的表情一下子全都不见，一片空白。水妖儿看看眼远处的山麓，正是纳火寺的方向，身子微动，这才追着他们离去。

火小邪和烟虫聊了近一个时辰，相谈甚欢。空地上枯坐着的甲丁乙、苦灯和尚、郑则道三人估算着到了时辰，洞中的秋日虫应该已被麻痹住，各自都站起身来，在洞口观望一番，几乎是相同时间，这三人都走进了洞中。

火小邪和烟虫止住说话，看着洞口，他们三人会有一举成功、手到擒来的吗？

时间一分一秒地过去，转眼已有一盏茶时间，既没有虫鸣声，也没有人出来。火小邪和烟虫正有些纳闷，只听一个洞口中虫鸣不已，随即郑则道跳出洞外，一脸死灰，走了两步，坐在地上不语。

没有动静之时一点都没有，一来就全部发作，郑则道退出洞外，甲丁乙、苦灯和尚进去的洞中很快也虫鸣声先后传出，先是苦灯和尚，后是甲丁乙，相差无几地跳出洞外。

甲丁乙怒哼一声，就见一条黑芒跟着他从洞中闪出，在空中打了个弯折，缩回到甲丁乙的一身黑纱之下，消失不见。

甲丁乙、苦灯和尚坐下不语，都在默默调息。

火小邪眼尖，注意到甲丁乙是拖着黑芒出的洞，低声对烟虫说道："烟虫大哥，甲丁乙会讨巧呢，他可能想用那根黑芒把金佛卷出来，这样他根本不用走到金佛面前。"

烟虫哼道："甲丁乙所持的黑芒，大约有十几步长短，甲丁乙还要走十步才行。"

火小邪心赞烟虫好眼力，竟能看出甲丁乙所持黑芒的长短。火小邪尚不知道，盗贼若能使鞭卷取物品，就算本事通天，鞭长最多三丈（约九米），否则不易控制力道。专门用来杀伤的鞭子，长度最多两丈。火小邪在奉天碰到的东北大盗黑三鞭也使鞭，只不过那根蛇鞭，只有不到一丈长短。甲丁乙的黑芒长短就有三丈左右，既能取物，又能杀人，已是到了鞭技的顶峰。

火小邪说道："甲丁乙能把黑芒亮出来，恐怕他已经能走进去七八步了。"

烟虫说道："这也未必，甲丁乙那黑芒破空之声巨大，当不属于秋日虫麻痹的范围内，甲丁乙这种人物，若能走出十步，就会走二十步，不必冒险引起虫鸣，违反取出金佛的规矩，得不偿失。"

火小邪默默点头，又问道："烟虫大哥，你看他们三个，谁最有可能第一个取出金佛。"

烟虫抽了一口烟，说道："如果我没有看错的话，郑则道当是第一位。"

火小邪眉头一皱，说道："怎么是他？他可是第一个退出来的！"

烟虫说道："你见过杀手吗？"

火小邪惊道："没有。"

烟虫说道："我之前和你说过，郑则道要杀我们都是眨眼的工夫，这是因为郑则道他并不是贼道出身，而是天生的杀手，杀人的高手，恐怕从小练习的都是杀人的技法。"

火小邪喃喃道："杀手……"

烟虫嘿嘿一笑，狠狠抽了口烟，说道："我那个死鬼师父说过，天生的杀手最有可能具有水火双生的命格，性格上彼此矛盾，身法亦钢亦柔，郑则道若用杀手的身法前行，是最有可能第一个取到金佛的。”

火小邪深吸一口气，说道：“我一直以为，甲丁乙是杀手出身，怎么会是郑则道……”

烟虫说道：“不是会杀人的，就敢称自己是杀手的，火小邪，你要切记，真正的杀手都是最不像会杀人的。我在江浙一带游玩的时候，碰见过一个老妇，手无缚鸡之力，老眼昏花，行动迟缓，有个乡绅奸污了她的孙女，孙女投河自尽，这老妇晚上一个人连杀乡绅家中八个男丁，都是一刀致命，刀子从喉咙侧面刺进去，死者喊都喊不出来，眨眼隔屁！嘿嘿，后来逃走时，这个老妇摔在沟里摔断了腿，才被人抓住，谁会信是这个老妇杀的？最后只好放了她，成了一桩悬案。若不是当天晚上，我好奇心起，跟着这老妇进了乡绅的院子，亲眼见她从后门口到乡绅的房中，一刀一个连杀八人，否则我也不相信。”

火小邪想起红小丑、亮八都是咽喉处受伤，整整一块肉都被齐齐挖出，伤口深不见底，听得全身直起鸡皮疙瘩，莫非红小丑、亮八都是死在郑则道手中？亮八的死状，明显是极不甘心又惊诧万分，死不瞑目，看来死得突然。郑则道如果能麻利地杀了亮八，烟虫只怕也不在话下，怪不得烟虫内心里对郑则道十分忌讳。

火小邪心中一阵阵发凉，自己竟和郑则道有过这么长时间的接触，但从来没有想到过郑则道会杀人，简直是从老虎嘴巴里面逛了一圈出来似的。

火小邪冷汗直冒，闭口不语。

烟虫呵呵一笑，歪嘴叼着烟，拍了拍火小邪的肩膀，大大咧咧地说道：“没事的，知道就好，多做提防就行。”

郑则道、甲丁乙、苦灯和尚三人静坐片刻，甲丁乙第一个起身，又进洞去了，随后苦灯和尚、郑则道也相继起身，进洞再试。

这三个人耐性都不错，一个个进进出出的都有三趟，仍然没有人成功，但他们并不着急，毫无焦急的神态。

此时太阳已经慢慢落山，将纳火寺笼罩在一层火红的晚霞中。

本来空地中一片安静，郑则道他们三人坐地休息，火小邪和烟虫也无所事事，专心打量着，这时却有一声尖厉的惨叫声传来。众人都是一惊，纷纷扭头去看，只见病罐子满脸是血，血迹却已干涸，脸上又是血又是泥土，如同厉鬼一样，从纳火寺和尚的身边跑出，瞪着一双血红的眼睛，双眼迷离，直直地向众人冲过来，也不知道他看着谁。他本因戴着眼镜，此时却也没有了。病罐子嘴中厉声嘶吼："还我命来！还我命来！"

火小邪和烟虫哪里坐的住，赶忙站起，郑则道、甲丁乙、苦灯和尚也不敢坐在地上，跳起来防备，这个病罐子李孝先是怎么回事？怎么这个鲜血淋漓的样子，来到纳火寺？

病罐子率先向苦灯和尚冲过去，伸出手要掐苦灯和尚的脖子，苦灯和尚脚步微移，闪开病罐子的攻击。病罐子扑了个空，跌倒在地，在地上翻一滚，站起身来，仍然大叫道："还我命来！"

火小邪这可纳闷了，病罐子怎么和苦灯和尚结仇了，怎么一上来就要和苦灯和尚拼命的劲头？

火小邪正在疑惑，病罐子却不再扑向苦灯和尚，转了个向，朝郑则道冲了过去。郑则道眉头一皱，抽出自己的扇子，对着病罐子的手腕一架，另一只手一推，让病罐子转了个向，病罐子大声尖叫，又向甲丁乙扑过去。

甲丁乙嘿嘿冷笑，身下两道黑芒射出，一下子卷住病罐子的脚踝和脖子，双手一分，已经将病罐子放倒在地。病罐子被黑芒勒住脖子，叫不出声，双手扣着脖子上的黑芒，不住翻滚挣扎，眼看着甲丁乙就要把病罐子勒死。

纳火寺的和尚高声念道："甲丁乙施主！手下留情！不可杀人！"

甲丁乙嘿嘿冷笑两声，骂道："他自己找死！和尚，你不能让这个疯子在这里捣乱！"

纳火寺和尚高声道："我们自有安排！甲丁乙施主请住手！"

甲丁乙哼了一声，唰唰两声把黑芒收了，跳开几步，远远离开病罐子身边。

病罐子咳嗽几声，依旧奋力尖叫道："还我命来！还我命来！"

病罐子从地上爬起，踉踉跄跄的又向火小邪冲过来，仍不住叫嚷着还我命来。

火小邪头皮发麻，自己什么时候得罪过这个病罐子？怎么病罐子不分青红皂白，见人就要拼命？难道我们这些人中，有一个是病罐子的仇敌？而病罐子却不知道是谁，只能乱杀？还是病罐子当我们所有过关的贼人，都是该死？

火小邪正不知道怎么对付这已经疯癫了的病罐子，烟虫笑了声，跳上一步，一口浓烟从嘴中喷出，正好罩住病罐子的脑袋。这烟的味道辛辣，又有股酸臭味，火小邪闻到都脑袋里一凉，似乎有提神醒脑的作用。病罐子被这烟阻住，将烟尽数吸入口鼻中，他微微一愣，眼神中恢复了一丝常态，但身子已软，“扑通”一下跪倒在地，摔倒一边，不省人事。

火小邪正诧异着，两条灰色的人影不知道从哪里钻出来，晃得火小邪眼中一花。这两个灰衣人已经一前一后把病罐子抬起，飞也似的奔入佛堂一侧的窄道中，不见了踪影。

众人都是一片沉默，倒不是因为病罐子，而是没想到这只有一个和尚的纳火寺，竟能突然出现两个灰衣人，快如闪电般的把病罐子抬走，还没有人注意到他们是怎么来的，又一直藏在何处。

烟虫把嘴上的烟拿下来，用手指掐熄，塞回怀中，重新点了一根普通卷烟叼在嘴上。

郑则道脸上不悦，对纳火寺和尚喊道：“这位师傅！刚才那人已经疯了！你怎么能让他进来这里！”

纳火寺和尚朗声道：“各位施主，病罐子李孝先尽管狼狈，但他持牌找到了纳火寺，就算进入了纳盗之关，我自然要带着他进来。而他见了各位，为何突然疯癫，小僧就不清楚了。”

苦灯和尚念道：“阿弥陀佛，病罐子定是拼住一口意识不失，才来到纳火寺，但见了我们，已是油尽灯枯，加上他之前定遇到什么诡异的事情，这才猛然疯癫了。”

纳火寺和尚应道：“小僧仅是主持纳盗之关，不便推断是非，现在病罐子已被请走，还请各位施主继续闯关。”

甲丁乙嘿嘿冷笑道："纳火寺的秃驴听着！这么个已经全疯的人，你们明明知道，还要放他进来，是故意吓唬我们的吧！他是过了竞盗之关到了这里，还是你们把他弄过来的？这都说不准咧！嘿嘿！"

郑则道也上前一步，抱拳对纳火寺和尚说道："这位师父，我们一路过关，千辛万苦，很不容易！原本来到青云客栈的有十八贼人，或死或伤或被抓获，仅剩我们几位在此，也都身心俱疲！平白放进这么个疯癫之人，大煞风景，不知道是想增加我们过关的难度，还是要故意戏耍我们？"

纳火寺和尚连声念道："善哉善哉，郑则道施主多虑了！小僧口舌迟钝，不善解释，请各位施主海涵，小僧这就退下，仅在一旁观望。各位施主有其他吩咐，敬请知会。"

纳火寺和尚将头一低，退开一边，坐在空地一角的蒲团之上，闭目诵经，看那死沉沉的木讷样，定不会再与大家纠缠此事。

甲丁乙冷笑几声，返回自己的洞口前坐下。郑则道看了纳火寺和尚几眼，微微皱眉，嘴中轻哼一声，也返回自己的洞口前坐下。苦灯和尚念了声佛号，远远地看了火小邪几眼，神情冷峻，似有深意，也返身回去坐下。

火小邪被苦灯和尚这么一看，不由得心中打鼓，千思万想，搜肠刮肚，回忆着除了见过病罐子、亮八、红小丑在青云客栈中一起吃饭，自己绝对与病罐子没有丝毫接触。苦灯和尚这深深几眼看着自己，难道苦灯和尚怀疑病罐子发疯与自己有关？就像苦灯和尚发现红小丑的尸体时，自己刚好也在尸体边一样？

火小邪暗愁道："这下跳进黄河都洗不清了，苦灯和尚不会还是怀疑我杀了红小丑吧。见他奶奶的鬼哦！"

烟虫在一旁说道："那个病罐子可能还有救，他是中毒了。"

火小邪啊的一声，张大了嘴巴，闭都闭不上。

烟虫哼道："好厉害的手段，这个病罐子可能自己有什么克制的药物，才能撑到现在，要不然我刚才那股子醒脑烟，不至于让他神智暂时清醒后，却昏迷过去。"

火小邪心乱如麻，竞盗之关发生的怪事太多，他已经被闹糊涂了。

烟虫见火小邪神不守舍，也不愿问他，拉着火小邪坐下，自己静静抽烟。

郑则道他们坐了片刻，甲丁乙又是先起身，向洞中走去，随后苦灯和尚、郑则道也站起来，走入洞中。

这次没有花多长时间，虫鸣声起，甲丁乙、苦灯和尚快步退出，继续坐地休息，可他们等了许久，郑则道进去的洞中，还是寂静无声，郑则道一直没有出来。

甲丁乙慢慢站起来，向郑则道的洞口走去，烟虫也连连咂嘴，把火小邪一拉，说道："过去看看。"说着向前方走去。

苦灯和尚见众人都去洞口查看，也站起身来，跟在甲丁乙身后走去。

甲丁乙、烟虫、火小邪、苦灯和尚站在洞口，向里面张望，不由得都愣在原地。

洞中哪里还有人在！不止没有人在，远处石室里佛龛上的那尊金佛，也不见了！

众人站在洞口，见到这番景象，都是有些愣住，大家明明看到郑则道进了洞中，没有引起虫鸣，若金佛被他取到，他怎么都该退出来，怎么会消失不见？

甲丁乙站在最前面，一言不发地向洞中走去，大家都看着甲丁乙要做什么，无人说话。

甲丁乙进了洞，来到石室前，向石室中看了几眼，果然是空无一人。甲丁乙身子一晃，一道黑芒从黑纱中滚出，在石室上空啪的一下，打了个响鞭，顿时把虫鸣声惊起。

甲丁乙收了黑芒，快步从洞中退出，重重哼了一声，独自退到一边。

苦灯和尚念了声佛号，也退开一边。

火小邪和烟虫张望了洞中片刻，火小邪说道："郑则道，他过关了？"

烟虫叼着烟，说道："八成是！看来这个石室中，还有古怪，我们要多加小心。”

烟虫和火小邪退回凉棚，商量了一阵，尽管颇多推测，还是不明所以。

甲丁乙、苦灯和尚相续又去了一次洞中，仍未成功，他们两人静坐片刻，再度起身尝试，走入洞中。

烟虫、火小邪打定主意，站起身来，打算也继续尝试。

他们本想等到甲丁乙、苦灯和尚从洞中出来，可等了许久，甲丁乙、苦灯和尚却同样如同郑则道一样，再没有从洞中走出。

火小邪、烟虫都大为吃惊，快步走到甲丁乙、苦灯和尚各自的洞口张望，和郑则道不见的情况一模一样，石室内空无一人，无声无息，但金佛都不见了。

偌大的空地中，只剩下了烟虫和火小邪两人。

火小邪惊道："难道苦灯和尚和甲丁乙一同过关了，这，这也太巧了吧！"

烟虫吸了一口烟，说道："他们两个人实力相差无几，一同过关，也不奇怪。实力相当的独行大盗若是同时去偷一件东西，最易贼碰头，你摸到的时候，他也刚好摸到了，就是巧得很，我碰的多了，也懒得搞清楚是为什么。"

火小邪说道："烟虫大哥，东北难道还有和你本事差不多的？"

烟虫说道："东北四大盗，我一个，黑三鞭一个，这个黑三鞭我看不上，就是会斗狠，本事不大。另外还有两个人，是两兄弟，哥哥叫乔大脑袋，弟弟叫乔二爪子，我就是和他们两人经常贼碰头。"

火小邪听说过这两个人的名字，问道："我听说过他们的名字，但烟虫大哥、黑三鞭，荣行里有人可以描述你们的身手相貌，乔大、乔二好像神秘得很。"

烟虫哼道："他们神秘个屁，是这两个人脑子都有毛病，憨傻憨傻的，做事不合常理，常常躲在老林子里面砍木头，不是经常出来犯事。哪像我这样，老毛子、日本人天天通缉抓捕。"

火小邪轻轻哦了一声，说道："原来是这样……"

烟虫喷出一口烟，说道："火小邪，他们走了也好，清净！咱们也别耽搁了。"

火小邪应了声好，两人就要走向自己的洞口，只听身后有人兴冲冲地高叫道："烟大哥！火大哥！"

火小邪、烟虫回头一看，只见闹小宝笑哈哈地向他们跑来，火小邪一见是闹小宝，一下子乐了，赶忙迎上去，两个少年好一番亲热。烟虫也十分高兴，歪着嘴乐得哼哼。

这三人互相问了好，先让纳火寺和尚对闹小宝讲解了纳盗之关的规矩，随后这三人聚在火小邪要进的洞口旁，首先由闹小宝把自己一路上的事情讲了。

原来闹小宝走的路错得离谱，闹小宝走了一段，已经没有路，只有一个大山洞，闹小宝钻到洞里，迷迷糊糊转了半天，走得深了，还是没有个尽头，根本就不像里面能有纳火寺的样子，闹小宝觉得不妥，又花了不少时间才退出来，只能沿路返回。还没有回到最初的四岔路口，就看到山路上满脸是血的病罐子像狗一样，四肢着地，边闻气味边爬，嘴里不停地喊叫着"还我命来"，好像已经疯了。闹小宝不敢上前惊扰病罐子，病罐子也没有发现闹小宝，自顾自地向着山上爬去。闹小宝不敢跟着病罐子，赶回四岔路口，却无论怎么喊叫，都没有人出来相见。闹小宝知道糟糕，多亏前面还见到个病罐子，一路追踪病罐子的踪迹，这才费力地到了纳火寺。

闹小宝说完，太阳完全落山，天已经黑透。

纳火寺的和尚在空地四周点燃数个松油火盆，用以照明，这和尚对甲丁乙、郑则道、苦灯和尚不在，毫不惊奇，看都懒得看，想必一切都尽在火家的掌握之中。

火小邪主讲，烟虫补充，两个人把他们从进了纳火寺的所见所闻所感细细讲了一遍，闹小宝惊道："郑则道他们三个都过关了？"

火小邪说道："现在还说不好，咱们别管他们，我们的时间也不多了。"

闹小宝点头应了，三人一合计，火小邪和闹小宝找纳火寺和尚再要了两套物品，摆在两个石室前，按火小邪的话说，争取三人都能够过关，烟虫大哥过关后当不当火家弟子，到时候再说。烟虫不想此时扫大家的兴，便由着火小邪的意思。

三人收拾停当，聚在最初的洞口，闹小宝想进去看看，体会一下秋日虫的厉害之处，有个心理准备。火小邪便对闹小宝讲了进洞的法子，还真是很难解释不引起虫鸣的感受，烟虫当然也说不清楚，闹小宝没去过奉天大北口，也没有见到甲丁乙、苦灯和尚、郑则道他们试探的过程，要想一下子明白过来是极难的，唯有先试一试。

闹小宝进了洞，第一步就引发了虫鸣，翻滚着退出洞外，已是脸色惨白，喊了句："真厉害！"就再也说不出话，静坐着休息，平息脑中那股子恶虐之音。

火小邪、烟虫知道闹小宝必先遭此劫，才有切身体会，静静等候着闹小宝缓过劲儿来，又解释了一番不引发虫鸣的道理，闹小宝聚精会神地听着，连连称是，已然明白了许多。

烟虫再去尝试，走了五步之多，引起虫鸣，赶忙退了回来，仍然是难受得说不出话。火小邪明白，越往里走，越是危险，退出石室的时间越长，别看退回来只要一小段时间，可在石室中多听一秒的虫鸣，都如同忍受一整日的酷刑一般漫长。若是心志不坚定，造成最后几步身法错乱，只怕是一条命都要搭进去。

火小邪深深吸了几口气，稳定了心绪，迈步向洞中走去，静静站在石室前片刻，脑中再无杂念，一朵纯净的蓝色火苗在心中腾起，静静燃烧，不增不减，不动不摇。

火小邪迈出脚步，眼前仿佛再次回到了大北口的冰面上，一步、二步、三步、四步，无所动摇，火小邪几乎忘了自己进洞的目的是什么，恍然无觉一样，身心合一，守着心中那朵纯净火焰，不断前行。

十五步、十六步、十七步、十八步，金佛就在眼前，仿佛伸手就可触及，火小邪根本不记得自己已经走了多少步，仅是以金佛作为方向，继续向前行去。

烟虫紧紧抿住嘴唇，烟叼在嘴中，抽都不抽了，看着火小邪的背影，额头上豆大的汗珠滚下。闹小宝紧咬着嘴唇，眼珠子都如同凝滞了一般，动都不会动了，全身上下，只有紧握的拳头，放在膝盖上不住颤抖，可见闹小宝也紧张到了极点。

二十二步、二十三步、二十四步、二十五步，停！火小邪已经走到了佛龛前，金佛就在眼皮子底下，伸手就可拿住，火小邪心中火焰微微一晃，但马上又平静下来。

火小邪按照进洞的法子，早就设想了千万遍自己最后取下金佛的动作，自己取金佛的动作不能快也不能慢，否则会损坏了一路而来的固定振动频率，千里之行，始于足下，而成功与否，却仅在最后的毫厘之间。

那佛龛上的金佛，不高不矮，一指长短，放在一个巴掌大小的圆形木质底座上，佛头对着火小邪的鼻子，佛座则略低于火小邪的下巴，简直一口就能把金佛吞入口中。火小邪没敢想金佛摆得这么高，是不是就让人用嘴咬住的，还是不急不慢地抬起一只手来，将金佛一下子捏住，向上一提。

可这一提起来，顿觉下面有一股子粘劲牵引了一下，极不正常，这金佛好像底座下有个机关。火小邪经验有限，不知道金佛本身还有防盗的机关，的确是做得草率了！正确的做法都应该是两只手齐上，按住底座，才能拿下金佛，火小邪只凭一只手就贸然把金佛提起，乃是大错特错！

火小邪定睛一看，却见那本来托着金佛的巴掌大小的圆形底座，忽然升高了半指，眼看着底座下伸出六只黑乎乎、毛茸茸的昆虫腿脚！

原来这底座下面，竟盖着一只巴掌大小的虫子，火小邪把金佛举在耳边，背上一阵发凉，难道是秋日虫？

这个底座下的秋日虫一使劲，那圆形底座向着火小邪脑袋的一边又升起半指，一只肥大的银甲虫屁股从底座中伸出，正对着火小邪的嘴巴，这虫子屁股上尽数都是亮如银针的硬甲，不计其数，正在微微起伏晃动，只要硬甲一搓，恐怖的虫鸣就会响起，这种距离之内鸣叫起来，引发石室中其他秋日虫鸣，只怕火小邪小命难保。

火小邪见到这种光景，心中那团纯蓝火焰“嗵”的一下变得血红，轰然燃烧，火小邪暗吼一声：“秋日你老母亲的！”

火小邪眼睛猛瞪，张大了嘴，咔嚓一口，竟把这只秋日虫布满银亮硬甲的屁股咬住！

“咬掉你的屁股！”火小邪只有这个念头。

没想到，这虫子的屁股可不是一般的硬，火小邪这死命的一口，牙齿仍然只咬进去一半，没能将这虫子的屁股咬掉。

秋日虫平时根本动也不动，懒惰惯了，仅靠虫鸣声驱敌，没其他的防范之法，这下突然被敌人莫名其妙地咬住了发声的屁股，这虫子的天性使然，做出了自己认为的最佳避难法，六足一缩，竟装死了！

秋日虫若装死，动都不会动，更别说虫鸣了。

火小邪哪里知道，还是死命咬住这只大虫子的屁股，不知是不是移动了金佛底座的原因，只听极细小的“咔啦”一声，脚下顿时一空，火小邪咬着这只大虫了，手中捏着金佛，直坠下去。

火小邪咬着虫子，叫不出声，直直掉下去，就看到头顶瞬间合拢，光线全无，四周顿时漆黑一片。

火小邪不自觉地伸手蹬腿支撑，着力之处空空如也，哪有东西可以摸到，显然是一个不知深浅、宽窄难测的深坑陷阱，火小邪脑中狂叫：“我命休矣！天杀的纳盗关！原来是杀人关！”

十一、心动神疑

火小邪本以为是个无底深洞，谁知坠下不到一丈，脚下就碰到了东西，整个人顿时跌在了软垫之中。地面是个斜坡，火小邪骨碌一下，顺着地面两个翻滚，就已经停下。

火小邪翻身而起，四周一片微明，已可见物。这里是一个喇叭状的石室，上大下小，火小邪所处之地，就是这个喇叭口的底下，他便是从上方掉下来的。石室地面铺着厚厚的软垫，斜向上方，布置工整，显然是有所准备的。光线从前方透进来，应在不远处有个出口。

火小邪心中一松，一张嘴把紧紧咬住的秋日虫吐出来，这虫子执拗得很，被火小邪吐出来，还是缩成一团，继续装死。火小邪骂了句："这死鬼虫子！"本想就此离开，还是好奇心起，蹲下来拨弄了一下秋日虫，细细打量。

这只秋日虫看着并不丑陋，全身披着一层黑亮的硬甲，圆滚滚的有巴掌大小，它的屁股就藏在硬甲之下，要鸣叫时硬甲微抬，就能震动屁股上遍布的银片鸣叫。这虫子老老实实地装死，一动不动，趴在地上，倒像是一只缩头乌龟。

火小邪心想："本以为秋日虫是个怪物一样的东西，没想到憨傻可爱得很。"火小邪抓着秋日虫的硬甲，把虫子抓起来，翻过来看了看底部，秋日虫脑袋上的两只又黑又大的眼睛充满敬畏地看了火小邪一眼，可怜得很，赶忙缩回硬甲下，根本不敢放肆。

火小邪对这个虫子叹道："你叫声这么厉害，性子却老实得很啊。好吧，好吧，只要你不乱叫，我不会吃了你，也不要你的命，跟着我走一趟吧。"

火小邪从地面的软垫上撕下大段的布条，把秋日虫绑紧，只给虫子脑袋上留了个通气处，揣在口袋中。秋日虫老实待着，毫不折腾，倒是省事得很。

火小邪收好了秋日虫，看了眼手中的金佛，牢牢把金佛攥在手中，向着透进光亮的出口走去。

火小邪走出十余步，便出了一道石门，眼前豁然开朗，所处之地乃是更大的一个石室，足足有放金佛的石室三倍大小，但一模一样的是半圆的房顶。石室正中摆着一个巨大的火盆，火焰腾腾燃烧，把四周照得一片通明。

除了火小邪走出的石门，这间石室的墙壁上还环绕着十多扇石门，看着都能够通向各处。火小邪心疑道："郑则道、甲丁乙、苦灯和尚他们是不是和我一样，也到这里来了？"

火小邪慢慢向前走了几步，喊了句："有人吗？"

无人回答，只有回音传来。

火小邪又把金佛亮出，在手中挥了挥，喊道："我取到了金佛！"

还是无人回答。

火小邪纳了闷，不再喊叫，向着火盆走去。

"呵呵！"有笑声从四面八方传来，火小邪赶忙站住，四下看去，叫道："谁？"

"火小邪！恭喜你！你过关了！"说话声继续回响着，随之传来脚步声，从一扇石门中走出一个男子。

火小邪一见这男人，脱口大叫道："严大哥！"

这走出来的男人，正是严景天。

严景天满脸笑容，向着火小邪走来。火小邪喜不自禁，直直向严景天跑过去，一把将严景天抱住。火小邪经过颇多磨难，终于过了火门三关，此时又见到严景天，那高兴劲儿真别提了！

严景天呵呵直笑，拍了拍火小邪的肩膀，笑道："火小邪啊火小邪，我就觉得你一定能到这里来！好样的！来，跟我来吧。"

火小邪千言万语不知从何说起，只能狠狠点头。严景天在前带路，领着火小邪向一扇石门中走出。

火小邪跟着严景天，进了石门，里面有一道石梯蜿蜒向上，严景天快步而行，并不说话。

火小邪忍不住地问了句："严大哥，郑则道、甲丁乙、苦灯和尚他们也过关了吗？"

严景天点了点头，答道："他们也过关了！火小邪，现在不要多问，到了以后，我们再找时间聊聊。"

火小邪也明白现在不是和严景天絮叨的时候，嗯了一声，默默跟着严景天向上而行。

两人走了约百十个台阶，有山风灌入，已是到了尽头。

两人走出来，眼前又现出一副奇景。火小邪所处之地，乃是一个"天坑"边缘，说是天坑，是因为此处四面皆是悬崖峭壁，笔直通天，坑底方圆十余亩，有数条溪流横穿坑底，人工修筑着多条平整的石道，小桥流水，亭台楼阁，沿路的草木都修剪得十分整齐，丝毫没有杂乱之处，真如世外仙境一般。从林荫之中，依稀显出几栋房舍，红砖绿瓦，此时已经点亮了烛火，连绵一片，看着规模不小。

火小邪沿路走来，看得痴了，不住啧啧称赞，这种人迹罕至之地，竟能修建得如此精致，而且规模庞大，若没有雄厚的物力财力，实难做到。火小邪不禁想起青云客栈客房中的摆设，随便一件都是价值连城之物，常人见了都要舍命追求，却随意地摆在青云客栈中，可见火家用富可敌国形容，一点都不为过。

严景天带着火小邪走了一段，来到一栋大宅院的跟前。这宅院一看就是气度非凡，却不像火小邪见过的世俗大户人家那样，门面上颇多讲究来显示自己的身份，而是所用的物料、修饰、布局都独树一帜，处处都似有深意，火小邪哪里懂得，权当新鲜看。

两扇火红颜色的院门已经大开，门边站着两个灰衣人，腰间系着火红的腰带，悬着一块红色腰牌，一看身板架势，都是精干得很。

这两个灰衣人见严景天领着火小邪走来，迎上一步，微微一鞠，法度严明，动作麻利，整齐划一，好像是一个人似的，想必都接受过严格训练。

严景天微微顿首，领着火小邪笔直走入院门中，身后的灰衣人并不跟上，而是把大门关上，守在大门两侧。

火小邪见了这种气势，走路都有点发颤，自然而然并紧了腿，按照见奉天三指刘时候的荣行辈分规矩，低头小步前行。

严景天在前面说道："火小邪！不必如此！放开了走路！火家的规矩不同荣行。"

火小邪"哦"了一声，脸上发烫，暗骂自己生得贱，专门丢人现眼。这也怪不得火小邪，他从小做贼，荣行里的辈分高低，规矩颇严，这么多年下来，有时候自然而然按规矩做事，已是习惯成自然。火小邪心中傲气一升，心想我现在是火家弟子了，三指刘以后见了我八成还要给我磕头呢！火小邪赶忙放松了身子，挺直了腰杆，努力大大咧咧地走路，可仍然走的是同手同脚，笑话频出。

严景天呵呵一笑，再不说话，随便火小邪折腾，自己在前方引路，穿过二层院子，将火小邪带入一间独门独院的房舍。

火小邪进了屋子，这房间与青云客栈相比，格局相同，但桌椅摆设，有过之而无不及，更加贵重。严景天自然是不以为意，哪在乎眼睛看得发直的火小邪，说道："火小邪，这里和青云客栈布局一样，你需要什么，只管拉铃。只是你要切记一点，这里绝不能外出，否则有杀身之祸，你就在此处休息，明日有人会来叫你。切记切记！"

火小邪连连点头称是。

严景天说道："我还有事要办，今天不能多陪你，等你进了火家，我们时间多的是。我现在告辞了，明日再见。"

火小邪哪敢拦住，目送着严景天出了房门。火小邪长长喘了几口气，倦意涌来，一屁股坐在一张软椅上。火小邪进了这个无名无号的宅子，就觉得气氛压抑得很，不像在青云客栈时那般自在，而且觉得严景天刚见到自己的时候，远不如在落马客栈那般潇洒随意，自从进了这个宅子，更是表情严肃，不苟言笑，好像距离一下子远了很多。

火小邪不愿细想，他能来这里已经是超出预期太多太多，哪能有什么抱怨。等火小邪兴奋劲头过去，慢慢开始担心闹小宝、烟虫他们的情况，火小邪当然希望他俩能够过关，只是现在自己也爱莫能助，再多担心也没有用。

火小邪倦意涌来，到侧房中洗了个澡，竟泡在浴盆中睡着了。

……一片火海之中，一个持刀蒙面人从火海中跳出来，手持一把刻着“影”字的长刀劈来，避无可避，此时地面“轰隆”一声开裂，整个人一下子掉入，堪堪躲过了那一刀，但随即坠入了冰凉的水中……

火小邪大叫一声，猛地醒过来，呼吸急促，身上还是一阵阵发凉。火小邪刚才又做了那个一模一样的噩梦，只是这次梦境又前进了一些，竟梦到自己掉入了水中，躲过了火海中劈向自己的一刀。

火小邪狠狠搓了搓脸，刚才不知道睡着了多久，浴盆中的水已经凉了。

这个梦自从来到王家堡以后，就再没有梦见过，怎么今天突然又梦到了？梦中还有新的进展，火小邪自然想不明白。

火小邪被梦吓了一跳，短暂的清醒了一下，仍然睡意浓浓，便从浴盆中爬出来，走到一侧，用毛巾擦干自己的身子。

火小邪正在擦着身体，却听耳边传来一个女子的声音：“火小邪。”

火小邪赤身裸体地站着，一扭头就见到一个女子笑吟吟向他走来，“哇”的一声惊叫，赶忙用毛巾护住自己的私处，连退几步，指着那女子叫道：“你！你！你！别过来。”

这女子丝毫没有羞涩的神态，掩嘴咯咯笑道：“又没看到什么，还能吓成这样。”

火小邪定睛一看，这女子一身翠绿的褂子，留着齐肩短发，正是给自己施药的林婉。

火小邪脸上发烫，拉住毛巾护住私处，说道："是你，林……林婉？你怎么来了？"

林婉微微一笑，背着手走开几步，说道："我来看看，你不欢迎吗？"

火小邪所在之处，无遮无掩，换洗衣服都在林婉身侧，林婉站着不走，火小邪也不敢上前。火小邪忙道："不是不是，只是现在不方便，你能先出去一下吗？让我穿上裤子。"

林婉笑道："你穿你的裤子就是了，我又没妨碍你，我都不怕，你还害怕啊？"

火小邪脸憋得通红，说道："林姑娘，你不要开玩笑了，你不怕看了不该看的东西，长眼疮吗？你一个姑娘家，怎么都不害臊的？"火小邪回想起林婉给自己大腿施药的时候，肌肤接触，身子贴着火小邪说话，也是一点没有少女的羞涩，自然而然得很。

林婉此时轻轻哦了一声，脸上泛出一丝红晕，转过身去，向前走了两步，给火小邪腾出上来拿衣服的空间，说道："好吧！火小邪，不是我一定要看你，我是想问问你，你把秋日虫放到哪里去了？"

火小邪一个箭步冲上来，抓起放在一侧的内裤，忙不迭地穿上，嘴中嚷道："别回头！别回头！"好不容易把内裤穿上，听到林婉问他秋日虫的事情，这才想起他把秋日虫捆成一团，塞到自己衣服口袋中了。进了此间以后，火小邪疲劳不堪，进了浴盆洗澡，真的把秋日虫忘得一干二净，合着衣服把秋日虫胡乱地塞到浴室一角。

火小邪边穿衣服边说道："哦！哦！这么回事啊！在我衣服口袋里，我给你拿来。"

火小邪跳开两步，就要到一边去拿起衣服，谁知林婉动作更快了一步，提前一步挤了过来，一把按住衣服，但身子却和火小邪碰了个温香满怀。

火小邪赶忙缩回手，退开一边，耳根子还是通红。林婉毫不在意，把火小邪的衣服拎了起来，从衣袋中摸出捆扎成一团的秋日虫，轻轻"呀"

了一声，赶忙把布条解开，把秋日虫放在手中，细细抚摸。秋日虫可能是闻到了主人的味道，但只敢探出脑袋，虫子按说没有表情，可这只秋日虫眼神中却透出一股子可怜兮兮的模样。

火小邪尴尬不已，低声说道：“这个，林婉，我不是故意……”

林婉转过脸来，秀目中隐隐含泪，柔声说道：“这虫子老实得很，你为何这么对它？你还咬了它一口，差点就咬死了它。”

火小邪心惊怎么林婉一下子就知道自己干过什么事情，说话都不利落了：“林婉，它叫声太厉害，我要是不咬住它，怕它叫起来，我受不了……”

林婉轻哼了一声，说道：“要不是你们这些人三番五次地偷金佛，用尽手段，心存不良，它怎么会叫？”

火小邪哑口无言，林婉应该知道火门三关，知道纳盗之关就是破解秋日虫鸣术，怎么还这么说话，但她说的话又无法辩驳。

林婉见火小邪说不出话，默默从腰间解下一个绿色布袋，把秋日虫装了进去，转过身轻轻说道：“火小邪，我知道你为难，我也不该责怪你，要怪只怪我爹爹同意用秋日虫鸣术做最后一关。”

林婉说完，转身便向外走去。

火小邪赶忙追上一步，说道：“林婉……我……”

林婉停下脚步，说道：“你还有什么事情吗？”

火小邪一肚子话，就是说不出来，只能憋出一句：“没……没了，我的腿伤，谢谢啦。”

林婉脸色温柔，淡淡一笑，轻声说道：“没事了吗？没事了就好。不用谢我。”

火小邪见林婉这表情，心中激荡，人都有些痴了，再度脸上滚烫，诺诺连声。

林婉说道：“你留在房中，不要外出，也最好不要和别人提起此事。”说着已经走到门边，推门而出，一反手将门掩上。

火小邪愣了半天，才追上来，一伸手想推开门，送林婉一程，可手扶在房门上，却没有力气把门推开，只好重重叹了口气，漠然退回房中，坐在椅子上，呆若木鸡。

火小邪心中感慨，林婉对一只虫子都这样好，关心备至，只恨自己不该咬秋日虫一口。火小邪甚至觉得，自己要是那只秋日虫就好了。

火小邪活了这么大，时刻觉得自己的生命之贱，还不如一只看门狗，至少狗还有一个狗窝，累了病了有主人照顾。连日来见了林婉这般温柔体贴，心中酸楚，更觉得世界上，自己形单影孤，孑然一身，无亲无故，连个可以依靠倾诉的人都没有。烟虫、闹小宝是对自己不错，但都是陌路相逢，彼此之间有利害关系，始终隔着一层关系，远不及奉天的老关枪、浪得奔、瘪猴那样值得托付。

至于那个神秘又变化多端的水妖儿，则觉得高高在上，难以接近，说不出到底是敬她、怕她、谢她还是喜欢她。

火小邪枯坐片刻，狠狠捶了捶自己的脑袋，自嘲道："火小邪啊火小邪，你就不能上进点吗？男子汉大丈夫，浪迹天涯，四海为家，现在你狗屁本事没有两个，哪来的这么多儿女情长！真是丢脸！"

火小邪自嘲一番，心中平静下来，想到明天不知还有什么险恶之事等着他，还是先养足了精神，才是上策。

火小邪拉了拉铃，片刻之后有青云客栈的店小二进来，熟人相见，倒是亲切，店小二满口客套话，绝不多说一句。火小邪要了些吃的喝的，店小二快去快回，摆了一桌。

火小邪放开肚子，吃了个十成饱，在房间里赏玩了一下各式古董，便上床休息。

这硕大的一片宅子，一点声音都没有，安静得好像只有火小邪一人在此休息一样。

火小邪沉沉睡去，倒是一夜无梦。

火小邪睁开眼睛的时候，已经天色大亮，火小邪不敢久睡，一个激灵，翻身而起，正想要找衣服，却见床边的衣架上挂着一套服装，昨晚上睡觉之前还没有见到。

火小邪并不奇怪，在火家的地盘上，什么事情都有可能发生。

火小邪把衣服取下，这套衣服乃是灰色，样式与颜色和严景天他们穿的并无二致，做工精细，质地极好，但胸前有两道红线直通下摆，纽扣也是红色的，严景天他们穿的并没有红线红扣，仅在此处略有不同。

火小邪没有犹豫，穿在身上，这套衣服和青云客栈准备的衣服一样，极为合身，都是量体裁衣。

火小邪简单洗漱了一番，便坐在客厅中等候，脑海中设想了千万番未来的情景，等了两个多时辰，感觉度日如年，还不见人来，此时已经午时，火小邪不禁起身在房中来回踱步，以解胸中躁动之气。

又等了约莫半个时辰，只听窗外传来低声的钟鸣，嗡嗡作响。火小邪正诧异着，房门已被拉开，严景天面色严肃地走了进来。

火小邪赶忙抱拳迎上，严景天沉声说道："火小邪，时辰已到，请跟我来。"

火小邪不敢多问，紧跟着严景天出了这独门独户的小庭院，一路向里走去。

尽管身边的房舍都精致气派的很，火小邪却无暇顾及，踩着一尘不染的青石路面，穿过数套房舍，终于走进了一间空无一物的大屋。严景天不知用了什么手段，也没见他停留准备，那大屋的地面轰然一声，地面沉下，现出一条向下的通道，能容三人并肩而行。

严景天边走边说道："火小邪，不可喧哗，不要多问，马上就到。"

火小邪重重点头，随着严景天步入地道，地道中光滑晶莹，似乎从石头中透出光亮，毫无晦暗之处。两人弯弯曲曲向下走了数百级台阶，来到一处大厅，有多个路口汇集在此，前方有一道三人高矮的火红大门紧闭。

严景天走至大门前，高声喊道："通关者火小邪已到。"

只听门内传来阵阵鼓响，大门慢慢打开，迎出两位灰衣人，请严景天、火小邪入内。

严景天在前，火小邪在后，走进门内，眼前显出一个十丈方圆的圆形大屋，四周点着无数巨烛，亮如白昼。这大屋的地面上，绘着一只硕大无朋的朱雀，粉墨重彩，栩栩如生。

大屋一侧，有一高台，上面放置着五张巨大的椅子，红色居中，左侧依次是黄、白，右侧依次是青、黑，这依次代表着火、土、金、木、水。在这高台之后，则绘制着一张通天彻地的五行八卦徽盘，五色纵横，宝气森森，镶嵌了不知多少各色宝石。

在那高台两边，则是两排红衣蒙面人，只露出眼睛，一边九人，背着双手，笔直站立，不动如钟。

火小邪见了这种气势，脚下发软，心中叹道："乖乖隆地咚！这种阵仗，若不是我通关到此，随便闯进来恐怕都能吓死，怪不得要严景天领着。"

鼓声略停，一个面色严肃的红衣老者从高台一侧走出，指着火小邪高声叫道："通关者火小邪上前领位！"

严景天低声说道："火小邪，请去。"

火小邪咽了一大口口水，独自走上前来，头皮仍一阵阵发麻，步子都不轻快。

火小邪走到高台前，红衣老者把一块通红的牌子递给火小邪，脸上倒浮现出一丝笑意，说道："火小邪！恭喜过关！请按号入座。"

火小邪见老者笑了，心中一块石头落地，赶忙答谢道，鞠了一躬，转身退下。

火小邪一转身，向着严景天方向看去，严景天已经不见。火小邪咧了咧嘴，喘了一口气，见一侧摆着十余张椅子，头三张椅子上，已经坐了三人，依次是郑则道、甲丁乙、苦灯和尚，苦灯和尚身旁，则有两张空位。剩下的椅子，已经是相隔甚远。

火小邪一看手中号牌，乃是一个"肆"字牌，正和苦灯和尚身侧椅子椅背上的圆形木牌一致。火小邪咬牙镇静，还是觉得耳根发烫，想自己以前不过是个小人物，今日竟能登堂入室，亲历这种宏大的仪式，坐在第四位的椅子上，这辈子真算值了！

火小邪向椅子走来，郑则道并未换装，还是一身公子哥的打扮，眯着眼睛，并不起身，向火小邪抱拳微笑，火小邪赶忙点头回礼。

甲丁乙一身黑纱，静坐不动，连手脚都看不见在哪里摆着。

苦灯和尚一身和尚打扮，也是不起身，双手合十对火小邪微微一顿首，气度庄严，像极了得道高僧。

火小邪机械地向苦灯和尚回了礼，快步走到椅子边，赶紧坐下，心中狂跳不已，全身火烫，好像有千万只虫子在身子里乱钻，简直坐立不安。

火小邪知道自己是太过紧张，他毕竟见识短浅，这种大场面想都没有想到过，连连紧了喉头几十次，暗骂了自己千遍，才算渐渐平静下来。

火小邪刚刚平静下来，又听鼓响，红木大门再开，一个打扮与严景天无二的灰衣男人，领着一人进来，火小邪远远望去，正是闹小宝。

闹小宝显然和火小邪差不多，见到这种景象眼睛都转不动了，根本没有注意到火小邪他们，按照高台上老者的吩咐，上前取了号位，张望一番，向着火小邪他们走来。

闹小宝见了郑则道等人，一一回礼，不敢造次，直到见到火小邪，才脸上一乐，一下子没有了紧张感，向着火小邪这边跑来，一扭身坐在了火小邪身边的椅子上。

火小邪暗念了声惭愧，自己还不及闹小宝镇静。

闹小宝才不管什么规矩，拉住火小邪的胳膊喜道："火大哥！我就知道你一定是过关了！"

火小邪不敢大声说话，低声道："你也是啊！烟虫大哥呢？"

闹小宝说道："我今天快天亮的时候，才终于过关，我也是掉进洞中，所以烟虫大哥如何，我就不知道了。"

火小邪说道："希望烟虫大哥也能过关！"

闹小宝正要说话，又听一阵密集的鼓声传来，略一停歇之后，高台上的红衣老者高声道："请火门三关众盗上前就座！"

火小邪一愣，心想这是何意？

鼓声再起，只见从这件大屋后侧，走出众多人来，可能是人多的原因，不如火小邪等人入内时那么肃穆，惊讶声一片。

这些人中，都是熟悉的面孔，依次是烟虫李彦卓、四川胖好味、花娘子余娟儿、卓旺怒江喇嘛、窑子钩章建，各自被灰衣人领着入内，病罐子李孝先由两个灰衣人扶着，跟在最后走了进来，病罐子看着精神萎靡不振，但已无性命之忧。

众贼进了此间，看到这等恢宏场所，不是目瞪口呆就是连声赞叹，一时间都站定不动。

灰衣人上前低语，这才让大家缓过神来，由灰衣人领着，上前就座。

烟虫嬉皮笑脸地和花娘子挤在一起前行，花娘子穿着打扮还是妖艳得很，但脸色苍白，刻意躲着烟虫，一脸的不乐意，不愿搭理烟虫。烟虫不以为意，一脸坏笑，叼着烟，紧跟着花娘子。

火小邪见烟虫来了，心头一热，顾不得那么多，站起身就向烟虫招手。烟虫远远见了，一只手把烟拿下来，挥着烟在空中一顿，十分的潇洒随意，歪嘴一笑，并不答话。

花娘子在一旁见火小邪和闹小宝坐在上方，心里明白郑则道、甲丁乙、苦灯和尚、火小邪、闹小宝乃是通关的五人，倒也没有嫉妒之心，展眉微微一笑，已没有了最初见到她的时候那种妖媚风骚之态，却有了几分宁静温柔。烟虫向花娘子看来，花娘子尽管又微微皱眉，但眉目间竟闪出了一丝娇羞，避过了烟虫的眼神，快步走开。烟虫嘿嘿直笑，喷出一股子烟，仍紧追着花娘子。

高台上的红衣老者高声道："请各位速速就座！切勿喧哗！"

众人由灰衣人领着各自落了座，很快安静了下来。

高台上的红衣老者见众人已经坐好，手一挥，又是一阵密集的鼓响，鼓声停息之后，红衣老者向侧面抱拳一拜，高声念道："尊请火王严烈。"

台下众贼都目不转睛盯着高台之上。

有一灰衣人男子从高台一侧稳步走出。这人身穿灰色长袍，胸前肩头绣着大朵赤红的烈焰，四十来岁年纪，卷发齐肩，浓眉大眼，双颊消瘦，鼻梁笔挺，唇上留着一缕工整的浓须。他步伐沉稳，气度非凡，眼睛向下一扫，透出一股子无法形容的威严之态。火小邪见了火王严烈这般相貌，心中突突狂跳不止。

火王严烈步入正中，坐了下来，向红衣老者做了一个手势。

红衣老者顿首，站直了身子高声叫道：“尊请五行土王田广形位，土王弟子田问。”

一个穿黄袍的二十多岁的年轻人，正是和王全、王兴等人一起骑马而来的那位，此人身材修长，眉清目秀，十分俊朗，而面色忠厚至诚，一看就给人一股子值得信任之感。这年轻人捧着一块金黄色的牌位，走到黄色座位边，自己并不坐下，而是把牌位摆在椅子上，垂手站在椅子右侧。

火小邪见了这人，心道：“应该是土王田广没来，摆牌为记，这年轻人该是土王的弟子田问。”

红衣老者又朗声喊道：“尊请五行木王林木森形位，木王弟子王全、林婉。”

王全身着青色长袍，手捧牌位，与仍旧一身翠绿打扮的林婉缓步走出，同样将牌位小心翼翼地置于椅上，一左一右静立两旁。

火小邪看着林婉，不由得深深凝视，移不开眼睛。林婉站在一旁，婷婷而立，如同出水芙蓉一般，眼角含笑，美艳不可方物。林婉并未向火小邪看过来，目光平视，温婉平静。

红衣老者朗声喊道：“尊请五行金王金富贵形位，金王弟子金大九。”

侧旁走出一个一身白色西服打扮的三十多岁男子，带着金丝眼镜，头发油光发亮，已是微微发胖，脚下一双铮亮的黑色皮鞋，这打扮和场中各人的打扮格格不入，像足了一个西洋商人。

金大九放好牌位，站在一旁。

红衣老者继续喊道：“尊请五行水王流川，水王弟子水妖儿、水媚儿。”

火小邪听到水王流川、水妖儿、水媚儿的名字，脑袋嗡的一下大了，本来他见到火、金、木、土四大世家的人登场，就猜测着水家到底会是谁来，本以为可能是自己不认识的，岂知与自己息息相关的三人齐齐到场。

水王流川缓步走出，身着一深蓝色的丝绸长袍，个子不高不矮，略略比木王座位旁边站立的王全高出半头。本以为水王应是阴沉不定之人，可一见到，他的相貌却平常得很，只是面色略黑，走在大街上，倒会被认为是一个教书先生。

水妖儿一身黑衣，水媚儿一身白衣，跟在水王流川身后走出，一身白衣的水媚儿显得兴奋得很，笑眼弯弯不住打量，而一身黑衣的水妖儿面色冰冷，不苟言笑。

火王严烈起身抱拳，神态恭敬地说道：“流川兄，得罪之处，请还见谅。”

水王流川呵呵一笑，抱拳回礼：“按五行规矩，火行居中之时，我本就应该最后一位出来，严烈兄万万不要客气。”

流川、严烈两人落座，水妖儿、水媚儿站在水王两侧，水媚儿不住地侧脸看着一旁的林婉，努了努嘴，面色略有不屑。

火小邪看着水妖儿，又看着林婉，心中百感交集，但说不出为何自己内心如此纠结。

五行世家坐定，红衣老者团团一鞠躬，继续高声连续念道：“请火行世家九堂一法！请尊火堂堂主尊景齐，请耀火堂堂主耀景民，请博火堂堂主博景尘，请辅火堂堂主辅景在，请忠火堂堂主忠景世，请纵火堂堂主纵景为，请光火堂堂主光景遥，请洪火堂堂主洪景科，请严火堂堂主严景天，请火法坛坛主火炽道人。”

红衣老者密密匝匝念了一圈，听得众人都是一身冷汗，这火家好大的排场，摆上台面的都有九堂一法共计十人，随便一个恐怕都是惊世巨盗，加上火家弟子，这火家到底有多大的实力，简直难以揣测。众贼中不少人不禁低声惊叹。

低沉的鼓声连绵不断，从高台两侧陆陆续续走出十人，有老有少，有男有女，皆穿灰衣，衣服上绣着大朵火焰纹饰，一个个身法稳健，精神矍铄。

早有二人一组的灰衣人手脚麻利地端出高椅，在高台两侧摆好，请这些人坐下。

这九堂一法的十人纷纷落座，身后还各站了两个灰衣人。这些堂主都向众贼看来，一个一个细细打量，目光锐利，但无人说话。

火小邪屁股发烧，手中都是冷汗，他听烟虫略略说过一些火家的事情，使足了劲想象，火家大概能有四五个堂主，一百多个人，可今日一见，火家的实力只怕远远不止这些，人数上千也并非不可能，火家一统火行贼道，收尽天下火行盗贼，这绝不是一句大话。何止火小邪这么想，这些来到此处的贼人，哪个还敢对火家有半分轻视?

火小邪如坐针毡，侧头看了一眼闹小宝。闹小宝张着嘴巴，硬着脖颈，大气都不敢出，一条腿不住颤抖，看得出早被这一番景象惊住。

红衣老者还没有说完，继续高声道：“请木火双行界众！请青云客栈店掌柜等，请纳火寺了却方丈等，请王家大院王兴等。”

呼呼啦啦，从火小邪对面后侧快步走出一大群人，乃是店掌柜、店小一、店小二等，七八个和尚，王兴、数个王家大院镖师、丫鬟。店掌柜、店小二他们还是笑盈盈地，和尚们也都神态自若，就是王兴有点紧张，走路发飘，好像也是第一次见到这种场面。

店掌柜、了却方丈、王兴三人也都被灰衣人安排着落座，身后站满了人，和火小邪他们这些贼人面对面分处这大厅两侧。

鼓声再起，声震屋脊！

火王严烈一伸手，鼓声停息，红衣老者向火王拜了一拜，退下一旁不见。

火王严烈站起身来，神态倒是谦卑，转身向其他四行世家微微点头示意，说道：“多谢土金木水四行世家捧场。”

其他四行世家众人纷纷回礼，并不说话。

火王转过身子，走到高台边缘，向众贼朗声说道：“在下火王严烈，各位辛苦！火家九年一次，在天下招徒，广纳良才，吐纳求新。此为火家大试，已然传承千年。在座各位能够获得黑石火令，找到青云客栈，均已过了火家初试，无论是否通过了火门三关，能在此处相见，火家都会征求各位同意，或纳入九堂一法，或成为木火两行界众，更有甚者，可得到土金木水四行世家的赏识，从此成为他们的门生。”

众贼轰然赞叹，交头接耳，或惊或喜，胖好味之流高兴得忘乎所以，连连鼓掌。

火王手向下一压，有如无形之力，大厅内顿时鸦雀无声。

火王说道：“四川胖好味可在？”

胖好味指了指自己的鼻子，火王微微点头，胖好味兴冲冲站起，大叫道：“我在！我在！”

火王笑道：“上前一步！”

胖好味整整衣服，跑上前来。

火王说道：“胖好味，你可愿成为木火界众，成为青云客栈的厨子？”

胖好味微微一愣，赶忙问道：“请问火王大人，这成为青云客栈的厨子，能学到火家的本事吗？”

火王说道：“不能！”

胖好味哦了一声，又叫道：“火王大人，那我能看青云客栈的菜谱吗？青云客栈是不是只在王家大院地下？”

火王笑道：“何止青云客栈的菜谱，全天下所有的菜谱，你都可以以青云客栈之名盗来。而且青云客栈遍布五湖四海，绝非王家大院地下唯一处。”

胖好味喜形于色，大叫道：“太好了太好了！谢火王大人！我的老天啊，我真是祖上积德，简直是天下掉下了馅饼，刚好让我咬住！谢火王大人，我给你磕头了！”

火王笑道：“免礼！胖好味，请速去青云客栈店掌柜那边。”

胖好味向店掌柜看去，店掌柜已经站起身，向胖好味招手。

胖好味转身向火小邪那边的众贼鞠躬抱拳，高喊：“胖好味先走一步！”说着忙不迭地跑向店掌柜那边，店掌柜低声和胖好味念了几句，胖好味站于店掌柜椅后，就算入了青云客栈。

火王又道：“卓旺怒江大喇嘛可在？”

卓旺怒江沉声念道：“喇嘛在此。”说着缓步走出。

火王说道：“卓旺怒江，尽管你在乱盗之关退出，但你可愿成为木火界众？成为纳火寺僧众？”

卓旺怒江说道：“火王大人，我乃藏地佛教，尽管与中土佛教同根同种，但还是大有区别，只怕我实难接受。”

火王说道：“卓旺怒江，并非让你成为本地纳火寺的僧众，而是请你在青藏一带新建一座藏传寺庙，所需用度一概由纳火寺承担。”

卓旺怒江略惊，说道：“火王大人，此话当真？那我接受何人统领？”

火王说道：“绝无虚言！你可独立行事，只需在必要时候，容纳一些受世人遗弃的贼道中人，也算是给五行世家一个方便。”

卓旺怒江咕咚一下跪倒在地，伏地不起，泪如泉涌，口中大呼道：“火王大人，你成就了我的毕生追求，大恩不敢言谢！我愿成为木火界众！”

火王说道：“卓旺怒江，请起。这就去找了却方丈吧。”

卓旺怒江缓缓起身，深深向火王鞠躬，退下一边，寻了却方丈去了。

众人本以为火王严烈还要再唤人上前，岂知火王严烈一背手，转身走回自己的座位，坐了下来。

台下一个长髯红面的道人站起身来，向火王严烈抱拳深鞠一躬，走到高台下方正中，大声念道：“在下火行世家火法坛坛主火炽道人！木火两行界众已经择出，现由火家九堂堂主择徒！通过火门三关者，由上四堂堂主选择，未通关者，由下五堂堂主选择！各位俗世盗众，若不愿进入火家，仍可现在退出！”

“嘿嘿！嘿嘿！”火炽道人话音刚落，阵阵冷笑声传来。

这冷笑声满是嘲讽，台下的众贼无不愣了，谁这么大的胆子，在这个时候发笑！

火炽道人一张红脸更是涨得血红，大叫道：“谁人发笑！有话还请上前来说！”

“嘿嘿！严烈，你还敢自称火王！你这个欺世盗名之辈！”甲丁乙一身黑纱，慢慢站起，缓步向高台前走过来。

火炽道人大骂道：“甲丁乙！休要放肆！来人啊，擒下！”

火炽道人身后的数个灰衣人就要冲上起来。

“且慢！让他说话！”高台上的火王严烈沉声喝道，声音雄浑，在场众人无不听得一清二楚。

甲丁乙嘿嘿冷笑不断，走到大厅正中，黑纱一翻，一只戴着黑色手套的手，指着火王严烈，厉声道：“严烈，你有何面目坐在火王的尊位上？”

这下轮到九堂一法的十人面露难色，有人已经唰的站了起来，目不转睛盯着甲丁乙。

台下众贼听甲丁乙这样与火王严烈作对，口气轻蔑狂妄，近乎找死，都感叹甲丁乙一定是自以为本事高强，想向火王严烈挑战。

大厅内顿时鸦雀无声，这番突然的变故，谁也不曾料想到。

火王严烈呵呵一笑，也不起身，说道：“甲丁乙，广东贼道上的神秘人物，专门与贼人作对，无人知道你的身世，你既然通过火门三关来见我，又出言不逊，何必还遮遮掩掩？亮出你的真身吧！”

甲丁乙嘿嘿冷笑：“严烈，从我来到青云客栈，你必然已经知道我是谁，只是碍于你那见不得人的脸面，才没有对我动手！”

火王严烈哼道：“不必多言，亮出你的真身。”

甲丁乙嘿嘿冷笑，唰的一下，伸手把自己的厚重黑纱拽掉，丢在一边。

众人见了甲丁乙的打扮，不禁都倒吸了一口凉气，九堂堂主和火炽道人，也都愣在原地。

甲丁乙一身黑纱之下，居然穿着一身灰色的衣服，样式与灰衣人一般无二，但在他的前胸后背以及肩头，全都绣满了赤红的火焰，比火王严烈身上的火焰更胜数倍，如同整个人的上半身都在燃烧一般。甲丁乙的腰际，用红色皮带束腰，左右腰侧都分别挂着一卷黑色长鞭，长鞭暗黑一片，毫无光泽，不像是普通的鞭子。

甲丁乙约莫二十七八岁的年纪，平头短发，高眉深目，一脸肃杀之色，而更让人印象深刻的，是他脸上有一道巨大的人字形伤疤，从额头正中分开，贴着鼻梁斜下延伸到下颚处，触目惊心。

火小邪心中惊讶之极，甲丁乙这幅打扮，怎么和火家人一模一样，难道说……

与火小邪同样惊讶的还有烟虫，烟虫站起身来，狠狠抽烟，看着甲丁乙的背影，脸上再无一丝一毫浪荡的神态。

火王眉头一皱，突然哈哈大笑起来，慢慢站起身来，走到高台边缘，说道："败火徒！"

甲丁乙呸了一声，脸上不住抽动，嘿嘿冷笑："严烈，你才是最该被逐出火家之人！"

甲丁乙一转身，指着高台两侧的九位火家堂主，厉声道："你们这些堂主，还有一点火家的样子吗？"

九位堂主都已经坐下，神色各异，谁都不敢答话。

火王严烈扫视一圈，还是面色如常，说道："甲丁乙，你知道什么，尽管说出来，我洗耳恭听，相信不只是我，在座的五行世家也都想听听，看看你能说出什么有趣的故事。讲！"

甲丁乙冷笑道："严烈，不用你说，我也要讲！我先问你，你名字中的严字，可还是双火的炎字？"

火王严烈稳稳站着，面无表情。九位堂主中的一半，都已微微皱眉。

甲丁乙翻手一指，正指着严火堂的严景天，厉声道："严景天，炎火堂本是火家九堂之首，现在却排在最后一位，你还有脸坐在炎火堂堂主的位置上？你是上任炎火堂堂主炎火威的弟子吗？炎火堂所有不服严烈的弟子都被逐出了火家，你又是怎么混上来的？"

严景天脸上有红似白，紧闭双唇，可站在他身后的严守震、严守义按捺不住，破口大骂："甲丁乙，你是活得不耐烦了！"严守震是个暴脾气，说着就要跳出来。

严景天一把将严守震拉住，狠狠瞪了一眼，严守震气呼呼地退下，嘴里仍然骂骂咧咧的。

其他火家的八位堂主，都是面露难色，有几个年纪看着四十开外的，彼此对视一眼，竟不敢与甲丁乙直视。

甲丁乙见严景天不敢出声，嘿嘿冷笑，讥讽道："料你也是个只会溜须拍马的无能之辈！"

甲丁乙转过脸，和火王严烈对视，毫不避让。

火王严烈哼道：“你不过是一个败火徒，有什么资格评论火家九堂一法？火家堂位，自有火家的轮转变化之法。”

甲丁乙厉声道：“轮转变化之法！笑话！炎火堂千年来，都是历代火王出身之处！无论是谁，都需在炎火堂试炼至少三年，改为炎姓，才有资格争夺火王之位！十八年前，炎火驰和你一较高下，尽管你本事了得，又怎会是炎火驰的对手？炎火驰乃是火家公认的下任火王！不知你用了什么阴谋诡计，让炎火驰甘愿败北，从火家隐退，任由你篡夺了火王之位。他藏身之处，全天下只有你、炎火驰和我父亲炎火威三人知道！可是五年之后，我父亲第六次前去拜谒炎火驰，却发现他和妻子已经被烧死在房中，幼子也不知去向！我父亲回来和你理论，却被你羞辱致死！严烈，你好大的本事，竟能勾结党羽，把炎火堂不服之人全数逐出火家，还将十六岁以上的人，背上都打入三枚火曜针，沦为常人，无法施行盗术。严烈，今天我来到此处，就是要把你做的这些无耻勾当公布于众！”

火王严烈哈哈大笑：“有趣！有趣！甲丁乙，原来你就是十八年前，炎火堂堂主炎火威之子，十八年前，你不过是个娃娃，能知道什么？你这些歪理邪说，是从谁人那里听来的？”

甲丁乙怒哼一声，冷笑道：“严烈！你的罪行，只要是被你逐出火家的炎火堂弟子，无人不知！我脸上的伤痕，就是拜你所赐！你派你的狗腿子尊火堂众人一路追杀，没想到我还活着吧！”

“哦？”严烈轻哼一声，转头向右侧第一位的尊火堂堂主尊景齐看去。尊景齐是个四十开外、法度庄严的中年男人，此时头也不抬，只是直直地盯着地面，神色已略显混乱。

火王严烈转头哈哈大笑：“甲丁乙，任凭你讲得天花乱坠，还穿着以前炎火堂的衣服过来，可这都是你一面之词，我听听就罢了！念在你这一通胡说，还算秉持着火家行性，我不愿和你计较，你这就走吧，火家注定与你无缘！”

甲丁乙冷哼道：“严烈！有你在位，我绝不会再入火家！今天我来，除了说出你的罪行外，我还要和你比试一场，生死相斗，你敢吗？”

火王严烈眼中厉光射出，沉声喝道：“甲丁乙，你好大的口气！我多年没有与人较量，今天也有点手痒，我便成全了你！”

火炽道人赶忙抢上一步，对火王严烈拜道：“火王息怒，你不可与刚刚通过火门三关之人比试，不然坏了火家规矩，不妥啊！”

火王严烈脾气上来，双眼一瞪，骂道：“规矩！规矩！什么规矩！我火王严烈，最恨这些规矩！”

严景天干咳了一声，站起身来，向火王严烈一鞠，大声说道：“火王，刚才甲丁乙诋毁严火堂，实在忍无可忍，恳请火王准在下和甲丁乙一战，一决生死！”

火炽道人又忙道：“不可不可！严堂主！甲丁乙只能由普通弟子擒下，听候发落，火家九年一次招纳弟子，乃是火家大事，万万不能儿戏啊。”

甲丁乙嘿嘿嘿嘿不断冷笑，骂道：“你们这些火家败类，还有脸说火家的规矩？你们还要什么规矩？火家的规矩早就毁了！来来来，严烈你这个小人，滚下来和我一战！”

“火王大人！火炽坛主！”有人朗声叫道。

众人齐齐看去，只见郑则道从椅子上站起，边说边走上前来，向着火王、火炽道人、严景天和众堂主团团一鞠，高声念道：“如果火王大人为难，能否准许我来代表火家，与甲丁乙一战呢？我已经通过火门三关，应该算是火家弟子了吧。”

火炽道人略略一愣，看着郑则道，说道：“郑则道，你倒是可以代表火家与甲丁乙一战。”

火王严烈看着台下这个风度翩翩、富贵公子模样的郑则道，脸上一展，露出一丝笑容，说道：“郑则道，你真有此意，乃是火家的福气，我为何不准？”

郑则道朗声道：“谢火王大人！”

台上一直静静坐着的水王流川，脸上笑容一闪而过，转头看了看水妖儿。水妖儿双眉紧锁，偏开头去，不愿看高台下的郑则道。

郑则道一转身，拔出扇子，“哗”的打开，悠闲地扇了扇，走到甲丁乙一旁，客客气气地说道："甲丁乙，由我代表火家，与你一战，不知你是否愿意？"

甲丁乙冷冷看着郑则道，嘿嘿冷笑："郑则道，你确实有本事！也会讨巧卖乖！只是你似乎管得太宽了。"

郑则道呵呵笑道："甲丁乙，刚才你一番话，破绽百出，混乱不堪，根本经不住推敲，我这个外人听着，都别扭得很，十几年前的事情，你都是道听途说，没准早已被人利用，你还蒙在鼓里。火王大人能让你说完，足见火王大人的气度，我佩服得很，深感能成为火家弟子，乃是我毕生荣幸。相反你甲丁乙，心胸狭窄，滥杀无辜，不自量力，如同跳梁小丑一样，竟要和火王一战，不知你是不是以为，能够一战成名？"

甲丁乙瞪着郑则道，脸上的伤疤都泛出了红色，额头青筋直冒，冷哼道："郑则道，你不用再卖弄你的口舌！我这就要了你这条狗命！"

甲丁乙双手一抬，腰间的两条黑芒已经翻滚而出，在甲丁乙面前支出了一张黑网，"啪啪"两响，黑芒瞬间之内，盘落在地，如同两条黑蛇一样，在地面上不断游动，仿佛随时都会扑出。

这回轮到郑则道脸色发白，但郑则道呵呵一笑："甲丁乙，好厉害的鞭技！这就是你全部的手段了吗？"

甲丁乙冷笑道："郑则道，你若是现在滚开，我还能饶你一命！若是不滚，就快点摆出架势！"

郑则道若无其事地悠闲站着，说道："我已经准备好了，请！"

甲丁乙冷冷看了郑则道一眼，大喝一声："好！"

两道黑芒如同两条黑色毒蛇，头部一抬，已向郑则道卷过去，分别袭向颈部和脚踝，快若闪电。

郑则道身子猛然平移，脑袋一低，右脚一抬，竟躲过了这一招，随之身子一晃，钻进黑芒织成的大网中。

甲丁乙轻哼一声，手上一抖，黑芒在空中一折，破空之声剧烈，又从郑则道身后卷过来。

黑芒翻滚不止，如同有生命一样，编出数个圆环，就要将郑则道套住。

郑则道手中扇子唰地打开，身子一转，用扇沿贴着黑芒一刮，把黑芒合围之势化开。黑芒贴着身子而过，把郑则道的长袍激得飘飞。

郑则道面白如纸，仍然向着甲丁乙直冲而来。

火小邪尽管不喜欢郑则道，但见郑则道直冲进甲丁乙的鞭阵，虽然化解了两招，但仍然是危如累卵，稍微一个不留神，就会被黑芒卷住。火小邪不禁低低地啊呀一声，莫非这个郑则道的杀手出身，就是要从最危险的地方攻入，险中就胜?

甲丁乙见郑则道不退不让，向着自己直冲过来，心中更惊！使鞭的人擅长远攻，近战就极难施展，郑则道要是再能前进几步，与自己贴身肉搏，绝对讨不到好处。

甲丁乙闷哼连连，向后跳去，要拉开与郑则道的距离。

郑则道大叫一声：“退得好！”抓着甲丁乙向后退去的时刻，更是快了一步，也看不出他是怎么移动的，整个人笔直倾斜着，瞬间就前行了一丈，反倒更加接近了甲丁乙。

甲丁乙大叫一声，右手一提，一道黑芒从郑则道头顶掠过，闪到甲丁乙身后，嚓的一声，只听见有金属撞击地面的声音，那根黑芒的头部居然硬如铁矛，从甲丁乙身侧射出，直直地向郑则道的胸口扎去。

郑则道还是不让，迎着黑芒的尖头冲去，噗的一声，黑芒穿胸而出，坠在郑则道身后。

众人无不惊叫一声，以为胜负已分。

甲丁乙都没有想到，郑则道居然死命相迎，略略一滞，那郑则道眼露红光，带着黑芒又进了一步，右手一抬，只见一道白光从袖口飞出，直向甲丁乙的咽喉袭去。

甲丁乙也真是彪悍，眼见这白光袭来，避无可避，竟能生生地将身子后仰，那道白光贴着额头飞过，带下一条血肉头发，挖出了一条血槽。

郑则道放出的白光没有击中甲丁乙，在空中一顿，嗖的一声再度缩回郑则道的袖子里。

甲丁乙向后连连翻滚，却已快不过郑则道，郑则道揉身上前，一手就按住了甲丁乙的后脖颈。甲丁乙只觉得郑则道的手腕上有一只极为锐利冰凉的东西刺入自己的脖子半寸，只要郑则道一挥手，脖颈就要被他切断。

郑则道冰冷地喝道：“甲丁乙！你败了！不要乱动，否则必死！”

甲丁乙肩头一软，黑芒垂下，再也没有了动静。

火炽道人大呼：“拿下甲丁乙！”

数个灰衣人飞一样地冲出，手中持着牛黄绳，瞬间把甲丁乙捆住。

甲丁乙被灰衣人拽起，嘿嘿嘿不断冷笑，不发一言。

郑则道一张苍白的脸上现出一丝血色，说道：“甲丁乙，得罪了！”说着抬起胳膊，把黑芒拽出，丢在地上，当啷直响，又道，“甲丁乙，你手下留情了！只从腋下穿过！皮肉之伤！”

甲丁乙嘿嘿冷笑道：“郑则道！你不用客气！也不用给我留情面，你赢了就是赢了！是不是还要我谢谢你饶我不死？”

郑则道不再搭理甲丁乙，转身向火王严烈抱拳一鞠，朗声道：“火王大人，郑则道献丑了！”

火王严烈哈哈大笑：“郑则道！做得好！火家能有你这样的弟子，实乃火家之福！”

郑则道说道：“能为火家出力，实乃郑则道的荣幸！”

火炽道人也已赶到郑则道身旁，看了眼神色凄厉的甲丁乙，喝道：“押他下去！听候发落！”

灰衣人应了，连拖带拽的把甲丁乙押走，甲丁乙嘿嘿冷笑不断，渐无声息。

火炽道人见甲丁乙走了，上前一步，对郑则道抱拳道：“郑则道！好本事！你伤得重不重？要不要下去包扎一下。”

郑则道面带笑容，低语道：“不妨事！皮肉之伤，我自己能够处理。多谢火炽坛主。”

火炽道人十分满意，连连点头，请郑则道回去落座。

郑则道坐回椅子上，拉开自己的衣袍，从怀中取出一块白色手绢，按在腋下，用胳膊夹住，若无其事地向九堂一法，火王严烈抱拳顿首，表示自己已经没事了。

九堂一法众人无不略有歉意，又面露喜色地向郑则道点头回礼。

火王严烈哈哈大笑，心满意足，转身回到自己的座位，坐了下来，挥手示意火炽道人继续行招徒之礼。

火小邪心思沉重，侧脸看了眼郑则道，刚才郑则道从袖中放出了一道白光，直袭甲丁乙的咽喉，一击未果又马上缩了回去，甲丁乙就是败在这道白光之下，到底是何物，这么厉害？火小邪想起已经死去的红小丑、亮八脖子上的伤痕，背上一阵阵的发凉。

十二、始乱终弃

火炽道人转身高声道:“甲丁乙扰乱火家招徒,已被押下!再问各位一句,还有没有自愿放弃成为火家弟子的?”

“我!”有人叫道。

火炽道人眉头一皱,向喊叫的那人看去。

烟虫叼着烟,懒洋洋地走上几步,嬉皮笑脸地说道:“火王大人,我自愿退出!我浪荡惯了,受不了这些门规约束,既然已经见到了火王大人和各位火家高人的神采,我心满意足!不枉此行!哈哈哈!”

火炽道人打量了烟虫几眼,见烟虫吊儿郎当的劲头,轻哼了一声:“烟虫李彦卓,你可问问其他四行世家愿不愿收你为门生。”

烟虫抽了口烟,说道:“不用不用,五行世家我哪个行都不想进,自由自在游山玩水,吃吃喝喝,找找小妞,再生几个大胖小子,逍遥得很。火炽道人,火王大人,谢谢你们的美意,我心领了。”

火炽道人高声道:“好!烟虫李彦卓,你可以退下了!”

烟虫却道:“火炽道人,我走之前,能和其他人说两句吗?”

火炽道人说道:“可以!长话短说。”

火小邪本听到烟虫要退出火家,实在难以理解,虽说青云客栈一直说必须通过火门三关，才能成为火家弟子，烟虫没有通过纳盗关，失去成为火家弟子的条件也就罢了，可机会摆在眼前，烟虫还要退出，实在有点说不过去。

火小邪以为烟虫最后还要与自己和闹小宝说几句，正准备站起，听烟虫最后一番教诲。烟虫却没有向他们走来，反而一转身向着余娟儿花娘子走去，痞里痞气地对同样一脸诧异的花娘子说道："我说花娘子，你身上的春毒已经没了吧，不如和我去游山玩水，做对露水夫妻如何？"

花娘子看着烟虫，眼神闪烁，说不出话。

烟虫把手一伸，摆在花娘子眼前，说道："来，握住我的手，我们走吧！"

花娘子看着烟虫的眼睛，突然妩媚地一笑，站起身来，骂道："你这个贱男人，收起你的脏手！"

烟虫嘿嘿一笑，把手收回。

花娘子看了烟虫一眼，走上前两步，大声道："火王大人，我也自愿退出！其他四行，我也不入！我只是一个小女人，确实没有什么大的抱负。"

火王严烈神色不变，微微点头。

花娘子一转身，冲着烟虫骂道："贱男人，你有本事就继续追我，我看你追我追到何时！呵呵呵呵。"

花娘子呵呵娇笑着，快步就走。一个灰衣人赶忙上前引路。

烟虫啪的一把将嘴上的烟头丢下，嘻哈着叫道："骚婆娘，我看你能跑到哪里去！"说着紧追花娘子而去。

火小邪、闹小宝对视一眼，满脸都是苦笑。

"火小邪、闹小宝，咱们后会有期。"

烟虫远远的声音传来，与火小邪、闹小宝最后一个照面都没有打，离别本该伤感，却让烟虫如此随意地打发了，还真是吻合了烟虫玩世不恭的脾气。

火炽道人见烟虫、花娘子走了，再问了几声还有没有人要退出，无人作答。

场下所坐的贼人，也就只剩下郑则道、苦灯和尚、火小邪、闹小宝、病罐子李孝先、窑子钩章建这六人而已。

火炽道人叫道：“火门三关通关者第一位，苏北小不为郑则道！请上四堂堂主择徒！”

辅火堂堂主辅景在立即站起，这个人是个中年汉子，身材矮小，眼大如铜铃一般，长着个一字连心眉，显得孔武有力。

辅景在高声叫道：“火王，辅火堂辅景在愿纳郑则道为辅火堂辅一品弟子，请火王示下！”

身旁一个四十岁开外的半老徐娘慢慢站起，向火王一鞠躬，缓声道：“火王，博火堂堂主博景尘愿纳郑则道为博火堂闭堂弟子。”

博景尘说完，对面的下五堂堂主一片低声惊讶。

辅火堂堂主辅景在看了眼博景尘，摇了摇大脑袋，无奈退下。

“呵呵，老尘，你什么时候要收男弟子做闭堂弟子了？我看你还是让我给吧。”

博景尘身边的一个瘦高男人，留着三缕长髯，虽未穿道服，却有种仙风道骨的气质。

博景尘微怒道：“谁说博火堂不收男的做闭堂弟子了？”

这仙道气质的男人站起身来，对火王严烈说道：“火王，耀火堂堂主耀景民愿纳郑则道为本人的随身徒，由本人亲自传授火家盗术！请火王示下！”

耀景民说完，连博景尘的一张老脸都挂不住了，憋了个通红，但说不出话，只得狠狠哼了一声，转身坐下。

耀景民微微一笑，说道：“老尘，你就是放不下面子，择徒也要有诚意的。”

坐在上四堂最高位的尊火堂堂主尊景齐，这个四十开外，法度庄严的中年男人，也缓缓站起。

耀景民一愣，忙道：“尊堂主，你不能拿出比我的随身徒更高的条件了！你还要和我争一个徒弟吗？郑则道由我指点，成就了火家盗术，日后总不是还要进尊火堂！”

尊景齐哼道：“耀堂主，谁说我要和你争了，我怎么争得过你？”

耀景民说道：“那你站起是何意？”

尊景齐一转身，向火王严烈鞠了一躬，高声道：“火王，郑则道修为过人，又能以火家为重，迎战败火徒甲丁乙获得全胜，还能手下留情，郑则道乃是这次纳徒的最大收获，这等良才，我看纳入上四堂都不合适。属下恳请火王，将郑则道纳为你的亲传弟子！由火王亲自教诲！”

火王严烈呵呵大笑，站起身来，笑道：“尊堂主！你这个主意极好！就按你的意思办吧！”

尊景齐点头道：“火王英明！”

耀景民斜着眼瞟了尊景齐一眼，无话可说，退开一边坐下。

火炽道人高声道：“苏北小不为郑则道，纳为火王亲传弟子！郑则道，你可愿意？”

郑则道翻身而起，一抖衣衫，双膝跪下，面色无比恭敬，举止万分得体。

郑则道高声道：“郑则道有幸成为火王亲传弟子，如同再造三生！郑则道跪拜师尊！”郑则道说完，冲着火王严烈规规矩矩地拜了三拜，丝毫没有一点马虎。

火王严烈站起身来，走到高台边，笑道：“郑则道！免礼！你上来吧，站在我的身后！”

郑则道高声道：“谢师父！”说罢缓缓站起，由火炽道人领着，上了高台，站在火王严烈那张巨大的红色椅子一侧。

郑则道站稳了身子，脸上才算浮现出畅快的笑容，分别向身旁的土家田问，木家林婉、王兴，金家金大九，水家水王流川、水妖儿、水媚儿点头示意，神色不卑不亢，让人觉得真是一个识大局、明事理的火家高徒！

郑则道身旁就是林婉，林婉看着郑则道，轻启朱唇，含笑回礼。林婉笑面如花，与郑则道彼此都多看了对方几眼。

水王流川也点头向郑则道示意，一边脸显得十分喜悦，而另一边脸，眼角微微显出一丝不快，飞快地转头看了眼水妖儿。水妖儿嘴角微动，正露出顽皮的神态，水妖儿见水王流川看着自己，赶忙收起笑容，面无表情地静立。

火小邪坐在下面，看着郑则道一下子平步青云，真不知是该羡慕还是感慨。

郑则道成了火王严烈的亲传弟子，看上去严烈十分满意，笑盈盈回到座位上坐下。金木水土四行世家都向火王严烈顿首恭喜，火王严烈一一回礼，却多看了水王流川几眼。

火炽道人见郑则道已经择出，清清嗓子，又要继续主持招徒仪式。

“不行！郑则道杀了人！”有人竭尽全力地大叫出声。

只见病罐子跌跌撞撞地奔上前来，仍有些站立不稳，指着台上的郑则道高声大叫。

火炽道人大怒道：“病罐子！不可胡言乱语！”

病罐子不管不顾地继续大叫：“郑则道他在竞盗之关，为了能够过关，杀了亮八！规矩在先，竞盗之关杀人者淘汰！”

火炽道人高叫：“病罐子！我们救了你的性命，让你来此，不是让你胡言乱语的！你有什么证据，郑则道杀了亮八？”

病罐子厉声道：“我在王家大院西门一带，闻到了死人气味，结果找到了亮八的尸体，咽喉处让人挖下指头深的皮肉，当场毙命！亮八所持的锦囊也不见了！定是被人拿走！刚才郑则道和甲丁乙对战，他袖中放出的东西，应该就是凶器！那东西若是命中甲丁乙的咽喉，定是和亮八一样的伤痕！”

火炽道人怒道：“病罐子！你并没有目睹，怎能妄加判断！”

病罐子歇斯底里地大叫：“郑则道！你出来，你敢说你是用什么任务过了竞盗之关的吗？”

火王严烈脸色不悦，扭头对郑则道说道：“郑则道，你自己出去解释。”

郑则道面色如常，向火王严烈微微一鞠，走上前来，站在高台之上，不急不忙地说道：“病罐子，我用什么任务过得关，与你何干？我是否过了竞盗之关，是由青云客栈店掌柜判定，亮八锦囊中是什么任务，你又怎么知道？”

病罐子努力站定身子，咬牙切齿地骂道：“亮八在青云客栈中大声吆喝自己需做的任务是什么！人人皆知！”

郑则道笑道："既然如此，你怎么不说是其他人拿走了亮八的锦囊？非要怀疑我？"

病罐子叫道："郑则道，你不要扯开话题，你有本事就亮出你袖中的东西！"

郑则道说道："病罐子你真是奇怪！我凭什么要给你看我袖中的东西？我袖中的东西，以后自然给火家出示，但绝对不是你要我拿出来就拿出来的！要是我随便给你安一个罪名，让你现在把内裤拿出来看看，你是否答应？士可杀，不可辱！"

火王严烈微微点头，轻喝道："郑则道此话有理，病罐子，你不能勉强。"

火炽道人也应道："病罐子！你的证据不足，还请速速退下！不然将你赶出此地！"

病罐子大叫："不行，亮八对我有恩，不能让他这么死得不明不白！"

病罐子转头对店掌柜叫道："店掌柜，你说郑则道用什么任务过得关？"

店掌柜呵呵一笑，站起身来："病罐子，郑则道的确过关，但我们不能透露他完成的任务，我们只对物，不对人的。"

病罐子怒骂道："你们这些人，统统都是小人，统统被郑则道收买了！"

病罐子越骂越歇斯底里起来，哇哇吐了两口鲜血，指着郑则道又骂："郑则道，你这个杀手出身的家伙！别人不知道你的底细，我知道你是三眉会的杀手！你这个杀手！杀了人！"

郑则道突然高声喝道："病罐子！住嘴！我父亲的确是三眉会的郑有为，我是他的长子！这些还用你说吗？火王大人难道不清楚吗？我父亲是杀手，三眉会是杀手组织，但和我有什么关系？就算我自幼所学的都是杀人手段，但我一定就要杀人吗？我告诉你，我从来就没有杀过人！病罐子，我看你疯了！"

病罐子尖声道："狼的儿子还是狼！杀手的儿子就还是杀手！你不要以为你杀了亮八，还能逍遥法外！"

郑则道说道："病罐子，你疯了！我不愿与你计较，你如果拿不出我杀人的确切证据，还请你闭嘴！"

病罐子向高台直冲而来，厉声道："火王大人！火行世家规矩严明，你不能让这个无德无良无耻的杀手成为火家弟子！有违贼道！有违贼道！"

火王严烈挥了挥手，说道："本王自有定夺！火炽道人，把他带下去。"

病罐子大叫一声，双眼一翻，喷出数口鲜血。他中了奇毒，身体未复，刚才这一番气血攻心，极力呼喝，已经支持不住，顿时昏倒在地。

火炽道人一挥手，数个灰衣人就要上前把病罐子抬走。

"火王大人，郑则道他……他应该是杀了亮八的凶手，不止亮八，还有红小丑。"火小邪边说边站了起来。

病罐子站出来指责郑则道杀了人的时候，火小邪就一股子热血奔涌不息，且不说病罐子到底有没有十足的证据，单能够当着大家的面，挺身而出，就实在值得佩服。火小邪本来就一直怀疑郑则道杀了亮八，同样是证据不足，不敢断定，加上有烟虫李彦卓的叮嘱，不让他得罪郑则道，这才死死忍住对郑则道的不满，不发一言。病罐子气极昏眩，眼看着郑则道又能躲过一劫，火小邪心中不服之气腾腾燃烧，脑海中一热，再也控制不住自己，唰的站起身来，一番话脱口而出。

郑则道站在台上，也有点愣了，大惑不解地看着火小邪，说道："火贤弟，你……你怎么也冤枉我？"

火炽道人见突然又站出个火小邪来指责郑则道，一下子没了主意，转头看向火王严烈。

火王严烈一脸肃穆，沉声说道："火小邪，你说！你要是伙同病罐子给郑则道妄加罪名，胡编乱造，我定不会饶你！"

火小邪既然站出来，混球劲儿早就爆满了全身，哪里还管会有什么后果，自己马上要说的事情，事事都是实情，火家总不能不讲道理吧。

火小邪理了理头绪，大声道："亮八的尸体我也见到了，他死的地方，只有我、胖好味、郑则道三个人知道，因为那个地方，是我们三人曾经见面的地方。胖好味，郑则道、亮八他们三个人在三姨太的院子里的时候，我刚好也在，张四爷前来围捕，他们是一起离开的，结果胖好味被张四爷抓了，这个是我后来听烟虫大哥说的。我离开三姨太的院子，来到我、胖好味、郑则道三人上次聚首的地方，也就是亮八死的地方，就发现了亮八的尸体。我当时查看了亮八的尸体，所有东西都在，就是没有锦囊，亮八脖子上的伤口，是一个圆形的深洞，伤口齐整，看着像是被人一下子挖出了一个洞，杀人的工具，极可能是一个一端锋利的管子。亮八的伤口，和乱盗之关死去的红小丑伤口一模一样，应该是同一个人杀的。刚才郑则道攻击甲丁乙，从袖口中放出的亮光，好像就是一截管子。后来，我不敢久留，把亮八草草地掩埋了，就离开了。我对天发誓，我所说的句句属实，若有一句假话，天打五雷轰。”

火小邪一口气说完，一直没有人打断，整个大厅中，只能听到火小邪的声音。直到火小邪说完，仍然无人接话。

沉默了片刻之后，郑则道脸色难看，慢慢说道：“火贤弟，真没有想到，你也误会了我。亮八的确不是我杀的，我和亮八是在西门附近我们约定的地方简单聊了一聊，但很快就分开了。火贤弟，我可能是有做的失当的地方，但我对你一直是真心诚意。”

火小邪对郑则道一拜，说道：“郑大哥，我只是说出我知道的实情……”

店掌柜身后的胖好味高声叫道：“火小邪说得没错，我和郑则道一起去了三姨太的院子，碰见了亮八，然后张四这个混球来抓我们，我们三个分头跑开，结果我被张四抓了！我们三个人，的确在子时的时候于西门附近相会过！”

场面又为之一滞，半晌没有人说话。

高台上的王全咳嗽一声，站上一步，说道：“病罐子李孝先，不自量力去偷木家的四色雏菊，中了木家药物，尽管活命，却已经精神失常，所说一切不必当真。”

火王严烈看着火小邪，说道：“火小邪，病罐子脑袋有问题，我不与他计较。但你神志清醒，若郑则道不是杀人凶手，你可愿承担诬陷他人的后果？”

火小邪忙道：“我所说的一切，都是真的！我绝对没有诬陷别人！如果郑则道是冤枉的，我愿意磕头道歉。”

火王严烈哼了一句："年少轻狂！难成大器！"

火王严烈向郑则道招了招手，说道："郑则道，你先回来，站在我身后！"

郑则道念了声是，幽怨地看了火小邪一眼，快步走回火王严烈椅后。

火王严烈站起身来，扫视大厅一眼，沉声道："本来我不想追究此事，亮八意欲奸淫王兴三姨太，死就死了，没有什么大不了的。可你们这些人借此事羞辱郑则道的，我实在看不过去！心胸狭窄，嫉贤妒能，令人不齿！既然你们非要问个所以然，那我就查个彻底！杀了亮八的人，给我站出来！"

大厅鸦雀无声，火小邪直直地看着郑则道。郑则道半闭着双眼，脸色发白。

"阿弥陀佛！善哉善哉！"苦灯和尚念了声佛号，站起身来。

众人都向苦灯和尚看去，难道苦灯和尚还有话要说？有话要说，也不用这个时候站起来啊。

苦灯和尚向前走了两步，对火王严烈高声道："亮八是我所杀，红小丑亦是我所杀，小僧已犯了杀戒，不想隐瞒，请火王处罚。"

火小邪张口结舌，眼睛都要跳出眼眶，啊了一声，大声道："苦灯师父，红小丑是我发现他死了，你才来的啊。怎么……怎么……"

苦灯和尚微微一侧头，说道："火小邪施主，红小丑的确是我所杀，只是你刚好来了，我先退出洞外，隐在一旁，等你看到红小丑的尸身，我这才进来。"

火王严烈倒没有什么惊讶，问道："苦灯和尚，你为何要杀亮八和红小丑？"

苦灯和尚双手合十，微微一鞠，说道："红小丑、亮八都犯了奸淫之罪，万恶淫为首，小僧最不可容忍的就是有奸淫之心的盗贼。红小丑在贵州奸淫妇女之时，小僧就想杀之，但此人行踪不定，一直没有寻到机会。这次在乱盗之关，我必然除他以后快。小僧犯杀戒，不愿示人，所以躲着火小邪，刻意掩饰。"

火小邪喃喃道："苦灯师父，那你为何要杀亮八……"

苦灯和尚好像没有听见，继续说道："在王家大院内，郑则道和亮八在西门相会，我正在附近，便听到亮八满口污言秽语，说自己奸淫三姨太未果，邪淫透骨，毫不知耻，郑则道听不过去，数次打断亮八，亮八还出言讥讽郑则道。我便断定亮八奸淫之事属实。他们两人不欢而散，亮八一时未走，我便出来与亮八相会，找准时机，了结了亮八的性命。本想着如同对待红小丑那样，念几遍地藏菩萨经再走，病罐子李孝先形如疯癫一般，闻着味道赶来，我这才离去，并未掩埋亮八的尸身。病罐子李孝先找到亮八尸体，把他周身的物品翻出，未取一物，随后草草掩埋。病罐子李孝先当时已经中了毒，满口念叨着还我命来，尔后离去。善哉善哉，亮八的锦囊，应该是郑则道在与亮八聊天之时，用了偷盗的手段，给取走了。刚才幸亏郑则道闭口不提此事，否则真会有口难辩。”

火王严烈高声道：“好！苦灯和尚，我再问你，你是用什么兵器，杀了亮八和红小丑？”

苦灯和尚从袖中取出一根细长铁管，亮在手中，说道：“此物本是笛子，也可用来杀人，伤口正如火小邪所说，乃是一个深洞。”

火王严烈哈哈大笑：“苦灯和尚，虽然你在竞盗之关无故杀人，已是乱了规矩，本该丢了成为火家弟子的机会，但我看你至真至诚，杀的也都是恶徒，今天网开一面，不再追究了！苦灯和尚，请回座吧。”

苦灯和尚念了声佛号，说道：“谢火王法理容情。小僧犯下杀戒，就算火王不怪，小僧也会自行惩罚。”

苦灯和尚退下，坐回到椅子上，垂首静思。

火王严烈冷哼一句：“火小邪！你满意了吧？”

火小邪每寸肌肤，都如同千百根针乱扎一样，难受得无以复加，他本以为自己站出来说出实情，乃是伸张正义的行为，现在看来，自己不仅冤枉了郑则道，还成了一个彻头彻尾的无耻小人。郑则道口口声声叫火贤弟，自己却如大义灭亲一样，简直没有一点人情味。亮八是个恶贼，行为不端，自己却如同死了亲兄弟一样，跟随本就发了疯的病罐子，站出来为亮八出头，追查杀人凶手，现在想起来，简直是愚蠢到了极点。此时恨不得地上有道裂缝，能让自己钻下去。

火小邪暗叹一声，不敢说话，愣愣站着。

火炽道人哼道：“火小邪，你就回坐吧，还站着干什么？打算再说点新鲜的。”

火小邪羞愧难当，木讷地退回椅子边，坐了下来，心如死灰。

闹小宝凑过来安慰火小邪：“火大哥，我知道你绝对不是针对郑则道的！”闹小宝年纪也小，说话不懂圆滑，他这么一说，让火小邪更觉得大家都误会了自己是嫉妒郑则道，才站出来指认，顿时心里如同刀割一般疼痛。

火炽道人念道：“火门三关通关者第三位，四海为家苦灯和尚！请上四堂堂主择徒！”

博火堂堂主博景尘稳稳站起，对火王严烈一鞠，说道：“火王，博火堂堂主博景尘愿纳苦灯和尚为博火堂闭堂弟子。苦灯和尚疾恶如仇，誓杀奸淫之辈，本堂主身为一个女子，更觉得苦灯和尚杀得好，杀得痛快！还请各位堂主不要与老妇我争抢！望火王示下！”

尊火堂堂主尊景齐，博火堂堂主博景尘，辅火堂堂主辅景在，三人都稳坐不动，向博景尘点头示意，随了博景尘的心愿。

火王严烈说道：“准了！”

火炽道人对苦灯和尚说道：“苦灯和尚，你可愿纳入博火堂的闭门弟子吗？”

苦灯和尚站起身来，高声道：“苦灯和尚在竞盗之关犯下杀戒，本该被逐出，火王心胸宽阔，能原谅小僧的过错，今日又能得博火堂堂主赏识，小僧感同身受，万分愿意成为博火堂弟子。”

苦灯和尚拉起僧袍，跪拜在地。

博火堂堂主博景尘笑道：“苦灯和尚，你乃僧人，就免了这些俗礼！博火堂历来有僧有道有儒，你会乐得其所的！这就站到我身后来吧。”

苦灯和尚念了声佛，快步走到博景尘身后，静立肃穆。

火炽道人看了眼火小邪，酸溜溜地念道：“火门三关通关者第四位，奉天火小邪！请上四堂堂主择徒！”

火炽道人念完，上四堂堂主一个个把头偏向一边，根本就不愿意看火小邪。

火小邪心中一凉，看他们的样子，就知道自己根本不入上四堂堂主的法眼。

火炽道人念道：“上四堂堂主有愿意纳火小邪为徒的吗？”

无人说话。

火炽道人瞟了眼火小邪，又道：“上四堂不愿纳火小邪为徒，下五堂各位堂主，有没有愿意纳火小邪为徒的？”

下五堂堂主也都一片沉默，严景天远远望了几眼火小邪，微微皱眉，也是纹丝不动，丝毫没有起身说话的意思。

火炽道人又问了一遍，下五堂还是无人站出。

火炽道人转身对高台上的火王严烈说道：“火王，九堂堂主皆不愿纳火小邪为徒。”

火王严烈点了点头，两边看了一眼，火炽道人知道意思，对着其他四行世家恭敬道：“木、土、金、水四行世家，火小邪不具火性，尽管通过了火门三关，但无人愿纳，请问各位世家贵客，有愿意纳火小邪为门生的吗？”

水妖儿身子微动，水王流川却“哼”了一声，水妖儿不敢再有半丝妄动。

水王流川说道：“火小邪尽管能通过火门三关，算是有些本事，可惜他不具水性，遗憾。”

土家田问，木家王全，金家金大九也都连连摇头。林婉看着火小邪，轻轻一叹，也摇了摇头。

火小邪通体冰凉，如坠万年寒冰洞窟，一直向下坠落，人已经有点傻了。

火炽道人的说话声音都好像朦胧起来：“火小邪，尽管你通过火门三关，但火家九堂，五行世家，无人愿纳你为徒。火小邪，请你多做反省，暂列一边，等招徒仪式完结后，速速离开此地吧！若你还有火缘，我们必会来寻你。离开之后，请你紧守火家秘密，不要多言，以免惹上杀身之祸……”

火小邪眼前一黑，好像什么都不知道了。

……

……

……

……

我看着眼前的老者，他正闭目养神，他讲到火小邪通过火门三关之后，却没有被火家纳为徒弟之后，便闭上了眼睛，靠在摇椅上，很久都没有说话。

我不敢打扰，静静地坐着等着他，满肚子的疑问。

良久之后，老爷子睁开了眼睛，说道："哦，刚才我说到哪里了？"

我赶忙回答："那个火炽道人说火小邪不能成为火家弟子，火小邪被淘汰了。"

老爷子笑了声，说道："对，是说到这里了。"

我有点急不可待地问道："老爷子，那后来火小邪怎么样了？其他人呢？那个郑则道真的没有杀人吗？"

老爷子说道："火小邪真的与火家无缘，招徒结束后，就被人送出五十里之外，由火小邪独自离开。除了烟虫、花娘子自愿退出，他是唯一一个被淘汰的人。"

我惊讶道："连那个什么窑子钩章建都成了火家弟子？"

老爷子说道："闹小宝成了辅火堂堂主辅景在的弟子，窑子钩章建火家没有选上，却成了水王流川的门生，进了水家。病罐子李孝先则成了木家弟子。"

"怎么会是这样？"

"病罐子李孝先能偷到木家的四色雏菊，中了毒还能自己想办法用药缓解，木家就是需要这样的弟子，木家应该早就决定好了。所以木家的王全，会帮着病罐子开脱，说他精神异常，说话都不能当真。"

"窑子钩章建呢？他不是乱盗之关刚开始的时候，就逃跑了吗？这种人水王流川怎么会收为门生？"

“别看这个叫章建的胆子小，但他却是情报工作的好手，江浙一带的事情，他几乎就是个活字典。南京城里的一草一木，一砖一瓦，章建都了如指掌。水王流川问了他数个关于蒋介石的问题，他都一一回答得清楚，甚至讲了些耸人听闻的野史，尽管不知道真假，但水王流川十分满意，当场就收章建为水家弟子了。”

“哦……”我长长地喘了一口气，总觉得心里不舒服，说道，“火小邪不是火性精纯吗？为什么连严景天都不愿意收他为徒？心里总觉得别扭得很。”

老爷子笑了笑：“火小邪是个年轻人，哪里知道五行之内，既有相生相克的道理，势必都险恶艰辛，烦扰繁杂，并非五大世家就能超脱的。何况做贼的人，五行贼道，又不是学佛修真，大多贼心不死，贼性难易，就算火家人不是精于算计，但谁没有点心思？而且七情六欲之下，越是五行贼道的世家之人，越是在乎成败得失！只是这些世家的人都藏得太深，所求甚高，寻常人难以发现罢了。呵呵，火小邪受此磨难，对他来说，未必是件坏事。”

“老爷子，我特别想知道，火小邪后来怎么了，张四爷呢？甲丁乙呢？还有好多好多的事情我还想不明白。”

“张四爷他不知道用了什么手段，竟在招徒结束之后，带着一众钩子兵下到天坑中，极有可能是有人给他们留下线索，引他们来的。张四爷一众人在门口破口大骂，不住叫喧，还真把火王严烈和九堂一法给骂出来了。张四爷追问火王严烈玲珑镜的下落，火王严烈根本懒得搭理张四爷，本来玲珑镜是水妖儿偷的，结果火王严烈大包大揽，说就是火家偷的，你张四还以为要得回去吗？这个张四爷气得发疯，要挑战火王严烈，火家的九堂一法早就不耐烦了，根本轮不到火王严烈动手。尊火堂堂主尊景齐为了表明自己九堂之首的身份，亲自带着几个尊火堂的弟子迎战，毫不留情，打得张四爷、周先生、一众钩子兵毫无还手之力，贼人捕头向来势不两立，把张四爷他们狠狠地羞辱了一番，钩子兵伤的伤，残的残，数人都受不了这种耻辱，自刎而死，算是壮烈。张四爷本想寻死，被周先生死命拖住，带着剩下的钩子兵逃走，不知所踪。唉，这个张四爷，也是为情所困的人，天下一等一的情痴。”

“这都是水王流川的安排，故意让张四爷受尽绝望的折磨？这个水王流川，怎么对张四爷有这么大的仇恨？照理说，水王流川不应该有什么事情，这么放不下的啊？”

“呵呵，慢慢你就知道了。严郑啊，我累了，时间也不早了，你就在我这里住下吧。如果你愿意听下去，明天我继续给你讲。”

我抬腕看了看手表，已经凌晨两点了，我在老爷子家里，听老爷子讲五大贼王的故事，已经足足十多个小时，而我却觉得时间过得飞快，一点都不疲劳。

我突然觉得我的名字很有意思，严郑？这名字好怪，火王严烈，郑则道……我母亲在两年前去世，她不姓郑，我父亲倒是姓严。小时候我问父母我叫作严郑，郑是什么意思，父母都告诉我，郑是郑重的意思，也有正大光明的含义。再往祖辈上追溯，我爷爷、奶奶、外公、外婆，也都是普通人，可为什么这位老爷子要找到我？难道说，我和这个故事有联系？

我尽管这么想，却没有当着老爷子的面说出来。

老爷子家里的老妇人给我安排好房间，我简单洗漱了一下，躺在床上，却根本睡不着。满脑子都是老爷子故事里火小邪的身影，形形色色的盗贼，各种怪异精彩的机关布置，匪夷所思的偷盗过程。不知道为什么，脑海中的一切都像是活的，如同电影一样不断播放着，又熟悉又陌生。

房间的窗户开着，却没有蚊虫的滋扰。房间里透进月光，微微地给房间里镀上一层朦胧的金色。家具摆设尽管老旧，但都别具风格，古色古香。轻风徐徐，始终有一股子香甜的草木香味弥漫在房间里，让人觉得十分的惬意。

我应该是睡着了，实际上始终是半梦半醒的状态，隐隐听到有人柔和的低语，却分不清是梦境还是真实。

天亮之后，老妇人唤我起床，给我端上一碗热腾腾的豆浆，一根香酥的油条，两个爽口的肉包。我没有客气，狼吞虎咽吃完了，那老妇便请问我去见老爷子。

老爷子尽管仍然打着吊瓶，坐在躺椅上不便活动，但面色红晕，精神不错。

老爷子见我来了，微微笑了笑，唤我坐在他身边。

故事再次展开，我隐隐地觉得，这一次将会更加地波澜壮阔，动人心弦，以前的谜题将被解开，更多的谜又会出现。

五行世家、五大贼王、火小邪、水妖儿、郑则道、林婉、甲丁乙、张四爷等等各色无法忘怀的人物，他们的命运会是怎么样的呢？